수난

수난

❶

니코스 카잔차키스 장편소설 | 이창식 옮김

열린책들

일러두기

1. 번역은 모두 영어판을 대본으로 했다. 번역 대본의 서지 사항은 각 권의 〈옮긴이의 말〉에 밝혀 두었다.

2. 그리스 여성의 성(姓)은 남성과 어미가 다르다. 엘레니가 결혼 후 취득한 성 〈카잔차키〉는 〈카잔차키스〉 집안의 여인임을 뜻한다. 〈알렉시우〉나 〈사미우〉도 마찬가지로, 〈알렉시오스〉와 〈사미오스〉 집안에 속함을 뜻하는 것이다. 외국 독자들을 배려하여 여성의 성을 남성과 일치시키는 관례는 영어판에서 흔히 찾아볼 수 있으나 여기서는 그리스식에 따랐다.

3. 그리스어의 로마자 표기와 우리말 표기는 그리스어 발음대로 적되 관용적으로 굳어진 일부 용어는 예외를 두었다. 고대 그리스, 신화상의 인명 및 지명 표기는 열린책들의 『그리스·로마 신화 사전』을 따랐다.

이 책은 실로 꿰매어 제본하는 정통적인 사철 방식으로 만들어졌습니다. 사철 양장본은 오래 보관해도 손상되지 않습니다.

유다가 필요하다

〈늑대의 샘〉이란 뜻을 지닌 리코브리시 마을의 아가[1]는 광장이 내려다보이는 발코니에 앉아 파이프 담배를 피우며 라키 술을 홀짝였다. 따뜻한 가랑비가 살살 내리고 있었다. 새로 검게 염색한 텁수룩한 수염에 작은 빗방울들이 맺혀 반짝거렸다. 술기운으로 불콰해진 아가는 입술을 핥으며 빗방울의 시원함을 즐겼다. 오른쪽에는 그의 종자이자 수행원인 후세인이 트럼펫을 쥐고 서 있었다. 원숭이처럼 심술궂은 그 거구의 동양인은 사팔뜨기였다. 아가의 왼쪽에는 보조개가 팬 소년이 벨벳 쿠션 위에 꿇어앉아 쉴 새 없이 그의 파이프에 불을 붙이고 술잔에 라키를 다시 채웠다.

아가는 무거운 눈꺼풀을 반쯤 내린 채 아래에 펼쳐진 세상을 음미했다. 신이 만드신 것은 모두 완벽하다고 그는 생각했다. 이 세상은 정말 성공작이다. 배가 고파? 여기에 빵과 저민 고기와 계피를 넣은 쌀밥이 있다. 목이 마른가? 옛다, 마시면 젊어지는 물 라키야. 마시라고. 졸린가? 그래서 신은 잠을 만드셨지. 아무렴, 졸릴 때는 잠보다 나은 게 없지. 화가 난다고? 그럴 땐 후려

1 터키 제국의 총독.

쳐! 신이 채찍과 기독교인들의 엉덩이를 왜 만드셨겠나? 우리 기분이 우울할 때를 생각해서 신은 노래를 만드셨고, 이 세상의 모든 슬픔과 근심 걱정을 다 잊어버리라고 신은 유수파키를 만드셨다.

「훌륭한 예술가이신 알라신이여!」 그는 감상적인 목소리로 중얼거렸다. 「과연 자신의 일을 알고 창의력도 풍부하신 훌륭한 예술가십니다. 마귀가 어찌 감히 라키와 유수파키를 만들 생각을 했겠습니까?」

아가의 두 눈은 눈물로 축축해졌다. 라키 술을 너무 많이 마신 탓에 그의 영혼은 한없이 부드러워졌다. 그는 발코니에 기대서서 광장을 한가로이 거닐고 있는 기독교인들을 바라보았다. 그 농민들은 면도를 하고 가장 좋은 옷에 붉은 장식 띠를 두르고, 깨끗하게 세탁한 반바지 아래로 파란색 긴 행전을 차고 있었다. 페스 모를 쓴 사람, 터번을 두른 사람, 양피 모자를 쓴 사람들도 있었다. 멋쟁이들은 모자에 나륵풀 가지를 꽂거나 귀에다 궐련을 꽂고 있었다.

부활절 주일의 화요일이었다. 막 미사가 끝났다. 아름답고 온화한 날씨였다. 봄볕 사이로 간간이 봄비가 내렸다. 레몬꽃이 향기를 내뿜고, 나뭇가지들은 싹을 내밀고, 잔디는 파릇파릇해지고, 그리스도는 모든 흙덩이에서 부활하고 있었다. 광장을 오가는 기독교인들은 서로 포옹하며 부활절 인사를 건넸다. 「예수님이 부활하셨어요!」 「부활하셨고말고요!」 인사가 끝나면 그들은 코스탄디스 카페나 광장 한가운데 있는 플라타너스 고목 아래로 가서 자리 잡고 앉았다. 수연통(水煙筒)과 커피를 주문하자마자 보슬비 같은 재잘거림이 끝없이 이어졌다.

「여긴 정말 천국 같군요.」 전례부(典禮部) 직원인 카랄람보스가 말했다. 「부드러운 햇살, 소리 없이 내리는 가랑비, 활짝 핀 레몬꽃, 수연통의 연기와 유쾌한 대화가 끝없이 이어지는 이런 풍경이 말이죠.」

플라타너스 뒤 광장의 반대편에는 흰색으로 새로 단장한 예수 수난 교회와 우아한 종탑이 나란히 서 있다. 교회의 입구는 야자수와 월계수 가지로 꾸며져 있고, 그 주위는 온통 작은 가게들과 노점들이 들어서 있다. 촌뜨기 마구상인 파나요타로스에겐 〈석고 먹쇠〉란 별명이 붙어 있다. 언젠가 그 마을에 나폴레옹 석고상이 들어왔을 때, 그는 그것을 먹어 치웠다. 그 후 마을 사람들이 케말 파샤[2]의 석고상을 가져왔을 때에도 마찬가지였다. 마지막으로 베니젤로스[3]의 석고상을 가져왔을 때에도, 그는 그것을 다른 것들처럼 슬쩍했다.

교회당 옆에는 〈안도니스〉라는 간판을 달고 있는 안도니스의 이발소가 자리 잡고 있다. 출입문 위쪽에는 짙은 붉은색으로 〈이도 뽑아 드림〉이라고 쓰여 있다.

그 옆에는 절름발이 디미트로스 노인이 운영하는 푸줏간 헤로디아데[4]가 있다. 그는 매주 토요일 송아지를 잡았다. 송아지를 잡기 전에 그는, 송아지 뿔에 금색을 칠하고 이마에도 색칠을 한 뒤 목에는 빨간 리본을 둘렀다. 그러곤 절뚝거리며 마을을 한 바퀴 돌면서 침이 마르도록 송아지를 칭찬했다.

끝으로 유명한 코스탄디스 카페가 있다. 실내가 좁고 기다란 그곳은 시원하고, 언제나 향기로운 커피 향과 담배 냄새를 풍기며, 겨울에는 샐비어 향내가 난다. 벽에는 이 마을의 자랑거리인

2 터키의 초대 대통령 케말 아타튀르크Kemal Atatürk의 별칭.
3 Eleuthérios Kyriakos Venizélos(1864~1936). 그리스 정치가.
4 갓 잡은 송아지 머리라는 뜻.

매우 인상적인 초상화 세 편이 걸려 있다. 한쪽은 열대림 속에 반라 차림으로 있는 성 즈느비에브이고, 맞은편엔 파란 눈에 거대한 보모의 젖가슴을 가진 빅토리아 여왕, 그리고 한가운데는 아스트라한 직물로 짠 높다란 모자를 쓰고 근엄한 얼굴에 반짝이는 회색 눈동자를 가진 케말 파샤의 모습이다.

이 마을 사람들은 모두 선량하고 열심히 일하며 훌륭한 아버지들이다. 아가 역시 라키를 좋아하고, 사향과 파촐리의 짙은 향을 좋아하며, 그의 왼쪽 벨벳 쿠션에 앉아 있는 미소년을 좋아하는 좋은 남자다. 술이 거나해진 아가는 양치기가 자신의 양 떼를 살펴보는 것처럼 기독교인들을 바라보며 매우 만족해한다.

「훌륭한 친구들이야.」 그가 중얼거렸다. 「올해도 어김없이 내 지하실을 부활절 선물로 가득 채웠군. 치즈, 참깨 빵, 브리오슈 빵, 부활절 달걀……. 그들 중에서도 나의 유수파키가 씹고 그 작은 입에서 좋은 냄새를 내도록 키오스산(産) 유향 수지(乳香樹脂)를 한 상자 가져온 사람에게 복이 있기를!」 아가는 행복했다. 「지하실은 좋은 것들로 넘쳐 나고, 보슬비는 소리 없이 내리고, 수탉들은 울어 대고, 내 발치에 웅크리고 앉은 유수파키는 유향 수지를 씹으며 입맛을 쪽쪽 다시고, 좋군!」 아가는 갑자기 가슴이 벅차올랐다. 그는 고개를 숙여 노래를 부르려고 했지만 너무 힘이 들었다. 그는 후세인에게 트럼펫을 불어 기독교인들을 조용하게 만들도록 지시했다. 그러고는 발치에 꿇어앉은 아이에게 말했다.

「노래하렴, 유수파키. 널 축복하노라. 〈이 세상은 마치 꿈만 같아라, 아만, 아만!〉 노래를 불러. 노래하지 않으면 터져 버릴 것 같아!」

미소년은 서두르지 않고 입에서 유향 수지를 떼어 내 맨무릎 사이에 끼운 다음, 오른쪽 손바닥으로 뺨을 괴고 아가가 가장 좋아하는 노래를 부르기 시작했다. 「이 세상은 마치 꿈만 같아라, 아만, 아만!」

소년의 아름다운 목소리는 비둘기 울음소리처럼 오르내렸다. 황홀해진 아가는 미소년이 노래를 부르는 동안 술 마시는 것도 잊은 채 두 눈을 감고 있었다.

「여전하시구먼. 라키에 은총이 내리기를!」 커피를 따르며 코스탄디스가 속삭였다.

「유수파키에게 신의 가호가 있기를!」 야나코스가 심술궂은 미소를 지으며 받았다. 그는 마을의 행상이자 안내원으로, 숱이 많은 희끗희끗한 수염과 먹잇감을 찾는 매의 눈을 가지고 있었다.

「그를 아가로 만들고 우릴 농민으로 만든 건 저주받은 운명이나 눈먼 마녀의 짓이었을 겁니다.」 사제의 동생이자 마을 학교 교장인 하지 니콜리스가 투덜거렸다. 그는 무뚝뚝하고 안경을 썼으며, 말을 할 때는 목젖이 아래위로 움직였다.

자기 조상들을 생각하며 그는 얼굴을 붉히고 한숨을 쉬었다.

「우리 그리스인이 이 땅의 주인이었던 때가 있었죠. 그러나 역사의 수레바퀴가 돌아 우리 그리스인 외에도 비잔틴 사람들이 왔고, 기독교인들도 왔습니다. 다시 세월이 흘러 하갈[5]의 아이들이 오고……. 그런데 여러분, 그리스도가 부활했습니다. 우리나라도 다시 부활할 겁니다! 이보게 코스탄디스, 한 잔 더 주게!」

노래를 다 부른 미소년은 다시 유향 수지를 입에 넣고 졸린 듯한 표정으로 돌아갔다. 트럼펫 소리가 다시 울려 퍼졌다. 농민들은 이제 자유로이 웃고 소리칠 수 있었다.

마을의 다섯 원로 가운데 하나인 포르투나스 선장이 카페 문간

5 아브라함의 첩.

에 모습을 드러냈다. 키가 크고 뚱뚱한 이 사내는 이전엔 선주였고, 여러 해 동안 흑해를 누비고 다니며 러시아산 곡물을 운송했지만 사실 그것은 밀수에 지나지 않았다. 턱엔 수염이 한 가닥도 나지 않았고, 얼굴은 황갈색에 피부는 담황색이며 주름살이 깊이 패어 있었다. 새까만 작은 눈동자가 반짝거렸다. 그가 늙어 감에 따라 그의 어선도 함께 낡아 갔다. 어느 날 밤, 트레비존드 먼 바다에서 배가 암초에 부딪혔다. 배가 난파되자, 환멸을 느낀 포르투나스는 고향 마을로 돌아와 라키를 취할 때까지 마신 뒤 때가 되면 얼굴을 벽으로 돌리고 죽을 작정이었다. 그는 너무 많은 것을 보았고, 또 넘칠 만큼 가졌다. 아니, 그렇진 않다. 그는 지쳤다. 하지만 그 사실을 인정하기가 부끄러웠다.

오늘 그는 선장 부츠를 신고 노란 벨트를 매고 눈에 익은 모자를 쓰고 있었다. 그것은 진짜 아스트라한 모자였다. 손에는 기다란 원로용 지팡이가 들려 있었다. 마을 사람 두세 명이 정중하게 일어나서 그에게 라키 한 잔을 권했다.

「지금은 안 돼, 젊은이들. 아무리 라키라도 말일세.」 그가 말했다. 「그리스도가 부활하셨어! 난 지금 사제관으로 가는 중일세. 마을 유지들의 회의가 있거든. 한 시간도 채 안 남았어. 초대받은 사람들은 모두 참석해야 해. 빨리들 건너오게. 오늘 무슨 일이 있는지 알고 있잖나. 아, 자네들 중 하나는 달려가서 파나요타로스 마구상을 데려오게. 그의 그 빌어먹을 턱수염도 함께 말이야. 우린 그가 몹시 필요해.」

그는 잠시 말을 멈추고 눈을 깜박거리더니 다시 심술궂게 말했다.

「만약 집에 없으면, 틀림없이 그 과부 집에 있을 거야.」 모두가 웃음을 터뜨렸다.

젊은 시절 호된 대가를 치르고 사랑을 배운 늙은 노새몰이꾼 크리스토피스가 불끈하여 쏘아붙였다.

「뭘 그렇게 킬킬거리나, 이 멍청이들아! 그가 백 번 옳아. 파나요타로스만큼만 하라고. 남들이 뭐라건 신경 쓰지 말고. 삶은 짧고 죽음은 길어. 어서 가, 녀석들아!」

푸줏간 주인인 뚱보 디미트로스는 면도날로 깨끗이 민 머리통을 흔들며 말했다.

「신이여, 과부 카테리나를 지켜 주소서! 그 여자가 우리 대신 얼마나 많은 뿔들을 막아 주었는지는 마귀들이나 알지!」

포르투나스 선장이 웃음을 터뜨리곤 말했다.

「이봐, 젊은이들, 싸우진 말게. 마을마다 짝 없는 여자가 하나씩은 있어야 해. 그래야 정직한 사람들이 걱정을 않게 되지. 그건 길가에 있는 우물과도 같은 거야. 목마른 사람은 누구나 마실 수 있지. 그게 없으면 집집마다 노크하며 물을 달라고 할 거고, 또 여자들은 그런 부탁을 받으면…….」

뒤를 돌아본 그는 교장을 발견했다.

「이런, 아직도 거기 계셨소? 회의엔 안 나가십니까? 카페가 학교로 바뀐 겁니까? 수업 끝났으면 같이 가십시다!」

「나도 가면 안 되겠소?」 노새몰이꾼 크리스토피스가 일행에게 눈을 찡긋하며 물었다. 「유다 역할이나 좀 해보게.」

그러나 포르투나스 선장은 이미 지팡이에 몸을 의지한 채 힘겹게 언덕을 올라가고 있었다. 오늘 그는 몸이 좋지 않았다. 류머티즘 때문에 밤새 잠을 이루지 못했던 것이다. 아침에 약 대신 라키를 큰 술잔으로 두세 잔 쭉 들이켰지만 아무 소용이 없었다. 통증 때문에 한순간도 편안하지 않았다.

〈부끄럽지만 않다면 비명이라도 지르고 싶은 심정이야. 그렇게 하면 통증이 조금이라도 가라앉을지 모르지. 하지만 이 알량한 자존심 때문에 즐거운 표정을 지어야 해. 지팡이를 놓쳐도 젊은이의 도움을 요청하진 않아. 내가 직접 몸을 구부려서 그걸 집어 들 거야. 자, 포르투나스 선장, 입술을 깨물게. 돛을 올리고 바다로 나가라고! 체면을 구기지 말란 말이야! 인생은 돌풍이야. 순식간에 지나가지!〉

그는 자신에게 화를 내며 투덜거렸다. 언덕길을 올라가던 그는 갑자기 좌우로 비틀거렸다. 잠시 멈춰 서서 주위를 둘러보았다. 아무도 보이지 않았다. 그는 안도하며 커다랗게 한숨을 내쉬었다. 고개를 들고 마을 위쪽을 바라보자, 나무들 사이로 남색 덧문이 달린 사제관이 희끗희끗하게 보였다.

「도대체 저 늙은이는 왜 하필 언덕 꼭대기에다 집을 지을 생각을 했담. 이런 젠장할!」 그는 투덜거린 뒤 다시 언덕을 오르기 시작했다.

일찍 도착한 마을 유지 두 명은 조용히 긴 의자에 다리를 접고 앉아 음식이 나오기를 기다리고 있었다. 사제는 음식을 시키러 부엌으로 가고 없었다. 부엌에서는 그의 외동딸인 마리오리가 커피와 시원한 물과 과일 따위를 준비하고 있었다.

창문 바로 옆 상석에는 리코브리시 마을의 첫 번째 원로가 근엄한 표정으로 앉아 있었다. 뚱뚱한 그는 멋진 리넨 바지와 금줄로 장식한 윗도리를 입고, 집게손가락에 두꺼운 금반지를 끼고 있었다. 그 금반지는 게오르게 파트리아르케아스의 머리글자인 G. P.가 박힌 도장이었다. 그의 손은 주교의 손처럼 포동포동하고 부드러웠다. 그는 부족 전체를 하인과 노예로 부리면서 평생 일이라곤 해본 적이 없었다. 볼록 나온 올챙이배와 펑퍼짐한 엉덩이에다, 세 겹으로 축 늘어진 턱살은 털이 부얼부얼한 살찐 가슴까지 내려왔다. 그에게 없는 것이라곤 단지 빠져 버린 앞니 두세 개뿐으로, 그 때문에 그는 혀짜래기소리를 내고 말을 더듬었다. 그러나 이런 결점조차도 그의 위엄에 한몫을 했다. 그와 대화하는 사람들은 모두 그의 말을 듣기 위해 몸을 앞으로 기울이지 않을 수 없기 때문이었다.

그의 오른쪽 구석 자리에는 두 번째 유지가 앉아 있었다. 마른 체격에 머리숱이 적고, 눈은 흐리멍덩했으며, 거대한 손에는 굳은살이 박여 있었다. 그는 이 마을에서 가장 부자인 라다스 노인으로, 비천하고 자기를 내세우지 않는 사람이었다. 70년 동안 허리 굽혀 땅을 갈고, 씨를 뿌리고, 수확하고, 올리브나무와 포도나무를 심어 그 열매를 짜서 마셨다. 아이였을 때부터 한 번도 땅을 떠나 본 적이 없었다. 만족할 줄 모르는 그는 오로지 땅에 자신의 모든 것을 바쳤고, 절대적인 수확을 거둬들이려고 했다. 그는 한 번도 〈하느님 감사합니다!〉라는 말을 해본 적이 없고, 오히려 끊임없이 투덜거리고 불평만 했다. 이제 노년에 이른 그는 땅만으로는 성에 차지 않았다. 죽을 날이 다가오는 것을 느낀 그는 마을 전체를 독차지하고 싶어 안달이었다. 그는 고리대금업에 전념했다. 포도밭과 집을 저당 잡히고 돈을 빌린 사람들이 제 날짜에 돈을 갚지 못하면 그 재산들이 경매에 붙여졌고, 그것들을 라다스 노인이 뒤에서 꿀꺽 삼키는 것으로 알려져 있었다.

노인은 쉴 새 없이 끙끙 앓는 소리를 했다. 음식조차 배불리 먹어 본 적이 없었다. 그의 아내 페넬로페는 맨발로 다녔다. 또한 힘들게 얻은 외동딸은 병에 걸렸는데도 의사에게 보내지 않았다.

「돈이 엄청나게 들 거야.」 라다스 노인은 이렇게 말했다. 「먼 도시에 있는 의사를 어떻게 데려오나? 또 그들이 알면 얼마나 더 알겠어? 염병할! 우리에겐 신부님이 있어. 그분은 오래된 약도 알고 있고, 난 병자성사에 대한 돈만 교회에 지불하면 돼. 그러면 딸아이는 금방 나을 테고 돈도 적게 들 거야.」

그러나 사제의 연약(煉藥)은 아무 소용 없었고, 성유(聖油)도 전혀 효과가 없었다. 결국 그의 딸은 열일곱 어린 나이에 죽음을 맞았고, 자기 아버지로부터 해방되었다. 노인 입장에서도 딸에게 들어갈 결혼 비용을 굳힌 셈이었다. 딸이 죽은 지 얼마 되지 않은 어느 날, 그는 계산서를 뽑아 보았다. 엄청난 결혼 지참금에다 리넨, 테이블, 의자 등을 구입하는 데 들어갈 비용, 게다가 돼지처럼 음식을 먹어 대는 친척들을 결혼식에 초대해야만 하지 않았나. 그리고 고기와 빵, 포도주……. 노인은 이 모든 비용을 합산해 보았다. 끔찍한 금액이었다. 딸이 살아 있었다면 그는 거지가 되었을 것이다. 그런데 그게 무슨 대순가? 어차피 우리는 모두 죽는다. 게다가 딸아이는 이 세상의 걱정거리인 남편이나 아이들, 질병, 가사 등을 벗어던졌다. 어찌 보면 행운아인 셈이다. 신이여, 그 아이의 영혼을 쉬게 하소서!

음식을 들고 들어온 마리오리는 유지들에게 인사한 뒤 눈을 내리깔고 먼저 집정관 앞으로 다가갔다. 그녀의 얼굴은 창백했고, 커다란 눈 위에 가느다랗게 눈썹을 그리고 있었다. 두 갈래로 멋지게 땋아 올린 밤색 머리카락이 왕관처럼 보였다. 늙은 집정관은 버찌 설탕 절임을 손수 한 숟갈 듬뿍 퍼 담은 다음, 어린 소녀를 쳐다보고 잔을 들어 올리며 말했다.

「너의 사랑을 위하여, 마리오리. 내 아들은 점점 애가 탄단다.」

사제의 딸은 그의 외아들인 미켈리스와 약혼한 상태였다. 그들이 결혼하면 자신에게도 곧 손자들이 생길 것이라며 사제는 자랑했다.

「그 녀석이 발정 난 수캐처럼 안달하는 이유를 이제 알겠군. 그걸 더 이상 못 참겠는 거야. 그 녀석 말로는…….」

노인은 껄껄 웃은 뒤 어린 소녀에게 윙크를 했다.

마리오리는 머리끝까지 빨개져서 입을 꼭 다물었다.

「우리 모두에게 기쁨을!」 그리고리스 사제가 백포도주를 한 병 들고 들어오며 소리쳤다. 「그리스도와 성모 마리아의 축복이 있기를!」

하얗게 센 콧수염을 두 갈래로 내려뜨리고 있지만 아직 젊고 강건한 사제는 향료와 기름 냄새를 풍겼다. 그는 딸아이가 당황하고 있는 것을 보고 화제를 바꿨다.

「그런데 양딸로 삼으신 레니오의 혼인 날짜는 언제로 생각하십니까?」

레니오는 집정관이 하녀에게서 낳은 사생아였다. 그는 레니오를 자신의 충실한 양치기 마놀리오스와 약혼시킨 다음, 그 양치기가 마을 근처의 성모 산에서 돌보아 오던 양 떼를 결혼 지참금으로 주었다.

「신의 뜻이라면 곧 하겠지요.」 집정관이 대답했다. 「레니오도 무척 서두르고 있소. 운이 좋은 아이요! 이제 젖가슴이 부풀어 올라 젖 먹일 아들이 필요한 게지. 지난번엔 〈이제 곧 5월이에요〉라고 그 애가 그러더군. 〈5월이라고요, 주인님. 지금이 가장 좋은 때예요〉라고 말이요.」

그가 다시 껄껄 웃어 대자 세 겹 턱살이 마구 출렁거렸다.

「5월엔 당나귀들이나 결혼하는데, 그 애 말이 맞죠. 레니오 말이 맞다고요. 지금이 가장 좋은 때죠. 하인들이긴 하지만 그들도 인간이니까요.」

「마놀리오스는 좋은 젊은이입니다.」 사제가 말했다. 「그들은 행복할 겁니다.」

「그렇겠죠. 나도 그 애를 아들처럼 아끼고 있소.」 집정관은 말을 이었다. 「그 아이를 처음 본 것은 아이 판텔레이몬 수도원에 갔을 때였죠. 그때 열다섯 살이었을 겁니다. 응접실에서 나를 환영하는 뜻으로 요리를 가져다주더군. 날개만 없을 뿐이지 정말 작은 천사였지. 그를 가엾게 여긴 난 혼자 중얼거렸소. 〈저렇게 잘생긴 아이는 수도원에서 나가야 해.〉 그래서 난 수도원장인 마나세 신부 방으로 갔다오. 그분은 그곳에 불구의 몸으로 여러 해 동안 살고 계셨소. 〈신부님, 부탁이 있습니다. 허락해 주신다면 수도원에 은 램프를 선사하겠습니다.〉 내가 그렇게 말하자 신부는, 〈좋으실 대로 하시오, 집정관. 하지만 마놀리오스는 안 됩니다〉라고 말씀하시더군. 그래서 〈제가 원하는 것이 바로 그 아이입니다, 신부님. 그 애를 데려가서 제 시중을 들게 하고 싶습니다〉 하고 말씀드렸소. 늙은 수도사는 한숨을 쉬며 말했소. 〈난 그 애를 아들로 생각하고 있습니다. 그 아이도 그렇고요. 그 애는 흠잡을 데가 전혀 없습니다. 난 몸도 약하고 혼잡니다. 동료도 하나 없지요. 밤마다 난 그 아이에게 수도자와 성인에 대해 애기합니다. 그렇게 해서 그 아이는 배우고 난 시간을 보낸답니다.〉 그래서 난 〈그 아이를 세상으로 보내주십시오, 신부님. 아이를 낳고 살게 해주세요. 인생을 살 만큼 산 후에는 그 아이도 수도사가 될 겁니다〉라고 말했지. 결국 진지한 토론 끝에 난 그 소년을 얻게 됐소. 이제 난 그 아이에게 레니오를 줄 생각입니다. 그들에게 행운이 있기를!」

「그러면 그 아이는 당신에게 손주들을 안겨 주겠군요.」 라다스 노인이 코웃음을 치며 말했다. 그는 숟가락으로 버찌를 조금 떠서 우적우적 씹어 먹고 백포도주를 한 모금 마신 뒤 머리를 조아리며 말했다.

「우리의 노동에 보답이 있기를. 하느님, 우리가 굶어 죽지 않게 하소서. 포도밭과 농작물이 예년 같지 않사옵니다. 저희들을 인도하소서.」

「하느님은 모든 것을 주십니다.」 사제가 딱딱한 목소리로 말했다. 「용기를 내세요, 라다스 형제. 허리띠를 졸라매요. 변명하지 말고. 과식은 해롭습니다. 사치를 버리고, 가난한 사람들한테 돈을 던져 주지 마십시오.」

집정관이 너무 큰 소리로 웃는 바람에 집이 흔들렸다.

「자비를 베푸소서, 기독교인들이여! 라다스 옹(翁)이 굶어 죽어 가고 있습니다.」 사제는 우는소리를 하며 커다란 손을 내밀었다.

무거운 발소리와 함께 계단이 삐걱거렸다.

「바다표범 포르투나스 선장이시군요.」 사제가 문을 열기 위해 자리에서 일어나며 말했다. 「잠깐만, 마리오리. 그분께도 마실 것을 드려야지. 내가 가서 큰 잔에 라키를 따라 와야겠다. 선장은 포도주 따윈 거들떠보지도 않거든.」

선장은 문지방 앞에 잠시 멈춰 서서 숨을 돌렸다. 그러곤 입술로 미소를 지으며 들어왔지만 이마에선 땀이 뚝뚝 떨어져 내렸다. 그의 뒤를 따라 교장 선생이 숨을 헐떡이며 들어섰다. 그는 모자로 열심히 부채질을 해댔다. 그때 사제가 라키 잔을 들고 들어왔다.

「그리스도가 부활하셨소, 여러분.」 선장이 세 노인에게 말했다. 그러곤 이를 갈며 긴 의자에 최대한 살그머니 앉은 뒤 소녀에게 말했다.

「설탕 절임이나 커피는 필요 없다, 마리오리. 그런 건 숙녀와 노인에게나 좋은 거야. 다른 사람들은 큰 잔이라 부르지만 나한테는 작은 잔인 이것이면 돼. 너의 결혼을 위하여!」 선장은 사제가 건넨 라키 잔을 단숨에 비웠다.

「오늘은 위대한 날입니다.」 교장 선생은 커피를 맛보면서 말했다. 「마을 사람들이 금방 몰려올 겁니다. 그러니 우리도 서둘러 결정해야 합니다.」

마리오리가 접시를 들고 방에서 나가자 사제는 문을 걸었다. 햇볕에 탄 그의 커다란 얼굴에 갑자기 예언자다운 위엄이 서렸다. 숱 많은 눈썹 아래 두 눈동자가 빛났다. 그는 배불리 먹고 마시고, 수틀리면 욕하고, 화나면 주먹까지 휘두르는 사제였다. 요즘 들어서는 늙은 나이에도 불구하고 여자만 보면 혈기가 발동했다. 그의 머리와 가슴과 배 속에는 온통 인간의 욕정으로 가득했다. 그러나 미사를 올리거나, 머리 들고 찬양하거나, 파문(破門)을 내릴 때는, 사막의 광풍이 그를 휩쓸고 지나가면서 대식가이자, 술고래이자, 호색한인 그리고리스 사제를 예언자로 탈바꿈시켰다.

「형제 유지 여러분.」 그가 근엄한 목소리로 말하기 시작했다. 「오늘은 성스러운 날입니다. 신은 우리를 보고 계시며 듣고 계십니다. 이 방에서 말하는 모든 것을 신은 하나하나 기록하실 겁니다! 그리스도는 부활하셨지만, 우리의 육신 속에서는 아직도 못 박혀 계십니다. 우리 원로들과 유지들과 형제들 속에서도 부활하시는지 두고 봅시다. 오랜 친구인 집정관 나리는 잠시 세상일을 잊으시오. 당신과 당신이 지닌 모든 것은 이 땅에선 행운이라 할 수 있소. 당신은 자신의 몫보다 더 많이 먹고 마시고 가졌소. 그런 좋은 것들 속에서 당신의 영혼을 불러내어 우리가 옳은 결정을 내리도록 도와주시오. 그리고 라다스 어르신, 이런 성스러운 날엔 금고 속에 쌓아 놓은 기름과 포도주와 터키 금화 따위는 잊으십시오. 내 아우인 교장 선생에겐 특별히 할 말이 없군요. 그의 영혼은 식탁과 금화와 여자에 대한 즐거움을 초월하여 항상 신과 은총을 향해 열려 있으니 말이오. 그리고 늙은 죄인인 포르투나스 선장, 당신은 흑해를 당신의 죄악으로 가득 채웠소. 신의 심판을 생각하고, 우리가 당신을 도울 수 있도록 해주시오.」

선장이 콧방귀를 뀌며 소리쳤다.

「과거는 들먹이지 마시오, 사제. 그건 신이 심판하실 거요! 우리에게도 말할 자유가 있다면, 난 당신의 신성(神性)에 대해 얘기할 필요가 있다고 생각하오.」

「말하시오, 사제. 하지만 조심하시오. 당신은 지금 마을 유지들에게 얘기하고 있으니까.」 집정관은 그렇게 말하곤 눈살을 찌푸렸다.

「난 지금 버러지들에게 말하고 있소!」 사제는 고함을 버럭 질렀다. 「나 역시 버러지이고. 그러니 참견하지 마시오. 손님들이 곧 들이닥칠 테니 결정할 일이나 빨리 합시다. 우리 마을은 7년마다 한 차례씩 성주간이 돌아오면 주민 대여섯 명을 임명하여 그리스도의 수난을 재연해 왔습니다. 이건 아버지들이 자식들에게 물려온 이 마을의 오랜 전통이고 올해가 그 7년째 되는 해입니다. 그래서 이 마을 지도자인 우리는 오늘 세 명의 위대한 제자인 베드로와 야고보와 요한, 그리고 가리옷 사람 유다와 매춘부인 막달라 마리아의 역할을 맡길 사람으로 누가 가장 적당한지 결정해야 합니다. 그리고 무엇보다도, 주여 용서하소서, 한 해 동안 마음을 청결히 하여 십자가에 못 박히신 그리스도를 대신할 남자를 선택해야 합니다.」

사제는 잠시 말을 멈추고 숨을 돌렸다. 교장 선생이 그 기회를 잡았다. 그의 목젖이 오르락내리락했다.

「고대인들은 이것을 의식이라고 했습니다. 성지(聖枝) 주일에 교회 현관 아래에서 시작하여 성토요일 자정에 정원에서 그리스도의 부활로 끝이 나죠. 이교도들은 극장과 곡마단에서 공연을 하고, 기독교인들은 그들의 의식을…….」

그때 그리고리스 사제가 교장 선생의 말을 잘랐다.

「좋아요, 좋아. 그건 누구나 다 아는 얘깁니다, 교장 선생. 내가 끝내죠. 말씀은 살이 됩니다. 우리는 직접 눈으로 그리스도의 수난을 보고 만집니다. 주위의 모든 마을에서 순례자들이 떼를 지어 몰려옵니다. 그들은 교회 주위에 텐트를 치고, 성주간 동안 내내 괴로워하면서 회개합니다. 그런 다음 축제를 열어 〈그리스도가 부활하셨다〉는 환성에 맞춰 춤을 춥니다. 형제 유지 분들도 아시겠지만, 성주간 동안에는 많은 기적들이 일어납니다. 많은 죄인들은 눈물을 흘리며 회개합니다. 부자가 되기 위해 저질렀던 죄들을 고백하고, 영혼을 구하는 대가로 포도밭이나 논밭을 교회에 헌납하는 사람들도 있습니다. 듣고 있습니까, 라다스 옹?」

「하던 말이나 계속하시오. 바다에다 조약돌 던지는 짓은 그만두시고.」 라다스 노인은 화를 벌컥 내며 말했다. 「그런 수법은 나한테 안 통한다는 걸 똑똑히 기억해 두시오.」

「우리가 오늘 이렇게 만난 것은…….」 사제는 말을 계속했다. 「이 신성한 의식을 누구에게 맡길 것인지 결정하기 위해섭니다. 각자 자기 의견을 기탄없이 말씀해 주시오. 집정관, 당신이 첫 번째 유지이니 먼저 말해 보시오. 좀 들어 봅시다.」

「유다 역할에 딱 맞는 인물이 있소!」 선장이 불쑥 끼어들었다. 「석고먹쇠인 파나요타로스보다 더 적격인 사람은 없을 거요. 곰보에다 기운도 센 고릴라 같은 사내지. 내가 오데사에서 본 고릴라와 정말 똑같더군. 더욱 중요한 건 그 역할에 딱 어울리는 수염과 머리카락이 있다는 거요. 마귀의 수염과 머리카락처럼 붉지.」
「당신 차례가 아닙니다, 선장.」 사제가 엄하게 말했다. 「그렇게 서둘지 마십시오. 당신 앞에 다른 사람들이 많이 있으니까. 자, 말해 보시지요. 집정관.」
「무슨 말을 하면 좋겠소, 사제?」 집정관이 대꾸했다. 「내가 바라는 건 한 가지뿐이오. 그리스도 역할을 내 아들 미켈리스에게 맡겨야 한다는 거지.」
「불가능합니다.」 사제는 잘라 말했다. 「그리스도는 가난하고 비쩍 말랐는데, 젊은 집정관인 당신 아들은 크고 뚱뚱하며 먹고 마시는 일로 인생을 즐기고 있잖습니까. 미안한 얘기지만 어울리지 않아요. 게다가 그가 과연 그 어려운 역할을 해낼 수 있을까요? 채찍으로 맞고, 가시 면류관을 써야 하며, 십자가에도 매달려야 합니다. 미켈리스는 그럴 힘이 없을 겁니다. 떨어져서 다치기라도 하면 좋으시겠소?」
그러자 선장이 다시 끼어들었다.
「가장 중요한 것은 그리스도의 머리카락은 금발이었다는 사실이오. 하지만 미켈리스의 머리카락과 수염은 구두약처럼 검습지 않소.」
「막달라 마리아 역으로는 과부 카테리나가 적격이지.」 라다스 노인이 혀를 차며 말했다. 「그 계집은 필요한 조건을 다 갖추었소. 예쁜 매춘부인 데다 머리까지 금발이오. 언젠가 마당에서 빗질을 하고 있는 그녀를 보았는데, 머리카락이 무릎까지 내려오더군. 마귀가 들면 그 여자는 대사제를 저주할 거요.」
선장은 농을 하려고 입을 반쯤 벌렸다가 사제가 쳐다보자 얼른 다물었다.
「악역을 맡을 사람은 찾기가 쉽지요.」 사제가 말했다. 「유다와 막달라 마리아 말입니다. 그런데 착한 역할은 누가 좋겠습니까? 이 점에 대해 조언해 주시기 바랍니다. 그리스도를 닮은 사람을 어디서 찾으면 좋을까요? 육체적으로만 닮아도 충분합니다. 이 생각 때문에 며칠 동안 잠을 이루지 못했습니다. 그랬더니 신이 저를 불쌍히 여기셨던 모양입니다. 적당한 사람을 찾았습니다.」

「누구 말이오?」 늙은 집정관이 찔끔하며 물었다. 「말하시오.」

「그렇게 물으시니 말씀드립니다만, 당신을 섬기는 사람으로 당신도 무척 좋아하는 양치기 마놀리오스입니다. 그는 새끼 양처럼 온순하며, 글도 읽을 줄 알고 수도원에도 있었습니다. 푸른 눈동자에 벌꿀처럼 노란 짧은 턱수염이 있어서 그리스도를 빼닮았습니다. 게다가 신앙심도 깊고요. 그는 일요일마다 미사에 참석하려고 산에서 내려옵니다. 또한 저는 그의 참회를 듣고 성찬식을 줄 때마다 나무랄 일이 전혀 없다는 것을 알게 됩니다.」

「그 녀석은 약간 돌았소.」 라다스 노인이 고자질했다. 「유령을 보고 다니지 않소.」

「그 점은 걱정할 것 없습니다.」 사제는 노인을 안심시켰다. 「영혼만 순수하면 되니까요.」

「그는 채찍과 가시 면류관과 십자가의 무게를 견뎌 낼 수 있습니다. 더 중요한 것은 그가 양치기라는 사실이죠. 그리스도도 우리 인간들의 양치기 아닙니까.」 교장 선생이 설교조로 말했다.

「찬성하오.」 집정관은 한참 동안 곰곰이 생각한 뒤 말했다. 「그러면 내 아들에겐 뭘 시키지?」

「그에겐 요한이 아주 적합할 겁니다.」 사제는 열심히 설명을 달았다. 「필요한 조건을 다 갖췄어요. 살집이 좋은 데다 머리카락이 검고, 아몬드색 눈동자에, 사랑받는 제자처럼 좋은 가족까지 두었잖습니까.」

「야고보 역은 카페를 운영하는 코스탄디스보다 더 잘할 사람이 없을 것 같습니다.」 교장 선생이 형인 사제의 눈치를 살피며 말했다. 「그는 비쩍 마르고 험악한 얼굴에다 성격이 괴팍해서 야고보 역에 적격입니다.」

「그에겐 그가 없이는 못 사는 부인이 있잖소.」 이번에도 선장이었다. 「그 사도도 결혼한 사람이었소? 그래요? 가장 많이 배운 당신 의견은 어떻소?」

「신성한 것을 비웃는 짓은 그만두시오, 선장!」 사제가 불끈 화를 내며 소리쳤다. 「여기는 인간쓰레기들에게 상스러운 얘기나 지껄이는 당신 배가 아닙니다. 우리는 지금 의식을 준비하고 있어요.」

교장 선생이 용기를 내어 말했다.

「베드로 역으로는 행상인 야나코스가 좋을 것 같습니다. 이마는 좁고, 머리카락은 곱슬곱슬한 백발이며 턱이 뭉툭하죠. 불끈 화를 내다가도 금방 사그라지는 심성이 착한 사람입니다. 마을 사람 중에서 그만큼 베드로 역에 어울리는 사람이 없습니다.」

「사기성이 좀 있지.」 집정관이 커다란 머리를 저으며 말했다. 「하지만 장사치란 게 다 그렇지 뭐. 그건 상관없소.」

「그는 자기 아내를 죽였다고 합디다.」 라다스 옹이 빈정거렸다. 「그녀에게 뭘 먹여서 죽였다더만.」

「거짓말, 거짓말입니다!」 사제가 소리쳤다. 「그런 얼토당토않은 얘긴 하지 마십시요! 그 여자는 식탐이 과해 생콩을 한 대접이나 먹었습니다. 그러곤 목이 너무 말라 물을 한 주전자나 마셨죠. 그래서 배 속의 콩이 불어나서 죽은 겁니다. 당신의 영혼을 더럽히지 마시오, 라다스 옹!」

「죽고 싶어 환장을 했던 거지!」 선장이 끼어들었다. 「날콩을 그렇게 먹고 물을 마셨으니 말이오. 그 여잔 라키만 마셨어야 했소.」
「우린 아직 빌라도 총독과 가야파 대사제 역할을 맡을 사람을 정하지 못했어요.」 교장 선생이 말했다. 「그런 사람을 찾아내기가 힘들 것 같습니다.」
「당신보다 나은 빌라도는 찾아보기 어렵습니다, 집정관.」 사제가 용기를 내어 아부하듯 말했다. 「그렇게 찌푸리지 마십시오. 빌라도도 위대한 귀족이었습니다. 당당하고, 속이 차고, 깔끔하고, 턱이 두 개인 것도 당신과 똑같습니다. 그는 좋은 사람으로, 그리스도를 구하기 위해 자기가 할 수 있는 일을 다 했습니다. 결국 〈난 이 일에서 손을 떼겠소〉라고 말하고 죄를 면했죠. 받아들이세요, 집정관. 그래서 우리의 의식에 위대함을 부여해 주십시오. 그것이 우리 마을 사람들을 얼마나 영광스럽게 할지 생각해 보세요. 덕망 있는 파트리아르케아스 집정관이 본티오 빌라도 역할을 할 것이라는 소식을 들으면 얼마나 많은 사람들이 몰려올지 생각해 보십시오!」
집정관은 흡족한 미소를 지으며 긴 담뱃대에 불을 붙였다.
「가야파 역은 라다스 옹이 가장 적격일 거요!」 선장이 다시 참견하고 나섰다. 「사제께서는 여러 성상을 그려 보셨으니 아실 테죠. 가야파의 모습은 어떻게 생겼소?」
「글쎄요.」 사제는 마른침을 꿀꺽 삼켰다. 「라다스 옹과 상당히 비슷하죠. 꾀죄죄한 피부와 골격, 움푹 들어간 볼, 누런 코와 좁은……」
「콧수염도 지저분하죠?」 남의 아픈 데를 콕콕 찌르기 좋아하는 선장이 계속 물었다. 「그는 자신의 수호천사에게도 물 한 방울 주기 아까워하는 그런 사람이었고? 그도 신발 밑창이 닳을까 봐 구두를 겨드랑이에 끼고 다니지 않았소?」

「난 가겠소!」 라다스 옹이 소리치며 벌떡 일어섰다. 「그런데 선장, 자넨 왜 아무 역할도 맡지 않는 건가? 뭘 기다리고 있는 거지? 그렇게 빤질빤질한 피부를 가진 사내한테는 맡길 만한 역할이 없는 모양이지?」

「나 말이오? 난 예비용이오.」 선장은 껄껄 웃으며 콧수염을 만지는 시늉을 했다. 「우리 모두는 인간이고 젊지도 않소! 어쩌면 금년 중 여러분 가운데 한 분은 돌아가실지도 모르오. 이를테면 콧수염이 있는 라다스 당신이나 빌라도가 말이오. 그럴 경우 의식을 무사히 끝내기 위해 내가 그 자리를 맡게 될 거요.」

「가야파 역을 맡을 사람은 다른 데 가서 찾아보시오. 난 흥미 없으니까!」 늙은 구두쇠가 소리쳤다. 「암튼 나는 밭에 물을 뿌려야 해. 그러니 가겠소!」

라다스 노인이 문으로 향하자, 사제가 얼른 그곳으로 가서 두 팔을 벌리고 막았다.

「마을 사람들이 오고 있는데 어딜 가시려고요? 우릴 모두 웃음거리로 만들고 싶은 겁니까?」

사제는 수레바퀴 구르는 소리가 들려오는 쪽을 돌아보았다.

「당신도 다른 사람들처럼 희생해야 합니다, 라다스 옹. 지옥 불을 생각해 보십시오. 우리가 하는 이 일을 도와주면 신을 기쁘게 하여 당신이 지은 많은 죄가 사해질 겁니다. 당신보다 더 나은 가야파는 없으니 고집 부리지 마세요. 신은 당신의 노력을 책에 기록하실 겁니다.」

「난 가야파가 되고 싶지 않다니까!」 라다스 옹은 겁에 질린 표정으로 소리쳤다. 「다른 사람을 찾아요! 그리고 책에 기록하는 얘기라면…….」

그러나 노인은 말을 끝낼 겨를이 없었다. 마을 사람들이 계단을 올라오자 사제는 문의 빗장을 풀었다.

「그리스도가 부활하셨습니다, 유지님들!」 여남은 명의 마을 사람들이 가슴이나 입술, 혹은 이마에 손을 얹고 들어왔다. 그들은 벽을 따라 한 줄로 섰다.

「부활하셨고말고!」 유지들은 앉은 자세를 바로잡으며 대답했다. 나이 든 집정관은 자신의 담배쌈지를 돌렸다.

「나의 자녀들아, 모든 것이 결정되었다.」 사제가 말했다. 「때맞춰서 왔구나. 모두 환영한다!」

그가 손뼉을 치자 마리오리가 들어왔다.

「마리오리, 이 젊은이들에게 마실 것과 부활하신 그리스도를 위한 빨간 달걀을 하나씩 나눠 주렴!」

그들은 음료를 마신 뒤 빨갛게 물들인 달걀을 하나씩 받았다.

「나의 자녀들아.」 사제는 양쪽으로 갈라진 콧수염을 어루만지며 말하기 시작했다. 「어제 미사가 끝난 후 나는 너희가 해야 할 일에 대해 미리 설명했다. 다음 부활절에 우리 마을에서는 위대한 의식을 행하게 되어 있다. 그래서 우리는 빈부귀천을 떠나 모두가 도와야 한다. 6년 전에도 우리 모두는 얼마나 성스러운 주간을 보냈던가! 얼마나 많은 눈물을 쏟고, 얼마나 극심한 고통에 신음했던가! 그런 후 그리스도가 부활하신 일요일이 되자, 우리는 기쁨에 촛불을 환히 밝히고, 두 팔을 활짝 벌리며 열렬하게 춤판에 뛰어들어 〈죽음을 딛고 그리스도가 부활하셨네〉라고 노래 불렀지. 우리 모두는 형제가 되었노라! 내년의 그리스도 수난 의식은 훨씬 더 멋질 것이다. 동의하는가, 나의 형제들이여?」

「동의합니다, 신부님!」 그들은 일제히 대답했다. 「신의 은총으로 말미암아!」

「신의 은총으로 말미암아!」 사제는 자리에서 일어서며 말했다.

「우리 원로들은 올해 그리스도의 수난을 실연할 사람들을 뽑았느니라. 사도들과 빌라도 총독, 가야파 제사장과 그리스도 역을 맡을 사람들은 이미 결정되었다. 코스탄디스, 이 앞으로 나오게.」

카페 주인은 앞치마 모서리를 잡아 빨간색 허리띠 사이로 쑤셔 넣고 앞으로 나아갔다.

「코스탄디스 자네는 그리스도의 금욕적인 제자 야고보로 선정되었네. 무겁지만 성스러운 부담이지. 그러니 위엄 있게 참아 내게, 알겠나? 야고보의 명예를 손상시키지 말란 말이야. 오늘부터 자네는 새 사람이 되어야 해, 코스탄디스. 착하지만 더 착한 사람이 되어야 한다고. 더 정직하고 더 정중해야 해. 교회에도 더 자주 나오도록 하게. 커피에는 보리를 더 적게 넣고, 터키인이 좋아하는 빵을 두 조각으로 잘라 반 개를 한 개처럼 파는 짓도 그만두게. 특히 자네 부인에게 손찌검하지 않도록 조심하게. 오늘부터 자넨 코스탄디스일 뿐만 아니라, 사도 야고보이기도 하단 말일세, 알겠나?」

「알겠습니다.」 코스탄디스는 대답한 뒤 얼굴이 빨개져서 뒤로 물러났다. 그는 〈제가 아내를 때리는 게 아니라 아내가 절 때립니다〉라고 말하고 싶었지만 부끄러워 그만두었다.

「미켈리스는 어딨나? 그 아이가 필요한데.」 사제가 물었다.

「부엌에 들러 신부님 따님과 얘기하고 있습니다.」 야나코스가 대답했다.

「누가 그 아이를 좀 데려오게. 그리고 야나코스는 이 앞으로 나오게.」

행상은 한 걸음 앞으로 나가 사제의 손에 입을 맞췄다.

「자넨 어려운 역을 맡았어. 베드로 역이라네. 주의하게! 그 노인에 대해서는 잊어버리게. 이건 임명식이야. 야나코스, 난 그대를 신부의 이름으로 임명하노라. 그대는 사도 베드로니라! 자넨 글을 좀 아니 복음서를 읽어 보게. 그러면 베드로가 어떤 사람인지, 무슨 말을 했는지, 또 무슨 일을 했는지 알게 될 거야. 자네도 당나귀처럼 고집불통이긴 하지만 마음씨는 착하지. 과거는 잊고 하느님께 다가갈 새로운 길을 택하게. 이제부터는 무게를 줄여서 전달하거나, 뻐꾸기를 나이팅게일로 속여 팔거나, 다른 사람의 비밀을 캐기 위해 편지를 뜯어 보는 짓 따위는 그만두라고, 알겠는가? 〈그대로 따르겠습니다!〉라고 말하게.」

「그대로 따르겠습니다, 신부님.」 야나코스는 최대한 빨리 뒤쪽으로 물러났다. 그는 이 마귀 같은 사제가 사람들 앞에서 자신의 작은 속임수까지 들춰낼까 봐 벌벌 떨고 있었다.

그러나 사제는 그를 불쌍히 여기고 있었기 때문에 더 이상 말하진 않았다. 그러자 야나코스는 간이 커져서 말했다.

「신부님, 부탁이 있습니다. 복음서에도 당나귀가 나오는 걸로 알고 있습니다. 종려 주일에 그리스도가 예루살렘에 들어가실 때 당나귀를 타고 가셨습니다. 그러니 우리도 한 마리 필요하죠. 저는 제 당나귀를 사용하고 싶습니다.」

「그러도록 하게, 베드로. 자네 당나귀로 하세.」 사제가 허락하자 모두 웃음을 터뜨렸다.

집정관의 아들 미켈리스가 들어왔다. 건장하고 혈기왕성한 그는 아마와 공단으로 지은 멋진 옷차림에 귀에는 꽃을 꽂고 손가락엔 금반지를 끼고 있었다. 조금 전 마리오리의 손을 잡았던 탓에, 두 볼이 발갛게 상기되어 있었다.

「어서 오게나, 미켈리스.」 사제는 장래 사위가 될 청년을 조용히 응시하며 말했다. 「우리는 만장일치로 자네를 그리스도가 가장 사랑한 제자 요한으로 결정했네. 대단히 영광스럽고 기쁜 일이야, 미켈리스. 그리스도의 가슴에 기대어 그분을 위로할 사람은 바로 자네야. 다른 제자들은 다 흩어져도 십자가를 진 그분을 마지막까지 따라간 사람이 자네란 말일세. 그리스도가 자기 어머니를 의탁한 사람도 바로 자네야.」

「신부님의 축복을 받았습니다.」 미켈리스가 기쁨으로 얼굴을 붉히며 말했다.「어릴 때부터 요한을 존경했습니다. 그분은 항상 젊고, 잘생기고, 친절했거든요. 감사합니다, 신부님. 저에게 해주실 말씀이 있으신지요?」

「없네, 미켈리스. 자네의 영혼은 비둘기처럼 순결하고, 가슴엔 사랑이 넘치고 있지. 그러니 요한의 명예를 더럽히지 않을 걸세. 나의 축복을 받을지어다!」

「이젠 가리옷 유다 역을 맡길 사람을 찾아야 해.」 사제는 먹잇감을 찾는 매의 눈으로 마을 사람들을 하나하나 살펴보았다. 그의 냉엄한 시선이 머물 때마다 사람들은 무서워 벌벌 떨었다.「하느님, 도와주십시오. 전 싫습니다. 유다가 되고 싶지 않습니다.」 그들 중 한 사람이 중얼거렸다.

사제의 시선은 붉은 수염이 달린 석고먹쇠의 얼굴에서 멎었다.

「파나요타로스, 이리 가까이 오게. 자네가 좀 수고해야겠네.」

파나요타로스는 등에 진 멍에를 벗기려고 버둥대는 황소처럼 우람한 어깨와 굵은 목을 마구 흔들어 댔다. 그는 〈싫습니다, 전 싫어요!〉라고 소리치고 싶었지만 마을 유지들 앞에서 그럴 용기가 나지 않았다.

「신부님의 명령이라면요.」 파나요타로스는 곰처럼 느릿느릿 다가가며 말했다.

「우리가 바라는 건 몹시 고통스러운 봉사라네, 파나요타로스. 하지만 자넨 우리 부탁을 거절하지 않을 걸세. 자네의 행동이 좀 거칠긴 하지만 마음씨는 아주 부드럽지. 껍질은 돌처럼 딱딱하지만 그 속엔 맛있는 아몬드가 들어 있는 것처럼 말일세. 내 말 듣고 있는가, 파나요타로스?」

「듣고 있습니다. 전 귀머거리가 아닙니다.」 그가 대답하곤 곰보 얼굴을 붉혔다. 그는 사제가 원하는 것이 무엇인지 짐작했지만, 달콤한 말과 아첨에 정나미가 떨어졌다.

「유다가 없다면 십자가에 못 박힌 그리스도도 없네. 그러면 그리스도의 부활도 있을 수 없지. 그러므로 우리 중 한 사람이 자신을 희생하여 유다 역을 맡아야만 해.」

「유다라고요? 제가요? 싫습니다!」 석고먹쇠 파나요타로스는 퉁명스럽게 말했다. 그가 주먹을 움켜쥐자, 붉은색 달걀이 부서지며 노른자가 흘러내렸다.

집정관이 벌떡 일어났다. 그는 긴 담뱃대를 위협적으로 쳐들며 소리쳤다.

「이거야 원, 정말 말세로군! 그렇다면 이제부터 자네들에게 명령을 내리겠네. 여긴 코스탄디스 카페가 아니라 원로들의 의회야. 원로들이 결정하면 그것으로 끝이지. 자네들은 복종해야만 해. 알아들었나, 석고먹쇠?」

「저도 원로들의 의회를 존중합니다.」 파나요타로스는 항변했다. 「하지만 저에게 그리스도를 배반하라고 요구하진 마십시오. 그건 절대 하지 않겠습니다!」

집정관은 씩씩거렸다. 숨이 막혀서 하고 싶은 말이 나오지 않았다. 포르투나스 선장은 그 틈을 이용하여 재빨리 자기 잔을 다시 채웠다.

「자넨 비뚤어져서 모든 걸 삐딱하게 보고 있네, 파나요타로스.」 사제가 부드러운 목소리로 끼어들었다. 「그리스도를 배반한 자는 자네가 아니야, 이 어리석은 사람아. 자넨 단지 그리스도를 배반한 유다 흉내만 내는 거라고. 그래야만 그리스도를 십자가에 못 박고 나중에 부활하게 할 수 있으니까. 그리스도를 십자가에 못 박기 위해서는 누군가가 그분을 배반해야만 해. 골치가 좀 아프겠지만 조금만 주의하면 이해할 수 있네. 이 세상이 구원받으려면 그리스도는 십자가에 못 박혀야 해. 그러기 위해서는 누군가가 그리스도를 배반해야 하고, 따라서 유다가 없이는 안 돼. 다른 제자들보다 더 필요하단 말일세. 다른 제자는 하나쯤 빠져도 상관없네. 하지만 유다가 빠지면 아무 일도 되지 않아. 그는 그리스도 다음으로 가장 필요한 사람일세. 이해하겠나?」

「저더러 유다가 되라고요? 절대로 못합니다!」 파나요타로스는 부서진 달걀을 손으로 주물럭거리며 말했다. 「전 유다가 되기 싫어요. 더 이상 말하고 싶지 않습니다!」

「이보게, 파나요타로스, 유다가 되어 우릴 기쁘게 해주게. 그러면 자네 이름은 영원히 빛날 걸세.」 교장 선생이 부탁했다.

「라다스 옹도 그렇게 부탁하고 계시네.」 선장도 입술을 훔치며 말했다. 「자네가 노인에게 지고 있는 빚도 너무 재촉하지 않겠다고 하시는군. 게다가 이자까지 깎아 주겠다고 하시네.」

「남의 일에 참견하지 마시오, 선장.」 그의 옆에 앉아 있던 구두쇠 노인이 소리쳤다. 「난 그런 말 한 적 없네. 하느님의 명령을 따르게, 파나요타로스. 난 누구에게도 이자를 깎아 주진 않을 걸세!」

모두가 조용했다. 파나요타로스의 가쁜 숨소리만 들렸다. 그는 마치 산을 오르고 있는 것처럼 헐떡거렸다.

「질질 끌지 맙시다.」 선장이 말했다. 「이 가여운 친구에게 납득할 시간을 주자고요. 유다가 되는 일은 간단하지 않습니다. 다짜고짜 밀어붙이기만 할 일이 아니라고요. 그에겐 생각할 시간과 라키 술이 필요해요. 마놀리오스는 어찌 되었습니까? 그 문제로 넘어갑시다.」

「그 친구는 레니오와 달콤한 말을 속삭이고 있었습니다. 부르지 않는 게 나을 겁니다!」 야나코스가 말했다.

「저 여기 있습니다.」 마놀리오스가 얼굴을 붉히며 말했다. 그는 아무도 모르게 살짝 방으로 들어와 맨 구석에 서 있었던 것이다. 「집정관 나리와 어르신들 분부를 기다리고 있습니다.」

「가까이 오너라, 마놀리오스.」 사제가 달콤하고 부드러운 목소리로 말했다. 「이리 와서 내 축복을 받으렴.」

마놀리오스는 앞으로 나가 사제의 손에 입을 맞추었다. 그는 내성적인 청년이었다. 금발에 옷차림은 초라했고, 몸에서는 백리향과 양젖 냄새가 났다. 그의 푸른 눈동자에서는 정직함을 읽을 수 있었다.

「네가 가장 중요한 역을 맡게 되었다, 마놀리오스.」 사제는 엄숙한 목소리로 말했다. 「신이 너의 몸짓과 목소리와 눈물과 신성한 수난으로 부활시키기로 결정하신 바로 그분의 역할이다. 가시 면류관을 쓰고, 채찍을 맞으며, 신성한 십자가를 운반하고, 그 십자가에 못 박힐 사람이 바로 너로구나. 오늘부터 내년 성주간까지 너는 오직 그 한 가지만을 생각해야 한다, 마놀리오스. 어떻게 해야 십자가의 끔찍한 무게를 감당할 만한 인간이 될 수 있겠는지, 오직 그것만 생각하도록 해라.」

「저는 그런 인물이 못 됩니다.」 마놀리오스는 떨리는 목소리로 대답했다.

「그런 인물은 없다. 하지만 신이 널 선택하셨다.」

「전 그런 인물이 못 됩니다.」 마놀리오스는 다시 우물거렸다. 「게다가 약혼하여 여자까지 만졌어요. 제 영혼은 죄를 지었습니다. 며칠 뒤엔 결혼할 거고요. 그런 제가 십자가의 무거운 짐을 어떻게 견뎌 낼 수 있겠습니까?」

「하느님의 뜻을 거역하지 마라.」 사제는 엄하게 타일렀다. 「그래, 넌 그만한 인물이 못 돼. 하지만 신의 은총으로 용서하고 사면하고 선택한다. 넌 선택된 사람이야. 그러니 입을 다물라!」

마놀리오스는 입을 다물었지만 기쁨과 두려움으로 가슴이 쿵쿵 뛰기 시작했다. 그는 창밖을 내다보았다. 멀리 펼쳐진 벌판이 초록빛을 띠며 촉촉이 젖어 있었다. 가랑비가 멈췄다. 눈을 쳐든 마놀리오스는 갑자기 몸을 떨었다. 에메랄드빛과 빨강과 금색의 멋진 무지개가 하늘과 땅을 서로 잇고 있었다.

「하느님의 뜻에 따르겠습니다.」 그는 자기 가슴에 손을 얹으며 말했다.

「이제 제자들은 앞으로 나오라.」 사제가 말했다. 「파나요타로스, 자네도 찌푸린 얼굴 그만 펴고 이리 나오게. 아무도 잡아먹지 않을 테니, 이리 나와 축복을 받게나.」

네 명의 제자가 나가서 마놀리오스의 오른쪽과 왼쪽에 서자, 사제는 그들의 머리 위로 두 팔을 뻗어 축복했다.

「하느님의 축복과 성령이 그대들 위에 내리길 바라노라. 봄이 오면 나무들이 수액으로 부풀어 올라 싹을 틔우듯이, 그대들의 가슴도 마찬가지니라. 하지만 이번엔 죽은 나뭇가지에서도 꽃을 피울 것이니라! 성주간 동안에는 이들을 충직한 인간으로 만드는 기적을 베풀어, 사람들이 야나코스, 코스탄디스, 미켈리스라 부르지 않고 베드로, 야고보, 요한으로 알도록 하소서. 가시 면류관을 쓰고 골고타로 올라가는 마놀리오스를 만나면, 사람들이 두려움에 사로잡히게 하소서……. 대지가 다시 한 번 벌벌 떨게 하시고, 태양은 어두워지고, 그들의 영혼 속에서 성전의 휘장이 위에서 아래까지 둘로 찢어지게 하소서! 그들의 눈에 눈물이 가득 고이게 하시고, 그들을 정화하시고, 우리 모두가 형제임을 깨닫게 하소서! 교회의 계단에서뿐만 아니라, 우리의 가슴속에서도 그리스도가 부활하시길 바라나이다! 아멘.」

세 명의 제자와 마놀리오스는 식은땀으로 흠뻑 젖었다. 무릎은 힘이 빠지고 머릿속은 두려움으로 가득했다. 그들은 서로의 손을 더듬어 잡았다. 단지 파나요타로스 혼자만 주먹을 불끈 쥔 채 그곳을 빠져나가고 싶어 문 쪽을 응시하고 있었다.

「신의 축복과 더불어 그대들의 길을 가라.」 사제는 소리쳤다. 「새로운 길이 그대들 앞에 펼쳐져 있다. 매우 힘든 길이다. 허리띠를 졸라매고, 마음을 청결히 하라. 그러면 하느님이 도와주실 것이니라!」

그들은 한 사람씩 사제에게 인사하고 원로들에게도 인사한 뒤 조용히 문을 빠져나갔다. 그러자 유지들은 일어나서 팔다리를 펴고 기지개를 켰다.

「하느님의 권능에 감사드립니다. 모든 일이 잘 해결됐소. 사제께서 일을 아주 잘 처리하셨소이다. 신의 은총이 당신과 함께하길!」 집정관이 말했다.

유지들이 문을 막 나서려는 순간, 포르투나스 선장이 갑자기 자기 허벅지를 찰싹 때리며 웃음을 터뜨렸다.

「오, 그렇지, 막달라 마리아 역 정하는 걸 잊어버렸군!」

「걱정 마시게, 선장.」 늙은 집정관이 침을 꿀꺽 삼키곤 말을 이었다. 「그녀를 오라고 해서 내가 직접 말하겠네. 아마 잘될 걸세.」 그는 미소를 지었다.

「그 여자와 죄를 지을 생각이라면, 그 말을 하기 전에 하십시오.」 사제가 이마를 찌푸리며 말했다. 「그 여자가 막달라 마리아가 되는 순간부터는 그게 엄청난 죄가 될 테니 말입니다.」

「일러 줘서 고맙소, 사제.」 집정관은 마치 커다란 위험을 막 벗어난 사람처럼 숨을 들이켰다.

혼자가 되자 포르투나스 선장은 지팡이에 몸을 의지하고 힘겹게 비탈길을 내려가며 중얼거렸다. 「마귀가 씌었어. 그런 일을 하려면 순수한 마음이 필요해, 이 영감탱이야. 우린 소돔과 고모라라고. 저 걸신들린 인간이 사제라고? 그는 약방을 열어 놓고 그걸 〈교회〉라고 부르면서 신을 무게로 달아 팔고 있어. 무슨 병이든 다 고친다고 하지만 순 돌팔이지. 〈그래, 무슨 일로 왔나?〉 〈거짓말을 했습니다.〉 〈좋아! 그리스도 3그램을 가져가게. 돈은 3피아스터야.〉 〈도둑질을 했습니다.〉 〈좋아, 좋아! 그리스도 4그램을 처방하지. 4피아스터만 내게. 그리고 자넨 왜 왔나?〉 〈살인을 저질렀습니다.〉 〈저런, 가여운 친구. 병이 아주 심각하군. 오늘 밤 잠자리에 들기 전에 그리스도 15그램을 복용하게. 돈이 좀 많이 들겠지만 말이야.〉 〈조금 안 깎아 줍니까?〉 〈안 돼. 15피아스터야. 돈을 내게. 그러지 않으면 지옥 밑바닥으로 직행이라네.〉 사제는 자기 가게에 있는 성상들을 보여 주며 활활 타오르는 불길과 쇠스랑과 마귀들이 들끓는 지옥 얘기를 하지. 그러면 손님은 온몸에 소름이 돋아 호주머니를 탈탈 털어 내고 말아…….

파트리아르케아스 집정관? 그 늙은이는 다리가 두 개 달린 돼지야. 머리 꼭대기에서 발끝까지 배밖에 없어. 머리 속도 아마 창자로 가득할걸. 그의 곁에서 바라보면 한쪽엔 그가 평생 동안 먹은 것들이, 다른 쪽엔 그가 싼 것들이 잔뜩 쌓여 악취 나는 두 개의 거대한 산을 이룰 거야. 그것이 최후의 날 그가 전능하신 하느님 앞에 드러내는 모습일 거라고.

하지 니콜리스 교장은 어떤가? 가끔 도움이 되기도 하는 불쌍한 친구지! 못생긴 머그에 지저분한 안경을 씌워 놓은 것 같은 소심한 사내. 자기가 무슨 알렉산드로스 대왕인 줄 알아! 종이 왕관을 쓰고 아이들 머리에 종이로 만든 옛날 투구를 씌워 주는 접장! 그게 다 무슨 소용인가?

라다스 옹은 또 어떻지? 비열한 자린고비! 자존심이라곤 눈곱만치도 없는 인간! 포도주 통과 기름 항아리와 밀가루 부대를 쌓아 놓고도 굶고 있지. 어느 날 저녁 그는 손님들을 받아 놓고도 아내에게, 〈부인, 가서 달걀 하나로 요리를 해 와요. 우리 네 사람이 먹을 저녁 식사로 말이야〉라고 말했다지. 언제나 굶주리고 목말라하고 헐벗고 살아. 왜 그렇게 살지? 부유한 구두쇠로 죽고 싶어서? 마귀들은 그런 인간 안 데려가고 도대체 뭐 하나!

그러면 나는 어떠냐고? 글쎄, 그걸 말해야만 하나? 사기꾼에다 약탈자지 뭐! 손을 더럽히고 싶지 않다면 집게로 날 만져야 할걸. 난 평생 먹고 마시고 훔치고 죽이고 남의 마누라와 오입질을 했어! 오 하느님! 무슨 시간이 있어서 그토록 많은 추잡한 짓을 했을까요? 내 손과 발과 입과 사타구니에 건강을! 친구들, 자네들은 아주 훌륭했네. 내 축복을 받으시게!」

포르투나스 선장은 혼자 중얼거리며 지팡이로 길가의 돌들을 두드렸다. 그는 모자를 벗어 부채질을 했다. 더웠다. 태양을 쳐다보니 정오가 지난 것 같았다. 그는 걸음을 재촉했다. 그날 아침 아가가 그를 점심 식사에 초대했기 때문이다. 그들은 또다시 배를 잔뜩 채우고 술에 취할 것이다. 「슬슬 가볼까. 인생은 즐거운 거야. 그러니 최대한 즐겨 보자고!」 아가의 저택 앞에 도착한 선장은 빨간색 대문 앞에 멈춰 서더니 침을 탁 뱉었다. 이렇게 하면 마치 모든 터키인에게 침을 뱉은 듯한, 자유의 정도를 조금, 아주 조금 끌어올려 잠시나마 자유로워지는 기분이 들어서 마음이 편해졌다.

선장은 다시 침을 뱉은 다음 편안한 마음으로 문을 두드렸다. 그는 배불리 먹고 마실 참이었다. 아가는 구두쇠가 아닌 좋은 녀석이었다. 그들은 머리가 터지지 않도록 냅킨으로 질끈 동여매고 물을 섞지 않은 라키를 큰 잔으로 마셔 대곤 했다.

안마당에서 나막신을 끌며 잰걸음으로 걷는 소리가 들렸다. 문이 열렸다. 아가의 늙은 노예인 꼽추 마르타가 선장에게 귀찮다는 듯이 인사했다.

「선장님, 그리스도를 믿는다면 다시는 술에 취하지 마세요. 정말 이젠 진절머리 납니다. 넌더리가 난다고요!」

선장은 껄껄 웃었다. 그는 늙은 노예의 혹을 쓰다듬으며 말했다.

「걱정 마, 키리아 마르타. 우린 취하지 않을 테니. 혹 취하더라도 토하진 않을 거야. 또 토하더라도 마룻바닥을 더럽히지 않도록 네가 대야를 가져다주겠지. 아무렴!」

그렇게 말한 선장은 잔뜩 점잔을 빼며 안으로 들어갔다.

사람에게 사냥당한 사람

저녁 무렵 세 명의 제자와 마놀리오스는 기분 전환을 위해 마을에서 멀지 않은 보이도마타 호수 옆으로 난 길을 따라 걷기 시작했다. 네 사람은 마치 성찬식을 받은 것처럼 묘한 전율을 느끼고 있었다.

이슬비는 그쳤고, 나무와 바위는 반들거리고, 대지는 향기를 내뿜고, 지빠귀는 즐거운 듯이 지저귀었다. 태양은 마음이 온화한 귀족처럼 대지를 사랑으로 어루만지고 있었다. 모든 것이 부드럽고 평온하기만 했다. 빗방울들이 나뭇잎 끝에 매달려 놀고 있었다. 세상은 미소를 짓고 있었고, 습기를 머금은 저녁 바람은 울음소리를 내며 지나갔다.

그들은 한참 동안 아무 말 없이 걸었다. 정원들 사이로 비에 흠뻑 젖은 오솔길이 나타났다. 레몬나무의 꽃이 거무스름한 잎사귀들 사이로 빛났다. 그리스도는 아직 부활하지 않았지만, 꽃이 만발한 대지는 눈물을 흘리고 있었다. 생기를 불어넣는 따스한 바람이 불어오자, 하찮은 식물들까지도 모두 되살아났다.

코스탄디스가 먼저 입을 열었다.

「신부님이 우리에게 너무 무거운 짐을 지워 주셨어!」 그는 나지막한 목소리로 말을 이었다. 「하느님, 이 짐을 잘 이겨 내도록 저희들을 도와주십시오. 지난번엔 차라람비스 선생이 그리스도 역을 맡았지. 부유하고 좋은 집안의 사람이었어. 하지만 그 한 해 동안 그리스도의 발자취를 따라 무거운 십자가를 짊어질 만큼 가치 있는 인간이 되려고 필사적으로 애쓰다가 결국 미쳐 버리고 말았다네. 부활절 날 그는 머리에 가시 면류관을 쓰고 어깨엔 십자가를 메고, 모든 것을 버리고 트레비존드 길을 따라 수멜라의 성 게오르기우스 수도원으로 들어가서 수도사가 되었다더군. 그래서 온 집안이 망했지. 그 일로 그의 아내는 죽고, 아이들은 마을에서 거지가 되었다네. 마놀리오스, 차라람비스 기억나나?」

마놀리오스는 대답하지 않았다. 코스탄디스의 말을 흘려듣고 있었던 것이다. 그의 영혼은 깊은 명상에 빠져 있었고, 목구멍이 꽉 막혀서 아무 말도 할 수 없었다. 천진난만한 어린 시절부터 그토록 열망해 왔던 것, 그 많은 밤을 수도원장 마나세 신부님의 발치에 앉아 황금 성인전 이야기에 귀를 기울이며 그토록 소망했던 일이었다. 이제 그 일을 하느님은 그에게 허락하신 것이다. 순교자와 성인들의 뜻을 잇고, 그의 살을 깎아 내고, 죽을 때까지 예수 그리스도를 믿고, 순교의 도구인 가시 면류관과 십자가와 다섯 개의 못을 가지고 천국에 들어가는 일이었다.

「우리도 미칠 거라고 생각하는 건 아니겠지?」 미켈리스가 놀리는 듯한 미소를 지었다. 그러나 마음속으로는 그도 막연한 불안을 느끼며 소리쳤다. 「우리가 제자들이라고 상상하면 되잖나? 하느님이 지켜 주실 걸세!」

「누가 알겠나?」 야나코스가 햇볕에 탄 커다란 머리를 저으며 말했다. 「인간은 정밀한 기계처럼 보이지만 쉽사리 고장이 나지. 이건 생활이 엉망으로 변할 뿐만 아니라…….」

보이도마타 호수에 도착하자 그들은 걸음을 멈추었다. 검푸른 바다와 우거진 갈대와 야생 오리들이 보였다. 황새 두 마리가 날아올라 그들 머리 위로 유유히 지나갔다. 해가 지고 있었다.

세상에서 멀리 떨어져 나와 어스름에 잠긴 호수를 바라보고 있었지만, 그들의 마음속엔 다른 걱정들로 가득했다. 다들 침묵하고 있는 가운데, 야나코스가 다시 입을 열었다.

「정말이야, 코스탄디스. 그 일은 몹시 어렵고 힘들다네. 나는 — 하느님, 절 용서하십시오! — 나쁜 습관에 물들었어. 그걸 어떻게 갑자기 고칠 수 있겠나? 〈무게를 줄여서 주지 마라.〉 〈사람들의 편지를 열어 보지 마라.〉 신부님은 그게 쉽다고 생각하시겠지. 하지만 무게를 줄여서 주지 않으면 돈을 어떻게 벌 것이며, 언제 여봐란듯이 살아 보겠나? 또 사람들의 편지를 훔쳐보지 않는다면 무슨 재미로 살겠나? 나도 아내가 죽고 난 뒤부터 이런 습관이 들었거든. 그렇다고 누굴 해코지한 적은 없네. 하느님 절 지켜주소서! 난 너무 무료했어. 그건 나에게 남은 유일한 낙이라고. 당나귀만 빼고 말이야. 그 녀석에게 축복이 내리기를! 일터에서 돌아오면 나는 오두막 문을 잠그지. 그리고 물을 끓여 편지에 김을 쏘인 다음 열어서 읽어 본다네. 그래서 다른 사람들이 무슨 일을 하려는지 알게 되지. 그 편지들을 다시 봉투에 집어넣고 붙인 뒤 다음 날 아침에 배달하는 거야. 그런데 이제 사제가 다 말해 버렸으니……. 암튼 까마귀가 비둘기로 변하긴 쉽지 않아. 하느님, 저를 용서하소서!」

미켈리스는 숱이 적은 검은 콧수염을 매만지며 미소 지었다. 그는 기뻤다. 그는 남에게 사기 친 일도 없고, 다른 사람의 편지를 훔쳐 읽지도 않았다. 그리고리스 사제는 그를 나무랄 아무것도 찾아내지 못했다. 미켈리스는 그것이 자랑스러웠다. 그는 담배쌈지를 꺼내어 동료들에게 건네주었다. 네 사람은 모두 담배를 통통하게 말기 시작했다. 담배에 불을 붙여 한 모금씩 빨아들이자, 다들 마음이 한결 평온해지는 느낌이었다.

미켈리스는 자랑스러운 마음을 억누를 수가 없었다.

「신부님은 내 습관은 고칠 게 하나도 없다고 하셨네. 그러니까 요한의 명예를 더럽히진 않을 거야.」

말을 마치자마자 그는 부끄러워 얼굴을 붉혔지만, 이미 뱉어낸 말을 다시 주워 담을 수는 없는 노릇이었다.

마놀리오스는 돌아서서 미켈리스를 한심하다는 눈으로 바라보았다. 그는 처음엔 아무런 말도 하지 않으려고 생각했다. 어쨌거나 미켈리스는 그가 모시고 있는 주인님의 자제 분이 아니신가? 하지만 그는 자신이 이제부턴 그냥 마놀리오스가 아니라, 보다 더 심원하고 위대한 인물이라는 사실을 떠올렸다. 그러자 그는 대담해졌다.

「그렇지만 도련님, 당신 부친께서도 고쳐야 할 습관이 전혀 없을까요? 이 마을에서 굶주리는 모든 사람들을 생각해서 조금만 먹고, 겨울에 입을 것이 없어서 떨고 있는 사람들을 생각해서 좋은 리넨 바지와 수놓은 양복 조끼, 새 행전 등 지나친 사치를 하지 않아야 합니다. 가끔 지하실과 식료품실을 열어 불쌍한 사람들에게 조금씩 나눠 주시고요. 도련님께서는 필요 이상으로 많이 가지셨습니다. 신의 은총으로 말이죠.」

「내가 그렇게 나눠 주다가 아버님이 눈치를 채면 어쩌고?」 미켈리스는 겁에 질린 표정으로 물었다.

「도련님은 이제 어린애가 아닙니다. 스물다섯 살 먹은 성인입니다.」 마놀리오스가 대답했다. 「그리고 도련님의 아버님보다 높은 곳에 그리스도가 계십니다. 그분이 진짜 아버지시고, 그분만

이 명령하십니다.」

미켈리스는 자기 하인 앞에서 할 말을 잃고 말았다. 하인 놈이 젊은 주인에게 그처럼 겁없이 지껄여 대기는 처음이었다. 〈이놈이 그리스도로 선택되더니 간이 부어올랐나? 당장 아버님한테 말씀드려서 불호령을 내리도록 해야겠다.〉 미켈리스는 입을 꾹 다문 채 피우던 담배를 신경질적으로 내던졌다.

「복음서를 사야겠어.」 코스탄디스가 말했다. 「우리가 좇아가야 할 길이 그 안에 있을 것 같네.」

「우리 집에 진짜 큰 복음서가 있네. 할아버지께서 쓰시던 것이지.」 미켈리스가 말했다. 「나무와 돼지가죽으로 장정한 건데, 제본 판지는 요새의 성문 같아. 자물쇠에 커다란 열쇠까지 달려 있지. 그걸 열면 거대한 도시 안으로 들어가는 기분이야. 문제는 아주 간단해. 일요일마다 우리 집에서 만나 그걸 읽으면 돼.」

「저도 산에서 읽을 복음서가 한 권 필요합니다.」 마놀리오스가 말했다. 「지금까진 혼자 지루하게 시간을 보냈죠. 나무를 잘라 수저와 젓가락, 코담뱃갑, 성자, 염소 등을 생각나는 대로 조각하며 시간을 낭비해 왔습니다. 하지만 이제부터는…….」

그는 입을 다물고 사색에 잠겼다.

「나도 당나귀와 한 바퀴 돌고 나서 플라타너스 아래 앉아 쉬면서 읽을 수 있는 작은 복음서가 한 권 있으면 좋겠네.」 야나코스가 말했다. 「읽어 봤자 무슨 뜻인지도 모를 거라고 하겠지만, 그래도 상관없네. 복음서를 읽는 건 항상 좋은 일 아니겠나?」

「복음서가 가장 필요한 사람은 바로 날세.」 코스탄디스가 불쑥 끼어들었다. 「마누라가 악다구니를 써서 성질이 날 때마다 나는 그 책을 읽으며 마음을 가라앉힐 거야. 내가 당하는 이 모든 인내와 헌신은 그리스도의 수난에 비하면 아무것도 아니라고 생각하면서 말이지. 그러지 않으면……. 자넨 날 비난하면 안 돼, 야나코스. 자네 누이지만 정말 못 말릴 여자가 아닌가. 언젠가는 포크로 내 눈을 파내려고 달려든 적도 있었네. 그저께도 콩을 요리하던 프라이팬을 집어 들고 내 머리를 까겠다고 달려왔어. 그래서 난 생각했지. 〈저 여자가 날 죽이든가, 아니면 내가 저 여잘 죽이고 말겠어.〉 하지만 이젠 아내가 아무리 악다구니를 써도 난 복음서만 읽고 있을 걸세!」

야나코스가 낄낄 웃고 나서 동정 어린 투로 말했다.

「가여운 코스탄디스. 자네 속을 내가 왜 모르겠나? 그렇지만 참게. 누구나 다 팔자소관대로 살아가는 법이지. 그러니 푸념하지 말고 최선을 다하게.」

「문제는 내가 글을 잘 모른다는 거야. 철자들이 뒤죽박죽되어 막 헷갈려.」 코스탄디스가 다시 말했다.

「그건 괜찮아요.」 마놀리오스는 그를 안심시켰다. 「그 정도면 나은 편입니다. 한 구절을 다 읽으면 전체의 뜻은 알게 될 테니까요. 열두 제자도 우리처럼 교육을 받지 않은 무지한 사람들로, 대부분 어부였습니다.」

「베드로는 글을 읽을 줄 알았나?」 야나코스가 걱정스럽게 물었다.

「모르겠어요.」 마놀리오스가 말했다. 「모르겠어요, 야나코스. 신부님께 물어봅시다.」

「잡은 물고기를 팔았는지, 가난한 사람들에게 나눠 주었는지도 물어봐야겠군.」 야나코스는 계속 중얼거렸다. 「분명히 그는 무게를 줄여서 건네진 않았을 테니까. 하지만 그 물고기들을 팔았을까, 아니면 그냥 나눠 주었을까? 그게 문제로군.」

「성인들의 일생에 대해서도 읽어야만 해.」 미켈리스가 말했다.

「아니, 아닙니다.」 마놀리오스는 반대했다. 「우린 단순한 사람들이에요. 모든 것이 뒤죽박죽될 겁니다. 수도사들과 함께 생활할 때 그것들을 읽은 적이 있지만, 머리에 남은 게 거의 없어요. 사막, 사자들, 끔찍한 질병, 문둥이들. 그들의 몸은 종기로 뒤덮이고, 벌레가 먹고, 거북의 등딱지처럼 변하기도 하죠. 또 어떤 때에는 유혹이 아름다운 여인처럼 다가오기도 해요. 안 돼요, 안 돼! 우린 복음서만 읽어야 합니다!」

그들은 어스름이 내리는 호수 주변을 천천히 거닐었다. 그들 모두는 생전 처음으로 이런 이례적인 대화를 나누었다. 그리고 각자 마음속으로 그리고리스 사제가 한 이상한 말을 몇 번이고 곰곰이 생각해 보았다. 「주님의 성령이 그대들 위에 불어오기를!」 그렇다면 이 성령이란 것은 바람이란 말인가? 따스하고 촉촉한 저녁 바람이 나무의 수액을 끌어올려 가지에다 싹을 틔우듯, 그것이 우리의 영혼에 불어올 수 있단 말인가?

네 명의 동료는 속으로 의아하게 생각하면서도 그 의미를 이해하기 위해 옆 사람에게 먼저 물어보진 않았다. 그런 고민에 빠져 있는 것에 어쩐지 은밀하고 즐거운 기분이 들었기 때문이다.

그래서 그들은 한참 동안을 말없이 땅거미가 지는 것을 바라보고만 있었다. 멀리 지평선 위로 저녁 별이 반짝였고, 호수 주위에서는 개구리들이 힘차게 울어 대기 시작했다. 이미 어둠에 잠긴 왼쪽에는 목초지를 조성한 성모 마리아 산이 우뚝 솟아 있었다. 마놀리오스는 그 산 위에 있는 오두막에서 기거하며 주인님의 양을 치고 있었다. 오른쪽에는 사라키나라고 불리는 야산이 보라색에서 짙은 감색으로 변하고 있었다. 그 기슭에는 숭숭 뚫린 동굴들이 시커먼 입을 벌리고 있었다. 그렇지만 그 꼭대기에는 거대한 바위들로 떠받친 듯한 예언자 엘리야의 예배당이 앉아 있었다. 새로 회칠한 그 예배당은 하얀 달걀처럼 아주 조그마해 보였다.

그 아래 완만한 대지 위에 우거진 골풀 사이에서는 배에서 빛을 내는 개똥벌레들이 끈기 있게 사랑을 기다리거나 실어 나르고 있었다.

「밤이 오고 있어. 집으로 돌아가세.」 미켈리스가 말했다.

맨 앞에서 걷고 있던 야나코스가 갑자기 멈춰 서더니 귀를 기울였다. 많은 사람들이 행진하는 듯한 발소리와 웅얼거림이 또렷이 들려왔다. 가끔은 누군가가 명령을 내리는 듯한 굵고 강한 목소리도 들렸다.

「저기 봐, 저것 좀 보라니까!」 야나코스가 손가락으로 가리키며 소리쳤다. 「평지에 나타난 저 개미 떼가 뭔가? 사람들의 행렬 같은데.」

그들은 어슴푸레한 빛 속에서 움직이는 그 무리를 확인하기 위해 두 눈을 가느다랗게 뜨고 귀를 쫑긋 세웠다.

옥수수밭과 포도밭 사이로 남자와 여자들이 긴 대열을 이루며 나타났다. 그들은 달리고 있는 것처럼 보였다. 마을을 발견하고 발걸음을 재촉하고 있는 것이 분명했다.

「들어 보게! 저들이 찬송가를 부르고 있지 않나?」 미켈리스가 물었다.

「우는 소리처럼 들리는데요. 흐느끼는 소리 같아요.」 마놀리오스가 대답했다.

「아니, 아니, 찬송가 소리야. 숨소리를 죽이면 더 잘 들려.」 그들은 꼼짝 않고 귀를 기울였다. 그러자 고요한 밤에 승리를 축하하는 그리스 교회의 찬송가가 뚜렷하게 울려 퍼졌다. 「주여, 주여, 당신의 백성을 구하소서…….」

「저들은 우리 형제인 기독교인들입니다!」 마놀리오스가 소리쳤다. 「저들을 영접합시다!」

네 명은 뛰기 시작했다. 행렬의 맨 앞부분은 이미 마을 입구에 다다라 있었다. 길거리에서는 개들이 뛰어오르며 미친 듯이 짖어 대고 있었다. 문이 열리고 여자들이 나왔다. 남자들은 입 안 가득 음식을 문 채 뛰어갔다. 리코브리시 마을 사람들이 나지막한 밥상 주위에 다리를 접고 앉아 식사를 하고 있던 때였다. 찬송가 소리와 흐느껴 우는 소리와 시끄러운 발걸음 소리를 들은 그들은 벌떡 일어났다. 그때 세 명의 사도와 마놀리오스가 도착했다.

마지막 석양빛이 아직도 집과 마을 골목길을 비추고 있었다. 행렬이 가까워지자 선두에 호리호리한 사제가 서 있는 것이 보였다. 그의 얼굴은 햇볕에 까맣게 탔고 숱 많은 눈썹 아래 이글거리는 검은 눈동자가 있었다. 드문드문 눈에 띄는 턱수염은 백발이었다. 사제복을 입은 그는 은으로 된 묵직한 표지에 무늬를 새긴 커다란 복음서를 꼭 안고 있었다. 그의 오른편에는 축 늘어진 검은 수염을 단 거인이 금색으로 성 게오르기우스를 수놓은 낡은 교회 깃발을 들고 있었다. 그들 뒤로 대여섯 명의 수척한 노인들이 거대한 성상을 똑바로 들고 따라갔다. 그다음엔 울부짖으면서 눈물을 흘리는 아이들을 동반한 여자와 남자의 무리가 뒤따랐다. 남자들은 보따리와 삽과 가래와 곡괭이와 큰 낫 등을 들고 있었고, 여자들은 요람과 걸상과 통 등을 지고 있었다.

「당신들은 누굽니까? 어디서 오셨소? 또 어디로 가는 길입니까?」 야나코스가 사제 앞에서 꾸벅 절하곤 물었다. 대열이 마을 광장으로 흩어지기 시작했다.

「그리고리스 신부님은 어디 계신가?」 노인이 쉰 목소리로 물었다. 「유지 분들은 어디 계시냔 말일세.」

노인은 놀라고 걱정되어 달려온 마을 사람들을 돌아보며 말했다.

「우리는 기독교인입니다. 나의 형제들이여, 그러니 두려워하지 마시오. 기독교인들이여, 박해받는 그리스인들이여! 이 마을 원로들을 부르시오. 그들과 할 말이 있습니다. 종을 치시오!」

지친 여자들은 땅바닥에 쓰러졌고, 남자들은 짐을 내려놓고 얼굴의 땀을 닦으며 말없이 그들의 사제를 바라보았다.

「대체 어디서 오셨습니까, 할아버지?」 마놀리오스는 늙어서 허리가 굽은 노인에게 물었다. 노인은 아직도 무거운 자루를 등에 지고 있었다.

「안달하지 말게, 젊은이.」 노인이 대답했다. 「포티스 신부님이 곧 말씀하실 테니.」

「그 자루에는 뭐가 들었습니까, 할아버지?」

「아무것도 아니야. 그냥 내 물건들이지.」 노인은 자루를 조심스럽게 바닥에 내려놓았다.

사제는 복음서를 바짝 끌어안고 서 있었다. 젊은 남자가 종루로 달려가 밧줄을 세게 잡아당겼다. 종소리에 놀란 올빼미 두 마리가 플라타너스에서 날아올라 어둠 속으로 사라졌다.

아가는 만취한 상태로 발코니로 나왔다. 광장은 그의 백성이 아닌 이상한 무리들로 가득 차 있었다. 아까부터 두 귀가 윙윙거리더니 어디선가 사람들이 소리치고 흐느끼고 노래하는 소리가 들려왔다. 도무지 모를 일이었다. 그리고 시끄럽게 울려 대고 있는 저 소리는 분명 종소리가 아닌가?

「이봐, 얼간이 선장, 이리 와서 이 미스터리를 좀 설명해 주게. 광장에 있는 이 떼거리들은 무엇인가? 그리고 이건 종소리 아닌가? 내가 꿈을 꾸고 있나?」

아가의 물음에 포르투나스 선장이 발코니로 달려왔다. 그는 자기 머리가 터질까 두려워서 흰색 냅킨으로 머리를 동여매고 있었다. 이것은 아가와 술을 마시며 저녁을 보낼 때마다 하는 버릇이었다. 그는 라키가 자신의 머리를 갑자기 산산조각 낼 거라고 생각하고 있었다. 이따금 그는 그 냅킨을 풀어 차가운 물이 든 대야에 담갔다가 뜨거운 머리에 다시 감곤 했다.

선장은 상체를 내밀고 눈을 가늘게 떴다. 저 아래 플라타너스 주위로 남자들과 여자들과 깃발이 보인다고 그는 생각했다.

「그래, 저게 뭐지, 얼간이 선장?」 아가가 다시 물었다. 「저 아래서 무슨 일이 벌어지고 있는지 알겠나?」

「사람들입니다!」 선장이 대답했다. 「저에겐 사람들처럼 보이는데, 아가님은 어떻게 생각하십니까?」

「내 눈에도 사람들 같긴 한데……. 어디서 온 사람들일까? 대체 뭘 원하는 거지? 내가 어떻게 해야 하나? 그냥 내버려 둬야 하나, 쫓아 버려야 하나? 채찍을 갖고 내려갈까?」

「걱정 마십시오, 아가! 채찍을 휘두르며 소리치고 화를 낸들 무슨 소용이 있습니까? 내버려 두고 즐기기나 합시다. 한 잔 더 할까요?」

「유수파키, 내 보물.」 아가는 소년을 그렇게 불렀다. 「여기 쿠션을 내오거라. 잔과 술병도 가져와. 그리고 이리 와서 보렴. 저들은 기독교인이야, 보이나? 그리스인이지. 이제 곧 저들은 주먹질을 시작할 거라고.」

「그리고리스 사제는 어디 있는가?」 포티스 사제가 다시 물었다. 「유지들은 다 어디에 있어? 그분들을 불러올 기독교인은 없나?」

「제가 다녀오겠습니다!」 마놀리오스가 대답했다. 「잠시만 기다려 주십시오, 신부님.」

그는 미켈리스를 돌아보며 말했다.

「도련님은 아버님께 가서 기독교인들이 도착했다고 말씀드리세요. 주인님을 따르고 그의 발아래 엎드려 보호를 간청하고 있다고 말입니다. 주인님은 집정관이시니 그렇게 하셔야 할 의무가 있습니다. 전 그리고리스 신부님 댁으로 가겠습니다. 코스탄디스, 당신은 라다스 노인 집으로 달려가세요. 가서 다른 마을 사람들이 왔다고 말하세요. 굶주린 그들이 빵 조각이라도 얻기 위해 그들의 물건을 팔고 있다고 해요. 그분은 그렇게 말해야 오실 겁니다. 그리고 야나코스, 당신은 선장 집으로 달려가세요. 흑해에서 난파한 선원들이 도착했다고 해요. 선장 얘기를 듣고 왔다고 말이죠. 오는 길에 교장 선생 집에도 들러 그리스인들이 곤경에 처해 있다고 말하세요!」

한 소년이 떠들어 대기 시작했다.

「선장은 아가와 함께 술을 마시고 있어요. 저기 발코니 위에서 말이에요. 보세요! 선장은 머리에 냅킨을 동여매고 있어요. 그건 그가 몹시 취했다는 뜻이에요.」

「집정관은 곯아떨어졌어요!」 그들 뒤에서 재미있다는 듯한 목소리가 들려왔다. 「대포를 쏴도 깨어나지 않을걸요.」

사람들은 일제히 돌아보았다. 육감적인 입술에 화려하고 매력적인 과부 카테리나가 소리 없이 도착해 있었다. 그녀는 초록색 바탕에 커다란 붉은 장미들이 그려진 새 숄을 두르고 있었다. 두 볼은 발갛게 상기되어 있었고, 호두나무 잎으로 닦은 치아는 반짝반짝 빛났다.

「그분은 잠들었어요. 황홀경에 빠져 코를 골고 있죠!」 카테리나는 마놀리오스에게 장난스러운 눈길을 던지며 말했다. 「그분에게 사람을 보내 봤자 시간 낭비예요, 마놀리오스!」

마놀리오스는 그녀를 바라보다가 두려운 생각이 들어 시선을 떨어뜨렸다. 〈정말 여우 같은 여자로군! 사내들을 홀리는 여우 같은 여자야. 썩 물러가거라, 사탄아!〉 그는 속으로 그렇게 생각했다.

과부는 선웃음을 치며 그에게 다가왔다. 그녀에게서는 발정 난 야생 동물처럼 사향 냄새가 났다. 등 뒤에서 들려온 씩씩거리는 소리에 그녀는 돌아보았다. 얼굴을 잔뜩 찌푸린 파나요타로스가 험악한 표정으로 그녀를 노려보고 있었다. 그도 급히 뛰어온 것이 분명했다. 숨을 헐떡거리고 있었고, 얽은 자국이 있는 얼굴이 시뻘게져 있었다.

「갑시다! 가요!」 마놀리오스가 성급하게 소리쳤다.

세 사람은 언덕길을 달려 올라가서 캄캄한 골목으로 사라졌다.

파나요타로스는 화가 나서 이를 갈며 한두 걸음 앞으로 내디뎠다. 그러곤 카테리나 어깨 위로 머리를 숙이며 말했다. 「그 늙은 수고양이 같은 집정관의 집에서 뭐 하고 있었니, 이 암캐야? 거기서 무슨 짓을 했는지 빨리 말하지 않으면 산 채로 잡아먹어 버리겠어!」

「아이, 난 석고상이 아니야!」 과부는 코웃음을 치곤 군중 사이로 빠져나가 깃발을 든 거인 옆에 몸을 피했다.

「용기를 내거라, 나의 자녀들아!」 사제는 무리 사이를 오가며 외쳐 댔다. 「용기를 내렴. 유지들이 곧 도착할 것이다. 그리고리스 신부님이 오시면 우리의 고통은 끝날 것이야. 하느님의 도움으로 우리는 죽음의 문턱에서 도망쳤다. 우리는 땅속으로 새로운 뿌리를 내릴 것이다. 우리 민족은 사라지지 않는다! 사라지지 않고 영원할 것이다!」

사람들이 웅성거리는 소리가 벌 떼처럼 일어났다가 다시 잠잠해졌다. 몇몇 아낙네들은 보디스를 열고 젖을 꺼내어 아이들 입에 물렸다. 거인은 깃발을 바닥에 비스듬히 놓았고, 등이 굽은 노인은 미소를 지으며 얼얼해진 손으로 십자가를 그었다.

「하느님을 찬송할지니! 우린 다시 뿌리를 내릴 거구만!」

그사이에 마을 사람들이 숨을 헐떡이며 도착했다. 짖기에도 지친 개들은 다른 지방에서 온 사람들의 냄새를 맡고 있었다. 종루에서 밧줄을 잡고 있는 젊은이는 계속 종을 울려 온 마을을 흔들어 댔다.

두세 개의 커다란 별이 반짝이는 벨벳 같은 하늘이 그들의 머리 위로 끝없이 펼쳐져 있었다. 피란민들은 고개를 들어 하늘을 쳐다보았다. 그들은 자신들의 운명을 결정할 이 마을 유지들이 곧 도착할 것이라고 확신하며 기다렸다. 모두가 말이 없었다. 잠시 자갈 사이로 흐르는 개울물 소리가 들렸다.

「이봐, 마귀 선장, 술을 따르게.」 아가가 물 흐르는 소리를 들으며 말했다. 「이건 꿈이야. 우리 개울이 내는 소리지, 아름다운 개울. 우리가 잠에서 깨어나지 않도록 술을 따르라니까. 그리고 눈을 부릅뜨고 살피게. 기독교인들이 말썽을 부리면 나에게 곧장 알려 주게. 채찍을 들고 내려갈 테니까.」

「걱정 마시오, 아가. 내가 열심히 보고 있다가 알려 드리겠습니다!」

「후세인에게 트럼펫을 가져오라고 해. 필요할지도 모르니까. 유수파키, 내 담뱃대에 불을 붙여라.」

미소년은 호박색 담배통이 달린 긴 담뱃대에 불을 붙였다. 아가는 눈을 감고 담배를 피우기 시작했다. 그러곤 큰 술병과 유수파키 사이에 있는 쿠션에 앉은 채 조용히 천국으로 들어갔다.

마놀리오스가 숨을 헐떡이며 돌아왔다. 그는 두 팔을 뻗으며 외쳤다.

「길을 비켜 주세요, 형제들! 길을 비켜 줘요. 신부님이 오십니다!」

남자들은 껑충껑충 위로 뛰어올랐고 여자들은 고개를 쭉 빼고 한숨을 쉬었다. 깃발이 흔들거리더니 포티스 사제 옆에 자리를 잡았다. 성상을 들고 있던 노인은 맨 앞줄에 섰다. 그들의 사제가 손으로 십자가를 그었다.

「하느님, 우릴 구하소서!」 그는 기도한 후 꼼짝 않고 기다렸다. 미켈리스가 돌아왔다. 그는 마놀리오스에게 다가가 귀에 대고 속삭였다.

「신부님은 잠이 들었어. 코를 골고 있더라고. 아무리 깨워도 소용없었어. 과음에다 과식까지 했어. 흔들어도 보고 불러도 봤지만 소용이 없었어.」

그때 코스탄디스가 돌아와서 흥분하며 말했다.

「그 망할 영감탱이, 정말 여우 같아. 거짓말 냄새를 맡았는지 바쁜 척하며 올 수가 없다지 뭐야. 마을에 몰려든 거지들을 위해 모금하고 있다면 땡전 한 푼도 줄 수 없다고 그러던걸. 그 집에 가서 문을 두드려도 소용없을 거야. 안 열어 줄 테니까.」

곧이어 야나코스가 도착했다.

「교장 선생님은 책을 읽고 계시더군. 다 읽으면 오실 거야. 그리고리스 사제가 결정하시는 일은 무엇이든 옳다고 하셨어. 자네, 여기 있었군!」

「마을 어르신들이 정말 한심하군요!」 마놀리오스가 한숨을 내쉬며 말했다. 「한 분은 술에 취해 있고, 또 한 분은 코를 골며 자고 있고, 다른 한 분은 책을 읽고 있고, 구두쇠 노인은 돈 생각만 하고 있어요. 하지만 그리고리스 사제는 꼭 오실 거라고 믿습니다.

그분은 하느님의 대변자예요. 말씀하실 분은 바로 그분입니다!」

창백한 얼굴의 한 젊은 여자가 날카로운 비명을 지르더니 자기 가슴에 머리를 파묻었다. 그동안 고생 모르고 살아온 그 여자는 사흘 동안 아무것도 먹지 못해 갑자기 기운을 너무 소진하여 죽어 가고 있었다.

「힘을 내, 데스피니오. 힘을 내라니까.」 주위의 여자들이 그녀에게 부채질을 하며 격려했다. 「다 왔어. 아주 부유한 마을에 당도했어. 마을 사람들은 우리 기운을 북돋워 줄 음식을 가지러 갔어. 조금만 더 힘을 내렴!」

그러나 여자는 머리를 흔들고는 눈동자를 뒤로 굴리더니 기절해 버렸다.

갑자기 사람들이 동요하며 환성을 내질렀다.

「그분이 오신다! 그분이 오셔!」

「이봐, 매끈둥이, 저게 무슨 소리야?」 아가가 무거운 눈꺼풀을 들어올리며 물었다.

「신경 쓰지 말라고 했죠, 아가. 당신은 지금 천국에 있으니 나오지 마세요. 내가 문에서 지켜보고 있다가 정확히 보고드리겠습니다. 그리고리스 사제가 나타난 것 같군요.」

아가는 웃음을 터뜨렸다.

「이방인 떼거리에도 사제가 있지?」

「그렇습니다.」 선장이 자기 술잔을 다시 채우며 대답했다.

「좋아. 재미있는 일이 벌어지겠군. 두고 보게, 두 사제는 싸움을 벌일 거야. 그들은 여자 같거든. 그 축복받은 사제들 말이야. 머리카락이 길지. 둘이 만나면 서로의 머리칼을 쥐어뜯을 거라고. 후세인은 어딨나? 내려가서 저들에게 내가 들을 수 있도록 큰 소리로 말하라고 해!」

그사이, 과부를 뒤쫓던 파나요타로스가 깃발 옆으로 다가갔다.

「이제 널 먹어 버리겠어, 이 요망한 것!」 그는 카테리나의 귀에 대고 다시 으르렁거렸다. 「여긴 뭣 하러 나왔어? 이 사내들 속에 말이야? 어서 집으로 가! 여기서 썩 꺼지라고! 내가 바로 뒤쫓아 갈 거야.」

「당신은 왜 그렇게 인정머리가 없죠?」 과부는 사납게 대들었다. 「당신 눈엔 이 기독교인들의 고통이 안 보여요? 이렇게 굶고 있는 사람들이 불쌍하지도 않냐고요?」

그녀는 잠시 조용히 있더니 다시 그를 돌아보았다. 그러곤 더 이상 참을 수가 없다는 듯이 파나요타로스를 향해 빽 고함을 질렀다.

「이 유다 같은 놈!」

그녀는 잽싸게 돌아서서 피란민들 사이로 도망가 버렸다.

파나요타로스는 발아래의 땅이 핑그르르 도는 것처럼 현기증이 일었다. 가슴을 단도에 찔린 것만 같았다. 그는 쓰러지지 않기 위해 깃대를 꽉 잡고 입을 헤벌린 채 현기증이 가라앉기를 기다렸다.

「그분이 오십니다! 그분이 와요! 그리고리스 신부님이요!」 사람들이 일제히 고함을 질러 댔다.

군중은 눈을 들어 그를 바라보았다. 당당하고 큰 키, 비단으로 된 가지색 성직복 차림에 넓은 검은색 벨트를 차고 불룩 튀어나온 배 위에 묵직한 십자가를 매단 그리고리스 사제는 굶주린 군중 앞에 섰다. 리코브리시 마을에서는 그가 하느님을 대리했다.

남자들과 여자들은 무릎을 꿇었다. 그들의 수척한 사제는 두 팔을 벌리고 뚱뚱한 하느님의 대리인을 맞이하기 위해 다가갔다. 하지만 그리고리스 사제는 눈살을 찌푸리며 포동포동한 손을 들어올려 그를 멈춰 세웠다. 그러고는 사나운 눈빛으로 누더기를 입고 굶주린 채 죽어 가는 사람들을 둘러보았다. 그리고리스는 그들이 조금도 마음에 들지 않았다. 그의 목소리가 저절로 올라갔다.

「당신들은 누구요? 왜 각자의 가정을 떠나온 거요? 여기서 뭘 찾고 있습니까?」

그의 목소리에 여자들은 몸을 움츠렸고, 아이들은 어머니에게 달려가 치맛자락에 매달렸다. 개들이 다시 짖기 시작했다. 발코니에 있던 선장은 큰 귀를 쫑긋 세우고 들었다.

「신부님.」 피란민들의 사제가 조용하면서도 단호하게 말했다. 「나는 멀리 떨어진 성 게오르기우스 마을의 포티스 사제입니다. 그리고 여기 이 사람들은 하느님이 저에게 맡긴 백성들이지요. 터키인들이 우리 마을을 불태우고 우리 땅에서 우리를 내쫓았습니다. 그들이 닥치는 대로 우리를 죽였기 때문에, 우리는 괴로운 심정으로 도망쳐 나왔지요. 그리스도께서 우리를 인도하시는 대로 따라온 것입니다. 우리는 은신처를 만들 새로운 땅을 찾고 있습니다.」

그는 잠시 말을 멈추었다. 입 안이 바짝 말라 더 이상 말을 계속할 수가 없었다. 잠시 후 그는 다시 말했다.

「우리도 기독교인입니다. 위대한 민족인 그리스인입니다. 우린 멸망할 수 없습니다!」

포르투나스 선장은 어질어질한 머리를 발코니에 기대고 화난 사제의 냉정하고 자부심에 찬 목소리를 듣고 있었다. 술이 조금씩 깨면서 그의 머리도 차츰 맑아졌다.

「모두 마귀 같은 족속이지.」 선장은 혼자 중얼거렸다. 「정말 끈질겨! 어디서 저런 용기가 날까! 저건 낙지야! 한 발을 자르고 또 다른 발을 잘라도 금방 새로운 다리가 생기지.」

그는 머리에 동여맨 냅킨을 풀었다. 냅킨이 너무 뜨거워 김이 났다. 그는 그것을 대야의 찬물에 적신 뒤 다시 동여매었다. 머릿속까지 시원하고 상쾌했다.

포티스 사제가 소리치고 있었다.

「우린 멸망하지 않을 거요! 지난 수천 년 동안을 살아왔고, 앞으로도 수천 년 더 살아갈 겁니다. 우리가 당신을 만난 것에 축복이 있기를 빕니다, 그리고리스 사제!」

〈저 친군 정말 선장 같은 사제로구먼!〉 포르투나스 선장은 속으로 감탄했다. 〈열정과 활기와 용기를 지닌 동물이야! 바다 사나이의 명예를 걸고 난 그가 옳다고 생각해. 우리 그리스인은 불멸의 민족이지. 저들이 아무리 우리의 뿌리를 뽑아내고, 불태우고, 목을 잘라도 다 소용없는 짓이야. 우리의 깃발을 끌어내리게 할 순 없어! 우린 성상과 목욕통과 요람과 복음서를 들고 빠르게 행군하지! 더 멀리 나아가서 텐트를 친다고!〉

선장의 눈에서 눈물이 흘렀다. 갑자기 그는 발코니에서 몸을 내밀며 소리쳤다.

「브라보, 선장 사제! 브라보, 늙은 친구!」

사람들의 머리가 일제히 발코니 쪽으로 향했지만, 그의 외침은 조금 전 사제가 한 말에 고무되어 사람들이 떠들어 댄 소리에 파묻히고 말았다. 여자들은 떠나온 집을 생각하며 울부짖었고, 아이들은 빵을 생각하며 울기 시작했다.

그때 갑자기 떠드는 소리가 잦아들었다. 그리고리스 사제가 주름진 손을 들어올렸던 것이다. 그가 우렁찬 목소리로 말했다.

「이 세상에 일어나는 모든 일은 하느님이 역사하셨기 때문입니다. 하느님은 하늘에서 이 세상을 내려다보시며 저울로 무게를 달고 계십니다. 리코브리시 마을에겐 지금 상태로 즐기도록 허락하시고, 당신들 마을은 비탄에 젖도록 하셨습니다. 당신들이 저지른 죄를 하느님은 알고 계십니다!」

그리고리스 사제는 자신이 방금 선언한 진지한 말을 군중들이 이해하도록 잠시 침묵했다. 그러곤 다시 손을 들어올리며 비난을 쏟아 냈다.

「사제, 진실을 말하시오! 어쩌다가 하느님의 눈 밖에 났는지 고백하란 말이오.」

「그리고리스 사제.」 포티스 사제는 속에서 치밀어 오르는 격분을 억누르며 말했다. 「나도 성직자이고, 똑같이 성서를 공부하고, 그리스도의 몸과 피가 담긴 성배(聖杯)를 이 손으로 잡습니다. 당신이 좋든 싫든 우리는 동등해요. 당신은 부자이고 나는 가난한지 모릅니다. 당신은 기름진 논밭이 있어 백성들을 먹여 살리고 있지만, 나는 보다시피 내 머리를 누일 곳도 없습니다. 그럼에도 하느님 앞에 우리는 동등합니다. 어쩌면 나는 지금 배가 고프기 때문에 당신보다 하느님께 더 가까이 있을지도 모르죠. 그러니 목소리를 조금만 낮추십시오. 내 대답을 듣고 싶다면 말입니다.」

그리고리스 사제는 기가 막혔다. 속에서 울화가 치밀어 올랐지만 꾹 눌러 참았다. 그는 자신이 잘못했다는 것을 알았고, 마을 사람들 모두가 증인이 되어 이 누더기 차림의 고약한 사제를 인정하고 있음을 깨달았다.

「말해 보시오, 어서 말해 봐요, 사제.」 그는 목소리를 낮추었다. 「하느님은 우리 말을 듣고 계시고, 백성들도 듣고 있습니다. 우리도 기독교인이며 그리스인입니다. 우리는 당신들의 목에 매달려 있는 영혼을 구하기 위해서라면 할 수 있는 모든 일을 할 것이며 그 이상이라도 할 것입니다.」

「그리고리스 사제, 당신의 명성은 우리 마을에까지도 잘 알려져 있소. 지금 우리는 당신을 직접 보면서 당신 말을 듣고 있소. 당신이 우리 마을에 불행이 닥친 이유에 대해 물었으니, 내 대답해 드리겠소. 잘 들으시오, 그리고리스 사제. 잘 들으시오, 유지분들. 설사 우리를 보고 불쾌하게 느꼈더라도 말이오. 리코브리시 기독교인들, 모두 잘 들으시오.」

마놀리오스는 가슴이 세차게 뛰는 것을 느꼈다. 그는 세 동료를 돌아보며 말했다.

「그에게 가까이 갑시다. 좀 더 가까이 가서 잘 듣고 잘 살펴봅시다.」

「마놀리오스, 내가 상상했던 야고보의 이미지가 바로 저런 것이었어.」 코스탄디스가 말했다.

「난 베드로 같다고 생각했는데.」 야나코스도 말했다.

포티스 사제는 아픈 상처를 되살리기가 싫은 듯 빠르고 신경질적인 어투로 말했다. 그는 몸서리를 치며 지난 기억들을 하나하나 들추었다.

「어느 날, 우리 마을 꼭대기에서 사람들이 외치는 소리가 들렸습니다. 〈그리스 군대다! 그리스 군대다! 산 위에 킬트를 입은 군인들이 나타났다!〉 나는 즉시 명령을 내렸습니다. 〈종을 울려라! 사람들에게 모이라고 해!〉 그런데 마을 사람들은 모두 묘지로 달려가서 자기 아버지 무덤을 손톱으로 할퀴며 울부짖기 시작했습니다. 〈아버지, 그들이 왔습니다! 아버지, 그들이 왔어요!〉 하고요. 그들은 십자가 위에 있는 기름 램프에 불을 붙이고, 죽은 사람들을 부르기 위한 포도주를 따랐습니다. 그 일을 마친 사람들은 교회로 우르르 몰려왔습니다. 나는 설교단에 올라가서 말했죠. 〈나의 형제 자녀들아, 충실한 신도들이여! 그리스인들이 오고 있다. 땅과 하늘이 하나가 되고 있다. 남녀 모두는 무기를 들고 나가서 터키인들을 지옥 문턱까지 쫓아 버려라!〉 하고요.」

「너무 큰 소리로 말하지 마세요, 사제님. 당신의 축복이 나에게 있기를. 아가가 발코니에서 듣고 있거든요.」 야나코스가 사제의 귀에 대고 말했다.

그 순간 아가는 깜짝 놀랐다. 잠결에도 그의 귀는 반란의 소리를 엿들었던 것이다.

「이봐, 얼간이 선장! 내가 영 싫어하는 일이 벌어지고 있잖나. 방금 듣자 하니…….」

「염려 마시라니까요, 아가. 가서 주무십시오, 푹 주무세요. 제가 귀를 쫑긋 세우고 듣겠습니다!」

「그래, 맞아. 난 자고 싶어. 하지만 선장, 사제들이 언성이 높이고 서로 머리채를 쥐어뜯으면, 날 흔들어 깨우게. 채찍을 들고 내려가서 질서를 회복해야 하니까.」

아가는 유수파키를 돌아보며 말했다.

「이리 와, 유수파키. 내 발바닥 좀 주물러라. 잠이 오게 말이야.」 그러곤 무거운 눈꺼풀을 내렸다.

포티스 사제는 목소리를 낮추었다.

「우린 대들보 속에서 무기를 꺼냈고, 난 탄약통 주머니를 허리에 차고 십자가를 들고 광장으로 나갔습니다. 그리고 주민들 앞에서 〈나의 자녀들아, 출발하기 전에 다 함께 국가를 부르자!〉 하고 말했죠. 얼마나 우렁차던지! 그것은 그리스도의 부활이었소! 우린 모두 힘차게 국가를 불렀고, 그 소리에 땅이 온통 흔들릴 지경이었지…….」

흥분한 포티스 사제는 조용히 말하라는 야나코스의 조언도 잊고 다시 큰 소리로 노래하기 시작했다. 「그리스인의 신성한 뼈에서 자유가 부활했네…….」

「목소리가 너무 커요, 신부님. 조금만 낮추세요!」 야나코스가 다시 사제의 귀에 대고 소리쳤다.

그 순간 발코니에서 메아리처럼 그리스 국가가 들려왔다. 선장의 거칠고 커다란 목소리였다. 「언제나 씩씩하게, 어서 오라, 오 자유여!」

아가는 벼룩한테 물린 것처럼 움찔하곤 다시 잠들었다.

아래쪽 광장에 있던 사람들은 모두 깜짝 놀랐다. 그들이 발코니 쪽으로 고개를 돌렸을 때, 선장은 이미 쿠션에 기대앉아 빈 잔에 라키를 채우고 있었다.

「자, 신성한 그리스의 건강을 위해 축배. 그리스가 세계를 통치할지어다!」 선장은 울먹이는 투로 말했다.

「포르투나스 선장이 취했어.」 코스탄디스가 말했다. 「온 방에다 불을 밝혀 놨어. 바이람 축제의 밤에 켜놓은 광탑(光塔) 같군. 하느님이 보우하사 선장이 아가의 벨트에서 권총을 빼내 그의 머리를 날려 버리지 않기를! 그렇게 되면 우린 모두 끝장이야!」

「끝장날 테면 나라지 뭐!」 미켈리스가 흥분해서 말했다. 「이 사제는 나를 송아지처럼 울고 싶게 만드는군!」

「조용히 해요, 형제 분들! 조용히 이분의 말을 들어 봅시다.」 포티스 사제의 입술만 쳐다보며 마놀리오스는 소리쳤다.

화가 난 그리고리스 사제는 콧방귀만 뀌고 있었다. 〈이 거지 같은 사제가 저들의 마음을 혼란시키고 있어.〉 그리고리스 사제는 혼자 중얼거렸다. 〈나쁜 일이지. 내 땅에서 이자를 쫓아낼 방법을 찾아야 해.〉

「말하시오, 사제. 왜 말을 멈췄소? 우리는 기다리고 있소.」 그는 포티스 사제를 다그쳤다.

「그때 있었던 일을 말하라고 강요하지 마시오, 그리고리스 사제. 내 심장은 돌이 아니오. 그 얘기를 하면 찢어지고 말 거요.」 포티스 사제의 목소리가 갑자기 흐느낌으로 변했다.

선장은 발코니에 기대어 젖은 냅킨으로 눈물을 닦으며 중얼거렸다.

「나 같은 놈은 죽어야 해. 이젠 한물갔어.」

흐느끼는 포티스 사제에게 그리고리스 사제가 반박했다. 「그건 하느님의 뜻이오. 불평하는 것은 큰 죄악입니다.」

「불평하는 게 아니오.」 포티스 사제는 목소리를 되찾았다. 「난 두렵지 않소. 우리는 영원하니까요. 보십시오, 내 마음은 다시 평온을 회복했습니다. 이제 말씀드리죠. 그리스인 부대는 많은 병사들을 잃고 퇴각했습니다. 하지만 우린 남았습니다. 그리고 터키인들이 돌아왔습니다. 무슨 얘긴지 아시겠지요? 그들은 불을 질렀고, 사람들을 죽이고 강간했습니다. 그들은 터키인이니까요. 난 살아남은 사람들을 모두 불러 모았습니다. 그들이 바로 지금 여러분 앞에 무릎을 꿇고 있는 저 기독교인들입니다. 우린 여러 성상과 복음서와 성 게오르기우스의 기를 구해 냈습니다. 가져올 수 있는 모든 것을 가져왔습니다. 내가 선두에 서서 탈출을 이끌었소. 추적과 배고픔과 질병에 시달리며 석 달 동안이나 행군했소. 오는 도중에 죽은 사람들은 길가에다 묻어 주고 계속 걸었습니다. 우리가 생존자들이오! 저녁이 되면 우린 지칠 대로 지쳐 땅에 쓰러졌습니다. 나는 두 손으로 내 가슴을 부여잡고 일어서서 그들에게 복음서를 읽어 주었으며, 하느님과 그리스인에 대한 얘기를 해 주었습니다. 그리고 다음 날 아침 우린 새로운 힘을 얻어 다시 행진하기 시작했죠. 우린 동정녀 마리아 산이 있는 근처에 착한 사람들이 사는 부유한 리코브리시 마을이 있다는 걸 알고 이렇게 말했죠. 〈그들은 기독교인에다 그리스인입니다. 그들의 지하실은 곡식으로 가득 차 있고, 땅이 많아 우릴 굶어 죽게 하진 않을 겁니다.〉 그래서 여기까지 온 겁니다. 하느님을 찬송할지어다!」

포티스 사제는 이마에 맺힌 땀방울을 닦고 손가락으로 십자가를 그은 뒤 복음서에 입을 맞췄다.

「우리에게 이보다 더 좋은 희망과 위로는 없습니다.」 그는 묵직한 복음서를 높이 들어 보이며 말했다.

사람들의 눈에는 어느새 눈물이 고여 있었다. 그들은 모두 두려움에 진저리를 쳤다. 마놀리오스는 쓰러지지 않기 위해 야나코스의 팔에 기대었고, 미켈리스는 콧수염을 신경질적으로 꼬면서 눈물을 삼키고 있었다. 석고먹쇠인 파나요타로스의 눈도 젖어 있었다. 지금 이 순간 그들은 모든 것을 애정과 친절한 마음으로 바라보았다. 과부 카테리나까지도 기독교인과 그리스인에 대해, 주위의 남자들과 여자들에 대해, 그녀 자신에 대해, 그녀가 지은 죄와 부끄러움에 대해 눈물을 흘렸다. 발코니 위에서는 포르투나스 선장이 코를 골며 자고 있는 아가를 깨우지 않으려고 커다란 손으로 자기 입을 틀어막은 채 북받쳐 오르는 울음을 삼키고 있었다.

울지 않고 있는 사람은 두 사제뿐이었다. 한 사제는 온갖 불행한 일을 겪은 탓에 눈물이 말라 버렸기 때문이고, 다른 한 사제는 어떻게 하면 이 굶주린 무리들과 마을 사람들의 영혼을 뒤흔드는 이 고약한 지도자를 쫓아 버릴 수 있을까 곰곰이 생각하기 때문이었다.

포티스 사제는 약간 진정된 목소리로 말을 이었다.

「우리 중에는 묘지에 가서 아버지의 유골을 캐내어 가져온 사람들도 있습니다. 그 유골들을 묻은 곳은 우리가 새로 건설할 마을의 토대가 될 것입니다. 저 노인을 보십시오. 지금 나이가 백

살이지만, 석 달 동안이나 조상의 유골을 등에 짊어지고 다녔습니다.」

그리고리스 사제는 자제심을 잃기 시작했다.

「다 좋습니다, 좋아요. 그런데 우리한테 바라는 게 뭡니까?」 그는 단도직입적으로 물었다.

「땅입니다.」 포티스 사제가 대답했다. 「뿌리를 내릴 땅이 필요합니다! 당신들에겐 아무 쓸모도 없는 황무지가 있다고 들었습니다. 그걸 우리한테 주시오. 그러면 우린 그걸 나눠서 씨를 뿌리고 수확하여 이 굶주린 사람들에게 먹일 빵을 만들 것입니다. 그게 우리의 요청입니다, 신부님!」

그리고리스 사제는 양치기 개처럼 으르렁거렸다. 〈뭐라고? 이 거지들이 감히 나의 영역을 내놓으라고 강요한단 말인가?〉 그는 자기 턱수염을 천천히 쓰다듬으며 곰곰이 생각했다. 탈출해 온 남녀들은 그의 입만 바라보고 있었다. 무거운 침묵이 흘렀다.

아가는 짜증을 내며 벌떡 일어났다.

「왜 저렇게 조용한 거야? 내가 소리 지르라고 명령하지 않았던가?」

「주무세요, 계속 주무시라고요, 아가. 아직 싸움이 시작되지 않았어요.」 선장이 말했다.

「그런데 무슨 일인가? 자네 목소리가 떨리고 있어. 왜지? 술 취했나?」

「네, 라키는 술이지 물이 아닙니다. 그 고약한 술에 취했나 봅니다.」 선장은 눈가를 훔치며 중얼거렸다.

마놀리오스는 더 이상 참을 수가 없었다. 하인인 주제에 감히 마을 사람들 앞으로 나아가 소리칠 수 있는 그런 용기가 어디서 나온 것일까?

「그리고리스 신부님, 그들의 목소리에 귀를 기울이십시오. 그리스도께서는 배가 고프십니다. 그분께서 먹을 것을 구하고 계십니다.」

그리고리스 사제는 그를 돌아보며 화를 벌컥 냈다.

「그 입 다물지 못할까!」

다시 무거운 침묵이 흘렀다. 코스탄디스와 야나코스는 마놀리오스를 보호하려는 듯이 그의 곁으로 와서 섰다. 미켈리스도 불안한 표정을 지으며 가까이 다가갔다.

「가서 당신 아버님을 깨우십시오.」 마놀리오스가 미켈리스에게 말했다. 「그분은 인정이 많으십니다. 그러니 저들을 불쌍하게 생각하실 거라고요. 저들이 불쌍하지도 않으십니까, 도련님?」

「불쌍해, 불쌍하다고. 하지만 아버질 깨우기가 두려워.」

「도련님이 두려워해야 할 대상은 하느님이에요. 사람이 아닙니다, 미켈리스.」 마놀리오스는 다그쳤다.

미켈리스는 얼굴이 빨개졌다. 〈하인 놈이 어떻게 감히 이런 식으로 말할 수가 있지? 이 자식이 도대체 누구에게 명령하고 있는 거야?〉 그는 얼굴을 찌푸렸다. 그리고 집정관을 깨우러 갈 생각은 하지도 않았다.

그리고리스 사제는 입을 꾹 다문 채 무슨 말을 해야 좋을지, 그리고 어떻게 해야 이 굶주린 늑대들을 자기 영역에서 몰아낼 수 있을지 머리를 쥐어짜고 있었다. 주위에 있는 모든 신자들의 마음이 동요하여 금방이라도 자기에게서 달아날 것 같은 기분이 들었다. 〈어떻게 해야 하지? 아가를 부를까? 터키 군과 싸웠다가 고향에서 쫓겨난 사람들을 터키 총독에게 내주어 재판하라고 한다면 마을 사람들이 뭐라고 할 것인가? 유지들을 부를까?〉 그가 유일하게 신뢰하는 사람은 라다스 옹이었다. 늙은 집정관은 눈물에 약해서 땅을 내주라고 할 것이다. 망나니 같은 선장도 그럴 것이 뻔했다. 그래 봤자 그는 잃을 것이 없으니까. 그리고 그 교장 선생, 원대한 이상을 품은 그 안경잡이 몽상가는 말뿐이지, 두 당나귀에게 귀리를 분배하는 일도 못 해낼 위인이다.

「하느님은 당신을 깨우치는 데 너무 오래 걸리시는 것 같군요, 신부.」 포티스 사제도 인내심을 잃기 시작했다.

「당연합니다.」 그리고리스 사제는 화를 내며 대꾸했다. 「내 목에도 많은 영혼들이 매달려 있으니까. 나도 하느님께 보고를 해야겠소.」

「세상의 모든 영혼들은 각자의 목에 매달려 있습니다. 그러니 〈당신 것〉과 〈내 것〉을 구분하지 마시오, 신부.」

마을 사람들이 보고 있지 않다면 그는 포티스 사제에게 달려들어 그의 목을 졸라 주었을 것이다. 그렇지만 이런 상황에서 어떻게 그럴 수 있겠는가? 그는 자제했다. 어쨌거나 더 이상 침묵만 하고 있을 순 없었다. 모든 눈이 그에게 고정되어 있었다. 그는 입을 열었다.

「들으시오, 사제.」

「듣고 있습니다.」 포티스 사제는 묵직한 성서를 손에 쥐고 대답했다. 당장 그것을 그리고리스 사제의 머리통에 던질 것 같은 기세였다.

그리고리스 사제는 아직도 무슨 말을 해야 좋을지 알 수 없었다. 하지만 바로 그때, 그가 바라던 기적이 발생했다. 사나운 비명을 내지르며 가여운 데스피니오가 기절하여 쓰러졌다. 그녀의 동료들이 허겁지겁 달려들었지만 곧 겁에 질려 뒷걸음질을 쳤다. 데스피니오의 얼굴은 창백했고, 두 다리는 부어올랐으며, 배는 북처럼 빵빵해졌고, 입술은 새파래졌다.

그리고리스 사제는 기쁨을 애써 감추고 두 팔을 하늘로 쳐들며 소리쳤다.

「나의 아들들이여, 이 끔찍한 순간 하느님은 직접 응답을 주셨습니다. 저 여자를 보시오, 가까이 가서 잘 살펴보시오. 빵빵해진 배에 퉁퉁 부은 발, 파리해진 저 얼굴, 콜레라가 분명합니다!」

그러자 겁에 질린 사람들이 일제히 뒷걸음질을 쳤다.

「콜레라요, 콜레라!」 그리고리스 사제는 다시 소리쳤다. 「이 이방인들은 우리 마을에 끔찍한 고난을 가져왔습니다. 우린 길을 잃었소! 마음을 단단히 먹고 여러분의 아이들과 아내와 마을을 생각하시오! 결정을 내린 이는 내가 아니라 하느님이십니다. 그리고 사제가 바라는 대답은 바로 저것이오!」 그는 광장 가운데에 죽어 있는 여자를 가리켰다.

포티스 사제는 복음서를 가슴에 꼭 끌어안았다. 두 손을 부들부들 떨고 있었다. 그는 그리고리스 사제 쪽으로 한 걸음 나아가며 무어라 말하려고 했지만 목이 메어 아무 말도 나오지 않았다.

발코니에 서 있던 선장은 비틀거리며 일어났다. 그는 다시 냅킨을 대야에 담갔다. 피가 머리 쪽으로 몰리고 있었다. 그는 차가운 물에 적신 냅킨을 머리에 동여매었다. 다시 정신이 돌아왔다. 차가운 물방울이 그의 움푹 들어간 두 뺨으로, 수염 없는 매끈한 턱으로, 바다 소금기에 전 그의 털 없는 가슴으로 흘러내렸다.

「저 염소수염에다 돼지 배때기를 한 늙은이!」 선장은 술 취한 소리로 투덜거렸다. 「피란민을 이끌고 온 저 불쌍한 사제의 입을 기어이 틀어막았군. 콜레라라고? 저 빌어먹을 돼지 같은 자식! 하지만 그런 식으로 끝낼 순 없지, 절대로! 내가 내려가서 저 늙은 것한테 〈이 거짓말쟁이! 거짓말쟁이야!〉라고 소릴 질러야겠어. 나도 이 마을의 유지이고 지도자야. 그러니 할 말은 해야겠어.」

그는 비틀거리며 일어나더니 지그재그로 걸어가서 문을 발로 차서 열었다. 그러곤 계단 꼭대기에서 잠시 멈췄다. 불이 켜진 등, 벽에 걸린 권총들, 몸을 웅크린 채 자고 있는 후세인, 이슬람교도의 긴 칼, 붉은 페스 모 등이 눈앞에서 빙그르르 돌더니 집 전체가 힘없이 무너져 내렸다. 그는 계단 난간에 매달리며 다리를 뻗었다. 마치 날개가 달린 느낌이었다. 계단들이 파도처럼 솟아올랐다 가라앉았다. 그는 허공을 딛고 계단 아래로 곤두박질쳤다. 그가 쿵 하고 떨어지는 소리에 아가가 깜짝 놀라 잠에서 깨어났다.

「이봐, 선장. 누가 그자의 코를 부러뜨렸나?」

아가가 큰 소리로 물었다. 그는 어둠 속에서 두 손을 뻗어 발코니를 더듬었다. 아무도 없었다. 일어서려고 애쓰다가 쿠션 위로 쓰러졌다. 입에 유향 수지를 물고 곯아떨어진 유수파키가 옆에 있었다. 아가는 따뜻하고 향기로운 소년의 몸을 발로 만지며 미소를 지었다.

「나의 유수파키, 잠들었구나, 나의 보배…….」

그는 부드러운 목소리로 말했다. 그러곤 살찐 자기 가슴에 코를 처박고 모든 것을 잊어버린 듯 다시 눈을 감았다.

그리고리스 사제의 목소리가 들렸다. 이젠 침착하고 부드럽게 변해 있었다.

「나의 형제여, 당신들이 겪은 고통을 듣고 나니 우리 가슴이 찢어질 것 같군요. 우리가 흘리는 눈물을 당신도 보았소. 우린 당신들을 받아들이고 싶지만, 하느님은 우리를 불쌍히 여겨 끔찍한 경고를 보내셨소. 당신들은 몹쓸 죽음을 옮기고 있습니다. 나의 형제여, 그러니 하느님의 은총에 따르시오. 우리 마을을 폐허로 만들지 마시오.」

그 말에 피란민들은 무거운 신음을 토해 냈다. 여자들은 가슴을 치며 울부짖기 시작했고, 남자들은 사제를 사나운 눈빛으로 쏘아보았다. 리코브리시 주민들은 이젠 뻣뻣해진 여자의 시체를 겁먹은 눈으로 힐끔거리며 손으로 코를 막았다.

사방에서 사람들이 고함을 질러 댔다.

「저들을 내보내라! 저들을 내보내!」

「횟가루를 가져와서 콜레라 걸린 여자한테 뿌려라. 공기가 감염되지 않게 해!」 한 노인이 말했다.

「두려워 마시오, 형제들이여!」 포티스 사제가 소리쳤다. 「그건 사실이 아닙니다. 그의 말을 듣지 마세요! 우린 역병을 가져온 게 아닙니다. 우린 굶주렸을 뿐이오. 이 여자는 굶어서 죽은 겁니다. 맹세합니다!」

그는 그리고리스 사제를 돌아보며 호령했다.

「배불뚝이 사제, 턱이 두 개인 사제. 하늘에서 우리 말을 듣고 계시는 하느님은 당신을 용서하실지 모르지만, 난 용서할 수가 없소! 당신이 지은 죗값이 그 머리 위에 떨어지길!」

「하느님의 은총에 따르시오!」 리코브리시 주민인 한 노인이 외쳤다. 「나에겐 자식들과 손주들이 있소. 우리 마을을 폐허로 만들지 마시오!」

공포에 사로잡힌 마을 사람들의 마음은 돌처럼 차가워졌다. 그들은 손을 내저으며 소리를 질러 댔다.

「가라! 가라!」

「백성의 목소리이자 하느님의 목소리요! 그러니 떠나시오! 하느님이 당신들과 함께하길 빌겠소!」 그리고리스 사제가 팔짱을 끼며 말했다.

「당신은 천벌을 받을 것이오!」 포티스 사제가 외쳤다. 「자, 떠납시다, 용기를 내시오! 일어나요, 여러분. 저들은 우리를 원치 않습니다. 우리도 저들이 필요 없소. 땅은 넓으니 더 가봅시다!」

여자들이 비틀거리며 일어섰다. 그러곤 다시 짐을 들어 올렸다. 남자들도 땅바닥에 있는 보따리와 도구들을 들어올렸다. 기를 든 사람은 다시 맨 앞줄 자기 자리로 갔다. 마놀리오스는 울고 있었다. 그는 백 살 먹은 노인을 부축하여 일으켜 세운 뒤 그의 등에 유골이 담긴 자루를 지워 주며 말했다.

「하느님을 믿으세요, 할아버지. 절망하지 마시고 하느님을 믿으세요.」

노인은 마놀리오스를 빤히 바라보며 대꾸했다.

「그럼 누구를 믿을 거라고 생각하나? 사람을? 방금 저들이 하는 짓을 보지 못했는가.」

그들이 막 출발하려고 할 때 포티스 사제가 갑자기 걸음을 멈추었다. 그는 기진맥진하고 해골처럼 뼈와 가죽만 남은 자기 마을 사람들을 보자 가슴이 아팠다.

「리코브리시 형제들이여, 나 혼자만의 문제라면 체면 불구하고 거지처럼 당신들에게 손을 벌리진 않을 것입니다. 차라리 굶어 죽고 말겠죠. 하지만 아녀자들과 아이들이 불쌍합니다. 그들은 배가 고파서 길바닥에 쓰러질 지경입니다. 저들을 위해 난 품위와 자존심 따윈 버리고 손을 벌립니다. 먹을 것을 좀 주십시오, 기독교인들이여. 우리가 담요를 펼 테니, 주고 싶은 대로 던져 주십시오. 아이들이 먹을 빵 한 조각과 우유 한 병도 좋고 올리브 한 줌도 좋습니다. 우린 배가 고픕니다!」

두 남자가 담요를 펼쳐 들고 행렬의 맨 앞으로 갔다.

「예수 그리스도의 이름으로 우린 여길 떠날 겁니다.」 포티스 사제는 십자가를 그리며 약속했다. 「얘들아, 가자. 용기를 내렴. 우린 이 잔도 곧 비우게 될 거야. 하느님을 찬양하라! 우린 이 마을을 지나가며 문들을 두드리겠소. 그리고 〈자비를, 자비를 베푸시오! 당신에게 너무 많이 있는 것을 좀 나눠 주십시오. 개한테 던져 줄 것을 우리한테 좀 나눠 주시오!〉라고 외치겠소. 나의 아들들아, 이를 악물고 슬픔을 견뎌라. 용기를 내라. 그리스도께서는 승리하실 것이다!」

그러고는 다시 그리고리스 사제를 돌아보며 말했다.

「다음에 봅시다, 그리고리스 사제! 최후의 심판이 있는 날에 말이오. 그땐 우리 두 사람에게 하느님이 판결을 내리실 거요!」

과부 카테리나가 맨 먼저 앞으로 달려갔다. 그녀는 녹색 바탕에 커다란 붉은 장미들이 그려진 새 숄을 풀어 텅 빈 담요 안으로 살짝 던졌다. 그러곤 다시 가슴을 더듬더니 작은 거울과 향수 한 병을 찾아 역시 담요 안으로 던졌다.

「다른 건 가진 게 없어요, 여러분. 다른 건 없어요. 용서해 주세요.」 그녀는 눈물을 흘리며 말했다.

코스탄디스는 잠시 머뭇거리더니 사도의 무거운 짐을 짊어진 것을 떠올렸다. 그는 자기 가게 문을 열고 설탕 한 포대와 커피가 든 깡통 하나와 브랜디 한 병과 몇 개의 컵과 비누를 꺼내 와서 담요 위에 쏟아 놓았다.

「얼마 안 되지만 성의로 생각하고 받아 주시오. 하느님이 여러분과 함께하길 빌겠소!」

그들은 한 집 한 집 모두 문을 두드렸다. 어떤 손은 음식과 옷가지를 담요에 얼른 던지고는 콜레라가 들어오지 못하게 문을 쾅 닫았다.

그들은 라다스 노인의 집에 다다라 문을 두드렸다. 문은 여전히 닫혀 있었다. 창문을 통해 빛을 발하고 있던 불빛이 꺼졌다. 세 명의 제자 중 한 사람인 야나코스가 더 세게 문을 두드리며 외쳤다.

「라다스 옹! 이 사람들도 기독교인입니다. 굶주린 이들에게 모두 빵조각이라도 나눠 주고 있으니 당신도 먹을 것을 좀 주시오!」

그러자 안에서 라다스 노인의 화난 목소리가 들려왔다.

「정원이 메마를 때는 물을 아껴야지!」

「언젠가는 손을 봐주겠소, 그리스도를 등진 자!」 야나코스는 주먹을 불끈 쥐며 소리쳤다.

「파트리아르케아스 집정관 집에 가봅시다, 친구들.」 미켈리스가 세 명의 동료를 돌아보며 말했다. 「빨리! 노인이 잠든 틈을 이용하여 창고 속의 물건들을 한껏 들고 나오자고.」

「그랬다가 어르신이 화를 내시면 어쩌려고요?」

마놀리오스가 놀리는 투로 묻자, 미켈리스는 대답했다.

「식초라도 마시고 화를 푸시겠지. 자, 서두르세!」

그들은 마치 적의 마을을 약탈하러 가는 병사들처럼 신나게 달려갔다.

과부 카테리나는 집으로 돌아가고 있었다. 숄을 벗어 줘 추위로 어깨를 줄곧 떨면서도 얼굴엔 행복한 미소를 짓고 있었다.

「그건 아무것도 아니야. 다른 여자들은 숄을 두르고 있어서 춥진 않겠지만…….」

그때 등 뒤에서 커다란 목소리가 들렸다. 후끈한 입김이 그녀의 목덜미를 스침과 동시에 커다란 두 손이 그녀의 목을 움켜쥐었다.

「이년, 피 같은 돈을 들여 그 숄을 사줬더니 그렇게 던져 버려? 이 모가지를 비틀어 버릴 테다!」

길거리엔 아무도 없었다. 카테리나는 겁이 덜컥 났고, 역한 포도주 냄새를 풍기는 사내의 입김에 속이 메스꺼웠다. 그녀는 애원하는 듯한 눈으로 바라보며 말했다.

「파나요타로스, 당신은 거칠지만 착한 남자예요. 그러니까 너그럽게 봐주세요. 다시는 안 그럴게요.」

「왜 날 유다라고 불렀지? 넌 내 심장을 찔렀어. 그러고도 너그럽게 봐달라고? 넌 나한테 눈곱만큼도 너그럽지 않잖아? 오늘 밤엔 날 받아 줄 거야?」

여자가 대답을 않자 사내의 말투는 애걸조로 변했다.

「한 번만 받아 줘, 카테리나. 나에겐 당신밖에 없어.」

카테리나는 땀과 눈물로 뒤범벅이 된 남자의 뜨겁고 집요한 욕망에 감싸인 느낌이었다. 그녀는 몸서리를 쳤다.

「오세요.」 카테리나는 작은 목소리로 말한 뒤, 엉덩이를 흔들며 앞장서서 걸었다. 파나요타로스는 어둠 속에서 숨을 죽이고 벽에 바짝 붙어서 뒤따라갔다.

피란민 무리가 집정관의 집에 다다랐다. 네 남자는 각기 가득 찬 바구니를 짊어지고 문 앞에서 기다리고 있었다.

「형제들이여, 이것을 전부 담요에 담을 수는 없습니다. 네 명의 건장한 청년들이 등에 짊어지도록 하시오!」 야나코스가 소리쳤다.

「당신들에게 하느님의 가호가 있기를!」 미켈리스가 말했다. 「우리를 용서하시오. 그리고 파트리아르케아스 집정관도 용서해 주시오!」

「당신들을 용서합니다!」 남자들과 여자들이 기쁜 목소리로 대답했다. 그들은 벌써 바구니 하나를 에워싸고 게걸스럽게 먹어 대고 있었다.

「얘들아, 죽음을 정복하기 위해선 뭐가 필요하지?」 기를 들고 있는 거인이 물었다. 그리고 커다란 빵 덩어리를 집어 들며 말했다. 「뭐가 필요하지? 그건 한 조각의 빵이라고!」

「노인은 아직도 코를 골고 있다네.」 미켈리스가 뜰에서 나오며 말했다.

「코를 골면서 천국에 들어가는 꿈을 꾸고 있겠죠.」 야나코스가 대꾸했다. 「앞에서는 네 명의 천사가 길을 안내하고 있을 겁니다. 바구니가 네 개니까!」

그들은 웃음을 터뜨렸다. 마음이 한결 가벼워져 있었다.

그들은 마을 끝에 다다랐다. 검푸른 어둠이 살포시 내려앉아 있었다. 등 뒤에서 짖어 대던 개들도 이젠 할 일을 다 했다고 생각했는지 집으로 돌아갔다. 박해받은 사람들 앞에는 갑자기 황량하고 가파른 절벽뿐인 사라키나 산이 불쑥 나타났다.

「가서 사제에게 작별 인사를 합시다.」 마놀리오스가 동료들에게 말했다. 「그분은 사제가 아니라 사막에서 신도들을 이끄는 모세입니다.」

마놀리오스는 포티스 사제에게 다가가 그의 손에 입을 맞췄다.

「신부님, 우리 마을이 죄를 지었다고 생각합니다. 우리를 압박하는 그 저주가 걷히기를 하느님께 기도해 주십시오.」

사제는 쭈글쭈글한 손을 그의 금발에 얹고 상냥하게 물었다.

「애야, 네 이름이 무엇이냐?」

「마놀리오스입니다.」

「나는 마을 사람들을 탓하지 않는다, 마놀리오스. 그들은 순진하고 쉽게 믿는 사람들이야. 그래서 지도자들의 말을 따랐을 뿐이란다. 하지만, 하느님 용서하시옵소서, 신부복을 입은 그 지도자는 사악한 사람이야.」

그는 잠시 생각에 빠졌다.

「내가 방금 한 말은 지나치구나. 그는 사악한 게 아니라 몰인정한 거야. 불행을 좀 겪어 봐야 부드러워질 테지. 그리고 젊은이,

자넨 누군가?」 사제는 자기 손을 잡고 있는 미켈리스를 돌아보며 물었다.

「미켈리스입니다. 집정관의 아들이죠.」 마놀리오스가 대신 대답했다.

「하느님께서 각자의 생명책에 이 바구니 네 개를 기록하실 거라고 아버님께 말씀드리게, 젊은이. 훗날 하느님께서 이자를 보태어 보답하실 거야. 하느님은 그런 식으로 보답하신다고 아버님께 말씀드리게. 다섯 개의 빵이 늘어났듯이, 이 바구니 네 개도 저 위에서 몇 배로 늘어날 걸세.」

이번에는 야나코스와 코스탄디스가 다가왔다.

「장사꾼이자 큰 죄인인 야나코스입니다. 이 사람은 코스탄디스이고 카페 주인입니다. 당신에게 신의 은총이 있기를 빕니다, 신부님.」

포티스 사제도 그들의 머리 위에 뼈가 앙상한 손을 얹고 하느님의 은총을 빌었다.

「자, 나의 아들들이여, 이젠 집으로 돌아가게나. 신의 가호가 있기를!」

그는 몸을 돌려 주위를 둘러보았다. 밤은 깊고 고요했다. 나뭇잎 하나 흔들리지 않았다. 하늘에는 은하수가 빛났고, 사라키나 산은 그들의 머리 위로 우뚝 솟아 있었다.

「저기엔 동굴들이 많이 있습니다, 신부님.」 야나코스가 말했다. 「옛날에 최초의 기독교인들이 저 동굴에서 살았다는 이야기를 들었습니다. 아직도 암벽에 그린 성모 마리아와 십자가에 못 박힌 그리스도의 그림을 알아볼 수 있는 동굴도 있습니다. 그들의 교회였던 게 틀림없습니다.」

「물도 있습니다.」 코스탄디스도 거들었다. 「겨울과 여름에는 바위에서 물이 떨어져요. 조금만 올라가면 물소리가 들릴 겁니다. 메추라기들도 살고 있죠. 산꼭대기에는 예언자 엘리야의 교회당이 있습니다.」

「오늘 밤은 동굴에서 쉬시면 됩니다.」 마놀리오스가 말했다. 「산에는 땔나무와 오이풀이 가득해요. 거기서 모닥불을 피우고 식사 준비도 하시고, 마음에 드신다면 당분간은 자리 잡고 쉬셔도 됩니다. 산의 수호신인 엘리야 예언자는 박해받은 사람들을 사랑하시니까요.」

포티스 사제는 눈을 들고 산을 바라보았다. 그러곤 한동안 생각에 잠겼다. 네 명의 동료는 그를 지켜보고 있었다. 그의 금욕적인 얼굴 위로 여러 가지 생각들이 스치고 지나갔다. 그의 눈빛은 심연 속을 헤매고 있었다.

갑자기 결정을 내린 듯, 사제는 손으로 십자가를 그으며 말했다.

「하느님이 네 입을 통해 말씀하시는구나, 마놀리오스. 우리가 가는 곳마다 사람들은 우릴 쫓아내기만 했어. 그러니 이 동굴들을 들짐승들과 함께 쓰는 수밖에 없다. 하느님, 우릴 도와주소서!」

포티스 사제는 복음서를 들어올리고 산을 찬미했다.

「전능하신 하느님의 딸, 거대한 바위여. 흰털발제비와 매의 갈증을 풀어 주기 위해 바위에서 쉴 새 없이 내뿜는 물이여. 인간이 깨워서 사용하도록 숲 속에서 잠자면서 기다리고 있는 불이여. 우리의 만남에 축복이 있으라! 우리는 인간들에게 사냥당한 인간들, 황폐하고 슬픈 영혼들이니, 흰털발제비와 매들은 우리를 반갑게 맞아들이라! 우리는 우리 아버지의 뼈와 일할 도구와 인간의 씨앗을 가지고 왔으니, 하느님의 이름으로 우리 민족이 이 바위 틈에 뿌리를 내리게 하소서!」

포티스 사제는 어둠 속에서 길을 확인한 뒤, 말없이 그를 기다리고 있는 무리를 돌아보며 소리쳤다.

「나를 따르라!」

그러고는 네 명의 동료에게 말했다.

「그리스도가 부활하셨네! 나의 아들들이여, 축배를 들고 기뻐하라!」

「그리스도가 부활하셨습니다!」 그들도 사제에게 응답하고는 피란민들이 산으로 올라가는 것을 지켜보았다. 맨 앞에는 사제와 기를 든 거인과 성상들과 뼈를 담은 자루를 운반하는 노인들이 길을 잡았다. 그 뒤를 아기를 안은 여자들이 따르고, 남자들은 맨 뒤에서 따라갔다.

잠시 후 그들은 어둠 속으로 사라졌다.

성인과 도둑

꼬박 일주일 동안 마을 사람들은 그리스도의 수난과 그리스도의 영광스러운 부활을 위해 불을 밝혔고, 가정에는 부활절 케이크와 빨간 물을 들인 달걀로 가득했으며, 정원은 꽃으로 장식되었다. 그들은 자신들의 커다란 농투성이 머릿속에 날마다 담아 두고 있던 우울하고 타산적인 생각들을 말끔히 털어 버렸다. 일주일 동안은 그들의 가난한 삶도 무거운 짐을 벗은 듯이 느껴졌다. 이제 사람들은 무거운 머리와 거품 이는 콧구멍을 흔들며 일상의 힘든 일로 다시 돌아갔다.

그래서 축제가 끝나자, 야나코스는 아침 일찍 그의 가장 친한 친구인 당나귀가 잠자고 있는 어두운 마구간으로 갔다. 마구간에서는 당나귀 똥 냄새와 태초의 악취 나는 습기가 느껴졌다. 천지 창조가 이루어졌을 때의 세상 냄새가 꼭 이랬을 것이다.

그의 충실한 친구는 긴 속눈썹이 있는 커다란 눈을 조용히 뜨고 야나코스를 돌아보았다. 주인을 알아본 당나귀는 꼬리를 흔들어 반가움을 표시하면서 큰 소리로 울어 대기 시작했다.

야나코스는 당나귀에게 다가가서 등과 윤기 나는 엉덩이와 희고 부드러운 배와 따뜻한 목을 쓰다듬어 주었다. 그리고 한 손을 커다란 귀에 집어넣고, 다른 손은 사랑하는 당나귀의 주둥이를 잡고 말했다.

「나의 유수파키.」(이 이름은 그가 아가 모르게 은밀히 당나귀에게 붙여 준 애칭이었다.) 「나의 유수파키, 휴일이 끝났구나. 그리스도가 부활하셨어! 우린 멋진 시간을 보냈으니까 너도 불평하면 안 돼. 너한테 식량도 두 배나 가져다줬잖니. 네 식욕을 돋우기 위해 신선한 풀을 낫으로 베어다 줬고, 부활절 주문에 걸리지 않게 하려고 푸른 돌로 된 목걸이를 네 우아한 목에 걸어 줬잖아. 부적으로 그 위에 마늘 한 쪽까지 달아서 두 배로 안전해. 넌 너무 아름답고 사람들은 너무 사악해서 너에게 질투의 눈길을 보낼지도 모르거든! 네가 없으면 난 어떻게 될까? 우린 둘뿐이란 사실을 잊지 말아라. 난 이 세상에 너밖에 없어. 아이를 가질 주제도 못 되었지. 아내가 콩을 너무 많이 먹은 탓에 죽어 버렸거든. 나에게 남은 건 너뿐이란다, 유수파키.

그리고 오늘 난 너에게 기쁜 소식을 전해 주려고 해. 다음 부활절에 그리스도의 수난이 마을에서 공연된단다. 너도 그 얘긴 들었을 거야. 거기에 당나귀 한 마리가 등장해. 내가 유지 분들에게 그 신성한 수난의 당나귀 역은 유수파키 너에게 맡겨야 한다고 졸랐지. 그리스도께서 네 등에 올라타고 예루살렘으로 들어가실 거야. 얼마나 영광스러운 일이냐! 열두 제자와 네가 함께 말이다. 넌 신을 등에 태우고 맨 앞에서 행진하는 거야. 사람들은 네 발밑에 도금양과 종려나무 잎을 깔아 줄 거야. 그리고 하느님의 은총이 네 등에 배로 내리고, 너의 가죽은 비단처럼 온통 빛날 테지.

나중에 내가 죽어서 하느님이 이 가여운 죄인을 천국으로 부르신다면, 난 문에 서서 문지기의 손에 입 맞춘 뒤 이렇게 말할 거야. 〈부탁이 있습니다, 베드로 사도. 저 당나귀도 천국에 들여보내 주십시오. 우린 함께 가야 합니다. 안 그러면 전 들어가지 않겠습니다!〉 그러면 사도는 껄껄 웃고는 네 궁둥이를 쓰다듬으며 이렇게 말하겠지. 〈좋아, 그렇게 하렴, 야나코스. 유수파키 등에 타고 들어가라. 하느님은 당나귀들을 사랑하신단다.〉

그러면 얼마나 신나겠니, 유수파키! 영원한 즐거움이지! 넌 이런 무거운 바구니와 짐과 안장도 없이, 토끼풀이 네 주둥이까지 높이 자라 몸도 구부릴 필요도 없는 들판을 걸어 다닐 거야. 하늘에서 넌 아침마다 울부짖어서 천사들을 깨우는 거야. 그들은 웃을 테지. 솜털처럼 가벼운 천사들이 네 등에 올라타면, 넌 파랗고 빨갛고 자줏빛을 띤 많은 천사들과 함께 초원을 뛰어다닐 거야. 언젠가 스미르나 시장에서 한 무더기의 장미와 백합과 라일락을 싣고 좋은 향기를 풍기며 가던 당나귀처럼 말이야.

그날이 올 거야. 반드시 올 거라고, 유수파키. 그러니 걱정하지 마. 하지만 내 아들아, 그때까진 열심히 밥벌이를 해야 한단다. 그러니 안장을 얹고 팔 것들이 든 바구니를 네 등에 얹게 해주렴. 지금부터 다시 마을들을 돌아야지. 실패와 바늘과 고리와 빗과 향과 자질구레한 장신구, 성인들의 전기 등을 팔러 가는 거야. 장사가 잘 되게 날 도와주렴, 유수파키. 우린 친구야, 그렇지 않니? 동료이기도 하고. 우리가 벌어들인 것은 죄다 공평하게 나누는 걸 너도 알 거야. 나는 곡식을 갖고 넌 짚을 갖고 말이야. 그리고 말했던 대로 장사가 잘 되면 네 가죽이 벗겨지지 않도록 짐 싣는 안장과 빨간 장식 술이 달린 마구를 파나요타로스에게 새로 주문할 거야.

자, 가자. 십자가를 그으라고 말하고 싶지만 넌 기독교인이 아니라 당나귀니까. 자, 몸을 쭉 뻗고 두 다리를 벌려 편하게 한 다음, 네 등에 짐을 싣게 해다오. 하루가 시작되었으니 하느님의 은총으로 우린 떠나야 해, 유수파키!」

야나코스는 당나귀 등에 짐을 실었다. 그리고 고객을 부를 때 쓰는 작은 트럼펫과 지팡이를 들고 문을 열었다. 그는 십자가를 그은 다음, 상쾌하고 즐거운 기분으로 부활절 이후의 첫 번째 장사 나들이에 나섰다.

햇빛이 눈부셨다. 하늘에서 쏟아지는 햇빛은 벌판과 온 마을을 비추고 있었다. 돌과 문과 창문과 자갈이 미소를 짓고 있었다. 야나코스는 식욕이 동했다. 그는 가방에서 커다란 빵 한 조각과 올리브 한 움큼과 양파를 꺼내어 즐겁게 먹기 시작했다.

「암튼 세상은 정말 굉장해! 이런, 정말 멋지군. 이 맛있는 빵처럼 말이야!」

이웃에 사는 과부 카테리나의 집 문이 열렸다. 치마를 걷어 올리고 보디스를 풀어헤친 카테리나는 현관 계단을 청소하기 위해 물을 양동이로 들이붓고 있었다. 그녀의 매끈하고 곧게 쭉 뻗은 다리는 무릎까지 맨살이 보였고, 보디스 안으로는 두 마리의 살아 있는 작은 동물처럼 그녀의 젖가슴이 도망칠 준비를 하고 있었다.

「꼭두새벽부터 재수 없게 만났군!」 야나코스는 빨리 지나가기 위해 당나귀 엉덩이를 찰싹 때렸다. 그러나 과부는 문설주에 기대서서 활기찬 표정으로 그에게 말을 건넸다.

「많이 파세요, 야나코스! 아시죠, 내가 당신을 존경한다는 거? 당신은 뻐꾸기처럼 혼자 살아도 언제나 뭘 우물거리면서 기분이 좋죠. 어떻게 하면 그렇게 되죠? 난 안 되는데! 난 안 돼요, 가난한 옆집 아저씨. 고작 악몽이나 꾸고…….」

「뭐 필요한 것 있소, 카테리나?」 야나코스는 화제를 바꾸었다. 「손거울이나, 라벤더 향수 같은 것?」

그때 과부가 기르는 양이 입구에 나타나 매애 하고 울어 댔다. 양의 목엔 빨간 리본이 매어져 있고, 젖이 통통 불어 있었다.

「젖이 불어서 짜달라고 저러는 거예요.」 과부는 한숨을 내쉬었다. 「너무 팽팽하게 불어서 아픈가 봐요. 저것도 암컷이니 말이에요. 가여운 것…….」

그녀는 허리를 굽혀 암양을 부드럽게 쓰다듬었다.

「금방 갈게, 내 귀염둥이. 조금만 참아. 현관에 있는 더러운 발자국부터 씻어 내야 하거든.」

암양을 부드럽게 들여보낸 뒤 그녀는 다시 야나코스에게 말했다.

「글쎄, 악몽을 꾸었다니까요. 오늘 새벽 꿈에 마놀리오스를 봤어요. 그가 달을 사과처럼 조그맣게 자르더니 나보고 먹으라고 주는 거예요. 야나코스, 당신은 다른 나라에 가본 적이 있잖아요. 스미르나같이 먼 곳에도 갔었다면서요. 그러면 해몽할 줄도 알겠군요?」

「그만해, 카테리나. 여러 사람 괴롭히지 말라고.」 야나코스가 대꾸했다. 「어젯밤 자네가 마놀리오스에게 추파를 던지는 걸 내가 못 본 줄 아나? 그 고상한 젊은이에게 집적거리고 싶나, 이 바람둥이 같으니라고. 그 아이가 불쌍하지도 않아? 그 아인 지금 약혼한 몸이라고. 괜히 젊은 친구 신세 망치게 하지 말게. 그러다가 파나요타로스가 무슨 소문이라도 들으면 자넬 그냥 두겠나? 생각을 바꾸게, 카테리나. 정신 차려. 파트리아르케아스 노인이 아무 말도 하지 않던가? 마을 유지들이 내년 부활절 그리스도 수난극에서 자네를 막달라 마리아 역에 쓰기로 결정했네. 아직 모르고 있나?」

「알아요, 야나코스. 난 이미 그 막달라 마리아예요.」 보디스가 열린 것을 그가 보고 있음을 눈치 챈 카테리나는 옷섶을 여미며 말했다. 「집정관이 전갈을 보낼 필요는 없어요. 그 늙어 빠진 죄인, 지옥에나 가라지! 그의 말로는 내가 금발이기 때문에…….」

「그게 아니야, 카테리나. 그게 아니라고. 나도 잘 모르니 어떻게 설명해야 하나. 이봐, 자넨 이제부터 파나요타로스와 친구가 아니라 그리스도와 친구라고. 자네가 추종할 분은 그리스도야. 그분의 발을 향유로 씻어 드린 뒤 자네 머리카락으로 닦아 드려야 해, 알겠어?」

「그게 그거지 뭐야, 바보! 모든 남자는, 심지어 파나요타로스까지도 한순간은 신이 되죠. 말로만 신이 아니라 진짜 신 말이에요. 나중엔 다시 야나코스나 파나요타로스나 늙다리 파트리아르케아스로 돌아가지만요, 아시겠어요?」

「내가 그걸 알면 천벌을 받지. 그건 파트리아르케아스가 말하는 말세라는 거야, 카테리나.」

화가 난 과부는 물통 속의 물을 한꺼번에 현관 계단에 쏟아 야나코스의 발에까지 물이 튀었다. 유수파키가 두 귀를 흔들었다. 그의 귀에도 물이 튀었던 것이다.

「흥! 당신은 남자일 뿐이에요.」 카테리나는 코웃음을 쳤다. 「가여운 남자일 뿐이라고요. 그러니 어떻게 알겠어요? 잘 가세요. 장사나 잘 하시라고요. 최소한 그 말은 알아듣겠죠.」

야나코스가 당나귀를 살짝 건드리자, 당나귀는 몸을 한 차례 흠칫 떨더니 발걸음을 옮겼다. 야나코스는 과부에게서 벗어난 것이 기뻐서 휘파람이 절로 나왔다.

「신부님께 먼저 들러 필요하신 것이 있는지 여쭤 봐야겠다. 자기한테 먼저 가지 않으면 그분은 화를 펄펄 내며 〈내 집부터 와. 그다음에 유지들의 집으로 가라고. 난 리코브리시 마을에서 신을 대신하는 사람이야!〉 하고 소리치거든. 그러니까 혼나지 않으려면 두목 늑대의 집부터 방문해야지.」

야나코스가 돌아보니 치마를 걷어 올려 허벅지를 거의 다 드러낸 카테리나가 아직도 현관 계단을 열심히 청소하고 있었다.

「매춘부!」 그는 내뱉듯이 말했다. 「하느님은 왜 저 여자한테 저런 멋진 다리와 허벅지와 젖가슴을 만들어 주어 남자들을 홀리게 하셨을까?」

야나코스가 중얼거리며 길을 가는 동안, 그리고리스 사제는 자주색 성직복에 검정 벨벳 벨트를 매고 맨발로 자기 집 안마당을 오락가락하고 있었다. 그는 모자도 쓰지 않고 주교한테 선물받은 흑호박으로 만든 묵주를 만지작거리며 대장장이처럼 헐떡거렸다.

마리오리가 겁먹은 표정으로 다가와 비스킷과 치즈 한 조각이 담긴 쟁반을 격자 울타리 그늘에 내려놓았다. 사제는 식욕을 돋우기 위해 매일 아침 그렇게 먹고 있었다. 한 시간 후엔 반숙한 달걀 두 개를 먹고, 총애해 마지않는 자신의 거대한 배를 위해 간직해 둔 오래된 포도주를 큰 잔으로 하나 마시곤 했다. 그러고 나서는 하느님의 무한한 자애와 정의로움에 감사를 올렸다.

시중을 들던 마리오리는 꽃에 물을 주기 시작했다. 나륵풀과 제라늄과 천수국이었다. 간밤에 잠을 설친 탓으로, 그녀의 얼굴은 창백하고 수척해 보였다. 아몬드 모양의 검은 눈동자 주위가 거무스름하게 변했고, 입술은 얼얼했다. 그녀의 어머니는 젊은 나이에 폐병으로 목숨을 잃었다. 마리오리는 어머니를 닮았다. 사제는 가끔 딸을 바라보며 길게 한숨을 토해 내곤 했다. 〈시집을 보내야 할 텐데. 빨리 결혼시켜 손자를 봐야지. 하긴 모든 것이 하느님의 뜻에 달렸지. 미켈리스는 훌륭하고 튼튼한 젊은이인 데다 좋은 집안에 재산도 있어. 그 아이라면 내 자손을 대대로 이어갈 거야.〉

꽃에 물을 준 마리오리는 이제 물러가려고 했다. 그때 사제가 입 안의 음식을 재빨리 삼키고 말했다.

「어디 가니? 그냥 있어. 너와 얘기하고 싶으니까.」

그는 화가 나 참을 수가 없었다. 마리오리는 문에 기대서서 기다렸다. 그녀는 아버지가 무슨 말을 하려고 하는지 알기 때문에 몸이 떨려 왔다. 방금 파나요타로스가 다녀갔다. 그녀는 그들이 나지막하게 얘기하는 말을 몇 마디 들었다. 그 석고먹쇠를 문간까지 배웅하면서 사제는 이렇게 말했던 것이다. 「말해 줘서 고맙네. 하긴 그건 자네의 임무지! 그 친구는 내가 손을 좀 봐야겠어!」

「말씀하세요, 아버지.」 마리오리는 눈을 내리깔며 말했다.

「파나요타로스가 하는 말을 들었니?」

「아뇨, 전 부엌에서 커피를 준비하고 있었어요.」

「그 잘난 네 약혼자 미켈리스에 관한 얘기였어.」

사제는 긴 한숨을 내쉬었다. 그가 할 말을 준비하는 동안 관자놀이의 혈관이 불거져 나왔다. 그때 문에서 노크 소리가 났다. 마리오리는 안도했다. 하느님이 그녀를 불쌍히 여기셔서 걱정거리가 비켜 간 것이다. 그녀는 뛰어가서 문을 열었다.

「누구냐?」 사제는 화가 나서 남은 커피를 꿀꺽 삼키며 물었다.

「야나코스입니다, 신부님. 그리스도가 부활하셨습니다! 물건을 팔러 나가려고요. 신부님의 축복을 받으러 왔습니다. 그리고 필요한 물건이나 편지가 있으신가 해서…….」

「암튼 들어오게.」 사제는 그의 말을 잘랐다. 「문을 닫아.」

〈오늘도 기분이 영 안 좋군. 괜히 온 것 같은데〉 하고 야나코스는 생각했다.

그는 사제의 손에 입을 맞추기 위해 허리를 굽혔다.

「키스는 이따 하고 얘기부터 하게, 이 악당 같은 친구야! 내가 묻는 대로 대답해. 내가 듣기로는 자네가 주동자였던 모양이더군. 왜 그렇게 얼빠진 표정으로 서 있나? 시치미를 떼도 소용없어. 방금 누가 와서 시시콜콜 다 얘기하고 갔으니까. 무엄한 놈들, 도둑들!」

「신부님…….」

「그렇게 불러도 소용없어! 자넨 내 재산을 훔치고 내 집을 약탈했어. 그런 짓을 해놓고도 불쑥 찾아와서 아무 일도 없었던 것처럼 내 손에 키스하려고 하다니! 위선자! 이단자! 이런 도둑을 내가 베드로로 뽑다니, 정말 유감이야! 그래, 자넨 사도로서의 삶을 이런 식으로 시작하는 건가?」

「제가요? 제가요?」 야나코스는 어쩔 줄 몰라 했다.

「그래, 자네. 그리고 자네의 그 잘난 친구인 코스탄디스와 마놀리오스도 그래! 자네들은 순진한 미켈리스를 속였어. 그 착한 하느님의 양을 말이야. 그 애가 동정심이 많은 걸 알고 기회를 노리다가 그 집을 바구니로 마구 털어 가다니……. 도둑놈들! 오 하느님, 그런 자네들을 사도로 정하다니, 나는 죄를 지었어!」

「하지만 신부님 창고가 아니었습니다.」 야나코스는 대뜸 그의 말을 가로막았다.

「그러면 누구 창곤가? 자네 창고야? 비열한 것! 그건 내 창고야. 미켈리스와 마리오리가 결혼하면 우리 두 집은 한 집이 될 테니까. 따라서 자네들이 훔쳐 간 치즈며 빵이며 오일, 포도주, 올리브, 설탕 바구니 들은 모두 내 창고에서 나간 거야! 그것들을 누구한테 주었나? 콜레라를 몰고 다니는 그 인간들한테 줬어! 미켈리스를 자네같이 경망한 친구들과 어울리게 했다간 가난뱅이와 반역자들에게 가진 것을 다 내주겠군. 그 아이는 내 딸을 가난 속에 내팽개칠 거야!」

사제는 겁에 질려 꼼짝 않고 쳐다볼 엄두도 못 내고 있는 자기 딸을 돌아보며 물었다.

「듣고 있느냐, 마리오리? 우리 집안에 뻗친 망신살을 알겠어? 네 잘난 약혼자의 머리가 그 정도라면 어디다 쓰겠느냐? 결혼하기 전에 다시 신중히 생각해 봐야겠다…….」

마리오리의 눈에서 흘러내린 뜨거운 눈물이 움푹 팬 그녀의 두 뺨을 적셨다. 하지만 그녀의 입은 닫혀 있었다.

「마리오리, 듣고 있니?」 사제는 다시 물었다.

그러자 소녀는 순종한다는 듯이 점점 더 고개를 숙였다.

문고리에 매어 둔 당나귀가 울어 대자, 야나코스는 움찔했다.

「실례합니다, 신부님. 가봐야겠습니다. 부자의 것을 가난한 사람들에게 나눠 준 것이 잘못된 일이라면, 하느님께서 우릴 용서하시길 빕니다!」

「내 말이 곧 하느님 말씀이야!」 사제는 머리를 뒤로 젖히며 소리쳤다. 「너희는 신과 직접 얘기할 수 없어! 하느님 말씀은 내 입을 통해서 전달되는 걸세. 자네들은 도둑이야. 코스탄디스와 마놀리오스도 마찬가지야. 유지들을 불러 모아 어떻게 해야 할지 의논해 봐야겠어. 콜레라에 걸린 사람들이 이곳에 오자마자 우리 마을은 전염되고 말았어!」

「당신의 은총을 빕니다, 신부님.」 야나코스는 문 쪽으로 달아나며 말했다.

화가 나서 얼굴이 벌게진 사제는 아무 대꾸도 하지 않았다. 그는 딸에게 말했다.

「신발과 모자와 지팡이를 가져오너라. 집정관과 유지들을 만나러 가야겠다.」

그는 안으로 들어가서 다시 달걀을 먹었다. 그사이에 마리오리는 야나코스를 붙잡으러 달려갔다. 야나코스는 매어 둔 당나귀를 풀고 있었다. 그녀는 허둥지둥 그에게 속삭였다.

「야나코스, 부탁이 있어요. 시내 여자들이 뺨에 빨갛게 바르는 것 좀 구해 주세요. 몰래 말이에요. 돈은…….」

「걱정 마라, 마리오리. 무슨 말인지 안다. 구해 주마.」 야나코스가 말했다.

사제가 입 안에 음식을 가득 문 채 외치는 소리가 들렸다.

「아직 얘기가 남았어, 이 악당아!」

「빌어먹을 사제 같으니!」 야나코스는 문을 쾅 닫으며 투덜거렸다. 「하느님의 대변인이라고! 만약 하느님이 자기처럼 생겼다면 가난한 사람들에겐 아무 희망도 없겠군. 우리 대부분을 산 채로 꿀꺽 삼켜 버릴 테니까.」

그는 머리를 긁고는 히죽 웃었다.

「지금까진 우리가 죽었을 때에만 삼켰지. 사태가 지금보다 더 나쁠 수도 있었어!」

그러곤 당나귀를 살짝 찌르며 말했다.

「가자, 유수파키. 다리를 부지런히 놀리렴. 저 멍청이 때문에 출발이 늦었구나. 하지만 걱정할 건 없어, 늘 있는 일이니까. 중요한 건 넌 괜찮다는 거지! 카페에 들러 주문받을 것이 있는지 알아보고 가자꾸나. 우리더러 도둑이라고? 지옥에나 가라지, 늙은 돼지!」

카페는 만원이었다. 화난 벌 떼가 윙윙거리는 것처럼, 마을 사람들이 모두 모여 어젯밤에 목격한 슬픈 일들을 이야기하고 있었다. 피란민 무리와 복음서를 지니고 있던 사나운 사제, 쓰러져 죽은 여자와 콜레라가 퍼지는 것을 막기 위해 여자 몸에 뿌린 석회, 유골을 자루에 담아 가져온 노인에 관한 이야기였다. 전염병으로

부터 자신들을 구해 줬다고 그리고리스 사제를 칭찬하는 사람도 있었고, 굶주린 아녀자들과 아이들이 불쌍하다고 말하는 사람도 있었으며, 한밤중에 사라키나 산에서 불을 보았다고 주장하는 사람도 있었다.

파나요타로스가 들어와서 황소가 노려보는 듯한 시선으로 주위를 두리번거린 다음 구석 자리에 앉더니, 카페 주인을 불러 무뚝뚝하게 주문했다.

「커피 주시오, 설탕 없이.」

「지쳐 보이는군, 친구. 또 잠을 못 잔 건가?」 코스탄디스가 물었다.

마구상은 숱 많은 눈썹을 모으며 눈살을 찌푸렸다.

「커피 달란 말이오, 설탕 넣지 말고.」 그는 등을 돌리며 다시 말했다.

이때 파트리아르케아스가 펠트 모자를 쓰고 손엔 기다란 지팡이를 들고 들어왔다. 그는 자기에게 인사를 건네려고 자리에서 일어나려는 마을 사람들에게 손을 흔들어 만류했다. 아직 잠에서 덜 깨어난 사람처럼, 그의 목소리는 쉬었고 눈은 부어올라 있었다. 입 안이 텁텁하여 아무 말도 하고 싶지 않은 듯했다.

코스탄디스는 아주 진하고 달콤한 커피 한 잔과 터키 과자 한 조각과 냉수 한 잔을 그에게 가져다주며 말했다.

「이걸 드시면 잠이 말끔하게 달아날 겁니다, 집정관님.」

집정관은 아무 대꾸도 하지 않았다. 그는 터키 과자를 물에 적셔 통째로 꿀꺽 삼키고 물을 마신 뒤, 커다란 손수건을 꺼내어 카페가 울릴 정도로 세게 코를 풀었다. 그러자 한결 기분이 나아졌는지 크게 한숨을 내쉰 뒤 커피를 마시기 시작했다. 부어오른 눈이 빤하게 뜨이고, 머리가 약간 맑아지면서 목소리도 되돌아왔다. 그의 앞에 수연통이 놓였다. 집정관은 차츰 정신이 맑아졌다.

그는 고개를 돌려 하지 니콜리스 교장 선생을 보았다. 그에게 손짓하자 교장 선생은 수연통을 들고 집정관의 탁자로 다가와서 인사를 건넸다.

「무슨 일인가?」 파트리아르케아스 원로가 물었다. 「간밤엔 아주 곯아떨어졌거든. 잠결에 몹시 시끄러운 소릴 들은 것 같은데, 잠에서 깨어나진 않았네. 방금 여기 들어올 때 이상한 사람들이 도착했느니, 여자가 죽었느니, 두 사제 사이에 싸움이 있었느니 하는 얘기를 들었네. 그게 대체 무슨 소린가? 정말 말세로군! 모든 일을 사실대로 말해 주겠나, 친구?」

교장 선생은 만족스러운 듯 목청을 가다듬었다. 그는 몸을 앞으로 숙이고 요란한 몸짓을 해가며 낮은 목소리로 말하기 시작했다. 전날 밤에 있었던 그 끔찍한 이야기를 하게 돼서 그는 몹시 기뻤다. 늙은 집정관은 교장 선생의 말에 입이 딱 벌어졌다.

파나요타로스는 그들을 지켜보며 자신의 콧수염을 신경질적으로 물어뜯었다. 그는 눈을 동그랗게 뜨고 파트리아르케아스 원로의 턱이 축 늘어진 얼굴을 뚫어지게 바라보았다. 파나요타로스는 집정관이 머리꼭대기까지 화를 내며 집으로 달려가기를 기다리고 있었다.

그러나 빌어먹을, 집정관의 표정에는 어떤 변화도 일어나지 않았다. 「저런 겁쟁이 같으니라고!」 파나요타로스는 투덜대며 바늘방석에 앉은 듯 엉덩이를 비비적거렸다. 「저 겁쟁이는 집정관이 노발대발할까 봐 죄다 고하질 못하는군. 내가 다 말해야겠어.」

그는 결심하고 일어나서 두 유지 앞으로 다가갔다.

「집정관님이 허락하신다면 제가 몇 말씀 드려도 될까요? 이 유식한 분께서는 모든 걸 말씀드릴 용기가 없는 것 같군요. 하지만 전 두렵지 않습니다. 집정관님과 단둘이서 얘기하고 싶습니다.」

「하지 니콜리스, 잠시 자리 좀 비켜 주게. 마구상이 나한테 할 얘기가 있는 모양이군.」 집정관은 교장을 물린 뒤에 말했다.

「이제 말해 보게. 간단히 말이야. 교장 선생의 말이 무슨 뜻인지 모르겠네.」

「길게 말할 생각은 없습니다.」 파나요타로스는 기분이 상해서 반발했다. 「절 아시잖습니까. 간단히 말해서 마놀리오스가 당신 아들을 홀렸습니다. 그리고 그 둘은 카페 주인인 코스탄디스와 행상 야나코스를 꾀어 당신 창고 안의 물건을 네 바구니나 퍼내어 콜레라를 몰고 다니는 사람들에게 나눠 줬답니다. 당신이 코를 골며 자고 있는 사이에 말이죠. 제 얘긴 다 끝났으니 이만 가 보겠습니다.」

집정관은 자신의 무거운 머리로 피가 한꺼번에 몰리는 듯한 기분이었다. 눈꺼풀이 한결 더 무거워지고 목소리도 거칠어졌다.

「지옥에나 가버려! 자넨 아침부터 날 화나게 만들었어!」

그는 수연관 자루를 내던지고는 주위를 살펴보았다. 누가 누군지 구별할 수가 없었다. 카페 안이 빙빙 돌고 있었다. 그는 천천히 일어나 비틀거리며 문 쪽으로 걸어갔다. 밖으로 나간 그는 분노를 억누르며 집으로 난 가파른 길을 올라갔다.

「도대체 그의 귀에 대고 뭐라 속살거렸기에 저리도 날뛰는가, 파나요타로스?」 재미있기도 하고 걱정이 되기도 한 마을 사람들이 물었다. 「하느님이 두렵지도 않나? 집정관은 너무 늙고 뚱뚱해서 발작을 일으킬지도 몰라.」

그러나 파나요타로스는 아무 대꾸 없이 문밖으로 나가 버렸다.

야나코스의 트럼펫 소리가 조롱하듯 유쾌하게 울려 퍼졌다.

「이봐요, 마을 사람들!」 야나코스는 한바탕 싸우려는 수탉처럼 광장 한가운데 서서 소리를 질렀다. 「시내와 마을을 순회하는 중이오. 필요한 물건이 있으신 분, 편지를 부칠 분들은 이리 오시오. 친척이나 아이들이나 친구나 주변 마을에 볼일이 있는 분들도 오시오. 주문을 받고 곧 출발할 겁니다. 그리고 특별한 일이 없으면 답장은 일요일에 전해 드릴 겁니다!」

마을 사람들이 야나코스에게 다가가서 나지막한 목소리로 주문을 했다. 야나코스는 당나귀 등에 기대어 주문받은 것을 머릿속에 정리했다.

맨 마지막으로 코스탄디스가 다가와서 그의 귀에 속삭였다.

「골치 아프고 싶지 않으면 파트리아르케아스 집정관 댁엔 가지 말게. 그 돼지 같은 유다가 뭐라고 일러바쳐서 그 늙은이 지금 제정신이 아니야. 지팡이를 휘두르며 집으로 갔으니까 지금쯤 아들을 타작하고 있을걸.」

「그 바구니 때문에?」 야나코스가 낮은 목소리로 물었다.

「아니면 뭐 때문이겠나? 아무래도 일이 좀 꼬일 것 같네. 골치 아프겠어.」

「그 일이라면 다 알고 있어. 난 이미 당했거든. 사제도 그 일로 화가 잔뜩 나 있었네. 날 사정없이 나무랐어! 하지만 난 눈도 깜짝 안 해. 걱정 말게. 폭풍이 지나가도록 내버려 두자고. 우린 할 일을 했을 뿐이니까.」

「하긴 나도 그래.」 코스탄디스는 한숨 쉬어 말했다. 「이미 험한 꼴을 당할 만큼 당했으니 겁날 것도 없지. 자네 누이가 내 눈알을 파낼 듯이 달려들 땐 정말 끔찍했어. 〈멍청이! 불량배! 악당!〉 하고 악을 쓰더군. 〈내가 모를 줄 알고? 전염병이나 퍼뜨리고 다니는 그 도둑놈들에게 가게의 물건들을 마구 퍼다 줘? 우린 굶주리고 있고, 아이들 먹을 것도 바닥난 판에 당신은 커피와 설탕과 비누를 거저 나눠 주다니!〉 하고 말일세.」
「도대체 누가 일러바쳤지?」 야나코스가 놀라 물었다.
「붉은 마귀지 누구겠나? 그가 저녁 내내 우리 뒤를 쫓아오지 않았나. 그러다가 건수를 잡고 일러바친 거지. 먼저 사제와 우리 마누라한테 고자질한 뒤 조금 전엔 파트리아르케아스에게 일러바쳤어. 그는 자기가 유다로 뽑힌 것에 몹시 화가 나 있네!」
「참게, 코스탄디스.」 야나코스는 자기 누이한테 달달 볶이는 카페 주인이 가여워서 말했다. 「참아. 그냥 멍청한 척해. 일요일에 돌아와서 다시 얘기하세.」
야나코스는 지팡이 끝으로 당나귀를 쿡 찌른 뒤 가파른 언덕을 올라갔다.
「자넨 행운아야.」 코스탄디스는 야나코스를 지켜보며 혼자 중얼거렸다. 「복도 많지. 모든 일이 잘 풀리잖나. 자식도 없고, 마누란 죽었고, 태평하잖나…….」
야나코스는 동료의 반짝이는 엉덩이를 쓰다듬으며 말했다.
「아, 유수파키, 우리 팔자가 상팔자구나. 우린 형제처럼 사이가 좋아. 언제 싸운 적이 있니? 한 번도 없지. 하느님을 찬양하리로다! 우린 좋은 녀석들이야. 누구에게도 해를 끼치지 않아. 자, 오른쪽으로 돌아. 길을 바꿀 거야. 코스탄디스가 한 말 못 들었니? 오늘은 집정관 집에 안 갈 거야. 곧장 라다스 옹한테 가자. 널 보면 군침을 흘리는 노인네 있잖아. 어서 서두르자. 거길 지나면, 마을을 빠져나갈 거야. 유지들과 사제들 집은 들르지 말고 그냥 가자. 빌어먹을 인간들! 마지막엔 우리 둘만 남을 거야!」
그는 오른쪽으로 방향을 바꾸어 구두쇠 노인의 집으로 향했다.
「떠나기 전에 마놀리오스를 만나 카테리나를 조심하라고 일러 주고 싶은데. 그는 그리스도 역을 맡아야 할 사람이니까 여자들을 조심해야지!」

라다스 노인은 누더기에 맨발로 안마당에 있는 돌 의자에 유쾌한 기분으로 앉아 있었다. 페넬로페 부인이 금이 간 사발에 이집트 콩과 보리를 곁들여 만든 모닝커피를 갖다 놓았다. 그리고 보리빵 한 조각과 올리브 한 접시도 벤치 위에 놓았다. 노인은 음식을 먹고 마시며 걸상에 앉아 말없이 양말을 뜨고 있는 아내와 얘기를 주고받았다. 부인도 그녀의 남편처럼 누더기에 맨발로 지저분한 모습이었다. 길쭉한 코 때문에 그녀는 털 빠진 늙은 황새처럼 보였다.

그녀도 결혼 초기의 젊은 시절에는 남편에게 말대꾸도 하고 요란하게 싸우기도 했다. 유지의 딸로 태어나 부유한 집안에서 사치를 누리며 산 미인이었다. 그러나 차츰차츰 예리한 감정은 무뎌지고, 정신은 지치고, 육체도 시들어 갔다. 그녀는 자신도 모르는 사이에, 불평 없이 삭아 갔다. 그러곤 아무 말도 하지 않게 되었다. 가끔 자책하거나 속으로 삭일 뿐, 상대방의 말을 듣기만 하고 대꾸는 하지 않았다. 외동딸이 죽은 후부터는 라다스의 잔소리를 듣는 것조차 그만두었고, 화를 내거나 대드는 것도 그만두었다. 그녀는 죽은 여자나 마찬가지였다. 아직 먹고 자고 일어나 걸어 다니긴 하지만 살아 있는 사람이 아니었다. 마치 죽은 사람처럼 무욕과 무아와 위엄을 지니고 있었다.

라다스 옹은 보리 주스를 마시며 아내가 말없이 양말을 뜨고 있는 것을 바라보았다. 그러곤 밤새 잠을 이루지 못하며 세운 멋진 계획을 그녀에게 말했다. 그는 자기 금고를 금귀고리와 반지, 목걸이, 금화 등으로 채우고 있었다.

「내 머릿속엔 모든 계획이 마련되어 있어, 페넬로페. 그런데 누구에게 그 비밀을 의논해야 할지 모르겠어. 그건 간단한 일이 아니라서 두 사람이 필요하거든. 지금 세상은 썩을 대로 썩어서 말이야. 인간들은 탐욕스러워서 기회만 있으면 훔치려고 하지. 그러니 누굴 믿을 수 있겠어? 하지 니콜리스? 그는 자기보다 나은 사람들을 흉내 내는 얼간이일 뿐이야. 게다가 교장 선생이니 더 말할 것도 없지. 그에게 뭘 기대할 수 있겠어? 미친놈처럼 사람에게 돌을 던지지 않는 것만도 다행으로 생각해야지! 그의 형 그리고리스 사제와 의논했다간 닥치는 대로 먹어 치우려고 할 거야. 그는 마귀처럼 약삭빠르고 교활한 데다 자기 주머니를 채울 생각만 하는 인간이거든. 그런 인간은 나에게 소용없어. 당신도 알다시피 나도 그런 인간이잖아. 페넬로페, 고갤 젓는 걸 보니 파트리아르케아스 원로를 생각한 모양이군. 아이고, 관두자 관둬! 그게 인간이야, 올챙이지? 그 집안은 아버지부터 아들까지 모두 부유해. 평생 일이라곤 해본 적이 없는 친구야. 그는 땀의 의미가 뭔지도 몰라. 듣자 하니, 왕족 개미로 불리는 큰 개미들이 있는데, 그것들은 밤낮 큰대 자로 누워만 있다더군. 그들을 먹여 살리는 노예들이 엄청 많은데, 그렇게 먹여 주지 않으면 굶어 죽을 거라는 거야. 그는 그런 인간이야. 그런 뚱보 흰개미, 발작이나 일으키라지! 나에겐 아무 소용 없어. 다른 유지들 가운데 포르투나스 선장은 어떨까. 그는 인간이 아니라, 언제나 라키가 부글부글 끓고 있는 가마솥이지. 그래서 이 일을 하려면 다른 파트너를 찾아야 해. 하지만 누구로 하지? 생각나는 사람 없어, 페넬로페?」

하지만 그의 아내는 뜨개질을 하며 무아지경에 빠져 있었다. 그녀의 귀엔 아무 소리도 들리지 않았다. 잠깐 고개를 든 그녀의 두 눈은 기쁨도 슬픔도 없이 다만 흐릿할 뿐이었다. 그녀의 시선은 라다스 옹의 피부와 뼈를 통과하고, 그 뒤에 있는 집의 벽을 지나 길과 마을과 벌판을 지나고, 사라키나 산을 지나 아주 먼 바다를 통과하여 무한한 검은 우주 공간으로 흘러가는 것 같았다. 그녀는 다시 양말로 시선을 내리더니 갑자기 빠른 손놀림으로 뜨개질을 하기 시작했다.

그때 야나코스의 트럼펫 소리가 들려왔다. 라다스 노인이 벌떡 일어났다. 그의 작고 교활한 눈이 반짝였다.

「하느님께서 그를 보내 주셨구먼! 바로 내가 찾던 사람이야. 내가 원하던 사람이라고! 그렇지, 페넬로페? 그는 필요한 조건을 모두 갖추고 있어. 우편배달부에다 행상이라 안 다니는 마을이 없지. 거짓말쟁이에다 좀도둑이지만 대단한 사기꾼은 아니야. 아주 적격이야. 그라면 비밀을 지킬 것이고, 끝난 뒤엔 한 방에 보내 버리는 거야! 난 해치울 수 있어!」

라다스 옹은 기쁨을 억누르지 못해 울퉁불퉁한 두 손을 비비댔다. 당나귀가 문 앞에 멈추는 소리가 나자, 그는 뛰어가서 문을 열어 주며 말했다.

「어서 오게, 야나코스! 전능하신 하느님께서 내 친구를 보내 주셨구먼! 당나귀는 고리에 묶어 두고 어서 들어오게. 자네한테 할 말이 있으니까.」

〈이 늙은이가 무슨 꿍꿍이속이지? 조심해야겠군.〉 야나코스는 의심이 들었다.

그는 당나귀를 고리에 묶고 들어갔다.

「문을 닫고 빗장을 걸게. 아무도 엿듣지 못하게 말이야. 자네한테 굉장한 비밀 얘기를 할 테니 이리 좀 앉아. 자넨 지독히도 운이 좋군, 야나코스. 자네도 부자가 될 거야. 더 이상 누구도 만날 필요 없어. 그까짓 실패를 팔려고 거지처럼 길거리를 쏘다닐 필요가 없다고. 내가 자네에게 금덩어리를 안겨 주겠네. 알겠나, 친구? 금덩어리 말이야.」

야나코스는 어리둥절한 표정으로 물었다.

「도무지 영문을 모르겠습니다, 라다스 옹. 갑자기 웬 금덩어리 타령입니까?」

「귓구멍 후비고 내 말을 잘 듣게. 우리 마을에 들어온 그 전염병 보균자들은 터키인들에게 빼앗기지 않으려고 몸에 감춘 재산이 있을 거야. 보석이나 귀고리, 팔찌, 결혼반지, 금화 등의 형태로 말이지. 그런데 지금 그들은 먹을 것이 없어. 자, 무슨 얘긴지 알아듣겠나, 야나코스?」

「잘 모르겠소. 난 원체 머리가 나빠서요. 좀 더 자세히 설명해 보쇼.」

「이건 정말 신성한 영감에서 나온 보람찬 일이야, 야나코스. 어젯밤 사라키나 산에서 불꽃이 반짝이는 걸 봤네. 그들이 저 산 위에 있는 동굴에 자리를 잡은 모양이야. 자넨 지금 즉시 당나귀를 몰고 저 산으로 올라가게. 가서 트럼펫을 불고 남자들과 여자들과 아이들을 모두 불러 모으라고. 사람들이 자네 주위로 모여들면 그들에게 이렇게 말하게. 〈형제들이여, 당신들은 굶주리고 있습니다. 아이들이 불쌍하지도 않소? 나는 여러분들 생각에 밤새 잠을 이룰 수가 없었소이다. 여러 형제들을 어떻게 하면 구할 수 있는지 생각하느라고 말이오. 하느님의 은총으로 나는 그 방법을 찾았습니다. 여러분에게 거치적거리기만 하는 보석들을 모두 꺼내시오. 옥수수와 보리와 기름과 포도주 등 먹을 것으로 바꿔 드리리다. 사는 데 필요도 없는 자질구레한 장신구도 이리 주시오. 내가 손해를 보더라도 상관없소. 여러분은 그리스인이고 기독교인들이니, 그건 중요하지 않소.〉 어떤가, 이젠 좀 알아듣겠는가, 맹한 친구?」

「무슨 소린지는 알겠지만, 글쎄…….」 야나코스는 망설였다. 이런 계획을 라다스 옹의 귀에 속삭인 존재가 하느님인지 마귀인지 그는 얼른 판단하기 어려웠다.

「신성한 영감이라니까! 하지만 남한테는 말하지 마! 아무도 눈치 채면 안 되니까. 자, 친구, 생각해 봐. 자넨 부유하고 행복해질 걸세. 자넨 정말 불쌍한 사람이야. 겨울이나 여름이나 젊음을 낭비하며 길을 떠나는 자넬 보면 내 마음이 아파. 올해 몇 살인가?」

「쉰입니다.」 야나코스는 두 살 줄여서 대답했다.

「저런, 한창 나이가 아닌가? 인생을 낭비하지 말게, 야나코스! 자네도 신분 높은 사람처럼 좋은 집 짓고, 마음에 드는 마을 처녀와 결혼하여 아이들을 낳을 수 있네. 사제의 딸은 자네한테 전혀 어울릴 것 같지 않지만 말이야. 그리고 자네 친구들을 도와줄 수도 있고, 마을의 후원자가 될 수도 있지. 자네가 지나가면 사람들이 일어나서 인사를 할 거야. 새로운 인생을 사는 거야, 야나코스. 거지 같은 삶이 아니라 귀족 같은 삶 말이야! 우리가 살면 얼마나 살겠나? 사는 동안만이라도 안락하게 살아야지, 안 그런가? 자, 결심을 하게. 다 자넬 생각해서 하는 소리야. 다른 사람에게 선수를 빼앗기면 안 돼. 특히 사제가 끼어들까 봐 두렵네!」

「나는 하느님이 두렵습니다.」 야나코스는 결심을 못 하고 말했다. 「하느님이 두렵다고요, 라다스 옹. 박해받은 형제들을 속여 먹는 것이 옳은 일입니까?」

「속여 먹는 것이 아니지, 이 바보야. 우린 그들을 죽음에서 구해 주는 거라고. 그 가여운 인간들을 먹여서 살려야 해. 그들은 우리 형제들이니까. 나도 인정이 있고 그들의 처지를 딱하게 생각해. 그래서 음식과 바꿔 주려는 거야. 강도짓을 하는 게 아니라고. 물론 최대한의 이익을 챙겨야지. 장사는 장사니까. 우린 바보가 아니야. 이득이 적어도 괜찮아. 이리 와서 빵 좀 들게. 올리브도 있군! 우린 이제 동료이자 친구야. 그러니까 똑같이 나누어야지. 커피도 좀 남았으니 마시게!」

「배고프지 않아요.」 야나코스는 말했다. 「머리가 어지러워 잠시 벤치에 앉아 어르신 말씀에 대해 생각해 보겠습니다. 저에게 새로운 길을 열어 주셨으니, 결정을 내리기 전에 저의 모든 지혜를 모아 그 일을 생각할 수 있는 시간을 주십시오.」

「문제는 시간이 없다는 거야, 친구. 일이 급해. 생각하고 말고 할 것이 뭐 있나? 빈둥거리며 시간만 보내지 말고 빨리 사라키나로 달려가게. 사제가 먼저 해먹으면 우린 끝장이야. 그 갈고리 손이 말이야!」

야나코스는 벤치에 앉아 두 손으로 머리를 감싸 쥐고 생각에 빠졌다. 머릿속이 냄비처럼 부글부글 끓었고, 관자놀이가 팔짝팔짝 뛰었다. 수천 개의 귀에서 귀고리가, 수천 개의 목에서 목걸이가 빠져나왔다. 손가락에서는 결혼반지가 빠지고, 주머니에서는 금화가 굴러 나왔다. 이 모든 것은 그의 오두막 안에 있는 커다란 상자를 채우고 죽은 아내의 낡은 옷을 주머니마다 가득가득 채우고 있었다. 그런 뒤에는 멋진 집이 공중으로 솟아올랐다. 그건 집이라기보다는 정원과 안마당과 발코니와 부드러운 침대가 있는 궁전이었고, 그 안에서 아름답고 젊은 한 여인이 머리를 빗고 있었다. 커다란 문이 열리자, 일요일 아침이었다. 태양은 빛났고, 미사를 알리는 교회당 종소리가 들려왔다. 리넨으로 지은 멋진 반바지에 유지들이 쓰는 크고 검은 양피 모자를 쓴 야나코스는 기다란 아이보리색 지팡이에 몸을 의지한 채, 위엄 있는 발걸음으로 교회당에 가고 있었다. 마을 사람들은 그가 지나가는 동안 연신 굽실대며 인사말을 건넸다. 그는 다시 자기 집 안마당에 앉아 있었고, 그의 앞에는 코스탄디스가 존경하는 표정으로 바라보며 서 있었다. 그는 호주머니에서 금화가 가득 든 주머니를 꺼냈다. 〈이것 받게, 착한 코스탄디스. 이 돈 받고 자네 웃는 얼굴 좀 보세. 고양이 같은 내 누이 때문에 고생했으니 보상을 받아야지!〉 그런 다음 마놀리오스를 불렀다. 〈마놀리오스, 너도 이리 오너라. 내가 너에게 줄 양 떼를 샀어. 넌 더 이상 그 늙어 빠진 파트리아르케아스의 하인이 아니야.〉 야나코스의 생각은 한쪽으로 마구 치달리다가 다른 방향으로 옮겨 가곤 했다. 그는 리코브리시 마을 교회당 종루에 걸린 거대한 시계를 보았다. 그것은 그가 스미르나에서 보았던 것과 비슷한 시계였다. 그 시계의 겉에는 다음과 같은 말이 금색 대문자로 쓰여 있었다. 〈우리의 위대한 기부자 야나코스 파파도포울로스 의원 기증!〉 그의 생각은 또 다른 곳으로 달려갔다. 시계가 사라지고 이번엔 벨벳을 씌우고 금으로 장식한 두툼한 안장이 그의 머릿속에 떠올랐다. 그는 그것을 두 팔로 안고 마구간으로 들어가며 소리쳤다. 〈유수파키, 약속한 대로 네 안장을 사왔다. 봐라, 왕도 이런 안장은 가지고 있지 않아. 네 고생도 이제 끝났어! 이제부터는 먹고 마시기만 하면 돼, 나의 귀여운 유수파키. 일요일마다 미사를 드린 후, 새 안장을 얹고 광장을 멋지게 행진할 거야. 너도 당나귀들의 우두머리니까, 사람들은 모두 존경하는 마음으로 뒤로 물러나서 너에게 인사를 건넬 거라고.〉

야나코스는 갑자기 웃음을 터뜨렸다. 그러고는 방금 잠에서 깨어난 듯 호박처럼 부풀어 오른 머리를 흔들었다. 그는 여전히 삼매경에 빠져 뜨개질을 하고 있는 늙은 여자를 돌아보았다. 그리고 그에게 두 눈을 고정한 채 기다리고 있는 라다스 옹을 보았다.

「50 대 50에 동의하십니까, 어르신?」

라다스 옹은 커다란 손을 내밀며 말했다.

「악수하세, 야나코스. 동의하네. 50 대 50이 일반적인 흥정이지. 저녁에 자네가 거둬들인 보석을 나에게 가져오면, 사전에 합의한 대로 곡식과 기름과 포도주를 내주겠네. 긁어모을 것을 다 긁어모은 뒤에, 계산은 그때 한꺼번에 하세. 자네가 할 일은 자네가 받은 것과 준 것을 장부에다 기록하여 내가 자네처럼 치사한 행동을 하지 않는다는 것을 확인하는 거야. 그리고 내가 자넬 믿고 있다는 것을 보여 주기 위해 선금으로 터키 금화 3파운드를 주겠네.」

노인은 호주머니에서 튼튼한 끈으로 단단히 묶은 자루를 꺼내었다. 그러곤 떨리는 손으로 금화를 하나씩 세어 3파운드를 내밀었다. 야나코스는 탐욕스럽게 그걸 꽉 쥐었다. 그의 두 눈이 황금빛으로 멀 지경이었다.

「영수증을 준비해 놓겠네. 돌아와서 서명만 하면 돼. 어떤가, 이젠 날 믿을 수 있겠나? 난 자네에게 말만 앞세운 게 아니라, 금을 건네주었네. 그러니 시간 낭비하지 말고 빨리 가게. 하느님의 평온이 함께하기를!」

노인은 야나코스를 밀고 나가 문을 열었다.

「하느님이 자넬 지켜 주실 거야! 가서 모조리 긁어 오게!」 노인은 그의 등에 대고 소리쳤다. 그러곤 야나코스가 행여 후회라도 할까 두려워서 얼른 문을 닫아 버렸다.

「페넬로페, 입도 뻥긋하지 마!」 노인은 손가락을 입술에 갖다 대며 말했다. 「내가 일처리하는 거 봤지? 얼마나 노련해? 내 머리는 면도날 같다고 했잖아! 금이라는 올가미로 그를 꼼짝 못하게 사로잡았어. 3파운드를 잃었지만 그 대신 천 파운드가 들어올 거야. 자, 그러니 이제부터 내가 시키는 대로 해. 금고를 준비하라고, 빨리!」

그러나 페넬로페는 꼼짝도 않고 의자에 그냥 앉아 있었다. 그녀는 들락날락하는 바늘은 보지도 않고 계속 뜨개질을 해나갔다. 라다스 옹을 위해 짜고 있는 양말은 점점 길어졌다. 그녀가 양말 속에서 본 것은 남편의 여윈 다리가 아니라, 벌레들이 반쯤 갉아먹은 길고 말라빠진 뼈다귀였다.

당나귀 뒤를 따라가며 야나코스는 꿈을 꾸고 있었다. 왼쪽에 있는 심장은 우울한 부담감을 느끼고 있었고, 오른쪽에 있는 조끼 주머니에서는 유쾌한 무게를 느낄 수 있었다. 그는 술 취한 사람처럼 비틀거렸다. 그는 돌에서 돌로 건너뛰기도 하고, 갑자기 멈춰 서서 곰곰이 생각하기도 했다. 몸집이 작은 당나귀는 놀라 주인을 돌아보곤 그가 올 때까지 기다렸다.

「나를 보는 사람이 아무도 없으면 좋으련만.」 야나코스는 혼자 중얼거렸다. 「어서 가자, 유수파키. 서둘러라. 왜 멈춘 게냐? 이쪽 길로 방향을 바꾸어라. 길이 바뀌었다. 청천벽력 같은 소리지, 나의 귀염둥이?」

당나귀는 당황하여 머리를 흔들었다. 당나귀는 이해할 수가 없었다. 〈이 길로 가라니, 도대체 어디로 가려는 거지? 주인이 어떻게 된 걸까? 인간은 얼마나 변덕스러운 존재인지! 그들은 자신들이 원하는 것이 뭔지도 몰라!〉

「아무하고도 마주치고 싶지 않아, 마놀리오스조차. 난 이제 다른 중대한 일이 생겼어. 그 친구가 카테리나와 함께 지옥에 떨어져도 내가 알 바 아니야! 어서 가자, 유수파키. 서둘러!」

그러나 마을 끝에 있는 집들을 돌아서 들판으로 나왔을 때, 야나코스는 포르투나스 선장을 떠메고 가는 마놀리오스와 다른 두 젊은이를 만났다. 그들은 머리를 숙인 채 짧은 보폭으로 걷고 있었다. 그들 앞에는 긴 칼을 차고 빨간 페스 모를 쓴 후세인이 걸어오고 있었다.

야나코스는 당나귀 고삐를 당겨 그들이 지나가게 했다. 그리고 가까이 다가오자 정신을 잃고 있는 선장을 살펴보았다. 그는 깨진 머리를 피로 얼룩진 흰색 냅킨으로 묶고 있었다.

「선장이 왜 이렇게 되었나, 마놀리오스?」

「아가의 집 계단에서 굴러 떨어져 머리가 깨졌어요. 만달레니아 아주머니를 보시면, 오셔서 붕대를 좀 갈아 달라고 말씀해 주세요. 그 아주머니는 장의사를 하기 전에 산파를 하셨기 때문에 방법을 아시거든요.」

「불쌍한 양반. 곤드레만드레 취했을 게 뻔해.」 야나코스가 중얼거렸다.

후세인이 돌아보며 껄껄 웃었다.

「걱정하지 마, 더러운 그리스인. 머리가 깨졌지만 곧 나을 거야. 그리스인들은 강인하지, 특히 털이 없는 것들은 말이야.」

「마놀리오스, 자네와 얘기를 좀 해야겠어.」 야나코스가 말했다.

「저도 그렇습니다. 하지만 선장님을 먼저 침대에 눕혀 드리고요. 뒤따라와 문 앞에서 기다리세요. 금방 나올게요.」

그들은 천천히 걸어갔다. 움직일 때마다 선장이 괴로워하기 때문이었다. 집에 도착한 그들은 선장을 데리고 들어갔다. 야나코스는 올리브나무 그늘에 당나귀를 묶어 놓고 기다렸다.

「그건 사실이야. 그날 밤 그 여잔 암소처럼 배가 불렀어. 지금 그녀는 무엇을 낳았을까? 하느님 맙소사!」

야나코스는 담배쌈지를 꺼내어 궐련을 만 뒤, 올리브나무 둥치에 기대어 담배를 피우며 시간을 보냈다. 그는 마놀리오스에게 얘기한 것을 후회했다. 그것은 시간 낭비이고, 그가 맡은 중요한 일을 위해서는 서둘러야 한다고 생각했다. 그는 주머니를 더듬어 손가락으로 금화를 만져 보곤 미소를 지었다.

〈하느님을 찬양할지니. 이건 꿈이 아니야. 손에 금화를 쥐고 있는 꿈을 얼마나 자주 꾸었던가. 아침에 잠에서 깨어나면 그 금화들이 베개 밑에 있는 것만 같아 바보처럼 손으로 더듬곤 했지. 하지만 이번엔 정말 여기 있어! 하느님을 찬양하리로다!〉

그는 다시 금화들을 손가락으로 만져 보곤 안심했다.

마놀리오스가 현관 계단에 나타났다. 그는 이마의 땀을 닦으며 올리브나무 아래 앉아 있는 야나코스에게 다가왔다.

「선장님이 너무 무거워 우린 모두 녹초가 됐습니다.」

「난 바쁘다.」 야나코스는 서둘렀다. 「오늘은 할 일이 많아. 자네한테 두 가지만 말할 테니 잘 듣게, 마놀리오스. 우선 오늘 하루는 주인집에 얼씬도 하지 마라. 집정관이 바구니 건을 알고 있어. 지팡이를 휘두르며 자기 아들을 때리러 갔다. 그러니 폭풍이 지나갈 때까지 조용히 엎드려 있어.」

「일이 그렇게 되었다면 나도 매를 맞아야죠. 내 잘못이기도 하니까요.」

「내 잘못이기도 해. 하지만 난 가지 않을 거야. 창피해도 상관없어. 잠깐만, 한 가지가 남았어. 과부 카테리나가 자넬 사로잡을 그물을 만들고 있어. 자네 꿈을 꾸었다고 하더군. 어제 저녁 광장에서 자넬 훔쳐보고 있었지만, 자넨 눈치 채지 못했지. 조심해, 마놀리오스. 카테리나는 마녀니까. 그 여잔 주교들까지 타락하게 만들었어. 다음 부활절 일을 생각해. 그때 자넨 그리스도 역을 맡을 사람이야. 몸을 더럽히지 마.」

마놀리오스는 얼굴을 붉히며 고개를 숙였다. 어젯밤 그도 꿈속에서 그녀를 보았던 것이다. 꿈의 내용은 잊어버렸지만, 아침에 깨어났을 때 눈 주위가 푸르스름하게 변해 있었다.

「그리스도께서 절 도와주실 겁니다.」 마놀리오스는 우물거렸다.

「그리스도 혼자 모든 것을 다 할 수 있는 건 아니야, 딱한 친구. 자네도 분발해야 해! 난 바쁘니까 나에게 할 얘기 있으면 빨리 해.」

마놀리오스는 망설였다. 어떻게 말해야 야나코스의 마음을 상하지 않게 할 수 있을까?

「제가 무슨 말을 하든 용서하십시오.」 마침내 그는 입을 열었다. 「우리 네 사람은 함께 실현해야 할 중요하고 신성한 목적을 갖고 있습니다. 이제부터 우린 하나예요. 만약 우리 중 한 사람이 잘못을 범하면, 나머지 사람들이 말려야 합니다. 한 사람이 길을 잃으면 우린 모두 길을 잃고 맙니다. 그래서 감히 말씀드리는데…….」

「본론을 말해, 마놀리오스. 빙빙 돌리지 말고. 바쁘다고 했잖아.」 야나코스는 당나귀의 끈을 풀기 시작했다.

「오늘부터 다시 장사에 나설 거잖아요.」 마놀리오스는 그의 팔을 잡으며 말했다. 「그리스도의 이름으로 부탁드리는데, 어제 신부님이 하신 충고를 잊지 마세요.」

「사제가 나한테 무슨 충고를 했는데?」 야나코스의 목소리가 갑자기 사납게 변했다.

「야나코스, 제발 나쁜 짓은 하지 마세요. 예를 들어, 무게를 모자라게 주거나…….」

야나코스는 화가 치밀었다. 그는 당나귀 끈을 사납게 채어 고삐를 신경질적으로 팔에 감았다.

「좋아, 좋아. 사제는 그게 쉽다고 생각하겠지. 그 거룩하신 분께서는 말씀이야. 하지만 내가 만약 사제에게 그 올챙이배 좀 그만 채우고, 남아도는 것을 불쌍한 사람들에게 나눠 주라고 충고한다면 뭐라고 할까? 게다가 밀가루와 양념을 섞은 반죽을 만병통치약이라고 나눠 주지 말라고 하면 어떻게 나오겠어? 순 돌팔이 같으니라고! 작년에만 해도 그는 사흘 동안이나 만토우디스 노인을 묻지 않고 방치하여 악취가 나도록 했어. 상속자들에게 미리 돈을 내도록 압력을 넣기 위해서였지. 또 언젠가는 가난한 구두수선공 예로니모스한테 받을 돈이 있다고 그의 포도밭을 경매에 부치지 않았어? 그리고 올해엔 성주간 직전에 세례식과 장례식 가격을 올렸지. 가격을 올려 주지 않으면 세례식도 결혼식도 장례식도 그는 하지 않겠다고 말했어. 그렇게 돼지처럼 자기 배만 채우는 인간이 무일푼인 나에게 무슨 낯짝으로 충고를 하겠다는 거야?」

「그런 식으로 사제를 욕하지 마세요.」 마놀리오스는 그의 말을 가로막았다. 「누구나 자기 영혼에 대해 변명해야 할 겁니다. 당신도 그럴 거고요, 야나코스! 올해 우린 흠 없이 순결해야 합니다. 당신은 베드로가 될 테니 잊지 말아요. 성찬식 전에 우리가 할 일이 뭐죠? 금식하고, 고기나 기름을 먹지 말고, 욕을 하거나 화를 내어서도 안 됩니다. 우린 이제 그래야 한다고요, 야나코스.」

그러나 야나코스는 울화가 치밀었다. 마놀리오스의 말이 옳다고 생각되었기 때문에 더욱 화가 났다. 그래서 사제 얘기는 미뤄두고 마놀리오스에게 버럭 소리를 질렀다.

「마놀리오스, 자넨 제자도 아닌 그리스도 그분 역을 해야 한다는 사실을 잊지 말게. 그런 자네가 여자에게 손을 대면 되겠나? 안 되지! 게다가 자넨 결혼을 앞두고 있어! 그래, 안 그래? 왜 그렇게 딱딱거려? 그러면 우리 다같이 지옥으로 가자고. 내가 할 말은 그거야. 순결은 뭐 아무나 하는 건 줄 알아?」

마놀리오스는 고개를 숙이고 아무 대답도 하지 않았다.

「내 말이 틀렸는가?」 야나코스는 점점 더 화를 내며 소리쳤다. 「레니오를 보면 자네도 군침이 돌겠지. 그리고 마귀가 그녀를 자네 꿈속으로 데려다 줄 거야. 자네가 바라는 대로 실오라기 하나 안 걸친 알몸으로 말이야. 나도 처음엔 자네처럼 애송이였어. 그러다가 사탄의 속임수를 죄다 알게 되었지. 자네가 잠든 사이에 사탄은 그녀를 자네에게 데려오고, 그러면 자넨 죄를 짓고 아침에 일어나면 눈 주위가 푸르스름한 거야. 십자가에 못 박힌 그리스도 역할을 할 때쯤 자네는 새로 결혼한 신랑이 되어 있겠지. 사람들은 자네를 십자가에 매달겠지만 그건 자네에게 많은 걸 의미할 거야! 즉 그 모든 것은 게임이며, 정작 십자가에 못 박혔던 사람은 다른 분이었음을 깨닫게 되지. 자네가 십자가에 매달려서 〈*Eli, Eli, lama sabachthani*(나의 하느님, 나의 하느님, 어찌하여 나를 버리십니까)!〉 하고 외치는 순간, 이제 다 끝났으니 집으로 돌아가야지 하는 생각을 하게 될 거야. 또 뜨거운 목욕물과 갈아입을 깨끗한 옷을 준비해 두고 집에서 기다리고 있을 레니오를 떠올리겠지. 그리고 십자가에 못 박히던 때의 느낌이 채 지워지기도 전에, 자네와 레니오는 잠자리에 들겠지. 그러니까 입 다물게, 마놀리오스. 나한테 훈계 따윈 할 생각 말게. 씨도 안 먹힐 소린 듣고 싶지 않으니까!」

마놀리오스는 고개를 숙인 채 듣고만 있었다. 〈야나코스의 말이 옳아…… 옳다고. 난 사기꾼이야, 그래. 사기꾼!〉

「왜 아무 말도 하지 않는 건가? 내 말이 틀렸어?」

야나코스가 소리쳤다. 그는 마놀리오스가 떨고 있는 것을 보자 기뻤다.

「하지만 어제는, 야나코스 당신도…….」 마놀리오스가 겨우 입을 열었다.

그러나 야나코스는 그의 말을 가로막으며 말했다.

「어제는 사정이 달랐어, 마놀리오스.」 그는 당나귀를 잡아당겨 출발할 준비를 했다. 「어젠 휴일이었잖나? 우린 음식을 먹었고, 당나귀는 마구간에 있었고, 이익은 아무 데서도 발생하지 않았어. 그런데 오늘은 보게. 당나귀는 짐을 싣고 있고, 우리 배 속은 텅 비어 있어. 부활절은 끝났고, 장사가 다시 시작되었단 말이야. 장사란 것은, 먹고 싶은 것이 있으면 빼앗고, 갖고 싶은 것이 있으면 훔치는 거야. 그게 싫으면 장사꾼이 되는 대신 아토스 산에 들어가서 수도사가 되는 편이 나았을 거다, 알겠나?」

야나코스는 화가 약간 가라앉았는지 잠시 조용해졌다. 그는 하고 싶은 말을 다 해서 후련한 마음으로 마놀리오스를 바라보았다.

「행운을 비네, 마놀리오스. 내가 한 말을 잘 생각해 보게. 하느님이 도와주실 거야.」

그러나 마음속 깊은 곳에는 아직도 화가 부글거리고 있었다. 그는 다시 마놀리오스를 돌아보며 말했다.

「장사꾼의 임무는 사람들에게서 훔치는 거야, 마놀리오스. 성인의 임무는 사람들에게서 훔치지 않는 것이지. 혼동하지 말아야 해. 너의 결혼에 행운이 있기를, 마놀리오스! 출발하자, 유수파키.」

마놀리오스는 혼자 남았다. 태양은 이미 높이 떠 있었다. 남자들과 황소와 개와 당나귀들은 각자의 일상에 매달렸다. 라다스옹은 안경을 쓰고 싱글벙글 웃으며 야나코스에게 지불한 터키 금화 3파운드에 대한 영수증을 천천히 조심스럽게 쓰고 있었다. 화가 나서 제정신이 아닌 사제가 파트리아르케아스 집정관을 찾아가고 있을 때, 한 사람이 달려와서 죽어 가는 사람에게 성사를 베풀어 달라고 부탁했다. 그는 방향을 바꾸었다. 포르투나스 선장은 침대 위에서 신음하고 있었다. 그는 자신의 깨진 머리에 새 붕대를 감고 있는 만달레니아에게 욕설을 퍼부었다.

레니오는 창틀 앞에 앉아 결혼 준비물인 시트를 짜며 콧노래를 부르고 있었다. 그녀의 마음은 춤을 추고 있었다. 심장이 목구멍까지 올라왔다가 위까지 내려가는가 하면, 한쪽 젖가슴에서 다른 쪽 젖가슴으로 건너뛰어 간지럽혔다.

위층에 있는 주인 방에서는 싸우는 소리가 들렸다. 아버지는 소리를 지르고 아들은 말대답하는 소리였다. 육박전을 벌이는지 발소리가 요란하게 나며 천장이 울렸다. 그러나 창틀에 기대앉은 레니오는 조금도 신경 쓰지 않았다. 주인의 고함 소리가 들려와도 전혀 걱정하지 않았다. 그녀는 주인의 구속에서 풀려나고 있었다. 이제 그 사슬이 끊어지면 그녀는 마놀리오스와 함께 산에서 양을 치며 살아갈 것이었다. 늙은 집정관 파트리아르케아스라면 이젠 신물이 났다. 비록 친딸처럼 사랑해 주고 신랑감을 찾아주고 후한 결혼 지참금까지 주었지만, 그녀는 이제 정나미가 떨어져서 그를 더 이상 보고 싶지 않았다.

위층에서의 싸움이 더욱 거세졌다. 노인이 호통 치는 소리가 더 크게 터져 나왔다. 레니오는 귀를 기울였다.

「내가 두 눈을 시퍼렇게 뜨고 있는 한 여기서 명령하는 사람은 네가 아니라 나야! 어림도 없는 수작 마라!」

노인은 숨이 차서 말을 더듬었고, 뒤죽박죽 지껄여 대어 더 이상 알아들을 수 없었다. 그러나 잠시 후 레니오는 다음과 같은 말을 똑똑히 들었다.

「안 돼! 난 네가 마놀리오스와 지나치게 어울리는 걸 원치 않아. 그놈은 하인이고 넌 집정관이란 사실을 잊어선 안 돼. 체통을 지키란 말이야!」

「저 더러운 늙은이!」 레니오는 욕을 했다. 「늙은 돼지 같으니라고! 허옇게 센 머리 값도 못하고 창녀 같은 카테리나 년을 여기까지 끌고 들어와서 침을 질질 흘리는 주제에! 만약 그가 마놀리오스의 고귀함을 망친다면, 마놀리오스는 그를 떠날 거야. 아! 나도 얼른 여길 떠나 저 늙은이를 더 이상 안 봤으면 좋겠어. 목소리도 듣고 싶지 않아, 지긋지긋한 늙은이!」

그녀는 더 이상 방 안에 있을 수가 없어서 벌떡 일어났다. 그러곤 바람이라도 쐬려고 마당으로 나가며 계속 투덜댔다.

「늙은 짐승! 발작이나 나버려라!」

그녀는 마당 가운데로 나가 우물에서 물을 퍼 올린 다음 그 안에 머리를 담갔다. 시원했다. 레니오는 몸집이 작고 통통했다. 입술은 도톰하고 초롱초롱한 눈은 늘 웃고 있었으며, 코는 늙은 집정관처럼 매부리코였다. 까만 피부에 매혹적인 그녀는 저녁이면 문간에 서서 지나가는 남자들을 호기심 어린 눈으로 살펴보곤 했다. 그녀는 마치 고양이처럼, 먹이를 낚아챌 듯한 표정으로 남자들을 노려보고 있다가, 갑자기 동정심에 사로잡혀 이 남자는 놓아주고 다른 남자를 간절히 기다리는 것이었다. 그러다가 어느덧 어둠이 내리면 싸움을 포기하고 기진맥진하여 집 안으로 들어가곤 했다.

두 번째 두레박을 끌어올려 뜨거운 얼굴을 다시 담그려는 순간, 정원 문이 열리고 마놀리오스가 들어왔다.

「어서 와요, 마놀리오스!」 레니오는 그를 보자 충동적으로 소리쳤다. 그리고 자신의 그런 반응에 만족하며 욕망에 불타는 눈으로 마놀리오스를 바라보았다. 그녀는 그의 팔과 목과 가슴과 허벅다리와 무릎을 재빨리 살펴보았다. 그러곤 마치 한바탕 싸움이라도 벌일 것처럼 그의 튼튼함과 지구력을 가늠했다.

마놀리오스는 아무 말도 하지 않았다. 그는 큰 걸음으로 마당을 가로질러, 구석진 곳에 지팡이를 세워 놓고 주인 방으로 이어진 돌계단을 올라갔다. 그는 한길까지 들려온 주인의 호령 소리를 들었다. 그래서 집정관의 분노를 미켈리스와 함께 받으려고 들어온 것이었다.

마놀리오스는 지치고 걱정스러운 표정을 하고 있었다. 레니오를 보자 그는 깜짝 놀랐다. 하필 이런 순간에 그녀를 만나고 싶진 않았던 모양이었다. 그는 서둘러 계단으로 걸어갔다. 그러나 레니오는 그의 이런 생각을 알지 못했다.

「이봐요.」 그녀는 소리쳤다. 「제가 보이지도 않으세요, 마놀리오스?」

「안녕, 레니오.」 마놀리오스는 힘없이 대꾸했다. 「들어가 볼게. 주인님을 뵈어야 하거든.」

「그냥 내버려 둬요. 저런 비열한 늙은이한테 무슨 볼일이 있죠?」 레니오는 작은 소리로 말했다. 「지금 자기 아들과 싸우고 있어요. 서로 눈알을 파내도록 내버려 두세요! 이리 와요, 이리 와 봐요…….」

그녀는 마놀리오스의 손을 잡고 안으로 끌었다. 그러곤 그의 냄새를 맡고 그의 주위를 돌다가 그와 부딪치자 얼굴을 붉히며 물러섰다.

「우리 언제 결혼하는 거예요, 마놀리오스? 저 늙은이는 이제 지겨워요.」

「하느님이 결정하시겠지.」 마놀리오스는 도망치고 싶었다.

「하느님을 경배해요.」 레니오는 갑자기 진지해졌다. 「저도 하느님을 경배한다고요. 하지만 빨리 결정하시라고 말씀하세요. 머지않아 5월이 될 텐데, 사람들은 5월엔 결혼하지 않아요. 그러면 6월까지 기다려야 해요? 아니면 7월? 그건 시간 낭비예요.」

「너무 조급하게 굴지 마, 레니오. 우린 어리기 때문에 서둘 필요가 없어. 난 먼저 끝내야 할 일도 있고, 그 후에 하느님의 뜻에 따라…….」

「먼저 끝내야 할 일이 뭐죠?」 레니오가 놀라며 물었다. 「무슨 일이에요? 양 치는 일 말고 다른 일이 있어요?」

「응, 있어.」 마놀리오스는 돌계단 쪽으로 천천히 걸어가며 대답했다.

「무슨 일인데요? 누구랑요? 왜 말해 주지 않는 거예요? 난 곧 당신 부인이 될 텐데, 나도 알아야죠.」

「주인님을 뵙고 나서 말해 줄게. 먼저 그분과 얘기해야 해, 레니오. 날 가게 해줘.」

「마놀리오스, 날 똑바로 쳐다봐요. 눈을 내리지 말고요. 무슨 일이 있었죠? 당신은 하루 만에 변했어요. 그들이 당신에게 무슨 짓을 했죠?」

레니오는 걱정스러운 눈빛으로 마놀리오스를 바라본 뒤 화를 내며 말했다.

「어떤 사람이 당신을 저주하고 있군요! 만달레니아 아주머니를 찾아뵈어야겠어요. 그 아주머니는 성금요일 가지를 불태우며 주문을 외워 사악한 눈을 쫓아 줄 거예요. 이리 와요, 마놀리오스. 당신께 할 얘기가 있어요.」

마놀리오스의 목덜미에 그녀의 숨결이 느껴졌다. 땀에 젖은 그의 몸은 지독한 냄새를 풍겼다. 이따금 그녀의 풍만하고 단단한 가슴이 손끝을 스칠 때마다 그의 부푼 혈관 속을 뜨거운 피가 치달렸다.

「내가 만달레니아 아주머니를 찾아뵐게요. 당신이 괴로운 표정을 짓고 있는 걸 보고만 있을 순 없어요. 들어가지 말아요!」 레니오는 그에게 단단히 타이르곤 안으로 들어가서 가장 좋은 옷으로 갈아입고, 스카프로 머리를 묶고 나왔다. 조언을 구하는 보답품으로 만달레니아 아주머니에게 줄 빨간 달걀 몇 개와 커피 약간과 설탕과 포도주 한 병을 담은 바구니도 들고 나왔다. 밖으로 나온 그녀는 마놀리오스가 벌써 계단을 올라가 문 앞에서 망설이고 있는 것을 보았다.

「들어가지 말아요!」 레니오는 그에게 소리쳤다. 「내가 지금 그리 갈게요!」

부자간의 다툼은 가라앉은 듯했다. 미켈리스는 거실에서 나간 모양이었다. 현관문을 통해서 노인이 투덜거리며 오락가락하는 무거운 발걸음 소리만 들려왔다.

마놀리오스는 문을 밀고 들어갔다. 노인은 그를 보자마자 주먹을 치켜들고 달려왔다.

「네놈이야! 내 아들을 꼬드겨서 내 피 같은 재산을 마구 퍼주게 한 놈이 바로 너라고! 이 거지 같은 놈아!」

노인의 관자놀이와 목과 손에 시퍼런 혈관이 돋아났다. 열린 셔츠 사이로 노인의 가슴이 벌떡벌떡 뛰고 있었다. 그는 곧 구석에 있는 소파로 쓰러지더니, 두 손으로 머리를 감싸 쥐고 기침을 해댔다. 목구멍에서 가르랑거리는 소리가 났다.

마놀리오스는 말문이 막혀 갈갈거리는 늙은 집정관을 연민의 눈빛으로 바라보았다. 〈이 늙은이의 마음은 야수와도 같군! 정말 야수야! 그리스도 당신께서도 그를 길들일 순 없을 것입니다.〉

갑자기 노인이 벌떡 일어났다. 기운을 회복한 것이었다. 노인은 마놀리오스의 멱살을 잡고 그의 볼과 목에 침을 튀기며 다시 소리치기 시작했다.

「네놈 때문이야! 내 친딸처럼 아끼는 레니오와 결혼시키려고 산에서 내려오게 하여, 축제 기간 내내 여기서 묵게 했지. 네놈이 하인이란 사실도 잊고 부활절 일요일엔 내 식탁에 앉게 해줬어!

그런데 그 대가가 이거냐, 이 배신자야! 내 아들의 머리를 돌게 하여, 내가 잠든 사이 창고에서 내 물건을 훔쳐 가? 이 도둑놈! 그것도 모자라 이젠 미켈리스가 처음으로 나한테 대들기까지 했어. 〈나도 이젠 어른이에요. 생각나는 건 뭐든 할 거예요〉라고 말하더군. 그 소리 들었느냐? 건방진 놈! 그놈은 생각나는 건 뭐든 할 거라고 말했어. 그래서 내가 그놈에게 소리쳤지. 〈이 아비가 두렵지도 않느냐?〉 하고 말이야. 그 뻔뻔스러운 놈이 〈하느님 말곤 누구도 두렵지 않아요!〉 하고 대꾸하더군. 들었냐? 누구도 두렵지 않대! 이건 모두 네놈의 계략이야, 마놀리오스. 부활절을 축하하기 위해 산에서 내려오던 날, 다리라도 부러뜨릴걸 그랬어. 왜 아무 말도 않는 거지? 그렇게 눈을 동그랗게 뜨고 쳐다만 볼 거냐? 뭐라고 말 좀 해봐. 울화통이 터져 견딜 수가 없어!」

「주인님, 저는 산에 다시 들어가기 위한 허락을 받으러 왔습니다.」 마놀리오스는 조용하게 말했다.

노인의 눈이 휘둥그레졌다. 그는 입술을 떨며 말을 더듬었다.

「그, 그게 무슨 말이야? 산으로 다시 가겠다니? 낯짝이 있으면 다시 말해 보거라!」

「주인님, 산에 다시 가게 해달라는 허락을 받으러 왔습니다.」

「그럼 결혼식은?」 노인이 소리쳤다. 그의 목이 다시 불룩해졌다. 「결혼식은 언제 할 거냐, 이 멍청아? 5월에? 5월은 당나귀들이나 결혼하는 때야. 그러니 4월에 해야 해. 그래서 널 내려오게 한 거라고. 명령하는 사람은 나야!」

「좀 더 시간을 주십시오, 주인님…….」

「뭣 땜에? 원하는 게 뭐야? 무슨 일이 생겼냐?」

「전 아직 준비가 안 됐습니다, 주인님.」

「준비가 안 됐다고? 그게 무슨 소리냐?」

「저도 잘 모르겠습니다. 어떻게 말씀드려야 할지. 아직 준비가 안 된 것 같습니다. 제 영혼은…….」

「무슨 영혼? 이놈이 아주 미쳤구나. 뭐가 어째? 영혼? 네놈에게도 영혼이 있냐?」

「어떻게 말씀드려야 할지? 제 안에서 목소리가…….」

「닥치거라!」

마놀리오스는 문을 열려고 손을 내밀었다. 그러자 노인이 붙잡았다.

「어딜 가려는 게냐? 여기 있거라!」

노인은 다시 방 안을 성큼성큼 걷기 시작했다. 그는 주먹으로 식탁을 세게 치고는 몹시 아픈지 입술을 깨물었다.

「네놈들 둘이 오늘 날 죽이려고 작정을 했구나. 이젠 끝장인 모양이군! 아들놈은 내가 무섭지 않고 오직 하느님만 두렵다고 하고, 이 더러운 하인 놈은 자기 영혼이 뭐 어쩌고 어째?」

노인은 양치기에게 고함을 질렀다.

「나가, 지옥에나 가버려! 내 눈앞에서 사라지란 말이야! 이번 달에 결혼식을 올리지 않으면 널 해고하겠다. 내 집에서 나가! 레니오에겐 더 좋은 남편을 찾아 줄 거야. 나가, 가버리란 말이야!」

마놀리오스는 문을 열고 나와 한걸음에 두 계단씩 내려갔다. 그러고는 마당 쪽을 흘긋 보았다. 레니오는 아직 돌아오지 않은 듯했다. 그는 지팡이를 집어 들고 산으로 뻗은 길을 따라 뛰어갔다.

그는 마을 외곽에 있는 성 바실리우스 우물 근처에서 걸음을 멈추고 숨을 돌렸다. 오래되고 유명한 그 우물은 키 큰 대나무로 둘러싸여 있었다. 윤기 나는 대리석으로 된 우물 가장자리는 수 세기 동안 두레박을 끌어올리고 내린 밧줄에 의해 깊이 패어 있었다. 저녁에는 소녀들이 시원한 물을 길어 올리기 위해 그곳으로 나왔다. 위와 간과 신장에 관한 병을 치유하는 기적의 샘이라는 소문 때문이었다. 해마다 주현절(主顯節)인 1월 6일이면 사제가 그 우물을 축복하러 왔다. 이 땅의 모든 어린이에게 줄 장난감을 실은 카에사레아의 바실리우스가 이곳을 지나가다가, 섣달 그믐날 일주를 떠나기 전에 이 우물물을 마셨다는 말이 있었다. 그 때문에 성 바실리우스 우물이라 불렸고, 그래서 기적의 물이라고도 했다.

해는 중천에서 고요한 폭포처럼 햇빛을 쏟아 붓고 있었다. 들판에는 노랗게 변해 가는 풀잎들이 가냘픈 고개를 들고 자양분 많은 햇빛을 마시고 있었다. 올리브 나뭇잎마다 빛이 뚝뚝 듣고, 멀리 사라키나 산은 이내 속에서도 울긋불긋했다. 검은 동굴 구멍들도 보였고, 산꼭대기에 있는 성 엘리야 예배당은 눈부신 햇살에 반짝반짝 빛났다.

마놀리오스는 밧줄을 당겨서 두레박 속에 얼굴을 박고 물을 마셨다. 그러고는 셔츠를 열어 가슴의 땀을 닦았다. 그의 시선이 사라키나 산에 멎었다. 고행자 같고, 사납고, 태양처럼 뜨거운 포티스 사제의 모습이 떠올랐다. 마놀리오스는 아무 생각도 의문도 없이 그곳을 응시하며, 뜨거운 햇빛 속에서 성 엘리야 예배당처럼 자신을 녹이고 있었다.

그는 오랫동안 그렇게 무아경에 빠져 있었다. 그러자 갑자기 햇빛에 의해 십자가에 박히는 것처럼, 손과 발과 가슴에 찌르는 듯한 통증이 느껴졌다. 여러 달 후에 맞게 되었던 그 운명적인 시간에도, 마놀리오스는 우물가에서 느꼈던 이 무아경의 순간을 다시 떠올렸고, 문득 지금 이 순간이 자기 생애 최고의 기쁨이란 사실을 깨달았다. 아니, 그것은 기쁨이 아니었다. 그보다 더욱 심오

하고 잔인하며, 모든 인간에게 기쁨과 고통을 전해 주는 그 무엇이었다.

양 떼가 기다리고 있는 성모 마리아 산으로 돌아가기 위해 그가 일어났을 때는 벌써 해가 지고 있었다.

「내가 깜빡 졸았던 모양이군, 어둠이 내린 걸 보니…….」

그는 기지개를 한 차례 켜고 허리띠를 조인 다음 지팡이를 집어 들었다. 그러자 그의 친구들인 양과 개들을 빨리 보고 싶어 조바심이 났다. 그리고 곱슬머리에 새까맣게 탄 양치기 소년 니콜리오도 빨리 만나고 싶었다.

그가 막 출발하려고 할 때 뒤에서 갈대 스치는 소리가 났다. 곧이어 신선하고 매혹적이며 탄원하는 듯한 목소리가 들렸다.

「아, 마놀리오스, 우리한테 너무 실망해서 떠나는 거야? 기다려, 너에게 하고 싶은 말이 있어.」

마놀리오스가 돌아보니, 어깨에 항아리를 얹은 과부 카테리나가 풀숲에서 나타났다. 그의 눈길은 여자의 눈부신 목과 맨살의 잘 빠진 팔과 미소 짓는 붉은 입술로 재빨리 옮겨 갔다.

「무슨 일입니까?」 눈길을 아래로 떨어뜨리며 그는 물었다.

「왜 나를 못살게 구니, 마놀리오스?」 과부는 열정과 고통이 가득한 목소리로 물었다. 그러곤 우물가에 항아리를 내려놓더니 땅이 꺼져라 한숨을 내쉬었다. 「밤마다 네가 내 꿈에 나타나. 너 때문에 잠을 못 이룰 때도 있어. 글쎄, 오늘 새벽엔 네가 달을 사과처럼 잘라 나에게 먹으라고 주는 꿈을 꿨어. 너와 나는 어떤 사이지, 마놀리오스? 왜 자꾸만 날 따라다니지? 내 꿈속에 네가 보이는 것은 네가 날 생각하고 있다는 뜻이야.」

마놀리오스는 얼굴을 들 수가 없었다. 그는 과부의 뜨거운 숨결이 자신에게 와 닿는 것을 느낄 수 있었다. 관자놀이가 심하게 뛰고, 아무 말도 생각나지 않았다.

「어머나, 얼굴이 빨개졌네. 얼굴이 빨개졌어, 마놀리오스.」 과부는 허스키한 목소리로 부드럽게 말했다.「내 짐작이 옳았어. 넌 내 생각을 하고 있었어, 마놀리오스. 나도 널 생각하고 있었지. 널 생각하면 난 네 앞에 벌거벗고 있는 것처럼 부끄러워. 마치 내 동생이 보고 있는 앞에서 벌거벗고 있는 것처럼 말이야.」

「당신을 생각하고 있었어요.」 마놀리오스는 시선을 내려뜨린 채 대답했다.「당신이 가여운 마음이 들었습니다. 성주간 내내 생각했습니다. 용서하십시오!」

과부는 우물가에 앉았다. 그녀는 갑자기 달콤하고 감당하기 어려운 나른함을 느꼈다. 두 다리로 더 이상 서 있을 수 없을 정도였다. 이젠 그녀도 말이 없었다. 그저 우물가에 기대어 검푸른 우물물에 비친 자신의 얼굴만 들여다보고 있었다. 지난 삶이 한순간 그녀 머릿속을 스치고 지나갔다. 고아 소녀, 멀리 떨어진 읍내 시장에 살았던 사제의 딸. 그녀는 미르틀레스의 성모 축제에서 전남편을 만났다. 그는 그녀보다 나이가 훨씬 많았고 머리가 이미 희끗희끗했다. 하지만 그는 재산이 있었고, 그녀는 가난했다. 그는 그녀를 아내로 삼았다기보다는 돈을 주고 산 것이나 다름없었다. 결혼 후, 그는 그녀를 리코브리시 마을로 데려왔다. 남편은 아이들을 원했지만 한 명도 가질 수가 없었고, 그러다가 어느 날 숨을 거두었다. 갑자기 마을 젊은이들은 잠을 이룰 수가 없었다. 그들은 한밤중에 그녀의 문 앞에서, 창문 아래서, 마당에서 배회하기 시작했고, 세레나데를 부르며 송아지처럼 한숨을 쉬었다. 그녀도 집 안에서 한숨만 푹푹 쉬었다. 이런 고통이 한두 해 동안 지속되었다. 어느 토요일 날 밤, 그녀는 더 이상 참을 수가 없었다. 그날 밤 그녀는 머리를 감고 월계수 기름을 뿌렸다. 그러고는 자신의 몸을 살펴보며 측은한 생각이 들었다. 그녀가 문을 열자, 우연찮게 그곳에 가장 먼저 와 있던 젊은이가 들어왔다. 마을 사람들이 깨어나기 전, 어스름한 새벽에 그는 떠났다. 그때 과부는 커다란 위안을 알게 되었다. 뿐만 아니라 인생은 조금도 길지 않고, 보람 없이 보내는 것은 큰 죄악이라고 생각했다. 다음 날 밤에도 그녀는 문을 열었다.

과부가 일어서자 검푸른 우물물에서 그녀의 얼굴이 사라졌다.

「왜 가여운 마음이 들었지, 마놀리오스?」

「모릅니다, 카테리나. 묻지 마세요. 하지만 사실입니다. 당신이 내 누나라도 되는 것처럼 가여웠습니다.」

「나 때문에 부끄러웠니?」

「모르겠어요. 그건 묻지 마세요. 당신이 가엾습니다.」

「나에게 뭘 원하지?」

「없어요! 아무것도 원하지 않아요!」 마놀리오스는 깜짝 놀라 도망치려고 했다.

「가지 마, 마놀리오스!」 그녀는 휘감기는 듯한 목소리로 말했다.

마놀리오스는 도망치진 않았지만 고개를 돌리지도 않았다. 두 사람은 다시 침묵에 빠졌다. 잠시 후 그녀가 먼저 입을 열었다.

「넌 내 눈에 대천사처럼 보여, 마놀리오스. 내 영혼을 가져가고 싶어 하는 대천사 말이야.」

「그만 놔줘요. 난 당신한테 가져갈 게 없어요. 난 가고 싶다고요!」 마놀리오스가 말했다.

「바쁜 모양이구나.」 과부는 화난 듯이, 그러나 놀리는 듯한 목소리로 말했다. 「산에 가서 우유 마시고, 고기 먹고, 기운을 회복하고 싶어 그러지. 이제 곧 결혼할 거니까, 마놀리오스. 좀 있으면 결혼할 거고, 레니오는 허튼수작을 용납하지 않지!」

「난 결혼 안 해요!」 마놀리오스는 소리쳤다. 그러고는 방금 자신이 한 말에 깜짝 놀랐다. 그런 생각을 하긴 처음이었던 것이다. 「절대 결혼하지 않을 겁니다. 죽어 버리고 싶어요!」

그렇게 말하고 나자 약간 안도가 되는 것 같았다. 그는 돌아서서 그녀의 얼굴을 바라보았다. 마치 그녀가 더 이상 두렵지 않다는 듯이, 그리고 엄청난 압박감에서 놓여난 것을 깨달은 사람처럼.

「안녕히 가세요. 이만 가보겠습니다.」 그는 조용히 말했다.

마놀리오스가 떠나가는 모습을 바라보며 카테리나는 가슴이 아려 오는 것을 느꼈다.

「내 생각 하지 마, 마놀리오스.」 그녀는 체념조로 말했다. 「더 이상 내 잠을 방해하지 말란 말이야. 난 길을 잘못 들었어. 날 내버려 둬!」

마놀리오스는 돌아보지도, 대답하지도 않았다. 〈난 당신이 가여워요, 자매님. 당신이 가엾다고요. 난 당신이 욕을 먹지 않았으면 좋겠어요.〉 그는 이미 산길로 접어들고 있었다.

양과의 싸움

해가 떠올라 사라키나 꼭대기를 비추고 성 엘리야 예배당을 분홍빛으로 물들였다. 산등성이에서는 자고새가 지저귀기 시작했다. 산 전체가 밝아 오면서 가파른 바위와 앙상한 쥐엄나무들, 가시 돋친 가지에 매달린 돌배, 바람에 찢긴 너도밤나무들 사이에 흩어져 있는 그곳이 드러났다.

과거에 사람이 살았던 곳임은 분명했다. 무너진 벽이나 도기 조각들이 아직 남아 있었고, 사람들이 재배하다 버려 둔 과수들은 야생으로 돌아가 있었다. 사람들이 다니던 길은 잔디나 잡석들로 가려져 그 흔적이 묘연해졌고, 집도 본래의 재료만 겨우 알아볼 수 있을 정도였다. 사람들 때문에 숨어 살던 늑대와 여우, 산토끼들이 제 세상을 만난 듯 설치고 다녔다. 나무나 동물들뿐만 아니라 대지 전체가 자유와 생명력을 되찾았다. 그들은 이제 어느 한순간 나타나서 영원불변의 자연 법칙을 바꾸려고 애쓰다가 금방 사라져 버린 두 발 달린 괴물의 위협에 대해서는 까맣게 잊어버린 것 같았다.

그런데 이건 또 무슨 일인가? 그 성가시기 짝이 없던 이들이 다시 돌아온 것이다. 동물들은 높은 바위 뒤에 숨어서 그들을 살펴보았다. 해가 뜨기도 전에 남녀와 아이들이 동굴에서 나오더니 바위에서 새어 나온 물줄기를 찾아내어 받아 먹고, 돌을 쌓아서 불을 피웠다. 그러곤 산 아래쪽에 있는 부자 마을인 리코브리시를 내려다보았다. 그곳엔 사방으로 올리브와 무화과나무, 포도덩굴이 우거진 언덕과 평화로운 성모 마리아 산, 살찐 양과 염소들이 풀을 뜯는 황금빛 초원이 펼쳐져 있었다. 그리고 그 너머로는 장밋빛과 푸른빛 산들이 하늘을 가리고 서 있었다.

포티스 사제는 손으로 십자가를 그은 뒤 말했다.

「나의 자녀들아, 날이 밝았구나. 오늘은 할 일이 무척 많다. 모두 가까이 오너라. 하느님께 기도드리면 우리 소망을 들어주실 것이다.」

늙은이들이 발을 질질 끌며 포티스 사제가 서 있는 바위 주위로 모여들었다. 여인네들이 아이들을 데리고 갔고, 그 뒤를 고개 숙인 남자들이 근심스러운 표정으로 따라갔다. 누더기 차림에 맨발인 그들은 피로와 굶주림으로 초췌한 얼굴을 하고 열매 하나 열리지 않은 나무들과 황량한 바위들뿐인 곳에 모여들었다. 하지만 그들은 두 손을 하늘로 쳐들고 눈물로 기도하지 않았다. 그와는 반대로 그들의 가슴속에서는 기쁨과 승리감이 충만한 그리스 정교회의 찬송가가 터져 나와 온 산을 뒤흔들었다.

「주여, 당신의 백성을 구하소서. 당신의 후계자들을 축복하소서. 이교도를 물리치고 승리하게 해주소서!」

사제는 팔을 휘저으며 노래를 지휘했다. 그의 목소리는 굵고 힘찼으며 신도들을 압도했다.

기도가 끝나자 여인네들은 가슴을 열고 아기들에게 젖을 물렸고, 남자들은 쪼그리고 앉아 모닥불에 나뭇가지를 던져 넣거나 불 위에 냄비를 올려놓았다.

「나의 자녀들아!」 포티스 사제가 소리쳤다. 「우리는 하느님의 도움을 받아 이 험준한 산에 정착할 것이다. 우리는 석 달 동안이나 열심히 걸어왔다. 이제 여자와 아이들은 지쳤고, 남자들은 구걸하는 데 질렸다. 남자는 나무와도 같다. 남자들에겐 땅이 필요해. 바로 이곳이 우리가 뿌리를 내릴 땅이다! 나는 어젯밤 꿈에 우리의 수호성인 성 게오르기우스의 모습이 그려진 깃발을 보았다. 백마를 탄 젊은이가 아름다운 금발을 휘날리며 끔찍한 괴물에게서 구해 낸 아름다운 공주를 등 뒤에 태운 모습이었어. 그녀는 금으로 된 물병을 들어 그의 입에 부어 주고 있었다. 이 아름다운 공주가 누구겠는가? 이는 그리스의 영혼, 바로 우리의 영혼이다! 성 게오르기우스가 우리를 등 뒤에 태워 지금 우리가 서 있는 이 황량한 산 위에 데려다 놓은 것이다. 어젯밤 나는 꿈에서 그를 보았다. 그는 손을 뻗어서 나에게 교회당이 있고, 학교가 있고, 집들이 있고, 정원이 있는 아주 작은 마을의 씨앗을 건네주며 이렇게 말했다. 〈이걸 심으라!〉」

갈대밭에 바람이 불듯 사람들 사이에서 웅성거리는 소리가 일었다. 포티스 사제가 손바닥을 펴자, 앞에 있던 여자들은 그 안에서 햇빛에 부화를 기다리는 달걀처럼 놓여 있는 아주 작은 마을을 보았다.

「바로 여기다.」 포티스 사제는 팔을 벌리고 산을 껴안는 시늉을 하며 말했다. 「이 바위와 동굴들, 물이 귀하고 나무들도 앙상한 이곳에 우리는 성 게오르기우스 기사가 준 이 씨앗을 심을 것이다. 용기를 내려무나, 나의 자녀들아. 일어나서 나를 따르라. 오늘은 우리의 새로운 마을을 건설하는 중요한 날이다! 일어나시오, 파나고스 옹. 유골을 담은 자루를 다시 둘러메고 출발합시다!」

백 살 된 노인은 쭈글쭈글한 얼굴을 들었다. 작고 야무진 눈을 반짝이며 노인이 소리쳤다.

「자녀들아, 나는 마을이 세워졌다 부서지는 걸 세 번이나 봤다. 처음엔 역병이 돌아서 그랬고, 두 번째는 지진이 났고, 이번엔 터키 놈들이 모든 걸 파괴했어. 하지만 나는 그때마다 인간의 씨앗이 다시 싹을 틔우는 걸 보았다. 사제는 신의 은총을 빌었고, 석수들은 집을 지었으며, 농부는 땅을 일구었고, 남자들은 아내를 얻었다. 그래서 한 해가 지나면, 얼마나 기쁜지! 옥수수 싹이 대지를 뚫고 나오고, 집집마다 연기가 피어오르고, 갓난아기가 울어 대면서 마을은 커졌어! 용기를 내렴, 자녀들아. 이번에도 우린 성공할 거야!」

「멋져요, 파나고스 할아버지!」 사람들이 웃으며 소리쳤다. 「할아버님이 바로 카론[1]과 싸워 이긴 분이시죠? 죽음을 정복한 용 말이에요.」

「그렇고말고. 내가 바로 그 용이야!」 노인이 대답했다.

포티스 사제는 제의를 입은 후 탑꽃과 백리향으로 물뿌리개를 만들고 조롱박에 물을 채웠다. 그리고 성가와 교리문답을 가르친 대여섯 명의 아이들을 가까이 불러 모았다.

모두가 자리에서 일어나 자신들의 지도자를 선두로 남자들은 오른쪽, 여자들은 왼쪽에 줄을 지어 섰다. 그들의 머리 위로, 지칠 줄 모르는 완강한 선수처럼 태양이 새로운 위업을 이루기 위해 힘차게 하늘로 치솟고 있었다.

「그리스도의 이름으로!」 포티스 사제가 소리쳤다. 「그리스도와 조국의 이름으로! 우리는 파괴되고 허물어진 우리 마을을 다시 세울 것이다. 우리 민족의 뿌리는 영원하다! 형제들아, 내가 뭐라

1 죽은 자들을 저승으로 건네 준다는 뱃사공.

고 말해야 하겠느냐? 나는 인간이기 때문에 행복한 일이 생기면 기쁘다. 그러나 고난의 시간이 닥쳐왔을 때 나는 더 기쁘다! 그럴 때 나는 자신에게 이렇게 말한다. 〈포티스 사제, 지금이야말로 네가 진정한 인간인지 토끼인지 보여 줄 때야〉라고 말이다.」

남자와 여자들이 와아 웃음을 터뜨렸다. 이렇게 엄숙한 순간에 멋진 유머가 담긴 힘찬 설교는 그들의 마음을 한결 가볍게 해주었다. 옛날부터 지녀 온 강인한 의지가 각자의 마음속에서 고개를 쳐들었고 앙상한 나무와 바위들, 굶주린 가족들의 입을 보자 모두 소매를 걷어붙였다.

「자녀들아, 모두 나를 따르라. 마을의 경계를 표시하러 가자!」 사제는 자신이 축복한 물에 물뿌리개를 담갔다. 「그리스도의 이름으로! 그리스의 이름으로!」

거인이 성 게오르기우스의 깃발을 들었다. 남자들은 연장, 가래, 곡괭이, 삽 등을 집어 들었다. 노인들은 두 팔로 성상을 들어 올렸고, 파나고스 옹도 유골이 담긴 자루를 메고 앞장섰다. 여기까지 따라온 두세 마리의 개들도 신나게 짖어 대며 뒤따랐다. 사방이 떠들썩했다. 그때 산기슭에서 나팔 소리가 울렸지만 그들은 듣지 못했다.

사제는 물뿌리개를 성수에 담근 후 마치 공중에다 마을 경계를 표시하는 것처럼 큰 동작으로 바위와 덤불과 나무에 물을 뿌렸다. 그로서는 생전 처음 마을을 세우는 것이어서, 끓어오르는 열정을 담아 즉석 기도문을 지어냈다.

「주여, 저는 성수로 우리 마을의 경계를 표시했습니다! 터키인들이 절대 이 안으로 들어오지 못하게 하시고, 역병도 막아 주시고, 지진도 이곳을 비켜 가게 하시옵소서! 우리가 이곳에 네 개의 문을 만드노니 주여, 네 명의 천사들로 이곳을 지켜 주시옵소서!」

그는 기도를 마치고 거대한 바위에 십자가 모양으로 물을 뿌린 뒤 사람들에게 돌아섰다.

「여기에 동쪽을 향한 마을 문인, 그리스도의 문을 세우겠다!」

그는 하늘을 향해 양팔을 들어 올렸다.

「주여, 이건 당신의 문입니다! 우리가 위험에 처했을 때 우리 목소리를 들으시고 이곳을 통해 지상에 내려오십시오. 우리는 인간인지라 영혼과 목소리를 가졌고, 그래서 당신께 외칠 것입니다. 행여 우리의 요구가 너무 지나치더라도 노여워 마옵소서. 우리는 인간이옵고, 고통 받는 존재이며, 걱정이 많고, 더 이상 참을 수 없어 심장이 터질 것 같은 순간들이 많으며, 무례한 말을 내뱉고 위안을 받기도 하나이다. 삶은 무거운 짐입니다, 주님. 만약 당신이 계시지 않는다면 우리는 남녀 가릴 것 없이 모두 손을 맞잡고 절벽에서 뛰어내려야 할 것입니다. 당신은 우리의 기쁨이요, 위안이며, 압제자로부터의 보호자이십니다! 여기는 당신의 문입니다. 들어오십시오!」

그들은 남쪽으로 갔다. 다시 한 번 공중에 경계가 표시되었다. 사제가 찬송가를 불렀고, 굵은 그의 목소리를 둘러싼 아이들의 작은 목소리는 제비들의 지저귐처럼 들렸다.

사제는 맑은 물이 가득 차 있는 움푹 파인 바위 앞에 멈춰 섰다.

「이곳엔 인간의 보호자이신 성모 마리아의 문을 세우겠다! 표시를 하자!」

그는 양팔을 들어 올렸다.

「성모 마리아여, 시들지 않는 장미, 꽃 피는 산사나무, 우리의 신이여! 이 박해받은 착한 백성들의 목소리를 들으소서! 이곳 대지 위, 우리 가까이에 자리하소서. 당신의 무릎은 인간들이 몸을 숨길 수 있는 따스한 안식처입니다. 당신은 어머니이시니 한숨과 배고픔과 죽음의 의미를 가장 잘 아십니다. 당신은 여인이시니 인내와 사랑의 의미를 가장 잘 아십니다. 성모 마리아여, 우리 마음을 굽어 살피소서. 여자들에겐 인내와 사랑을 주시어 전쟁과 같은 하루하루를 잘 견디게 해주시고 아버지나 남편이나 아이들에게 힘들다 불평하지 않게 해주소서! 남자들에겐 열심히 일하고 결코 절망하지 않는 강인함을 주셔서 나이 들어 죽을 때 많은 자식과 손자들을 울타리 안에 남겨 두고 떠날 수 있게 해주소서! 또한 노인들에겐 평화롭고 기독교인다운 죽음을 주시옵소서! 여기는 성모 마리아 당신의 문입니다. 들어오십시오!」

그때 짐을 잔뜩 실은 당나귀가 행렬 끝에 나타났지만 아무도 보지 못했다. 당나귀는 놀라 걸음을 멈췄고, 어떻게 해야 할지 묻기라도 하듯 커다란 눈을 돌려 주인을 바라보았다. 땀에 흠뻑 젖어 숨을 헐떡이며 뜨거운 햇빛과 바위에 대고 악담을 퍼붓던 야나코스가 뒤에서 나타났다.

그도 자기 당나귀만큼이나 당황하며 걸음을 멈췄다. 사제의 말과 기도가 들려왔다. 그는 어리둥절한 표정으로 주위를 둘러보았다. 〈문이라니, 문이 어디에 있다는 거야? 여기에다 무슨 마을을 세우겠다는 거지? 뭘 가지고? 공기로? 허공에다? 웃기고 있네. 굶주릴 대로 굶주린 주제에 마을 세울 궁리를 하고 있어? 제대로 일어서지도 못하면서 전사들의 찬송가를 부르고 있다니. 《야만인을 물리치고 승리하게 하소서.》 쯧쯧, 다들 미쳤구먼!〉

야나코스는 앙상한 참나무 허리에 당나귀를 매어 두고 사람들 눈에 띄지 않게 행렬 속으로 들어갔다. 눈을 크게 뜨고 귀를 쫑긋 세운 그는 웃어야 할지 울어야 할지 알 수 없었다. 그는 사제가 허공에 대고 미래에 나타날 길거리며 집과 교회 등을 이미 보기라도 한 듯이 확신에 차서 물뿌리개로 그 경계를 표시하는 모습을 지켜보았다.

그 노인은 세 번째로 그리스도의 문과 정반대인 서쪽 지점에 멈춰 섰다. 그리고 돌배나무가 그 사이를 뚫고 자라나 지금은 꽃으로 뒤덮인 커다란 바위 위로 올라갔다.

「여기엔 농민인 성 게오르기우스의 문을 세우겠다! 그는 우리 인간들처럼 허리 굽혀 땅을 경작하고, 염소와 양들을 목초지로 인도하고, 나무를 보살피고 접목했다. 성 게오르기우스는 숭고한 전사인 동시에 훌륭한 농민이었다. 우리는 당신의 은총을 구합니다, 우리 마을의 보호자시여! 우리의 염소와 양들을 번성케 하시고, 아이들을 위한 젖을 공급하시며, 우리가 육체와 생명을 보존할 수 있도록 고기를 제공하시고, 우리에게 따뜻한 털을 제공하여 추위에도 끄떡없도록 해주소서! 성 게오르기우스시여, 황소, 당나귀, 개, 닭, 토끼들에게 축복을 내리시어 인간을 사랑하고 섬기게 해주소서……. 또한 대지에도 축복을 내려 주시옵소서. 우리는 당신의 가슴 한복판에 씨앗을 뿌릴 것이니, 당신께서는 필요한 비를 뿌려 주시어 씨앗이 싹틀 수 있도록 해주십시오. 대지와 인간과 성인이 모두 한뜻으로 하나의 대군을 이루어 하느님과 함께 나아갈 길을 보여 주소서! 성 게오르기우스시여, 여기는 당신의 마을이며, 이곳은 당신의 문입니다. 당신이 말을 타고도 들어오실 수 있도록 높게 세우겠습니다. 들어오십시오!」

야나코스는 입을 떡 벌리고 그의 말을 들었다. 그는 두 눈을 비비고 주위를 둘러보았다. 하지만 아무리 둘러봐도 바위와 가시나무, 금작화나 사향초 같은 것들뿐이었다. 쥐엄나무 위에 앉아 있던 까마귀 두 마리가 소스라치듯 놀라 까악까악 울며 날아갔다.

〈이것들은 뭐지?〉 그는 무서운 생각이 들었다. 〈인간? 야생 동물? 아니면 성인인가?〉 그는 길게 늘어뜨린 수염을 달고 있는 남자들과 머리를 치렁치렁하게 늘어뜨리고 엉덩이는 펑퍼짐한 여자들을 살펴보았다. 〈이자들 아주 단단히 미쳤구먼, 하느님 맙소사!〉

사제는 성모 마리아의 문 반대편에서 북쪽을 바라보며 지금은 잡초로 덮인 무너진 벽 앞에 멈춰 섰다. 그러고는 바위에 세 번 물을 뿌려 은총을 내린 뒤 사람들을 돌아보며 떨리는 목소리로 말했다.

「나의 형제들아, 여기엔 비잔틴 제국의 마지막 황제인 콘스탄티누스 팔라이올로구스의 문을 세우겠다! 어느 날엔가는 땀에 젖은 전령이 이 문으로 달려 들어와서 우리에게 전해 줄 것이다. 〈형제들이여, 콘스탄티노플이 다시 우리의 것이 되었습니다!〉라고.」

그 말에 사람들은 감동했다. 그들은 열광적인 함성을 내질렀고, 환희에 찬 눈길로 저 멀리 북쪽에 있는 신성한 도시 콘스탄티노플을 바라보았다. 그들의 눈엔 이미 바람처럼 달려오는 전령의 모습이 보였다.

「파나고스 옹.」 사제는 노인을 불렀다. 「이리 오셔서 그 짐을 이 팔라이올로구스 왕의 문 앞에 내려놓으십시오!」

그러고는 연장을 가진 남자들에게 일렀다.

「땅을 파게!」

그들은 사제가 시키는 대로 삽질을 했다. 잠시 후 남자 하나가 들어갈 수 있을 만큼 깊고 넓은 무덤이 만들어졌다. 구덩이 안으로 들어간 노인은 부대 속에서 해골과 정강이뼈, 갈비뼈 등을 꺼내어 말없이 쌓았다. 포티스 사제는 그 위에 남은 성수를 모두 뿌리고 물뿌리개까지 무덤 안에 던져 넣고는 소리쳤다.

「조상님들, 조금만 더 참으십시오. 아직은 흙 속으로 스며들지 마십시오. 보십시오, 전령이 오고 있습니다!」

야나코스는 두 눈을 비볐다. 목구멍이 바짝 죄어 왔다.

「이제 나오십시오, 파나고스 옹. 구덩이를 메우도록 하겠습니다.」 사제의 말에 두 젊은이가 노인을 끌어올리기 위해 다가갔다.

「날 내버려 두게, 젊은이들.」 노인이 그들에게 애원했다. 「난 여기 있어도 괜찮아. 왜 나더러 먹을 자격도 없는 빵을 먹으며 계속 살라는 건가? 난 이제 일도 못하고 아이도 만들 수 없으니 아무짝에도 쓸모가 없어. 그러니 그냥 놔두게.」

「파나고스 옹, 아직은 가실 때가 아닙니다. 서두르지 마십시오.」 사제가 엄하게 말했다.

그러나 노인은 간절히 애원했다. 「날 여기 묻어 주시오, 사제. 내가 있어야 할 곳은 여기요. 마을을 세울 때는 사람을 하나 생매장하지 않으면 곧 망한다고 합디다. 나에게 이보다 나은 죽을 자리가 어디 있겠소? 묻어 주시오!」

「그럴 수 없습니다. 생명을 주신 것도 하느님이요, 그 생명을 거둬 가실 분도 하느님뿐입니다. 우리에겐 그럴 자격이 없습니다, 파나고스 옹. 아들들아, 어르신을 어서 모셔라!」

젊은이들은 노인을 끌어내려고 구덩이 속으로 손을 뻗었다. 그러자 노인은 유골 위에 아예 드러누워 버렸다.

「날 내버려 두게, 젊은이들, 그냥 둬. 여기가 내 자리라니까!」

야나코스는 더 이상 참을 수가 없었다. 그는 구덩이를 들여다보았다. 노인은 바닥에 등을 대고 얼굴은 하늘로 향한 채 행복한 미소까지 짓고 있었다.

「여기가 내 자리야…… 여기가 내 자리라니까…….」 노인은 그렇게 중얼거리며 가슴에 양손을 올려놓았다.

야나코스는 바짝 죄어 오던 목이 확 풀리며 울음이 비어져 나왔다.

사제가 돌아보고는 야나코스를 알아보았다. 그는 청년들에게 소리쳤다.

「좀 비켜 다오, 아들들아. 리코브리시 마을에서 선한 분이 오셨구나. 이분은 우리에게 재앙에 맞설 용기를 주러 오셨다. 이분을 환영합시다, 형제들이여! 이분은 바구니로 우리에게 음식을 나눠 주신 네 분 중 한 분입니다.」

사제는 그의 이름을 기억해 냈다.

「어서 오시게, 야나코스!」 그는 감격하며 야나코스의 손을 꽉 잡았다. 「그대와 그대 친구들을 사랑하여 하느님께서는 리코브리시를 불태우진 않을 걸세.」

야나코스는 더 이상 참지 못하고 울음을 터뜨렸다.

「왜 우는가, 형제여?」 사제가 그를 안으며 물었다.

「저는 죄를 지었습니다, 신부님. 죄를 지었어요!」

「이리 오게!」

사제는 그의 팔을 잡아끌고 사람들로부터 약간 떨어졌다.

「왜 우나? 무슨 일이 있는가? 무엇이 자네를 슬프게 하는지 말해 보게. 자네도 우리 마을을 세운 사람들 중 하나일세.」 그는 팔을 뻗어 미래의 마을을 보여 주었다.

야나코스는 다리에 힘이 풀려 바위에 주저앉았다. 사제는 걱정스러운 표정으로 그를 내려다보며 말했다.

「자네가 원하는 것이 있나? 아니면 잘못한 일이 있는가? 울지 말게!」

「저는 죄를 지었습니다, 신부님! 전부 고해하고 싶습니다!」

야나코스는 사실을 모두 털어놓았다. 라다스 옹과 협약하고 사라키나 산에 올라온 것과 선금으로 챙긴 3파운드에 대해서도 고해했다.

사제는 아무 말 없이 듣기만 했다. 야나코스는 두려운 표정으로 그를 쳐다보았다.

「무슨 생각을 하고 계십니까, 신부님?」 그는 떨리는 목소리로 물었다.

「인간이 야수와 같다는 생각을 하고 있네. 미개한 짐승과도 같아. 울지 말게. 신은 위대하다는 생각도 하고 있으니까.」

「짐승보다 못하죠…….」 야나코스는 중얼거리다가 갑자기 역겨운 듯이 내뱉었다. 「끈적거리는 벌레, 그게 바로 인간이에요. 더럽고 쓸모없는 벌레, 역겹고…… 건드리지 마십시오, 신부님. 제가 혐오스럽지도 않으십니까?」

사제는 아무 말도 하지 않았다. 그는 손을 거두고는 눈을 내리깔며 한숨을 쉬었다.

야나코스는 바위에서 벌떡 일어나더니 조끼 주머니에 손가락을 찔러 넣어 3파운드를 꺼냈다.

「신부님, 부탁드릴 것이 있습니다. 이 3파운드로 마을을 위해 양을 사주십시오. 아이들에게는 젖이 필요하지 않습니까. 그리고 하실 수 있다면 제 머리에 손을 얹고 절 용서해 주십시오.」

사제는 움직이지 않았다.

「이 돈을 안 받으시면 제 영혼이 결코 편안해지지 않을 겁니다.」

잠시 후 야나코스는 다시 말했다.

「신부님께서 사람은 미개한 짐승이라고 하셨지요. 그럼 길들이셔야죠. 따뜻한 말 한마디면 충분합니다. 지금 이 순간 저의 구원은 신부님의 말 한마디에 달렸습니다.」

그러자 이번에는 사제가 야나코스를 끌어안으며 울음을 터뜨렸다.

「절 위해선가요? 절 위해 우시는 겁니까?」 야나코스가 물었다.

「자넬 위해서, 또 나 자신을 위해서, 그리고 온 세상을 위해서라네.」 포티스 사제는 그렇게 말하며 눈물을 훔쳤다.

그는 야나코스의 눈꺼풀에 입을 맞춘 뒤 반백의 덥수룩한 머리를 쓰다듬었다.

「야나코스, 너의 죄를 사하노라! 베드로도 그리스도를 세 번이나 부정했고, 세 번 다 눈물로 구원받았다네. 눈물은 훌륭한 세례반이지. 자네가 주는 젖값인 이 금화는 받겠네. 자네의 죄는 이제 굶주린 아이들을 위한 젖으로 변할 거야. 자네에게 축복이 내리길 비네, 야나코스!」

야나코스는 사제 앞에 무릎을 꿇고 그의 발에 입을 맞추려 했다. 하지만 사제가 서둘러 그를 일으켜 세웠다.

「아닐세, 저들이 볼지도 몰라. 마침 이리 오는군.」

「신부님, 신부님!」 그들의 목소리엔 두려움이 서려 있었다.

「무슨 일인가?」 포티스 사제는 놀라며 물었다.

「파나고스 옹이 돌아가셨습니다. 밖으로 모시려고 했지만, 결국 돌아가시고 말았습니다.」

포티스 사제는 가슴에 십자가를 그었다.

「하느님 그를 용서하소서. 그는 행복하게 죽었고, 우리 마을의 반석이 되었나이다. 주여, 우리에게도 그와 같은 죽음을 허락하시고, 내가 가서 그를 축복하게 하소서.」 사제는 고개를 돌려 야나코스에게 말했다.

「자, 두려워 말고 이리 오게. 그리스도께서 자네와 함께하실 걸세.」

야나코스는 머리 숙여 사제의 손에 입맞춘 뒤 당나귀를 찾아 나섰다.

기쁨이 날개가 되어 그는 스무 살 젊은이처럼 바위에서 바위로 뛰어다녔다. 정말 날개가 돋아 나오는 것처럼 등에 짜릿한 기분이 느껴졌다.

「라다스 옹은 마귀나 물어 가라지! 금화 따위도 마귀나 가지라지! 나는 지금 새처럼 가벼워.」

그는 참나무 그늘 아래서 참을성 있게 기다려 준 당나귀를 한 번 쓰다듬어 주곤 줄을 풀며 콧노래를 흥얼거렸다.

「이제 가자, 유수파키. 일은 잘 끝났다. 하느님을 찬양할지어다!」

그는 거친 바위와 컴컴한 동굴들을 돌아보았다. 비쩍 마른 남자들이 장래 팔라이올로구스 왕의 문이 세워질 장소 아래 파놓은 노인의 무덤을 둘러싸고 매장식을 거행하며 가슴에 성호를 긋고 있었다.

「하느님은 저들이 세우려는 마을에 노인의 몸을 제물로 내리셨어. 나도 3파운드나 보탰지만.」

야나코스는 흥얼거리며 산을 내려가기 시작했다.

「인간은 미개한 짐승이라고 했지. 그래, 인간은 자기가 선택한 대로 행동하지. 지옥문과 천당으로 가는 문은 서로 가까이 있어서 인간은 각자 선택한 대로 가게 되어 있어. 마귀는 지옥으로 천사는 천국으로만 가지만, 인간은 자신이 선택한 곳으로 가는 거야!」

그는 껄껄 웃고는, 까마득하게 잊고 있었던 옛 노래를 흥얼거리기 시작했다.

「나는 번개의 아들, 천둥의 손자. 내 마음대로 번개를 치고, 천둥을 울리며, 눈을 내리게 하지.」

산기슭에서 그는 걸음을 멈추었다.

「배가 고파 뭘 좀 먹어야겠군. 유수파키, 너도 배가 고프지? 가서 신선한 풀을 먹여 줄게. 그래야 내가 먹는 걸 보고 샘내지 않지. 우리 형제처럼 나란히 앉아서 먹자고.」

야나코스는 부근에서 엉겅퀴를 조금 뜯고, 울타리 너머에서 양배추도 조금 따다 당나귀에게 주며 말했다.

「자, 먹어, 유수파키. 나도 먹을 테니까. 맛있게 먹으라고!」

그는 가방 속에서 빵과 올리브, 양파를 꺼내어 토끼처럼 오물오물 씹어 먹었다.

「이 빵 정말 맛있군! 빵을 생전 처음 먹어 보는 것 같아. 이건 빵이 아니라 칼슘이야. 곧장 흡수되어 뼈를 튼튼하게 해주지.」

그는 가방에서 포도주를 꺼냈다. 머리 둘 달린 독수리 문양이 새겨진 병이었다. 입을 벌리고 들이붓자, 포도주는 유쾌한 소리를 내며 목구멍으로 넘어갔다.

「내가 포도주를 처음 마시는 거라고 생각하겠지.」 그는 당나귀에게 말했다. 「이놈은 목구멍을 타고 심장으로 곧장 내려가서 짜릿한 기쁨을 느끼게 해준다고. 하느님이 포도를 만드신 건 정말 잘하신 일이야. 그리고 인간들이 그 포도로 술을 빚어 낼 생각을 한 것은 축복이고말고. 자, 한 모금 더!」

그는 다시 술병을 기울이며 눈을 감았다.

「맛있게 드세요, 야나코스!」 갑자기 활기찬 목소리가 들려왔다.

야나코스는 눈을 떴다. 무거운 봇짐을 등에 멘 과부 카테리나가 서 있었다. 그녀의 뒤에는 목에 빨간 리본을 두른 암양이 쫓아오고 있었다.

「아니, 카테리나, 여긴 웬일이야? 저 암양은 팔려고 끌고 나왔나?」

「네.」 과부는 미소를 지으며 대답했다

「여기 잠깐 앉아 빵이랑 포도주 좀 들게. 포티스 사제가 방금 암양을 사겠다고 했는데, 아이들에게 젖을 짜서 먹일 거라고 하면서. 하느님이 당신을 이곳에 보내신 거야!」

그녀는 바닥에 앉더니 검은 스카프로 얼굴과 목의 땀을 닦았다. 두 눈이 기쁨으로 반짝이고 있었다.

「정말 덥군요, 야나코스. 이젠 여름인가 봐요.」

「이것 좀 들어.」 야나코스는 빵을 한 조각 잘라 올리브와 함께 주었다. 「양파 좋아하나?」

「아뇨, 양파는 절대 안 먹어요.」

「입에서 고약한 냄새가 날까 봐 그러지, 이 바람둥이?」 야나코스는 킬킬 웃었다.

그러자 과부의 목소리가 갑자기 달라졌다.

「그렇죠. 이봐요, 이웃집 아저씨. 우린 항상 비누 냄새나 라벤더 향내를 풍겨야 해요.」

그녀는 빵과 올리브를 밀어내며 말했다.

「배가 안 고파요. 미안해요.」

야나코스는 얼굴을 붉혔다.

「미안한 건 나야, 카테리나. 난 바보야.」

그녀는 풀을 한 줄기 뽑아 말없이 입에 물었다.

한동안 어색한 침묵이 흐른 뒤 야나코스는 식욕이 달아났는지 가방을 닫았다.

「봇짐 속엔 뭐가 들었지, 카테리나?」 어색한 분위기를 바꾸려고 그가 물었다.

「아이들에게 줄 이런저런 옷가지요.」

「저 사람들에게 주려고?」

「네.」

「저 암양도?」

「물론이죠. 아이들에게 양젖을 먹이려고요.」

야나코스는 부끄러워 고개를 떨구었다. 그러자 과부는 변명이라도 하듯 덧붙였다.

「알다시피 나한테는 아이가 없잖아요. 그래서 세상의 모든 아이들이 다 내 아이 같아요.」

야나코스는 목이 메어 왔다. 그는 잠긴 목소리로 말했다.

「카테리나, 난 지금 땅에 엎드려 당신 발에 키스라도 해야 할 것 같아.」

「파트리아르케아스 그 호색한이 그저께 날 부르더니 유지 회의에서 나를 막달라 마리아로 결정했다고 알려 주더군요. 그리고 막달라 마리아가 어떤 여자인지도 들었어요. 그래서 여기 막달라 마리아 마을에 온 거예요. 처음 그 얘기를 들었을 때 난 부끄러웠어요. 하지만 야나코스, 이젠 부끄럽지 않아요. 나도 그리스도를 만났더라면, 그리고 나에게 라벤더 향수가 있었다면, 그것으로 그분의 발을 씻겨 드리고 내 머리칼로 닦아 드렸을 거예요. 그리고 부끄럼 없이 성모 마리아 옆에 머물렀을 거예요. 성모 마리아도 제가 옆에 있는 것을 조금도 부끄러워하지 않았을 거예요. 내가 지금 하고 있는 말, 조금이라도 이해하겠어요, 야나코스?」

「이해해, 카테리나. 이해한다고…….」 야나코스가 눈물을 글썽이며 대답했다. 「오늘 아침부터 이해하기 시작했어. 난 당신보다 더 큰 죄인이야. 전에는 도둑질도 하고 거짓말도 좀 했어. 좀도둑 정도였지만……. 오늘 아침까지만 해도 난 죄인이었어. 하지만 지금은…….」

그는 입을 다물었다. 가슴이 울렁거렸다. 그는 다시 술병을 집어 들었다.

「당신을 위해 건배. 조금 전엔 당신 기분을 상하게 해서 미안해. 용서하시게. 나 같은 바보는 꼭 바보 같은 짓거리만 한다니까!」

야나코스는 포도주를 한 모금 마신 뒤 병 주둥이를 깨끗이 닦았다.

「당신도 한 모금 마셔, 카테리나. 그래야 날 용서했다고 믿을 테니까.」

「당신을 위해 건배.」 그녀는 한 모금 마신 뒤 입술을 닦으며 일어섰다.

「가야겠어요. 암양이 더 이상 못 참겠는지 자꾸 우는군요. 가여운 것. 난 젖을 짜주지 않았어요. 저 위에 있는 사람들이 짜주도록요.」

「보고 싶어지지 않겠어, 카테리나? 끔찍이도 사랑했는데.」

「당신도 저 당나귀를 줘버린다면 보고 싶지 않겠어요?」

야나코스는 진저리를 쳤다.

「그런 말은 하지도 마. 가슴이 찢어질 것 같으니까.」

「나도 그래요, 야나코스. 안녕, 행운을 빌어요!」

그녀는 잠시 머뭇거리다가 용기를 내어 물었다.

「혹시 마놀리오스를 만나실 건가요?」

「마을을 한 바퀴 돌고 난 뒤 귀갓길에 잠깐 만나 볼 생각인데, 무슨 전할 말이라도 있나?」

여자는 봇짐을 다시 등에 지고 암양을 묶은 끈을 잡아당겼다.

「아니에요, 없어요.」

그녀는 머리를 저은 뒤 산을 올라가기 시작했다.

그사이 마놀리오스는 산에 도착했다. 개들이 멀리서부터 그의 냄새를 맡고 달려와 꼬리를 흔들었고, 그 뒤로 햇볕에 탄 양치기 소년 니콜리오가 바위들을 건너뛰며 달려왔다. 니콜리오는 산속에서 양과 염소와 함께 자란 야생 동물 같은 아이로, 말은 거의 안 하지만 양처럼 매애 울기를 잘했다. 송진과 오물이 덕지덕지 붙은 그의 곱슬머리는 배배 꼬여 있었고, 그래서 두 개의 작고 뾰족한 귀가 도드라져 보였다. 이제 겨우 열다섯 살이지만 양을 지켜보는 눈은 사나웠다.

양 우리에 도착하자 니콜리오는 빵과 치즈와 구운 고기를 벤치 위에 차렸다.

「드세요.」

「배가 안 고파, 니콜리오. 너나 먹으렴.」

「왜 안 고파요?」

「그냥 안 고파.」

「저 아래 가셨던 일은 잘됐어요?」

「그래.」

「왜 가셨어요?」

마놀리오스는 대답하지 않았다. 그는 밀짚으로 만든 침대에 누워 눈을 감았다. 글쎄, 왜 갔던 것일까? 이전에는 일요일 아침에만 마을에 내려갔다. 미사에 참석하여 성찬식 빵만 먹고는 산으로 급히 돌아왔던 것이다. 산 아래로 내려가면 그는 숨이 막힐 것만 같았다. 여자들을 보면 흥분되었고, 남자들이 술 마시고 카드놀이를 하고 있는 카페 앞을 지날 때는 담배 냄새 때문에 숨이 막혀 신선한 공기를 마시기 위해 급히 그곳을 지나쳤다. 그런데 지금은…….

그는 레니오의 장난기 어린 눈과 미소, 매혹적인 목소리, 그리고 무엇보다도 핑크 빛 코르셋이 터질 정도로 부풀어 오른 그녀의 가슴을 떠올렸다. 침대 위에 일어나 앉았다. 너무 더워서 셔츠까지 벗었다. 셔츠는 땀으로 흠뻑 젖어 있었다.

〈참아야 해.〉 마놀리오스는 생각했다. 〈정결함을 유지하려면

여자를 만져선 안 된다고. 신중하게 행동해야지. 내 몸은 이제 내 것이 아니라, 그리스도의 것이야.〉

수도원에 처음 도착했을 때 예배당의 성화 벽에서 본 그리스도 형상이 마음속에 떠올랐다. 길게 늘어뜨린 푸른 튜닉과 풀잎조차 꺾이지 않을 만큼 가볍게 딛고 선 맨발. 안개처럼 가볍고 투명하며 무게가 느껴지지 않던 모습. 손과 발에서, 풀어 헤친 가슴에서 장밋빛 가는 핏줄이 흘러내리던……. 어깨 위로 금발을 늘어뜨린 젊은 여인이 그분을 만지려고 달려들었다. 하지만 그분은 근엄하게 손을 들어 그녀를 제지했다. 그분의 입에서 유명한 말이 흘러나왔다. 마놀리오스는 그 말을 읽었지만 무슨 뜻인지 알 수 없었다. 그래서 사제에게 물었다. 「그리스도께서 뭐라고 하신 겁니까, 신부님?」 그러자 그가 대답했다. 「여인아, 날 만지지 말지어다!」 「저 여인이 누굽니까?」 「막달라 마리아라네.」

「여인아, 날 만지지 말지어다!」 마놀리오스는 눈을 감았다. 갑자기 머리를 저으며 검은 스카프를 한쪽으로 던지는 카테리나의 모습이 떠올랐다. 스카프가 풀리자 금발이 무릎까지 내려와 그녀의 나신을 가려 주었다. 한 줄기 바람이 불어와 그녀의 머리카락이 날리며 두 젖가슴이 드러났다. 둥글고 단단한 가슴이었다.

「안 돼!」 마놀리오스는 비명을 지르며 침대에서 벌떡 일어났다.

양치기 소년은 아무리 먹어도 허기가 가시지 않았다. 그는 빵을 입에 가득 쑤셔 넣은 상태로 태평스레 돌아보았다.

「꿈 꾸셨어요? 누가 쫓아왔나요? 나도 누구에게 막 쫓겨 다니는 꿈을 꿔요. 하지만 꿈은 다 헛거래요. 걱정 말고 주무세요!」

「불 좀 피우렴, 니콜리오. 춥구나…….」

「이렇게 푹푹 찌는데도요!」 양치기 소년은 먹고 있던 빵과 고기를 두고 일어나기가 싫었다.

「나는 추워…….」 마놀리오스는 이를 딱딱 부딪치며 떨고 있었다.

양치기 소년은 음식을 우물거리며 구석에 있는 장작을 가져다 난로 위에 잔가지와 함께 올려놓고 불을 피웠다. 그러곤 마놀리오스에게 다가가서 자세히 살핀 뒤 머리를 저었다.

「마귀한테 쫓겼군요.」 소년은 자리로 돌아가서 다시 우적우적 씹어 대기 시작했다.

마놀리오스는 몸을 질질 끌고 구석으로 가서 담요로 자기 몸을 감쌌다. 그는 장작을 태우고 있는 불길을 바라보았다. 레니오, 막달라 마리아, 그리스도가 불길 속에 나타나서 너울거리며 서로 당겼다 밀어내곤 했다. 불길이 너울거리자 그리스도가 부활했다. 그리스도는 재 속에서 나타나 점점 작아지더니, 두 겹으로 접혀 올라갔다가, 마침내 연기 속으로 사라졌다.

기진한 마놀리오스는 머리를 무릎 위에 떨어뜨리고 잠 속으로 빠져 들었다.

땅속으로 꺼질 듯이 깊은 잠이었다. 밤새도록 그는 잠에서 깨어나려고 버둥거렸다. 끈적거리는 해초와 물뱀들이 그의 몸을 끈질기게 휘감아 왔고, 새벽녘에는 금발의 폭포가 쏟아져 내려 그를 감쌌다. 「사람 살려!」 마놀리오스가 질식할 듯한 기분으로 비명을 질러 댔다. 그러나 여전히 잠에서 깨어나지 못한 채 이번엔 자비의 강에 둥둥 떠다니며 신음했다.

귀를 찢는 듯한 마놀리오스의 비명에 양치기 소년은 두세 차례나 잠에서 깨어났다.

「아직도 쫓기는 꿈을 꾸는 모양이군, 가엾어라.」 소년은 그렇게 한 번 중얼거린 뒤 돌아누워 곧 다시 잠들어 버렸다.

새벽녘에 잠이 깬 마놀리오스는 창문 사이로 우윳빛 하늘을 바라보았다. 그는 성호를 그으며 중얼거렸다.

「하느님을 찬양하리로다. 밤이 지났어. 이젠 살았군!」

뼈마디가 쑤시고 눈은 붉게 충혈되었다. 온몸이 와들와들 떨렸다. 불이 꺼져 있었다. 목이 말라 따뜻한 양젖 한 잔이 간절했지만, 니콜리오는 벌써 양을 치러 나가고 없었다. 그는 몸을 일으킬 수 있을 것 같지가 않았다. 집 안에 있는 물건들을 처음 보듯 주욱 둘러보았다. 그가 직접 정교하게 조각하고 문양을 새겨 넣은 나무 스푼과 단지, 양젖 통 등이 보였다. 어릴 때부터 그는 나뭇조각에다 칼로 사이프러스나 새 등을 조각하곤 했다. 그러다가 여자를 조각하기 시작했고, 말을 탄 남자들을 조각했고, 마침내 수도원에 들어간 후에는 성자와 십자가에 매달린 사람들을 조각하기에 이르렀다.

하루는 양 울타리 옆을 지나가던 한 수도사가 그에게 말했다.

「형제여, 자넨 양치기를 할 사람이 아니야. 수도자가 되어야지. 자네에게 목재를 줄 테니 우리에게 성상을 만들어 주게.」

창문으로 햇빛이 쏟아져 들어왔다. 마놀리오스는 굳은 몸을 풀기 위해 햇빛이 드는 곳으로 옮겨 앉았다. 몸이 따뜻해지자 그의 눈앞에 간밤에 꿈에서 본 금빛의 강이 다시 떠올랐다. 그는 몸서리를 쳤다.

「주님, 유혹에 넘어가지 않게 해주십시오!」

마음이 진정되자 그는 몸을 일으켜 불을 피웠다. 그리고 양동이에서 양젖을 덜어 내어 따뜻하게 데운 뒤 마셨다. 그제야 기운이 조금 났다. 그는 밖으로 나가 울타리 안에 있는 돌 의자에 앉았다. 해가 벌써 높이 떠올라 온 산을 환하게 비추고 있었고, 멀리서 니콜리오가 양을 모는 소리가 아득하게 들려왔다.

「이제 괜찮아.」 마놀리오스는 혼자 중얼거렸다. 「유혹은 밤에만 찾아와. 지금은 해가 떴잖아. 신을 찬양하라!」

그는 주위를 둘러보다가 문간 옆에 놓여 있는 회양목 토막을 발견했다. 그러자 기쁨으로 가슴이 두근거렸다. 그는 회양목 토막을 집어 무릎 위에 올려놓고 손으로 쓰다듬었다. 머리통처럼 둥그렇고 단단한 목재였다. 머리의 혈관처럼 여러 갈래로 구불구불하게 갈라진 나뭇결이 보였다.

마놀리오스는 갑자기 손가락이 근질거려 참을 수가 없었다. 그는 벌떡 일어나 오두막 안으로 들어가서 작은 톱과 조각칼, 줄을 가져왔다. 그리고 성호를 그은 다음 나무에 입을 맞추고 재빨리 작업에 들어갔다.

해가 꼭대기에 떠오르도록 마놀리오스는 회양목 토막을 가슴께에 단단히 붙들고 앉아 고개를 처박고 있었다. 극도의 피로감조차 완전히 잊어버린 듯했다. 맑은 공기가 대지를 하늘처럼 깨끗하게 했고, 모든 유혹을 사방으로 날려 버렸다.

조각에 몰두하던 마놀리오스는 문득 자신에게 눈길을 돌렸다. 그의 온 영혼이 하나의 눈이 되어 가슴 깊은 곳에서 평온한 얼굴과 온갖 애정, 침묵, 슬픔 등을 찬찬히 살펴보았다. 그는 자신이 본 것들을 정확히 살려 내기 위해 애썼다. 움푹 꺼진 볼, 고통스러워하는 눈, 핏방울 맺힌 넓은 이마…… 그리고 성상에선 볼 수 없지만 그에게만 보였던 눈썹 사이에 난 상처.

땀이 관자놀이를 타고 흘렀다. 조각칼에 손가락을 베어 나무가 피로 시뻘겋게 물들었지만, 그래도 마놀리오스는 멈추지 않았다. 기억에서 지워지기 전에, 그는 서둘러 그 성스러운 얼굴을 나무에 옮겨 놓고 싶었다.

그가 열심히 조각을 하고 있을 때 두 여자가 길을 따라 걸어왔다. 젊은 여자의 뒤를 스카프로 얼굴을 감싼 늙은 여자가 따라오고 있었다. 젊은 여자는 마놀리오스를 보자 뒤를 돌아보며 손가락으로 입술을 누르고 조용히 하라는 눈짓을 했다. 그가 뭘 하고 있는지 궁금해진 두 여자는 발소리를 죽이고 살금살금 다가갔다. 늙은 여자의 발부리가 바위에 걸리면서 돌멩이 하나가 데굴데굴 굴러갔다. 그러나 마놀리오스는 너무 열중한 나머지 그 소리도 듣지 못했다.

물러설 수도 없게 된 젊은 여자는 서둘러 걸어가서 마놀리오스의 어깨를 툭 치며 말했다.

「안녕, 마놀리오스?」

그는 깜짝 놀랐다. 순간 마음속에 있던 성스러운 영상이 사라졌다. 정신이 들자 그는 벽에 등을 기대며 고개를 뒤로 젖혔다.

「왜 그래요, 마놀리오스? 왜 그렇게 놀란 얼굴로 쳐다보죠? 마치 유령이라도 본 사람처럼. 나예요, 당신 약혼녀 레니오. 이쪽은 만달레니아 아줌마고요. 당신한테서 악령을 내쫓아 주실 거예요.」

「자넨 마귀한테 씌인 게 분명해.」 늙은 여자가 갑자기 다가오며 말했다.

마놀리오스는 두려운 표정으로 그녀를 쳐다보았다.

「왜 이러십니까?」 그는 조각의 얼굴 부분을 아래쪽으로 향하게 하며 물었다.

그러자 레니오가 노파를 옆으로 밀어내며 말했다.

「잠깐만 자리를 비켜 주세요, 만달레니아. 저리 가서 필요한 약초나 따세요. 우리 둘이 할 말이 좀 있거든요.」

늙은 여자는 투덜대며 약초를 찾아 나섰다. 레니오는 돌 의자에 약혼자와 마주 앉았다. 그러곤 그의 손을 잡으며 부드럽게 말했다.

「마놀리오스, 나 좀 봐요. 이젠 내가 싫어졌어요? 더 이상 날 사랑하지 않나요?」

「사랑해.」 마놀리오스는 조용히 대답했다.

「결혼은 언제 하죠?」

마놀리오스는 아무 말도 하지 않았다. 지금 그가 생각하고 있는 일과 결혼은 너무 먼 얘기였다. 〈오, 하느님!〉

「왜 아무 말도 안 해요? 주인님이 모두 말씀해 주셨어요.」

「여긴 안 오는 게 좋았을 뻔했어.」 마놀리오스는 그렇게 말하곤 자리에서 일어났다.

「내가 먼저 없었던 일로 하자고 말했어야 했나요?」 레니오는 얼굴을 붉히며 소리쳤다. 「당신은 아직 내 남편이 아니에요. 난 자유라고요.」

그녀는 자리에서 일어나 마놀리오스 앞에 섰다. 그러곤 두 팔로 그를 가로막으며 말했다.

「가지 말아요!」

마놀리오스는 벽에 기대선 채 기다렸다. 레니오는 그를 쳐다보았다. 그녀의 가슴속엔 사랑과 증오가 불꽃을 튀겼다.

「우리 엄마는 하녀였어요.」 그녀는 울먹이는 소리로 말했다. 「그렇지만 아빠는 귀족이죠. 누구에게든 날 억지로 맡길 생각은 없어요. 난 지참금도 있고 젊으니까, 당신보다 나은 남자를 찾을 거예요.」

마놀리오스는 조각하던 나무를 어찌나 꽉 껴안고 있었던지 가슴이 아플 지경이었다.

「당신 뜻대로 해, 레니오.」 그는 조용하게 말했다. 그러나 가슴이 터질 것만 같았다. 지금까지 이런 후회할 만한 말은 해본 적이 없었다. 그는 마음이 약해졌다.

「레니오.」 그는 눈길을 아래로 떨어뜨리며 말했다. 「며칠만 시간을 줘. 만약 날 사랑한다면 말이야.」

「다른 여자를 사랑하는군요? 누구죠? 그것만 말해 주면 떠나겠어요.」

「아니야, 레니오. 맹세코 그건 아니야!」

「좋아요. 그럼 결심한 후에 알려 줘요. 기다릴게요. 하지만 이건 알아 두세요. 난 당신을 평생 사랑할 수도 있고, 평생 증오할 수도 있어요. 그건 당신의 말 한마디에 달렸죠. 네인지, 아니요인지 선택하세요!」

레니오는 노파를 돌아보며 말했다.

「만달레니아 아줌마, 우리 그만 가요!」

레니오는 성이 난 듯 앞장서 걸어가며 한 번도 뒤돌아보지 않았다. 아버지가 물려준 거만한 피가 그녀의 몸에도 흐르고 있었다.

마놀리오스는 돌 의자에 힘없이 허물어졌다. 그는 손에 들고 있던 나뭇조각을 바라보았다. 이따위 조각은 더 이상 하고 싶지 않았다. 열정은 이미 싸늘하게 식었고, 마음속에 있던 성스러운 영상도 사라지고 없었다.

그는 오두막으로 들어갔다. 그러곤 불씨가 바깥으로 새어 나오지 않게 재로 잘 덮듯, 헝겊으로 나뭇조각을 잘 감쌌다. 그는 이제 숨이 막혀 혼자 있을 수가 없었다. 그래서 지팡이를 챙겨 들고 니콜리오를 찾아 나섰다.

햇볕은 수직으로 산을 내리쬐고 있었다. 바람 한 점 없었다. 나무 밑동에 겨우 한 뼘의 그늘이 있을 뿐이었다. 새들도 소리 없이 둥지에 틀어박혀 뙤약볕이 지나가기만을 기다렸다.

니콜리오는 갑자기 기운이 펄펄 넘치는 기분이었다. 그래서 기운을 쓸 상대를 찾아 주위를 둘러보았지만 아무도 없었다. 싸움을 걸 만한 남자도 없고, 풀밭 위에 쓰러뜨릴 여자도 없었다. 더위에 놀란 양 떼는 너도밤나무 밑 그늘에 조용히 누워 있었다. 양을 공격하는 건 부끄러운 일이 될 터였다. 하지만 양의 우두머리인 덩치 큰 숫양 다소스라면 문제가 달랐다. 놈은 나선형으로 꼬인 긴 뿔과 빽빽한 털을 가졌고, 목에는 우두머리를 상징하는 커다란 종이 매달려 있었다. 놈은 따분한 눈으로 그늘에 누워 꾸벅꾸벅 졸고 있는 양들을 흘끗 보고는 만족스럽다는 듯이 길게 울었다. 그러고는 군주다운 오만한 걸음걸이로 무게 있게 걸어갔다. 수컷의 악취가 공기 속을 맴돌았다. 니콜리오는 갑자기 미친 듯이 달려들어 막대기로 놈의 뿔과 등과 배를 닥치는 대로 때렸다.

녀석은 거만하게 뒤를 돌아보았다. 놈의 눈엔 니콜리오가 뿔도 없고, 털도 듬성하고, 두 다리로 겨우 걸어 다니는 애송이로만 보였던 모양이다. 살짝 들이받기만 해도 길게 뻗어 버릴 것처럼 보였는지, 아예 상대하지 않고 다른 양들 사이로 슬금슬금 피했다.

니콜리오는 녀석을 따라가서 뿔을 잡고 등에 올라탔다. 그러자 다소스는 귀찮다는 듯 머리를 흔들어 양치기 소년을 내동댕이쳤다.

「이 녀석! 본때를 보여 주마!」 니콜리오는 고함을 지르며 일어났다. 까진 팔꿈치에서 피가 났다.

그는 목을 잔뜩 움츠리고 머리를 숙인 자세로 박치기를 하려고 달려갔다. 다소스도 마주 달려왔다. 눈에서 불이 번쩍 일었다. 눈앞이 어질어질했고, 산 전체가 핑그르르 도는 것 같았다. 가까스로 균형을 잡은 니콜리오는 막대기를 집어 들고 씩씩거리며 녀석에게 달려들어 뿔이라도 부러뜨릴 것처럼 휘둘렀다.

바로 그때 마놀리오스가 도착했다. 그는 손가락 두 개를 입에 넣어 휘파람을 불었다. 니콜리오는 고개를 돌려 그를 보긴 했지만 동작을 금방 멈출 수가 없었다. 그는 다시 녀석에게 몸을 던졌다. 그러자 마놀리오스는 돌멩이를 집어 그에게 던지며 소리쳤다.

「니콜리오, 지금 양이랑 싸우는 거냐? 이리 와!」

니콜리오는 땀으로 범벅이 되어 투덜거리며 다가왔다. 그들은 바위에 등을 기대고 앉았다. 양치기 소년은 씩씩거리며 양 냄새를 풀풀 풍겼다. 화를 삭이느라고 이따금씩 휘파람을 불거나 돌멩이를 툭툭 던지기도 했지만, 속이 부글부글 끓는 모양이었다. 다소스에게 졌다는 사실이 너무나 굴욕적으로 느껴졌던 것이다.

마놀리오스의 눈은 초점을 잃고 멍했다. 그는 기운을 차려 나무에 조각하던 성스러운 형상을 다시 떠올리려고 애썼다. 아침의 그 황홀했던 시간! 고통은 잊히고, 세상사도 지워지고, 하늘과 땅 사이에 오직 그 자신과 나뭇조각뿐이던 시간! 그때 갑자기 한 여인의 목소리, 볼록한 두 개의 입술이…….

「니콜리오, 허리에 차고 있는 그 피리 좀 불어 봐. 지금 내 기분이 엉망이야. 영혼이 길을 잃었거든. 피리 소리를 들으면 좀 나아질 거야!」

양치기 소년은 깔깔 웃었다.

「나도 그래요, 마놀리오스. 내 영혼도 길을 잃은 것 같아요. 곧 폭발할 것 같은 때도 있어요. 그럴 땐 피리를 불어도 전혀 도움이 안 되죠. 그래서 양하고 싸우고 있었던 거예요.」

「네 영혼은 뭣 때문에 길을 잃었니? 아직 턱에 수염도 안 난 녀석이 말이야.」

「난들 알아요? 하루 종일 여기 혼자 있으면 괜히 슬퍼져요!」

소년은 피리를 꺼내어 손가락으로 구멍들을 막았다.

「머릿속에 멜로디는 들어 있냐?」

「아니요, 그냥 나오는 대로 불어요.」

그는 피리를 불기 시작했다.

염소와 양들로 가득 찬 산비탈에서는 방울 소리가 울렸다. 산은 목장으로 이어져 있었다. 시골은 항상 움직인다. 시냇물은 이 바위에서 저 바위로 뛰어넘으며 졸졸 흐른다. 시냇물 소리와 양들의 방울 소리가 차츰 잦아들면 산도 잠잠해진다. 아니, 잠잠해지는 것이 아니라 신선하고 즐겁고 자극적인 웃음소리로 꿈틀거린다. 그 아래 찰싹대는 바다가 펼쳐져 있고, 해변에는 조개껍데기가 흩어져 있다. 그곳에서 여자들이 웃으며 목욕을 하고 있었다. 팔과 다리를 벌리고 물속으로 뛰어들어 파도와 장난치며 소리를 지르자, 해변 전체가 그들과 함께 뒤치며 깔깔거린다.

마놀리오스는 열망에 사로잡혀서 그 소리를 듣고 있었다. 여자들의 웃음소리가 해변을 마구 흔들며 부풀었다가 잦아들고, 다시 파도 소리와 뒤섞여 울려 퍼졌다. 마침내 사방이 잠잠해지자 카테리나가 바다 속에서 알몸으로 일어났다.

「그만 해, 이제 됐어!」 마놀리오스는 벌떡 일어나며 소리쳤다.

니콜리오는 고개를 들고 그를 빤히 바라보았지만, 가락에 너무 취해서 금방 연주를 멈추진 않았다. 그는 피리를 입술에 단단히 누르고 있었다.

「그만 하라고 했잖아!」

「가장 좋은 부분에서 끊어 버렸잖아요.」 니콜리오는 피리를 무릎 위에 내려놓았다.

마놀리오스의 눈가에 눈물이 고였다.

「왜 그래요, 마놀리오스? 우는 거예요?」 양치기 소년은 놀라서 물었다. 「에이, 슬퍼하지 말아요. 이딴 피리 소리에 뭘 그래요. 이건 그냥 소리일 뿐이에요.」

마놀리오스는 일어나서 발걸음을 떼어 놓으려 했지만 무릎이

후들거렸다.

「몸이 안 좋아.」 그는 투덜거렸다. 「기분도 안 좋고.」

「물소리 들었어요?」 양치기 소년이 웃으며 물었다.

「무슨 물소리?」

「연주하면서 물을 생각했거든요. 굉장히 많은 물을요. 목이 말라서…….」 소년은 그렇게 말한 뒤 호리병을 걸어 둔 너도밤나무 밑으로 뛰어갔다. 마놀리오스가 염소 문양을 새겨 그에게 준 병이었다.

가서 누워야겠다고 마놀리오스는 생각했다. 몸이 또 떨려 왔다. 그는 니콜리오를 불렀다.

「양들을 잘 지키도록 해라. 난 가서 치즈를 만들 테니.」

그러자 니콜리오가 물 묻은 입술과 가슴을 닦아 내며 대답했다.

「불 피울 준비는 다 해뒀어요. 양젖도 끓여 주세요. 이따 갈게요.」

마놀리오스가 비틀거리며 바위를 넘어가는 걸 보며 소년은 안됐다고 생각했다.

「몸이 안 좋으면 치즈는 놔둬요, 내가 만들 테니! 그냥 누워 있어요!」

「왜 그런 말을 하니?」

「다리가 자꾸 꼬이잖아요, 얼굴도 노랗고.」

비틀거리며 너도밤나무 뒤로 돌아가는 마놀리오스를 바라보며 소년은 중얼거렸다.

「멀리서 레니오가 오는 걸 봤어. 나쁜 여자 같으니! 그 여자가 우리 주인님을 골수까지 다 빨아먹을 거야!」

그는 돌멩이를 하나 집어 신경질적으로 던지며 소리 질렀다.

「망할 여자들!」

그는 숫양 다소스가 도발적인 기세로 다가오는 것을 보았다.

소년은 다시 녀석의 뿔을 잡고 몸을 날려 등에 올라탔다.

오두막에 돌아온 마놀리오스는 치즈를 만들기 위해 불을 지폈지만 기운이 없었다. 그는 햇볕을 쬐기 위해 의자에 앉았다. 몸이 와들와들 떨렸다. 해는 지평선 아래로 지고 있었다. 잠시 후 방울 소리가 가까워 오더니 니콜리오가 동물들을 울타리 안으로 몰아넣으며 지르는 고함 소리와 휘파람 소리가 들려왔다.

마놀리오스의 생각은 마을로 날아가서 집들과 카페와 광장을 지나 비탈길을 올라간 다음 사제의 집에 닿았다. 거기서 마을 유지들은 다음 부활절에 베드로와 유다와 그리스도 역을 맡을 사람들을 선발했다. 마놀리오스의 눈앞에는 다시 자신들의 마을에서 쫓겨난 포티스 사제와 기독교인들의 모습이 떠올랐고, 포티스와 그리고리스 사제와의 가슴 아픈 싸움이 떠올랐고, 비명을 지르다가 죽은 여자의 모습이 떠올랐다. 그의 가슴속에 야나코스의 야유 섞인 말이 생생하게 메아리쳤다.「넌 그리스도 역을 맡을 몸이야. 그와 동시에 결혼을 하고 너 자신을 더럽히겠지…… 사기꾼!」이번에는 집정관의 모습이 떠올랐다. 정원에서 만난 레니오는 터질 듯한 유방을 그의 가슴에 밀어붙이며 절박한 목소리로 졸라댔다.「마놀리오스, 우리 언제 결혼하는 거예요? 언제? 언제?」그리고…… 그리고…… 그는 다시 산으로 돌아왔고, 우물 옆에서 잠시 숨을 고르기 위해 걸음을 멈추었다…….

마놀리오스는 가슴이 아팠다.

「그 여자가 가여워.」 그는 혼자 중얼거렸다.「그 여잔 길을 잘못 들었어. 길을 잃은 거야…….」

과부 카테리나의 모습이 떠올랐다. 검은 스카프, 하얀 목, 호두나무 잎으로 문지른 하얀 이와 얇은 입술……. 마치 자신을 구원해 줄 사람은 마놀리오스밖에 없다는 듯이 절망적으로 호소하는 그녀의 목소리가 다시 들려왔다. 「가지 마, 가지 마, 마놀리오스!」 그 순간 카테리나가 얘기한 꿈의 내용이 생각났고, 그 의미가 명확해진 것 같았다. 「그래, 그래, 그 여자가 옳았어. 나만이 그 여잘 구원할 수 있어.」

하느님은 몸소 그녀의 꿈에 나타나 그것을 알려 주신 것이었다. 카테리나는 마놀리오스가 손에 달을 들고 마치 사과를 자르듯이 잘라 내어 그녀에게 먹으라고 주었다고 했다. 갑자기 그 꿈의 숨은 의미를 깨닫게 된 그는 전율했다. 달은 순결한 빛이고 밤을 밝히는 하느님의 말씀이다……. 그것은 마놀리오스가 그녀와 함께 이뤄야 할 하느님의 뜻이자 명령이다. 막달라 마리아, 그 죄인을 구할 사람은 바로 그였다.

「그녀를 만나야 해, 지금 당장. 이 순간에도 그 여잔 죄악에 더욱 깊이 빠져 들고 있을 거야. 만나야 해…… 그게 내 임무야.」

그의 눈앞에 카테리나가 살고 있는 좁은 골목길과 초록색 페인트가 칠해진, 동그란 철제 손잡이가 달린 아치형 현관이 떠올랐다. 반짝반짝 윤이 나는 돌계단도 보였다. 거기로 올라가 본 적은 한 번도 없지만, 어느 일요일 열린 문틈으로 내부를 몰래 훔쳐본 적은 있었다. 깨끗하게 닦은 큰 자갈을 깐 작은 마당과, 마당을 둘러싼 나지막한 벽을 따라 나륵꽃이 심어진 몇 개의 화분들, 그리고 우물 옆에 핀 두 무더기의 붉은 카네이션…….

마놀리오스의 생각은 산길을 타고 내려가 마을에 이르고, 좁은 골목길을 따라가서 문간을 넘어 안으로 들어갔다…….

「그 여자를 만나야 해. 만나야 해……. 그게 나의 의무야.」

그는 같은 말을 계속 중얼거렸다. 묘한 즐거움이 느껴졌다. 이제 그는 그 여자를 만나는 것이 필요한 일임을 알았고, 하느님이 그 일을 정한 것임을 알고 안도했다. 왜 밤낮없이 그녀를 보고 싶은 욕망에 괴로워했는지 이제야 이해할 수 있었다. 지금까지는 자신을 부추긴 것이 사탄이라고만 믿었고, 그래서 부끄러워하며 저항해 왔다. 하지만 이제는…….

마놀리오스는 벌떡 일어났다. 이젠 춥지도, 다리가 후들거리지도 않았다. 그는 불을 피운 뒤 단지를 올려놓고 양젖을 끓였다.

「인간의 영혼을 깨우치는 하느님의 오묘한 방법이라니!」 마놀리오스는 감탄했다. 「이번엔 당신의 의지를 과부의 꿈속에 드러내시었어.」

니콜리오가 돌아왔다. 양 떼가 우리로 들어가는 소리가 시끌벅적했다. 하루 종일 내리쬐던 해는 평화롭게 지고 있었다. 니콜리오는 일과를 끝내고 저녁을 먹으러 엄마가 있는 집으로 돌아오는 것처럼 오두막으로 들어섰다.

「어서 와라, 니콜리오!」 마놀리오스는 밝은 목소리로 문간에 대고 소리쳤다. 「가서 젖을 짜고 저녁을 차려. 배가 고프다!」

그는 하루 종일 아무것도 먹지 못했다. 입 안이 깔깔하여 음식을 넘길 수가 없었다. 그러나 이젠 식욕이 돌아온 것 같았다.

니콜리오는 그를 쳐다보다가 깔깔 웃었다.

「다시 살아났군요, 주인님! 좋은 소식이라도 있나요?」

「배고프다니까. 자, 빨리! 나도 거들어 주마.」

그들은 구리 양동이를 갖다 놓고 나란히 무릎 꿇고 앉아 양의 젖을 짜기 시작했다. 양들은 무거운 짐이 빠져나가 시원한지 얌전하게 있었다. 노련한 손놀림이 암양들에겐 젖을 빠는 새끼들의 입처럼 느껴질 것이었다.

일이 다 끝나자 두 사람은 몸을 씻었다. 니콜리오는 집 밖의 돌의자에 음식을 차렸다. 그들은 가슴에 성호를 그은 다음 빵과 고기와 치즈를 허겁지겁 먹었다. 니콜리오의 머릿속에는 아직도 힘센 숫양과 레니오라는 골칫거리가 남아 있었다. 그가 화를 낼 때는 언제나 그 둘이 동시에 튀어나왔다. 양 떼의 우두머리와 통통한 젊은 여자. 그들이 이젠 한 덩어리가 되어 있었다. 그는 가랑이를 쩍 벌리고 양 등에 올라타고 있는 레니오와, 양 밑에 깔려서 미소를 짓고 있는 그녀의 모습을 보았다.

「에이, 재수 없어, 더럽다!」 니콜리오는 투덜거리며 돌멩이를 집어 공중에다 던졌다.

「뭐라고 투덜거리는 거냐? 그 돌멩이는 누구한테 던진 거니?」 마놀리오스가 웃으며 물었다.

「내 주위에서 얼씬거리는 마귀한테 던진 거예요.」 니콜리오도 히죽 웃으며 대답했다.

「마귀를 본 적 있니, 니콜리오?」

「있죠, 상상 속에서.」

「어떻게 생겼든?」

「그게 영 아리송해요.」 양치기 소년은 그렇게 내뱉고는 달아오른 얼굴을 물통에 처박았다.

식사를 마치자 마놀리오스는 성호를 긋고 일어났다.

「니콜리오, 저녁엔 마을에 내려갈 거야.」

「마을엘 또 가요?」 니콜리오는 비명을 질렀다. 「이번엔 무슨 일인데요? 제가 보기엔 주인님 주위에도 마귀가 얼씬거리는 것 같아요.」

「마귀가 아니라 하느님이야, 니콜리오. 하느님이 우릴 지켜 주셔.」

마놀리오스는 주머니에서 작은 거울을 꺼내 들고 머리에 물을 묻혀 가며 단정하게 빗었다. 그리고 일요일에만 입는 가장 좋은 옷을 차려입었다.

그는 작은 거울과 빗, 손수건을 벨트에 꽂았다. 왜 그랬을까? 그는 그것들을 왜 챙겼을까? 그걸 알기는 했을까? 그는 아무 이유도 없이 그것들을 챙겼고 벨트 안에 숨겼다.

「그건 마귀라니까요.」 양치기 소년은 몸치장을 하고 있는 마놀리오스를 바라보며 성난 목소리로 말했다.

「하느님이야, 하느님.」 마놀리오스는 다시 한 번 성호를 그은 뒤 오두막을 나섰다.

「레니오를 만나러 가는 게 틀림없어. 둘 다 마귀에 씌었어!」 니콜리오는 심사가 사나워져서 말했다.

마귀와 그리스도의 가면

땅거미가 지고 있었다. 배가 고픈지 아니면 짝이 그리운지 밤새들이 요란하게 울어 댔다. 하늘에는 먼저 나온 가장 큰 별들이 반짝이고 있었다.

「더 어두워질 때까지 기다려야 해. 마을 사람들 눈에 띄면 안 되니까.」 마놀리오스는 혼자 중얼거리며 꼬부랑길을 천천히 내려갔다. 걸어가면서 그는 하느님의 말씀을 그녀의 마음에 전하려면 어떻게 해야 할지 머릿속으로 연습해 보았다. 〈내가 노크하면 그녀는 나와서 문을 열어 주겠지. 날 보면 놀랄 테고, 문을 잠근 뒤 우린 함께 안으로 들어갈 거야…….〉 카네이션과 나륵꽃이 피어 있는 정원과 우물은 이미 본 적이 있으니 새로울 것이 없다. 하지만 집 안은 어떨까? 마놀리오스는 겁이 났다. 그는 걸음을 잠시 멈추고 숨을 들이켰다. 「집 안에는…… 침대가 있겠지.」 마놀리오스는 그렇게 말하고 나서 몸을 후두두 떨었다.

머릿속은 온통 뒤죽박죽이었다. 그녀에게 무슨 말을 해야 할지, 왜 이런 야심한 시간에 산에서 내려와 그녀의 집 문을 두드리려 했는지도 알 수 없었다. 냉정을 잃고 달아오른 그의 얼굴을 보면 그녀는 웃을 것이다. 그리고 이렇게 말하겠지.

〈마놀리오스, 그래, 여기까지 와서 왜 왔는지 모르겠다고? 너도 꿈을 꾼 거니? 미귀가 꿈속에서 널 찾아갔지? 아니면 성모 마리아가 갔니? 어쩌면 둘 다 갔을지도 모르지, 마놀리오스. 그래서 넌 나를 찾아왔고, 하느님과 천국에 대해 얘기할 거야. 하지만 그다음엔 자신도 모르는 사이에, 우린 어느새 침대에서 서로를 꽉 끌어안고 있을걸. 넌 남자잖아? 난 여자고. 하느님은 그런 식으로 우릴 만들었거든. 우리가 가까워져서 정신없이 서로에게 빠져 팔다리를 벌리고 하나가 된다면, 그게 어디 우리 잘못인가?〉

마놀리오스는 피가 거꾸로 치솟는 것 같았다. 과부가 미소를 흘리며 가까이 다가와 그런 음란한 말을 내뱉는 광경을 이처럼 노골적으로 상상하다니……. 그는 이미 유향과 정향 내를 풍기는 그녀의 숨결을 느끼고 있었다. 열린 코르셋 사이로는 육두구 향과 땀내와 함께 그녀의 달콤한 살 냄새가 풍겨 나왔다…….

갑자기 그는 두 다리에 힘이 쭉 빠져서 돌 위에 주저앉았다.

〈내 안에서 말하는 자는 대체 누구지?〉 그는 두려움 속에서 자문했다. 〈누가 날 비웃었지? 내 무릎을 건드려서 꺾이게 만든 자가 누구야?〉 그는 정말 그런 말과 과부의 웃음소리를 들었고, 코끝에는 아직도 그녀의 향기가 남아 있었다.

「오 하느님, 도와주소서!」 그는 눈을 들어 하늘을 쳐다보며 외쳤다.

하지만 오늘 저녁 그에게 하늘은 너무 높고 멀게만 느껴졌고, 친구도 적도 아닌 듯 조용하고 무심하게만 보였다. 두려움이 엄습해 왔다. 별들이 그를 지켜보고 있었다. 마놀리오스의 가슴은 얼어붙었다. 가끔 겨울 저녁이면, 울타리 주변에서 눈 쌓인 나뭇가지 사이로 움직이지 않고 박혀 있는 늑대의 노란 눈을 본 적이 있었다. 오늘 저녁 하늘에서 빛나는 별들은 그 늑대의 눈처럼 보였다.

과부에 대한 기억이 다시 그의 혈관 속에서 꿀처럼 흐르기 시작했다. 세상의 냉대와 적개심 안에서 그것은 커다란 위안이었다. 과부는 이제 말을 하지도 웃지도 않았다. 그녀는 커다란 침대에 유쾌하게 드러누워 행복한 멧비둘기처럼 구구 울었다.

마놀리오스는 귀를 틀어막았다. 머릿속이 윙윙거렸고, 목에는 핏줄이 돋았다. 뜨거운 피가 얼굴로 온통 몰리는 느낌이었다. 관자놀이가 팔짝팔짝 뛰고, 눈꺼풀이 무거워지면서, 얼굴 전체가 바늘로 찌르는 것처럼 따가웠다. 마치 수천 마리의 개미가 뺨이며 턱이며 이마를 물어뜯는 것만 같았다. 온몸에서 식은땀이 흘러내렸다. 그는 손으로 얼굴을 쓰다듬은 뒤 벌떡 일어났다.

〈오, 하느님!〉 그는 소리를 지르려고 했지만 지를 수가 없었다. 다시 뺨과 입술과 턱을 만져 보았다. 온통 부어올라 있었다. 입술은 하도 부어 입을 벌릴 수조차 없었다.

〈나한테 무슨 일이 생긴 거지? 왜 이렇게 부어오르는 거야?〉 그는 얼굴 전체와 목 아래까지 정신없이 더듬어 보았다. 얼굴이 마치 북처럼 느껴졌다. 하지만 전혀 아프지는 않았다. 단지 두 눈이 뜨거워지며 눈물이 나기 시작했다.

〈봐야 해. 얼굴이 어떤지 알고 싶어!〉 그는 웅크리고 앉아 잔가지에 불을 붙인 다음 벨트에서 거울을 꺼내어 얼굴을 비춰 보았다. 너울거리는 불빛 속에서 거울에 비친 자기 얼굴을 본 그는 비명을 토해 냈다. 퉁퉁 부어오른 얼굴에 두 눈은 아주 작은 구슬처럼 변했고, 풍선처럼 부푼 양 볼에 파묻혀 코는 자취를 감추었으며, 입은 뻥 뚫린 하나의 구멍 형태로 남아 있었다.

이건 사람의 얼굴이 아니라 아주 혐오스러운 짐승의 살로 만든 가면 같았다. 이것은 그의 얼굴이 아니라 그의 얼굴에 덧씌운 낯선 얼굴이었다.

갑자기 불길한 생각이 들었다. 〈맙소사, 혹시 나병이 아닐까?〉 그는 땅바닥에 허물어지듯 주저앉았다. 그러곤 다시 거울을 잡았다가 곧 얼굴을 돌려 버렸다. 〈이게 사람 얼굴인가? 아니야, 이건 마귀의 얼굴이다.〉 그는 자리에서 일어났다. 〈이젠 못 가겠지. 그 여자가 어떻게 날 쳐다보겠어? 난 어떻게 그녀에게 말을 할 수 있겠어? 이렇게 끔찍한 꼴로 말이야. 집으로 돌아가자!〉

마놀리오스는 마치 누구에게 쫓기는 사람처럼 산길을 뛰어 올라갔다.

양 우리에 도착하자 그는 걸음을 멈추었다. 혹시 니콜리오가 잠에서 깨어나 불을 켜고 자기 얼굴을 보면 어쩌나 싶어서 소리 없이 집 안으로 들어갔다. 〈내일 아침이면 하느님의 은총으로 괜찮아질 거야…….〉 그렇게 생각하자 마음이 조금 안정되었다.

그는 짚으로 엮은 매트리스 위에 앉아 성호를 그으며 하느님께 자신을 불쌍히 여겨 달라고 기도했다. 〈오 하느님, 당신의 뜻이라면 절 죽여 주십시오. 하지만 사람들 앞에서 창피를 주진 말아 주십시오. 당신께서는 왜 이런 살덩이를 제 얼굴에 붙이셨나이까? 거두어 주십시오, 하느님. 깨끗이 떼어 주십시오. 내일 아침에는 이전처럼 깨끗하고 사람다운 얼굴로 만들어 주십시오!〉

하느님께 의지하자 조금 위안이 되었다. 그는 눈을 감고 잠이 들었다. 성모 마리아임이 분명한 검은 옷을 입은 여인이 꿈에 나타나더니, 그의 얼굴을 천천히 부드럽게 어루만져 주었다. 얼굴이 금방 시원하고 가벼워졌으며, 마놀리오스는 그 기적의 손에 입을 맞췄다. 그러자 심하게 조롱하는 듯한 웃음소리가 터져 나오며 검은 면사포가 떨어졌고, 마놀리오스는 놀라 소리를 지르며 깨어났다. 그건 성모 마리아가 아니었다. 과부 카테리나였다.

맞은편에서 자던 니콜리오가 그 소리에 깨어났다. 그는 일어나서 얼굴을 벽 쪽으로 돌리고 누워 있는 마놀리오스를 보자 웃으며 물었다.

「아니, 벌써 돌아온 거예요? 볼일은 다 봤어요?」

그러나 마놀리오스는 자기 얼굴을 만져 보며 계속 벽 쪽을 향하고 있었다. 절망적이었다. 얼굴의 부기는 전혀 빠지지 않았고, 오히려 짓무르기 시작했다. 이젠 손가락 끝에 끈적끈적한 액체가 묻어나고 있었다.

〈이건 나병이 틀림없어!〉 그는 생각했다.

날이 밝았다. 니콜리오는 양을 치러 나가느라 서둘러 일어났다. 마놀리오스가 돌아누웠을 때 양치기 소년은 막 문을 나서는 참이었다. 첫 햇살이 창문으로 들어와 오두막 안을 밝게 비추었다.

「마놀리오스, 이따 저녁에 봐요.」

그는 자신의 얼굴 상태를 깜박 잊어버리고 고개를 돌려 대답하고 말았다. 니콜리오가 그 얼굴을 보곤 놀라 마당으로 달아났다.

「성모 마리아님!」 그가 돌아와서 소리를 질렀다.

마놀리오스의 얼굴에는 더러운 액체가 흐르고 있었다. 그것은 고름이었다. 그는 소년을 진정시키려고 했지만 한마디도 입 밖에 낼 수가 없었다. 고작 손을 들어 그를 안심시켰을 뿐이었다.

니콜리오는 언제든 도망칠 요량으로 몸은 밖에 둔 채 얼굴만 살짝 들이밀었다. 그는 마놀리오스의 얼굴을 한참 들여다보더니 차츰 용감해져서 정신을 차렸다.

「하느님의 이름으로 맹세코, 마놀리오스가 맞죠? 성호를 그어 봐요, 내가 믿을 수 있게!」

마놀리오스는 성호를 그어 보였다. 니콜리오는 최대한 용기를 내어 문지방을 다시 넘어왔지만 더 가까이 다가오진 않았다.

「대체 무슨 일이에요? 마귀가 당신을 덮쳐 이런 가면을 씌워놓고 갔군요. 하느님 맙소사! 내가 분명 마귀라고 했잖아요! 우리 할아버지도 똑같은 일을 당하셨다고요.」

마놀리오스는 고개를 저은 뒤 어린 소년을 더 이상 무섭게 하지 않으려고 얼굴을 벽 쪽으로 돌렸다. 그러곤 그만 나가 보라는 손짓을 했다.

「이따 저녁에 봐요.」 니콜리오는 그렇게 말하곤 겁에 질려 누가 따라오기라도 하는 것처럼 급히 달아났다.

혼자 남은 마놀리오스는 한숨을 쉬며 일어났다. 힘이 좀 세진 것 같았고 어디에도 아픈 곳은 없었다. 더 이상 몸이 떨리지도 않았고, 이상하게도 알 수 없는 기쁨으로 충만했다. 그는 다시 거울을 들고 창문으로 다가가서 얼굴을 들여다보았다. 부어오른 피부는 갈라져 있었고, 누렇고 찐득한 액체가 스며 나와 콧수염과 턱수염에 엉겨 붙어 있었다. 얼굴 전체가 마치 고깃덩어리처럼 핏빛이었다.

그는 성호를 그었다. 그리고 마음속으로 외쳤다.

〈이게 사탄에게서 온 것이라면 저에게서 몰아내시고, 만약 하느님께서 주신 것이라면 기꺼이 받겠습니다. 그분께서 나에게 마귀를 보내실 리가 없어. 나의 이런 불행에는 분명히 숨겨진 의미가 있을 거야. 그분께서 내 얼굴에 손을 올려 주실 때까지 참고 견디자.〉

자신의 불행에 의미를 부여하고 나자 마놀리오스는 마음이 한결 편안해졌다. 그는 불을 지피고 단지를 올려놓은 다음 어젯밤에 짜두었던 양젖을 부었다. 배가 고파 양젖을 한 숟가락 떴지만 입을 조금도 벌릴 수 없었다. 그래서 빨대를 가져와서 게걸스럽게 빨아 먹기 시작했다.

다 먹은 뒤 그는 밖으로 나가 돌 의자에 앉았다.

태양이 새들을 깨우고 그들의 가냘픈 목에 선율을 안겨 주었다. 그러곤 산꼭대기에 올라 산비탈과 평지에 햇살을 펼쳤다. 마을 집들의 문을 열고 안으로 들어갔고, 잠 못 이룬 밤을 지새우고 아직도 침대에 누워 있는 그 과부를 보았다. 그녀의 얼굴은 창백했다. 햇빛은 은밀하게 그녀의 머리카락 속으로 미끄러져 들어갔다. 해는 꽃밭에 물을 주고 있는 마리오리를 발견했고, 그녀의 목에도 매달렸다. 해는 그처럼 마을에 있는 모든 여자들을 찾아다녔고 주인인 양 그들을 애무했다.

해는 다시 울타리 앞에 놓인 돌 의자에 앉았다. 마놀리오스는 손을 뻗어 햇빛을 맞아들였다.

「내가 느끼는 이 기쁨은 어디에서 오는 건가? 이 위안은 또 뭐지?」

그는 손수건으로 부어오른 얼굴에서 스며 나온 액체를 닦아 냈다. 그러곤 손수건을 펼쳐 햇빛에 말리며 중얼거렸다.

「도무지 알 수가 없군. 이해가 안 돼.」

수도원에 있던 어느 날 수도원장이 갈라진 피부에서 벌레가 기어 나오는 어느 고행자의 이야기를 그에게 들려준 적이 있었다. 벌레가 땅에 떨어지자 그는 조심스레 그것을 집어 상처에 도로 붙이며 벌레에게 이렇게 말하더라고 했다. 「먹어라. 내 살을 먹어. 그래야 내 영혼이 빛날 거야.」 지난 여러 해 동안 그 이야기를 까맣게 잊고 있었지만, 오늘은 그 말이 얼마나 큰 위안과 인내와 희망을 주는지!

그는 오두막 안으로 들어가서 천으로 싼 나뭇조각과 연장을 들고 다시 햇빛 아래로 나와 앉았다. 갑자기 자신의 내부에서 성스러운 형상이 떠올라 가슴을 가득 채우는 느낌이었다. 형상의 모든 부분들을 선명하게 떠올릴 수가 있었다. 그는 그것들을 응시하며 모든 감정과 열정을 담아 나무에 새겨 넣기 시작했다.

시간은 빠르게 흘러갔고, 어느새 해는 정점에 이르렀다가 조금씩 기울기 시작했다. 깎아 낸 나무 부스러기들이 바닥에 어지럽게 쌓여 가면서 성스러운 형상이 차츰 선명하게 드러났다. 고통을 받으면서도 평온하고, 체념과 애정이 가득한 그리스도의 얼굴이었다. 그는 오랫동안 그리스도의 떨리는 입술을 표현할 적절한 말을 떠올리려고 애썼지만 소용없었다. 때로는 미소를 짓는 듯했고, 때로는 주위에 깊은 주름살을 지으며 울고 있는 듯했고, 또 어떤 때는 고통스러운 신음을 내지 않으려고 앙다물고 있는 듯했다.

저녁에 니콜리오는 양 떼를 몰고 돌아오다가, 마놀리오스가 돌의자에 앉아 회양목에 조각한 그리스도 얼굴을 무릎에 올려놓고 있는 것을 발견했다. 그것을 가면처럼 얼굴 위에 쓰려면, 얼굴 면의 뒷부분을 움푹하게 파내야만 할 것이었다. 마놀리오스는 예수의 수난일에 그 가면을 자기 얼굴에다 쓰려는 것 같았다.

니콜리오는 주인을 흘끗 보곤 곧 얼굴을 돌렸다. 그를 알아볼 수가 없었다. 뺨으로 흘러내린 고름은 이제 얼굴과 수염에 딱지처럼 말라붙어 있었다. 그 모습은 마치 마귀가 그리스도의 얼굴을 들고 의자에 앉아 있는 것처럼 보였다.

「도와주지 않아도 괜찮아요. 양젖은 나 혼자 짤게요.」 소년은 겁이 나서 소리쳤다.

마놀리오스는 고개를 돌리고 눈을 감았다. 기운은 없지만 마음은 편안했다. 그는 조각한 것을 양손으로 만져 보며 자신의 마음속에 떠오른 형상을 충실히 표현할 수 있었다는 생각에 행복을 느꼈다. 공중에서 떨고 있는 이 형상은 이제 사라지지 않을 것이다. 그는 이 나뭇조각에 자신의 영혼을 불어넣었다. 마놀리오스는 손바닥으로 그 성스러운 얼굴을 천천히 음미하면서 그리스도의 입술에 다시 감탄했다. 앞에서 보면 그 입술은 미소 짓고 있었다. 그러나 오른쪽으로 돌리면 그것은 울고 있었고, 왼쪽으로 돌리면 체념과 자부심으로 앙다문 모습이었다.

마놀리오스는 눈을 감은 채 마치 성모 마리아가 아기 예수를 어루만지듯 천천히 부드럽게 그리스도의 얼굴을 쓰다듬었다. 그는 갓난아기를 포대기에 싸듯 조심스럽게 조각한 나무를 천으로 싼 뒤 가슴에 안았다.

양젖을 다 짠 니콜리오는 마놀리오스에게 눈길 한 번 주지 않고 오두막으로 들어가서 저녁을 차리기 시작했다. 그는 속으로 기뻐하면서, 〈참 안됐군. 저런 얼굴로 새신랑이 되어야 하다니. 레니오가 저 얼굴을 보면 기겁하고 달아날 텐데!〉 하고 생각했다.

그는 밖으로 나와 마놀리오스에게 말했다.

「들어와서 저녁 먹어요. 입은 벌릴 수 있겠어요?」

마놀리오스는 일어났다. 그는 배가 고팠다. 일에 빠져 낮에 아무것도 먹지 않았던 것이다. 그는 큰 그릇에 양젖을 따르고 빨대를 이용해서 마셨다. 그리고 다 마신 뒤 다시 가득 따랐다.

날이 어두워졌지만 그들은 기름 램프를 켜지 않았다. 니콜리오는 어두워서 마놀리우스의 부어오른 얼굴이 보이지 않아 좋았고 무서움도 사라졌다. 이유는 잘 모르겠지만, 기분이 날아갈 듯이 좋았다. 저녁을 먹은 뒤 그는 난롯가에 앉아 막대기로 불씨를 쑤시며 즐거운 듯이 말했다.

「우리 할아버지가 살인과 강도 등 온갖 나쁜 짓을 다 한 다음에 수도사가 되었다고 전에 말한 적 있죠? 마귀도 늙으면 수행자가 된다고 하잖아요. 우리 할아버지는 — 하느님, 그분을 용서하소서! — 주인님이 한 달 동안 수도사로 있었던 그 성 판델레이몬 수도원 근처에 있는 수도원에 가셨어요. 그런데 원, 세상에! 수도원 옆에 마을이 하나 있었는데, 거기에도 여자들이 있었어요. 어딜 가나 여자들이 문제였죠!」 소년은 난로 속의 재에 침을 탁 뱉었다.

「듣고 있어요?」 그는 고개를 돌려 난롯불에 비친 주인의 얼굴을 살펴보았다. 마놀리오스는 머리를 끄덕였다.

「좋아요. 그런데 내가 말했듯이, 어느 날 할아버지에게 마귀가 씐 거예요. 〈여자가 필요해〉 하고 할아버진 말했죠. 〈마을에 가서 하나 찾아봐야겠어. 그동안 충분히 참았으니까! 기혼이든 미혼이든, 늙었든 젊었든, 절름발이든 곱사등이든 상관없어. 여자이기만 하면 돼!〉 그래서 어느 날 저녁 수사들이 잠들었을 때, 할아버진 수도원 담장을 뛰어넘어 꽁지가 빠지게 도망쳤어요. 할아버진 정말 자기 볼일만 보고 아무도 모르게 재빨리 돌아올 생각이었죠. 그래서 여름철에 암양만 보면 매애 소리치고 달려드는 숫양처럼 옷자락을 치켜들고 미친 듯 달렸대요. 그러나 하느님이 할아버지를 보시고 불쌍하게 여기신 모양이에요. 할아버지가 마을로 들어서는 순간 추악한 나병에 걸리게 하셨거든요. 갑자기 온몸이 개암이나 호두처럼 커다란 부스럼으로 뒤덮였어요. 썩은 살구처럼 생긴 부스럼들이 터지면서 더러운 진물이 흘러내렸죠. 냄새도 고약했겠죠. 불쌍한 노인, 얼마나 놀랐겠어요? 하느님 맙소사! 그때 할아버진 생각했어요. 〈이제 난 어디로 가야 하나? 어떤 여자가 날 만지려고 하겠어? 돌아가는 게 낫겠다〉라고 말이죠.」

마놀리오스는 열심히 듣고 있었다. 그는 니콜리오에게 계속하라는 뜻으로 그의 무릎을 톡톡 두드렸다.

「옛날 아낙들의 얘기죠!」 니콜리오는 깔깔 웃었다. 「이런 얘길 나한테 들려준 이는 불쌍한 엄마였어요. 엄마도 이 이야기를 하면서 웃었죠. 그런 건달 같은 수도사를 상상할 수 있겠어요? 할아버진 수도원으로 돌아갔고 다시 담장을 넘어 자기 방에 숨어들었죠. 다음 날 아침 수사들은 물 담는 가죽 부대처럼 변한 그의 얼굴을 발견했대요.」

마놀리오스는 계속하라고 소년을 다그쳤다.

「어떻게 끝났냐고요? 그걸 내가 어떻게 알겠어요. 난 어렸고 그런 일엔 관심도 없었는데. 벌써 오래전에 쫓겨났어요, 가여운 노인. 여자라면 아마 넌더리를 낼 거예요!」 소년은 다시 깔깔 웃고 나서 골똘히 생각하는 표정을 지었다.

「아함, 졸려. 마당에 나가 자야겠어요. 여긴 더워 죽을 지경이야.」

실은 조금도 덥지 않았지만, 마놀리오스와 함께 있는 것이 두려워서 소년은 일어났다.

「잠자리를 봐드릴 테니 그만 주무세요. 내일은 좀 나아지겠죠.」

니콜리오는 깔개를 들고 나가 마당에 깔고 돌을 베개 삼아 눈을 감았다. 그러자 레니오의 모습이 눈앞에 떠올랐다. 그는 잠시 몸이 달아올랐지만, 너무 피곤해서 곧 잠이 들었다.

마놀리오스는 장작 한 더미를 난로 속에 더 던져 넣었다. 어둠 속에 혼자 남는 것이 두려웠다. 그는 불길이 타닥타닥 소리를 내며 타오르는 모습을 바라보았다. 열린 문 쪽으로 귀를 곤두세우고 밤이 내는 소리를 들었다. 올빼미의 울음소리, 작은 동물들이 땅을 파헤치는 소리, 쥐가 머리 위에서 찍찍거리며 달려가는 소리…… 그리고 밤의 완벽한 적막 속에 혼자 있을 때만 들려오는 내면의 작고 끈질긴 목소리.

그는 몸을 일으켜 밖으로 나갔다. 하늘의 별들을 바라보았다. 은하수가 평화롭게 흐르고 있었다. 목성이 밝게 빛났고, 하늘은 한없이 넓게 펼쳐져 있었다. 갑자기 니콜리오의 얘기가 생각나면

서 가슴이 심하게 뛰기 시작했다.

「예수님, 이건 기적인가요? 늙은 수도사가 그랬던 것처럼, 제가 벼랑 아래로 떨어질 때 당신이 손을 내미신 건가요?」

마놀리오스는 이제 아무 두려움도 혐오감도 없이 손을 얼굴로 가져갔다. 그는 부어오른 뺨과 터진 살갗을 감사하는 마음으로 어루만졌다.

「누가 알겠나이까? 어쩌면 제가 구원을 받았는지도…….」

그는 위안을 느끼며 다시 안으로 들어갔다. 난로에서 뜨거운 열기가 느껴졌다. 그는 잠들고 싶었다. 가끔 그의 영혼이 어둠 속에서 헤매고 있을 때, 꿈은 그에게 길을 보여 주곤 했다.

「어쩌면 자비로운 하느님이 오늘 밤 다시 꿈에 나타나 나를 인도해 주실 거야.」

그는 눈을 감자마자 잠에 빠져 들었다.

난롯불이 꺼지고 밤이 지나갔다. 수탉이 울기 시작했을 때, 마놀리오스는 아침 한기를 느끼며 눈을 떴다. 꿈을 꾼 것 같진 않지만 마음이 평화로웠다. 그는 성호를 그으며 입술을 움직여 보았다. 그러자 상처가 다시 벌어진 것처럼 따가웠다. 그래도 제법 정확하게 이렇게 말할 수 있었다. 「하느님께 영광을!」

그는 바깥으로 나가서 돌 의자에 앉았다. 지평선을 뚫고 둥글고 붉은 태양이 솟아올랐다. 해는 자신의 비옥한 영지로 다시 돌아오고 있었다. 만물은 어제 저녁 남겨 두고 간 그대로였다. 비옥한 평야, 푸른 성모 마리아 산, 사라키나 산, 반짝이는 둥근 거울 같은 보이도마타 호수, 인간들이 개미처럼 좁은 길을 바쁘게 지나다니는 축복받은 마을 리코브리시. 따뜻한 햇볕을 받은 마놀리오스의 얼굴에서 다시 고름이 흐르기 시작했다.

「하느님께 영광을!」 그는 갈라진 얼굴 피부를 손수건으로 닦으며 다시 그렇게 중얼거렸다.

마놀리오스가 산 위에서 나뭇조각에 형상을 새기거나, 하느님이나 마귀와 싸우거나, 혹은 레니오나 과부 카테리나와 싸우는 동안, 사라키나에서는 포티스 사제가 일을 차근차근 추진해 나가고 있었다. 그는 사람들에게 일일이 할 일을 지시했다. 바위들 사이에 있는 좁은 면적의 땅을 갈고 씨를 뿌릴 사람들, 건물을 지을 사람들, 사람들을 먹여 살릴 산토끼나 새를 잡아 올 사람들도 있었다. 사제는 카테리나가 준 암양에 더해, 야나코스가 준 3파운드로 암양을 세 마리 더 사들였다. 덕분에 아이들은 이제 양의 젖을 마실 수 있게 되었다. 그는 또한 성 게오르기우스의 오래된 성상을 가져다가 마을의 경계와 수도원도 만들 계획이었다. 「우리는 그리스인이다.」 그는 이 말을 여러 번 강조했다. 「기독교인이며, 불멸의 민족이다. 우린 사라지지 않을 것이다!」

산 아래 리코브리시에서는 포르투나스 선장이 아직도 침대에서 신음하고 있었다. 깨진 머리가 나으려면 시간이 좀 걸릴 터였다. 그를 불쌍히 여긴 아가는 연신 자기 경비병을 보내 새로운 고약과 빨리 완쾌하여 대주연을 열자는 메시지를 전했다. 집정관 파트리아르케아스도 상태가 좋지 않았다. 기침을 하고 숨쉬기가 곤란하며 오한까지 느끼고 있었다. 침대에서 몸을 일으킬 만하면 돼지처럼 꾸역꾸역 먹고, 토하고, 다시 폭식을 했다. 그는 끊임없이 카테리나에게 사람을 보내 안마를 해달라고 졸라 댔다. 그러나 과부는 그를 경멸했고, 자기도 지금 아파서 안마를 받아야 할 형편이라는 말을 전해 왔다.

그리고리스 사제는 외동딸 마리오리 때문에 걱정이 늘어졌다. 딸의 모습이 날마다 녹아내리는 양초처럼 보였다. 그는 딸을 어서 미켈리스의 품 안에 밀어 넣어 하루라도 빨리 손자를 안아 보고 싶은 마음에 안달이 났다. 그것은 그의 인생에서 가장 큰 소망이 되었다. 늙은 그리고리스 사제에게는 그것만이 죽음을 이겨 내는 방법처럼 보였다.

석고먹쇠 파나요타로스도 기분이 우울하긴 마찬가지였다. 벌써 사흘째나 과부 카테리나는 그에게 문을 열어 주지 않았다. 그에겐 더 이상 미련이 없는 듯했다. 아무래도 다른 것에 눈을 팔고 있는 모양이었다. 걸핏하면 이 거룩한 막달라 마리아는 교회로 쪼르르 달려가서 촛불을 밝히곤 했다. 파나요타로스는 그녀를 잊기 위해 술을 마셨다. 매일 밤 그는 술에 취해 집으로 돌아와서 아내와 두 딸을 두들겨 패고는 마당에 길게 뻗은 채 코를 골며 잠들었다. 마을 개구쟁이들은 술에 취한 그를 보면 졸졸 따라다니며 〈유다야! 유다야!〉 하고 놀려 댔다. 그는 꼬마들을 잡으려고 덤비다가 다리가 꼬여 넘어지기 일쑤였다.

아침마다 라다스 옹은 맞은편에 앉아 양말을 뜨고 있는 아내에게 잔소리를 늘어놓았다. 그러나 그녀는 대꾸하는 법이 없었고, 사실 그가 하는 말을 듣고 있지도 않았다.

「그는 시간을 너무 오래 잡아먹고 있어, 페넬로페. 야나코스 녀석 말이야. 그 썩을 놈! 내가 준 3파운드에 대한 영수증에 아직 서명도 안 했어. 그런데 여태까지 귀고리 하나 가져오지 않았다고! 이걸 어떻게 생각해, 페넬로페? 아무리 가난해도 보석 하나 안 가진 여자가 있겠나? 당연히 없지! 자비로운 하느님께서 그렇게 하실 리가 없어. 야나코스는 보석을 가지고 나타날 거야. 걱정하지 말라고, 여보.」

라다스 노인의 귀에는 항상 소리가 들렸다. 항상 문을 두드리는 소리가 나거나, 당나귀 울음소리가 들렸다. 어떤 때는 맨발로 뛰어나가 문을 열고 길 이쪽 끝에서 저쪽 끝까지 훑어보지만 야나코스는 보이지 않았다!

야나코스는 빗, 실패, 거울, 성인전 등을 옥수수나 양털, 닭 등과 교환하면서 각 마을을 한 바퀴 돌았다. 그는 장사를 계속했지만, 이젠 무게와 양을 속이지 않을 만큼 생각이 완전히 달라졌다. 이슬람의 한 성자가 이런 질문을 받았다. 「인간은 언제 구원을 받습니까?」 그는 이렇게 대답했다. 「물건을 사고파는 순간에도 마음은 정원에 있는 것처럼 편안할 때지.」

지금 물건을 사고파는 야나코스의 마음은 정원에 있는 것처럼 편안했다. 이따금 그는 자기가 돌아갔을 때 라다스 옹이 소리를 지르며 비탄에 잠길 모습을 상상하곤 했다. 또 불쌍한 코스탄디스를 달달 볶던 잔소리꾼인 자기 여동생도 떠올랐다. 그리고 지금쯤 산에 돌아가서 그리스도와 레니오 사이에서 번민하고 있을 마놀리오스의 얼굴도 떠올랐다. 그러나 이런 생각들은 잠시 그의 머리를 스치고 지나갔을 뿐이다. 야나코스의 생각은 황량한 불모지인 바위산에 카론조차 떼놓을 수 없을 정도로 목숨을 걸고 매달려 있는 포티스 사제에게만 온통 쏠려 있었다.

마지막으로 들른 마을의 카페에서 그는 코우넬로스라고도 불리는 키로기오르기스란 친구를 만났다. 카페 주인이기도 한 그는 야나코스를 기쁘게 맞아 주었고, 짐을 들어 주고 당나귀를 마구간에 매어 주었다. 그러곤 서둘러 친구를 카페로 데려와서 수다를 떨기 시작했다. 그사이에 마을 주민들은 마을마다 돌아다니며 새로운 소식을 전해 주는 떠돌이 상인 야나코스의 주위로 하나 둘 모여들었다. 야나코스는 그들이 던지는 어떤 질문에도 대답해 주었다. 카페 주인이 큰 소리로 외쳤다. 「여러분, 물어볼 것이 있으면 지금 다 물어보세요. 야나코스는 내일 아침에 떠날 겁니다.

그리고 커피 주문하는 것도 잊지 마세요.」

야나코스 주위에 빼곡하게 모여든 사람들은 바깥세상에서 벌어지고 있는 일에 대해 물어보기 시작했다. 강대국들의 움직임, 전쟁, 지진……. 이따금 그들은 숨을 죽이고 진저리를 쳤다. 「야나코스 씨, 번개처럼 나타났다 사라진다는 그리스 군대에 대해 아는 게 있소? 우리의 정예 보병 부대가 오는 저쪽 그리스 영토의 사정은 어떻습니까? 방화와 학살과 재난이 일어나고 있소? 여기 리코브리시와 인근 마을들은 너무 외딴 곳이라 소식을 듣기가 어렵소. 그들이 지르는 비탄의 목소리가 우리 귀엔 들리지 않아요. 하지만 야나코스, 당신은 여기저기 안 다니는 데가 없다니까, 이런저런 소문을 주워들었겠지. 얘기 좀 해보쇼. 우리도 알고 싶소. 정말 궁금해 죽을 지경이오!」

야나코스는 속이 뜨끔했다. 그는 터키 군대가 앙갚음으로 마을을 불태우고 주민들을 뿔뿔이 흩어지게 만들었다는 포티스 사제의 이야기를 떠올리지 않을 수 없었다. 스미르나에서 아피우루카라 니사르 너머까지 그리스인들의 마을은 모두 불탔고, 그리스인들은 모두 쫓겨났으며, 그리스는 위험에 빠져 있었다.

그러나 야나코스는 이 가여운 사람들을 혼란에 빠뜨리고 싶지 않았다.

「겁내지 마시오, 여러분. 그리스는 수천 년의 역사를 이어 왔습니다. 불멸의 나라예요! 마을 몇 개가 불타고, 사람들이 몇 명 죽을 수는 있겠지만, 우리의 정예 보병 부대는 반드시 돌아와 다시 마을을 세우고 건강한 아이들을 생산해 낼 것입니다. 자, 한 잔씩 드시죠. 제가 사겠습니다.」

「야나코스, 자네에게 신의 은총이 내릴 걸세.」 한쪽 구석에서 지팡이에 빰을 괴고 앉아 떠돌이 상인이 지껄이는 말을 한마디도 빼놓지 않고 듣고 있던 한 노인이 소리쳤다. 「자네가 우리 마을을 방문하지 않는다면 정말 슬플 거야. 저 바깥세상 소식들을 가져오니 언제나 대환영일세.」

시끌시끌하던 소리가 가라앉을 즈음, 알리 아가 소울라차데스가 카페 안으로 들어섰다. 그는 이 마을 연장자로, 자기가 세놓은 집들의 열쇠 꾸러미를 늘 허리에 차고 다녔다. 코우넬로스가 운영하는 카페도 그의 소유였다. 그도 유명한 상인이 왔다는 소식에 말이라도 건네볼 요량으로 자기가 가진 가장 긴 담뱃대를 들고 빨간 슬리퍼를 끌며 이렇게 행차한 것이었다. 그를 괴롭히는 심각한 걱정거리가 하나 있었다. 〈어쩌면 이 그리스인이 해결해 줄지도 모르지.〉

야나코스는 자리에서 일어나 격식대로 가슴과 입술과 이마에 손을 갖다 대며 그에게 인사를 올렸다. 그는 야나코스에겐 최고의 고객이었다. 그는 많은 첩들과 아내, 딸, 손녀들을 거느렸으며 향료와 연지, 향수, 사탕 등을 아주 좋아했다. 그래서 야나코스는 자리에서 일어나 그를 맞이했고 커피도 대신 주문해 주었다.

「나에게 큰 걱정이 하나 있네, 상인 양반.」

「말씀하십시오, 어르신. 제가 할 수 있는 거라면 뭐든지…….」

「사람들이 스위스라고 부르는 곳이 정확히 어떤 곳인가?」

야나코스는 머리를 긁적였다. 많이 들어 보긴 했지만 막연한 내용이었다.

「왜 그걸 물어보십니까?」 그는 생각할 시간을 벌기 위해 도로 물었다.

「내 아들 추세이니스가 의사 공부를 하겠다고 거길 갔거든. 녀석에게 쌀과 시금치와 수연통에 불을 붙일 목탄을 보내려고 하는데 스위스가 어딘지, 어떻게 보내야 하는지 알아야 말이지.」

그러자 야나코스의 머릿속에 떠오르는 기억이 있었다.

「스위스는 세상의 끝에 있는 나라로 우유와 시계를 만듭니다.」

「의사도 만드나?」 노인은 걱정스레 물었다.

「네, 의사라면 스위스가 세계에서 최고죠. 어떻게 설명해야 이 사람들을 놀라지 않게 할지 모르겠군요, 어르신. 암튼 저승사자도 스위스 의사들을 보면 바지에 오줌을 지릴 정도랍니다.」

「대단한 친구로군. 아주 제대로 설명했네. 그런데 물건은 어떻게 보내지?」

「말씀드리죠. 우선 스위스엔 목탄을 가져갈 수 없습니다. 하지만 쌀과 시금치는 제가 전해 드릴 방법이 있으니 맡겨 주십시오…….」

야나코스에겐 이미 다른 생각이 있었다. 그는 쌀과 시금치를 추세이니스에게 전하는 대신 사라키나에 있는 굶주린 사람들에게 나눠 줄 생각이었다.

「지금 당장 가서 가져오지.」

노인은 그렇게 말하곤 자리에서 일어났다. 그는 카페 문을 나서려다가 잠시 머뭇거리더니 돌아서서 야나코스에게 물었다.

「그런데 스위스까지 보내려면 비용은 얼마나 들겠는가?」

「그건 저한테 맡기십시오.」 야나코스는 손을 들고 말했다. 「어르신을 위해 봉사해 드리겠습니다.」

「그럴 것 없이 그냥 먹어 치우지.」 노인이 나가자마자 카페 주인은 웃음을 터뜨렸다.

「당치도 않아. 정직하게 거래해야지, 이 친구야.」

야나코스는 펄쩍 뛰는 시늉을 하곤 농부들을 돌아보며 말했다.

「미안하지만 긴 여행으로 너무 피곤해서 자야겠소. 남은 질문은 내일 하시고 주문이나 편지들도 내일 주십시오. 나팔 소리가 나면 부인과 따님들도 모두 모시고 나와 물건들을 구경하시오.

감사합니다.」

그는 벽에 등을 기대고 두 다리를 뻗은 자세로 잠이 들었다.

정오쯤 된 것 같았다. 마을에서 장사를 끝낸 야나코스는 리코브리시로 향했다. 당나귀는 경쾌한 발걸음을 옮겼다. 벌써부터 자신의 따뜻한 마구간과 잘 갖춰진 선반, 깨끗한 물이 가득한 여물통 냄새를 맡은 모양이었다. 녀석의 가슴이 사람의 그것처럼 쿵쿵 뛰었다. 녀석은 꼬리를 쳐들고 멋지게 울어 젖혔다.

그러나 주인은 당나귀를 붙잡고 끌어당겼다.

「너무 서둘지 마라, 유수파키. 산 쪽으로 가자. 먼저 마놀리오스를 만나야 해.」

야나코스는 요전 날 그에게 화를 내며 심한 말을 한 것이 내내 마음에 걸렸다. 그래서 꼭 그의 용서를 구하고 싶었다.

「내가 틀린 말을 한 건 아니지.」 그는 혼자 중얼거렸다. 「하지만 마놀리오스는 하도 예민해서 깃털로도 상처를 입힐 수 있는 녀석이지. 내가 바보처럼 너무 무지막지하게 지껄였어!」

야나코스의 머릿속으로 그리고리스 사제와 라다스 옹, 미켈리스, 그리고 과부 카테리나의 얼굴이 스치고 지나갔다. 하지만 그의 생각은 결국 마놀리오스에게로 돌아왔다.

「내가 잘못했어. 아무리 생각해도…….」 그는 다시 중얼거렸다. 「올 한 해 동안은 우리 네 사람이 동료처럼 지내자고 했던 약속을 내가 까먹었던 거야. 돈을 벌기 위해서가 아니라 낙원을 만들기 위해서, 재산이 아니라 선(善)을 위해서!」

그는 자기가 한 말에 대해 껄껄 웃은 뒤 잠시 생각하는 표정이었다.

「말도 안 되는 소리! 그러면 재산과 선이 똑같지 않다는 말인가? 아니야. 걱정할 것 없어. 만약 그렇다면 마귀와 하느님이 똑같다는 소리니까. 하느님, 용서하소서!」

등 뒤에서 당나귀 소리가 나서 그는 돌아보았다. 마을에서 여기까지 당나귀를 타고 온 크리스토피스였다. 그는 나이가 많고 강인하며 유머가 넘치는 사람이었다. 세 번이나 결혼하여 하도 많은 자식들을 낳아 몇 명이나 되는지 기억도 못했다. 몇 명은 죽었고, 몇 명은 사라졌으며, 그는 이제 자유의 몸이 되어 농담이나 즐기고 다녔다.

야나코스는 걸음을 멈추고 그를 기다렸다.

「안녕하셨어요, 크리스토피스 아저씨. 제 부탁 하나만 들어주실래요? 좋은 일 하고 싶으시죠?」

「뭔지 말해 보게. 하지만 난 좋은 일 하는 덴 지쳤다고, 야나코스.」

「가시는 길에 사라키나에 잠시 들러 포티스 신부님께 이 단지를 좀 전해 주세요. 누가 주더냐고 물으시면 어떤 〈죄인〉이 줬다고 하시면 돼요.」

「안에 뭐가 들었나? 무겁군.」 크리스토피스는 그렇게 말하며 당나귀에서 내렸다.

「쌀과 시금치예요.」 야나코스는 그것에 대한 내력을 얘기해 주었다.

노인은 껄껄 웃으며 말했다.

「잘했네, 야나코스! 하느님이 자네 같은 재능을 지니셨다면 이 세상에 배고픈 아이와 절망하는 과부들이 없을 텐데 말이야. 내 바로 갖다 주지.」

「그렇게 서둘진 마세요. 며칠 동안 외지를 돌아다녔거든요. 마을에 새로운 소식이라도 있나요? 라다스 옹은 아직 살아 계시고요?」

「그 구두쇠는 죽음도 피한다네. 돈이 너무 드니까, 알겠나? 그도 장례식에선 생기는 게 없지. 하지만 포르투나스 선장은 상태가 안 좋아.」

「라키 값이 내리겠군요.」 야나코스가 그렇게 말하곤 웃었다.

「오, 하지만 이발사들은 파산할걸.」 크리스토피스도 맞장구를 쳤다.

「능구렁이 같은 그리고리스 사제는요?」

「귀신이나 물어 가라지. 아직 잘 먹고 잘 살고 있다네. 자식 못 낳는 여자들을 위한 새로운 치료약을 개발했는데, 소시지처럼 길게 생겼대. 한 자씩 잘라 파는데, 그걸 먹고 나면 아무리 말라비틀어진 암소라도 새끼를 밴다는군.」

두 사람은 함께 웃음을 터뜨렸다.

「크리스토피스 아저씨는 백 살까지 사실 거예요. 만약 아저씨가 돌아가시면 웃음도 함께 죽겠죠. 그럼 살펴 가세요. 저는 그 소시지나 한 백 자쯤 사서 이 마을을 젊은 총각들과 처녀들로 채워 볼까 해요.」

「잘 가게, 야나코스. 그리고 장사도 번창하게!」

그들은 헤어졌다. 잠시 후 크리스토피스의 목소리가 종소리처럼 멀리서 들려왔다.

「사기꾼이야! 그 소시지는 하느님이 천 년 전에 발견하여 아담에게 빌려 줬던 거라고!」

산비탈에 그의 웃음소리가 울려 퍼졌다.

마놀리오스는 당나귀 고삐를 잡아끌며 올라오고 있는 야나코스를 발견했다. 그는 용기를 내어 자신에게 말했다. 〈마놀리오스, 이제 너의 고난이 시작되는 거야. 견뎌 내!〉

한순간 그는 오두막 안으로 들어가 캄캄한 구석에 앉아 있을 생각도 해보았다. 환한 햇빛 아래서 이런 얼굴을 보이기가 부끄러웠다. 오늘 아침에도 그는 거울로 자기 얼굴을 살펴보았다. 〈마귀가 아니고서는 이렇게 추악할 수 없어!〉 입 부위만 부기가 조금 가라앉아 겨우 말은 할 수 있었다.

야나코스는 노래를 흥얼거리며 산비탈을 올라왔다. 그는 마놀리오스와 만나 서운한 마음을 풀고 싶었다. 마음의 짐을 내려놓아야 편안할 것이었다.

마놀리오스는 저녁 무렵의 금빛 햇살 속에 서서 두근거리는 가슴으로 그를 기다렸다. 그는 고통을 숨기기 위해 굳게 다문 그리스도의 입을 떠올렸다. 그래서 그도 입을 최대한 굳게 다물었다. 〈익숙해질 거야. 처음엔 어렵겠지만, 차츰차츰……. 예수님! 절 도우소서!〉

야나코스의 노랫소리가 점점 더 또렷하게 들리더니, 갑자기 즐겁고 경쾌한 나팔 소리가 울렸다. 야나코스가 바위에 올라가서 친구에게 자기가 왔음을 알리는 소리였다.

〈거의 다 왔군. 이제 내 모습을 보게 되겠지. 침착해라, 심장아!〉 마놀리오스는 손으로 가슴을 지그시 눌렀다.

「이봐, 마놀리오스. 어디 있나?」 야나코스의 목소리는 기쁨에 차 있었다.

「여기 있어요.」 마놀리오스는 최대한 침착하게 대답하며 앞으로 걸어 나갔다.

야나코스는 팔을 벌리고 그를 안으려다가, 입을 쩍 벌리고 당황하며 멈춰 섰다. 그러곤 자기 눈을 믿을 수 없다는 듯 한차례 비비더니, 더 가까이 다가와서 고통스럽게 쳐다보았다.

「마놀리오스! 이게 무슨 일이냐?」

「야나코스, 보기 역겨우면 그냥 돌아가세요.」 마놀리오스가 대답했다.

그는 야나코스에게 자기 얼굴을 보이지 않으려고 양 우리 쪽으로 걸어갔다.

야나코스는 너도밤나무 가지에 당나귀를 묶어 놓고 그의 뒤를 따라갔다. 마놀리오스는 친구가 따라오는 소리를 들었다.

「역겨우면 그냥 가시라니까요.」

「괜찮아, 참을 수 있어.」 야나코스가 대답했다.

마놀리오스는 오두막 안으로 들어가 덧문을 닫고 어두운 구석에 앉았다. 〈잘 견뎌 냈어〉 하고 그는 생각했다. 〈하느님 감사합니다!〉 야나코스가 들어와서 문간에 쭈그리고 앉았다. 그는 모자를 벗고 이마에 맺힌 땀을 닦았다. 두 사람 사이에 긴 침묵이 흘렀다.

「무슨 일이 있었던 거냐, 마놀리오스?」 마침내 야나코스가 입을 열었다. 그의 시선은 바닥을 향하고 있었다.

「아무 일도 없었어요.」 마놀리오스가 대답했다.

「아무 일도 없었다니? 마귀가 네 얼굴에 붙었어. 그건 마귀야, 네가 아니야!」 야나코스가 소리쳤다.

「아녜요, 이건 나예요.」 마놀리오스는 조용하게 말했다. 「지금까지 살아오면서 이렇게 진실했던 적은 없었어요.」

잠시 침묵한 뒤 그는 다시 말했다.

「지금까지 살아오면서 말이에요, 지금까지!」 그러곤 손수건으로 얼굴의 고름을 닦았다.

「자네 얼굴에 마귀가 붙었다니까!」 야나코스는 두려운 감정을 누르며 다시 말했다. 「아까 자네 얼굴을 보고 놀라 자빠질 뻔했어. 자, 일어나게. 당나귀 타고 마을로 내려가자고.」

「마을엔 왜요? 전 여기 있어도 괜찮아요.」

「그리고리스 신부님을 찾아가서 마귀를 쫓는 미사를 올려 달라고 하자.」

「아니, 아니에요. 한 가지만 부탁드릴게요, 내 얼굴에 대한 얘기를 아무한테도 하지 말아 줘요.」

「신부님께만 말씀드릴 거야. 마을에 내려가기 창피하다면, 신부님이 여기 올라오셔서 미사를 올려 주실 거야.」

「아니에요, 아니라니까요!」 마놀리오스는 화를 내며 벌떡 일어났다. 「난 얼굴에 이런 병을 앓아야만 해요, 그래야만…….」

「원, 말 같은 소릴 해야 알아듣지!」 야나코스도 화를 내며 벌떡 일어섰다. 「왜 그래야 하는데?」

「구원을 받기 위해서요, 야나코스. 이러지 않고서는 구원을 받을 수 없어요. 그런 눈으로 보지 마세요. 설명할 수가 없으니까.」

「비밀인가?」

「하느님만 아시는 거예요.」 마놀리오스는 좀 더 조용하게 구석 자리에 다시 앉았다. 「오직 하느님과 나만이…… 우린 동의했어요.」

「그럼 마귀가 씐 거야?」 야나코스는 밀어붙였다.

「그래요, 야나코스. 짐작하신 대로 내 얼굴에 씐 건 마귀예요. 하느님을 찬양하라. 이렇게 되지 않았다면 난 아마도…….」

「말 같지도 않은 소리, 이해할 수 없네!」 야나코스는 고함을 버럭 질렀다.

「저도 처음엔 이해할 수 없었어요, 야나코스. 나중에야 깨달았죠. 그땐 미칠 것 같았지만, 지금은 편안해요. 편안할 뿐만 아니라 하느님께 영광을 돌리고 있죠.」

「자넨 성자로군.」 야나코스는 갑자기 존경심에 사로잡혀 말했다.

「전 죄인이에요, 큰 죄인.」 마놀리오스는 고개를 저었다. 「하지만 하느님은 한없이 자비로우시죠.」

두 사람은 잠시 침묵에 빠져 들었다. 양의 목에 매단 종들이 딸랑딸랑 울리는 소리가 바람결에 들려왔다. 개들이 짖는 소리도 들렸다. 해가 기울면서 오두막 안으로 어두운 그림자가 드리웠다. 당나귀는 주인이 보이지 않자 애처롭게 울어 댔다.

「먹을 수는 있나?」 야나코스가 물었다.

「빨대로 양젖만 먹고 있어요.」

「통증은 없고?」

「전혀요. 하느님이 당신을 보호하시길. 이제 가세요, 야나코스. 하지만 아무한테도 말하지 않겠다고 약속해요. 전 여기서 혼자 싸워야 해요, 아시겠죠?」

「마귀와 말이냐?」

「그렇죠.」

「만약 마귀가 이기면?」

「걱정 말아요. 마귀는 이기지 못해요. 하느님이 저와 함께 계시니까요.」

「자넨 성잘세.」 야나코스는 다시 말했다. 「아무도 필요 없단 말이지. 건강하게! 꼭 다시 보러 옴세.」

「역겹지 않겠어요?」

「괜찮아, 참을 만해. 다시 만나세!」

야나코스는 그 순간 마놀리오스의 손에 입을 맞추고 싶은 이상한 충동이 일었지만 꾹 눌러 참았다. 밖으로 나온 그는 기뻐서 꼬리를 흔드는 당나귀의 고삐를 풀었다. 그리고 울적한 마음에 뒤도 돌아보지 않고 산을 내려가기 시작했다.

「세상은 정말 요지경이야. 도무지 종잡을 수가 없어. 하느님과 마귀를 구분할 수가 있어야 말이지. 그 둘은 노상 같아 보인다고! 하느님 이놈을 용서하소서.」

다음 날 아침 동이 트기 전에, 마놀리오스는 오두막 안에서 정신없이 자고 있는 니콜리오를 깨웠다.

「니콜리오, 일어나렴! 네가 해줘야 할 일이 있어!」

소년은 잘생긴 얼굴을 들고 얼떨떨한 표정을 지었다. 눈꺼풀을 올리자 새벽빛에 흰자위가 하얗게 빛났다.

「뭔데요?」 그는 하품을 하며 투덜거렸다.

「일어나라니까! 잠에서 깨면 말해 주마. 자, 벌떡 일어나!」

소년은 툴툴대며 일어났다. 기지개를 켜자 구릿빛 뱃살이 드러났다. 팔과 허벅지, 장딴지엔 윤기가 흐르는 검은 털이 수북했다. 그에게선 나륵풀 향과 염소 냄새가 났다.

「가슴에 성호를 그으렴. 아직 한 번도 해본 적이 없더라도 오늘은 해야 해.」

「마음대로 해요.」 니콜리오는 여전히 기지개를 켜며 몸을 풀었다. 「그렇게 하면 뭐가 좋은데요?」

그는 어릴 때부터 산에 올라와 양들과 함께 컸기 때문에 성호를 긋고 빌 만한 작은 소망조차 없었다. 교회에 갈 일은 더군다나 없었다. 그에게 무엇이 필요하겠는가? 그의 소망이라고 해봐야, 이렇게 살다가 때가 되면 결혼해서 아이 낳고 자기 소유의 양도 몇 마리 키우며 너도밤나무처럼 튼튼하고 넉넉하게 늙어 가는 것뿐이었다. 성호를 긋거나 성모 마리아를 찾는 것은 저 아래 사는 사람들이나 하는 일이었다.

마놀리오스는 니콜리오가 완전히 깨어나 깨끗하게 씻고 올 때까지 문간에 앉아 기다렸다. 어둠 속에서 그는 엄청난 결정을 내렸다. 마음속에서 하느님과 마귀가 싸우는 통에, 그는 온밤을 뜬 눈으로 새웠다. 새벽녘에야 결국 하느님이 승리했고, 그는 곧바로 니콜리오를 깨웠다.

「다 했어요.」 니콜리오가 두 손으로 머리를 쓸어 넘기며 들어왔다. 「이제 뭘 해야 하는지 말해 줘요.」

「니콜리오, 잘 들어라. 날 쳐다보기 무서우면 다른 곳을 보렴. 하지만 내가 지금부터 하는 말은 잘 들어야 해.」 마놀리오스는 차분한 목소리로 말했다.

「듣고 있어요.」 니콜리오는 고개를 한쪽으로 돌리며 대답했다.

「지금 마을로 내려가서 집정관의 집으로 가렴. 날이 밝았으니 문을 열어 줄 거야. 안마당을 지나 오른쪽으로 돌아가면 1층에 베틀이 있는 방이 있어. 거기에 내 약혼녀 레니오가 있을 거야.」

「레니오라고요?」 니콜리오가 반짝이는 눈을 재빨리 돌리고 바라보며 물었다.

「레니오에게 이렇게 전해, 니콜리오. 잊어버리면 안 된다. 〈마놀리오스가 당신에게 안부를 전하래요. 그리고 산으로 와주시면 고맙겠답니다. 당신에게 할 말이 있답니다.〉 이렇게만 전하고 즉시 돌아와, 알겠니?」

「알았어요. 쉽네요. 다녀올게요.」

그는 빨리 마을에 내려가고 싶어 벌써 움직이기 시작했다.

「잠깐만, 이 망아지 같은 놈!」 마놀리오스는 소년의 팔을 잡았다. 「레니오가 내 안부를 묻거든 잘 있다고만 해. 절대로 내가 아프다고 말해선 안 돼. 그랬다간 혼날 줄 알아!」

「걱정 마세요. 그냥 〈잘 지내십니다〉라고 말하곤 부리나케 돌아올게요.」

「다녀와!」

니콜리오는 다람쥐처럼 달려갔다.

레니오는 아침 일찍 일어나 럼을 가미한 약즙을 만들어 파트리아르케아스 집정관에게 가져가는 중이었다. 한창 피어나는 나이에 긴 머리를 찰랑거리며 돌계단을 올라가는 그녀는 새가 지저귀듯 노래를 흥얼거렸다.

늙은 집정관은 창가에 놓인 폭신한 매트리스 위에 앉아 발아래 펼쳐진 마을의 지붕들을 바라보고 있었다. 마음속으로는 마을 사람들을 하나하나 떠올리고, 그들의 문을 두드리고, 집 안으로 들어가서, 친절한 말로 생색을 내고 싶었다. 그의 생각은 다시 산으로 올라가서 양 떼를 지나 마놀리오스에게 이르자 분노로 폭발했다. 〈이런 어이없는 일이 있나? 그 더러운 종놈이 감히 나한테 대들다니! 뭐가 어쩌고 어째? 제 놈의 영혼이 아직 준비가 안 되었다고? 에라, 이 얼빠진 놈! 만약 4월 말까지 레니오와 결혼하지 않으면 네놈은 끝장이다, 끝장! 당장 보따리를 싸게 해서 수도원으로 보내 버리겠어. 손에 쥐여 준 빵도 밟아 버리다니, 멍청한 놈! 내 아들을 꾀어낸 놈도 바로 그놈이야! 그리고 그 피란 온 거지들도 인간이고 우리 형제라고 말한 놈도 마놀리오스 그놈이야! 교회에서 주일에 사제가 설교단에서 그렇게 선언하면 멋지겠지. 하지만 이 풋내기 같은 놈, 네놈이 완전히 미치지 않고서야 어찌 그런 말을 지껄인다는 말이냐!〉

문이 열리고 레니오가 약즙을 들고 들어왔다. 늙은 집정관은 자기 아들과 양치기에 대한 생각은 어느새 깨끗이 잊고, 향수 냄새를 풍기며 엉덩이를 흔들고 다가오는 매혹적인 레니오에게 정신을 빼앗겼다. 그는 눈을 가늘게 뜨고 그녀의 풍만한 가슴과 쏙 들어간 허리, 매끈하게 빠진 다리를 속으로 감탄하며 바라보았다. 〈널 내 딸로 믿게 된 이상 어쩔 수가 없지. 네 어미 년도 젊었을 땐 너처럼 날씬했는데. 하느님, 그녀의 영혼을 지켜 주소서!

그러던 어느 날 밤…….〉 그는 수염을 어루만지며 한숨을 푹 내쉬었다.

「오늘은 기분이 어떠세요, 나리?」 레니오가 콧소리를 내며 물었다. 「왜 한숨을 쉬세요?」

「한숨이 어찌 안 나오겠느냐? 아들이란 놈이 마놀리오스와 한패가 되어 날 이렇게 괴롭히고 있으니 말이다. 사람들 말로는 그저께 네가 마놀리오스를 만나러 산에 올라갔다고 하더구나. 그 멍청한 놈이 뭐라고 하더냐?」

「뭐라고 했을 것 같으세요?」 이번에는 레니오가 한숨을 내쉬며 노인의 침대 발치에 걸터앉았다. 「마치 마귀가 씐 사람처럼 내가 이해할 수 없는 말을 지껄이거나, 무슨 말을 해야 할지 몰라 했어요. 절 똑바로 쳐다보지도 못하고 줄곧 바닥을 보다가 하늘을 쳐다보며 눈동자를 이리저리 굴리곤 했죠. 주인님께서 그를 그리고리스 사제에게 데려가 마귀를 물리치는 기도를 올려 달라고 부탁하실 순 없나요? 웃지 마세요. 마놀리오스는 제정신이 아니라고요!」

늙은 집정관은 레니오가 얼굴까지 붉히며 안달하는 것을 보고, 깊은 한숨을 내쉬었다.

「그 녀석을 사랑하는구나, 그렇지?」 그렇게 말하곤 약즙을 요란하게 들이켜기 시작했다.

「그럴 수밖에 없어요. 주인님께서 그를 저와 짝 지어 주셨으니 그가 제 남자죠. 만약 주인님께서 다른 남자와 짝 지어 주셨다면 그가 제 남자가 됐을 거예요. 저한테 남잔 다 똑같아요.」

「늙은이도 말이냐?」 그가 눈을 찡긋하며 물었다.

「그건 아니에요!」 레니오는 단호하게 잘라 말했다. 「젊은 남자일 경우에만 그렇죠.」

「몇 살까지 말이냐?」 그가 넌지시 물었다.

「자식을 만들 수 있는 나이까지요.」 레니오는 조금도 주저 않고 대답했다. 진작 이 문제에 대해 생각해 보고 나름대로 결론을 내려 둔 것 같았다.

「좋아. 넌 면도날처럼 예리한 머리를 가졌어, 레니오. 내가 하는 말을 명심하렴. 넌 네가 원하는 것을 알고 있어. 그것을 가지게 될 거야.」

레니오는 깔깔 웃고 나서 일어났다. 그녀가 빈 컵을 들고 나가려고 하자 노인이 물었다.

「오늘이 4월 며칠이지?」

레니오는 손가락을 짚어 나갔다. 일요일, 월요일, 화요일…….

「27일이군요.」

「그래, 그 잘난 마놀리오스께서 어떤 대답을 내려 주실지 사흘만 더 기다리면 되겠구나. 이렇게 멋진 제안을 거절하는 바보라면 걱정마라, 레니오. 그따위 터무니없는 영혼이나 생각을 갖지 않고, 아이들로 네 마당을 꽉 채워 줄 더 멋진 남편감을 내가 찾아줄 테니. 이제 가보거라. 오늘은 교회에 갔다가 마을을 한 바퀴 둘러볼 생각이니 깨끗한 옷을 가져다주렴.」

「늙은 호색한 같으니라고.」 레니오는 계단을 내려오며 그렇게 욕을 하곤 간지럼을 탄 듯이 깔깔 웃었다. 〈내 몸을 훔쳐보는 그 눈길이라니……. 내 아버지만 아니라면 이 늙은이를 꼬드겨 결혼할 텐데. 아기를 낳을 수 없으면 어때? 다른 남자랑 낳으면 되지. 하지만 마귀가 모든 걸 망쳐 놓았어. 그렇지만 상관없어! 마놀리오스도 그렇게 나쁘진 않으니까.〉

바로 그때 니콜리오가 현관 앞에 도착했다. 그는 온몸에서 땀을 줄줄 흘릴 정도로 달려왔다. 그에게서 나는 양 우리 냄새가 마당을 가득 채우는 듯했다. 그는 마치 뒷다리로 서 있는 염소 같기도 하고, 격노한 대천사 같기도 했다.

레니오가 돌아보자, 그는 겁에 질려 그 자리에 멈춰 섰다.

「저게 누구야? 아휴, 냄새 정말 죽이는군!」 그녀는 조그맣게 투덜거린 뒤 큰 소리로 외쳤다. 「무슨 일이야, 니콜리오?」

「심부름 왔어요.」 양치기가 다가오며 말했다.

「어머나, 벌써 수염까지 기르고. 어른이 다 됐네! 무슨 심부름이야?」

「마놀리오스가 보내서 왔어요. 아침 일찍 당신께 할 말이 있다고 전하랬어요!」

「마놀리오스가?」 레니오는 떨리는 가슴으로 니콜리오에게 다가갔다. 「그렇게 소리치지 마. 여긴 산 위가 아니니까 작은 목소리로 얘기해도 잘 들려. 나한테 무슨 말을 전하라고 했지?」

「음, 이렇게 전하랬어요. 잘 지내는지 궁금하다. 산에 올라와 주면 고맙겠다. 당신에게 할 말이 있다.」

「그게 다야? 좋아, 가겠다고 전해 줘. 잠깐! 그런데 그는 잘 지내?」

「잘 지내요. 아주 잘!」 니콜리오는 그렇게 소리치곤 곧 돌아섰다.

그때 미켈리스가 마당으로 나왔다. 화려한 주일 복장에 깨끗이 면도를 하고 머리도 빗어 넘긴 그는 교회에 가서 설교를 듣고 마리오리도 만날 준비가 되어 있었다. 마당 한복판에 서 있는 그는 천사처럼 빛났다. 레니오는 한동안 꼼짝도 않고 감탄의 눈길로 그를 바라보았다. 〈성 게오르기우스의 모습이야! 아버지도 젊었을 땐 저런 모습이었겠지.〉 그녀는 그런 생각을 했다.

「안녕, 레니오.」 미켈리스는 손에 들고 있던 펠트 모자를 쓰며 말했다. 「교회에 가는 길이야.」

「잘 생각하셨네요.」 레니오는 놀리듯이 말했다. 「교회로 곧장 가세요. 엇길로 빠지지 마시고요.」

「너야말로 엇길로 빠질 것이 분명해. 지금 곧장 마놀리오스에게 달려갈 테니까.」 미켈리스는 뒷모습을 보이는 심부름꾼을 보며 말했다. 「그렇게 툴툴거릴 것 없어.」

「전 툴툴거린 적 없어요. 누가 툴툴거려요?」 그녀는 재빨리 반격을 가했다. 「우리도 사람이에요. 우리 하인들도 말이죠! 하느님께서는 우리가 불평할 수 없게 만들어 주셨죠. 그렇지만 마놀리오스도 당신처럼 옷을 입혀 놓으면 멋진 집정관처럼 보일 거예요.」

「네 말이 맞아, 레니오.」 미켈리스가 문간을 넘어가며 대답했다. 「그래, 맞는 말이지. 우리를 구별 짓는 건 이 옷뿐이지.」

미사를 알리는 종이 울리기 시작했다.

「자, 이제 난 가볼게, 레니오. 산에서 좋은 소식 가져오길 바라.」

교회에는 왁스와 향 냄새가 감돌았다. 성상 간막이 위에는 성상들이 부드럽게 빛나고 있었다. 바닥에서부터 둥근 천장에 이르기까지 깃발이 드리워진 벽들은 성인들과 다채로운 색깔로 장식된 천사의 날개로 밝게 빛났다. 고대 비잔틴 양식으로 지어진 교회로 들어가는 것은 환상적인 새들과 사람 크기의 꽃들과 이 꽃에서 저 꽃으로 날아다니는 거대한 벌과 같은 천사들로 가득한 천국으로 들어서는 기분이었다. 둥근 천장 꼭대기에는 왕관을 쓴 전지전능하신 신이 인간들을 굽어보고 있었다.

그 아래 석재 바닥에서는 신도들이 — 앞쪽에는 남자들, 뒤쪽에는 여자들이 — 바쁘게 움직이고 있었다. 그들도 벌 같았다. 교회에 들어온 그들은 성상 앞으로 가서 인사를 하고, 성상들의 냄새를 맡은 뒤 성가를 들으며 무아지경에 빠져 든다. 접시와 양초들이 놓여 있는 긴 탁자 너머에 원로들이 앉을 좌석이 마련되어 있었다. 그러나 파트리아르케아스 집정관이 올 것이라고 기대하는 사람은 아무도 없었다. 포르투나스 선장 역시 지금 이 순간 침대에 누워 끙끙 앓고 있었다. 오늘은 안경을 끼고 하얀 깃을 세운 교장 선생 혼자만 라다스 옹 옆에 서 있었다. 지난밤 야나코스는 그에게 안 좋은 소식을 전한 바 있었다. 지난 석 달 동안 길거리를 방황하며 여기까지 흘러온 난민들이 몸에 지닌 보석이란 보석은 모조리 팔아먹은 뒤라, 가진 거라고는 빈 손가락들뿐이더라는 소식이었다. 「빈 손가락이 무슨 쓸모가 있겠습니까, 라다스 옹? 귀고리 없는 귀나 마찬가지죠.」 라다스 옹은 자신의 불운을 한탄했다. 「난 운도 없지. 파괴된 마을이 리코브리시 근처에 있었어야 했는데. 그래야만 내가 제때에 그곳에 도착할 수가 있지. 다 타버린 마을이 나에게 무슨 소용이야? 마귀나 가지라지!」

신도들은 꾸역꾸역 들어와 접시에 동전을 올려놓은 뒤 양초를 집어 들고 성상 쪽으로 움직였다. 라다스 옹은 완전히 다른 곳에 정신이 팔려 있었다. 「그가 3파운드 영수증에 서명한 것만도 다행이야. 멍청한 놈, 나 같으면…….」

하지만 그는 더 이상 생각을 이어 갈 수가 없었다. 거구의 남자가 들어와 그의 옆에 앉았기 때문이었다. 의자를 삐걱거리며 요란하게 앉았기 때문에 그는 짜증이 나서 돌아보았다. 맥 빠지고 창백한 얼굴에 눈은 흐리멍덩하고 입술은 누렇게 뜬 집정관 파트리아르케아스였다. 〈기름이 줄줄 흐르는 이 뚱보 돼지는 죽지도 않는구먼.〉 라다스 옹은 그렇게 생각하며 그에게 인사를 건넸다.

「항상 건강하십시오, 집정관 나리.」 그는 조그맣게 말한 뒤 곧 자신의 걱정 속으로 빠져 들었다.

미켈리스가 나타나자 교회가 갑자기 환해지는 느낌이었다. 그는 좀 늦은 터라 멈춰 서서 자신을 기다리고 있을 마리오리를 찾았다. 그녀는 집에서 충실한 귀머거리 늙은 유모와 함께 지내고 있었다.

「오랜만이군요.」 마리오리는 문 뒤에 서 있었다.

그녀도 가장 멋진 옷으로 차려입고 있었다. 어머니가 물려준 금 목걸이가 그녀의 목에서 빛나고 있었다. 그녀는 요전 날 야나코스가 구해다 준 연지를 볼에 살짝 바르고 나왔다. 그러나 울고 있었던 것처럼 눈두덩이 꺼지고 주위가 푸르스름했다. 그리고 손수건을 자주 입으로 가져갔다.

「왜 나를 불렀지, 마리오리? 몹시 불안해 보이는군.」 미켈리스가 걱정스러운 표정으로 물었다.

「아버지께서 서두르세요. 우릴 빨리 결혼시키고 싶어 해요.」 마리오리는 눈을 내리깔며 대답했다.

「크리스마스에 하기로 했잖아. 어머니가 돌아가신 지 1년도 되지 않아 당장은 곤란해.」

「아버지는 서두르세요.」 그녀는 작은 목소리로 같은 말을 되풀이했다. 「매일 그 말씀만 하세요. 한밤중에 일어나 온 집 안을 서성거리며 잠도 못 주무세요.」

「왜지? 왜 그렇게 서두르셔?」

「저도 모르겠어요, 미켈리스.」 그녀는 떨리는 목소리로 대답했다.

사실 아버지가 왜 그렇게 서두르는지 그녀는 너무 잘 알고 있었지만, 약혼자에게 사실을 털어놓을 수는 없었다. 마음속으로는 그녀도 아버지가 옳다고 느끼며 결혼을 서둘러야 한다고 생각하고 있었다.

「우리 아버지는 어머니를 사랑하지 않았어.」 미켈리스가 말했다. 「어머니 나이가 더 많았지. 나잇값을 하느라고 아버지에게 잔

소리를 늘어놓았고, 아버진 그것에 진저리를 쳤어. 그래서 어머니가 돌아가셨을 때 슬퍼하지도 않았지만, 관습을 어긴 적은 한 번도 없었어. 돌아가신 지 아직 1년이 안 되었고, 게다가 마을의 집정관이시니 본보기를 보여야지. 내 말 이해하겠어, 마리오리?」

「전 이해해요. 하지만 아버지께서 저렇게 안달을 하시니…… 그리고 절 채근하시니 더 이상 못 견디겠어요!」

마리오리는 나오려는 기침을 삼키며 손수건으로 입을 가렸다. 그녀의 작은 손이 미켈리스의 땀 밴 손 안에서 달달 떨었다.

미켈리스는 갑자기 놀라며 그녀를 살펴보았다. 그녀는 지독하게 말라 있었다. 보드라운 피부 아래로 뼈가 도드라져 보였다. 얼굴에는 죽음의 그림자가 드리워져 있었다.

「마리오리…….」 미켈리스는 그녀의 손을 꼬옥 쥐고 자기 가슴으로 끌어당기며 속삭였다. 「마리오리…….」

자신에게서 빠져나가려는 그녀를 미켈리스는 붙잡을 수가 없었다. 그녀는 마치 작별을 고하며 손가락 사이로 빠져나가는 한 줌의 모래 같았다.

「나의 미켈리스, 이제 가보셔야죠. 교회에 들어가세요. 저도 금방 들어갈게요. 우린 둘 다 늦었어요. 가세요. 하느님께서 우릴 도와주실 거예요!」 마리오리는 눈물을 보이지 않으려고 애쓰면서 말했다.

마리오리는 그의 머리를 두 손으로 감싸쥐고 자신의 가슴에 끌어안았다. 그녀는 온몸을 덜덜 떨고 있었다.

「하느님께서 우릴 도와주실 거예요!」 그녀는 한 번 더 그렇게 중얼거린 뒤, 서둘러 안으로 들어가서는 기진한 듯 유모의 품에 안겼다.

미켈리스는 목구멍과 가슴이 꽉 죄어 오는 것을 느끼며 조용히 교회당 안으로 들어갔다.

그는 아버지가 앉은 의자 근처에 섰다. 노인은 아들을 감탄스러운 눈으로 돌아보며 속으로 생각했다. 〈내 젊었을 적 모습 그대로군. 한때는 나도 저랬는데, 다 옛날 얘기가 되었어!〉

그사이 레니오는 머리 치장을 마쳤다. 그녀는 머리와 코르셋에 오렌지 물을 뿌리고, 부활절에 파트리아르케아스가 준 빨간 술 장식이 달린 노란 머릿수건을 썼다. 그러곤 마을의 좁은 길을 빠져나와 성모 마리아 산으로 향했다.

미사가 끝나고, 주일용 영혼을 지닌 마을 사람들은 주일용 예복 차림으로 광장에 흩어졌다. 그들 중 몇 명은 코스탄디스 카페에 앉아 술을 마시며 웃고 떠들었다.

아가는 발코니에서 수연통을 물고 있었다. 그의 오른쪽엔 트럼펫을 든 후세인이 서 있고, 왼쪽에는 유수파키가 유향 수지를 씹고 있었다. 아가는 눈을 가늘게 뜨고 아래쪽 광장에 있는 마을 사람들을 목동이 양 떼를 살피듯 걱정 어린 눈길로 내려다보았다. 그는 자기만 사람이고 나머지는 전부 양이라고 생각하고 있었다. 그래서 그들이 자기에게 털과 젖과 고기를 제공할 수 있도록 평화롭게 기르고 있었다.

레니오는 가벼운 마음으로 산을 올랐다. 그녀는 마놀리오스가 무슨 일로 부르는지 의아했다. 어쩌면 이번 주에 당장 결혼식을 올리자고 할지도 모른다. 그렇게나 기다리던 일을 해치우고 나면 진짜 인생이 시작되는 것이다. 〈낮에는 집안일을 하고, 밤에는 그의 품에 안기고, 그리고 9개월이 지나면 마침내…… 자장자장 우리 아기 난 더 이상 하녀가 아니야. 한 남자의 어엿한 아내이자 아기의 엄마가 되는 거지.〉

그녀는 마놀리오스를 좋아했다. 차분하고, 근면하고, 잘생기고, 금빛 수염에 파란 눈동자와 부드러운 표정, 그는 진짜 그리스도 같았다. 그녀의 마음은 날개를 달고 더 빨리 산을 오르고 양떼를 지나 목장 위를 훨훨 날아갔다. 그리고 포동포동하고 유순하며 빨간 발톱을 지닌 자고새처럼 마놀리오스의 어깨에 앉아 그의 목덜미를 사랑스럽게 쪼아 주고 있었다.

〈지금쯤 마놀리오스는 산길 끝에 있는 바위에 나와 앉아 날 기다리고 있겠지. 나처럼 그의 기분도 들떠 있으면 좋겠는데〉 하고 그녀는 생각했다.

레니오가 기대했던 대로, 마놀리오스는 산길 끝에 있는 바위에 앉아 그녀를 기다리고 있었다. 그는 다시 터지기 시작한 상처에서 흘러내리는 고름을 끊임없이 닦아 내고 있었다.

「그녀에겐 미안하지만 할 수 없지.」 마놀리오스는 혼자 중얼거렸다. 「가엾지만 이렇게 할 수밖에 없어. 모든 유혹으로부터 나 자신을 구해야만 하니까. 내 영혼을 정화시키고, 내 몸도 정화시켜서 그리스도를 본받아야만 해.」

그는 귀를 쫑긋 세우고 가볍고 빠르게 올라오는 레니오의 발소리를 들으며 바람결에 실려 오는 그녀의 향기를 맡으려고 코를 씰룩거렸다.

「오는구나. 그녀가 오고 있어.」

노란 머릿수건이 보이기 시작했다. 레니오는 잠깐 멈추더니 한 손으로 햇빛을 가리며 앞을 살폈다. 산길이 끝나는 지점에 있는 바위 위에 약혼자가 고개를 숙이고 기다리고 있는 것이 보였다. 그녀는 걸음을 약간 늦췄다.

「저기 오고 있군!」 마놀리오스는 바위에서 일어나 가만히 서 있었다.

레니오는 그를 아직 못 본 체하며 혹시 달려와서 자기 손을 잡아 주지 않을까 기대했지만, 오늘따라 마놀리오스는 가만히 서서 기다리기만 했다.

「마놀리오스!」 레니오는 더 이상 참을 수가 없어서 큰 소리로 불렀다.

마놀리오스는 대답하지 않았다. 여전히 바위 위에 조용히 서 있기만 했다.

레니오는 마구 달려가서 그를 똑바로 쳐다보았다. 그러곤 비명을 질렀다.

「오, 세상에!」 그녀는 자리에 주저앉았다.

마놀리오스는 바위에서 내려와 그녀를 안아 일으켰다. 그러자 레니오는 한 손으로 눈을 가린 채 다른 손으로는 그를 밀어냈다.

「저리 가요! 저리 가!」 그녀는 날카롭게 소리쳤다.

「한 번만 더 날 쳐다봐, 레니오.」 마놀리오스는 부드러운 목소리로 말했다. 「그러면 역겨워서 다시는 보고 싶지 않을 거야.」

「싫어요, 싫어! 저리 가요!」 레니오는 머리를 저으며 소리쳤다.

마놀리오스는 물러나서 바위 위에 앉았다. 둘은 한동안 아무 말 없이 그렇게 앉아 있었다. 레니오가 먼저 입을 열었다.

「그게 뭐죠? 도대체 왜 그 모양이 되었나요?」

「나병이야…….」 마놀리오스는 담담하게 대답했다.

레니오는 몸서리를 치며 고개를 돌려 버렸다.

「돌아가겠어요. 이게 날 부른 이윤가요?」

「그래. 그래서 불렀어.」 마놀리오스는 침착하게 말했다. 「그래도 나와 결혼할 수 있겠어? 못하겠지. 나병에 걸린 아이를 낳고 싶지는 않을 테니 날 떠나라고.」

둘 사이에 다시 침묵이 흘렀다. 갑자기 그녀가 격렬하게 울음을 터뜨렸다.

「잘 가, 레니오.」 마놀리오스는 등을 돌리고 목장으로 향했다. 「안녕!」

레니오는 대답하지 않았다. 그녀는 노란 머릿수건을 풀어 눈물을 닦으며 어디로 가야 할지 몰라 멍하니 앉아 있었다. 마놀리오스가 사라지자 세상이 갑자기 아무 의미도 없는 황량한 사막으로 변해 버린 느낌이었다.

해가 중천에 떠 있었다. 사방이 고요하고, 너도밤나무 그늘을 찾아 들어가는 양들의 방울 소리만 들려왔다. 잠시 피리 소리가 들리는가 싶더니 다시 적막에 싸였다.

「나병…… 나병…….」 레니오는 몸서리를 치며 중얼거렸다. 뙤약볕을 받으면서도 몸이 와들와들 떨렸다. 얼마나 그곳에 서 있었는지 알 수가 없었다. 겨우 몇 분이 흘렀을 뿐인데도 수백 년은 된 것처럼 길게 느껴졌다. 마을로 돌아가려고 일어섰을 때 해는 벌써 하늘 높이 떠 있었다.

애처로우면서도 마음이 즐거워지는 피리 소리가 다시 들려왔다. 외로움을 참을 수 없는 누군가가 내는 소리 같았다.

레니오는 그 소리에 이끌려서 자신도 모르게 그쪽으로 걸어갔다. 누가 자기 이름을 부르는 것 같았고, 그녀를 갈망하고 있는 듯한 느낌이 들었다. 숨을 헐떡이며 비틀걸음으로 다가간 그녀는 다시 귀를 기울이고 들어 보았다. 피리 소리는 더 가까운 곳에서, 더 부드럽고 간절하게 들려왔다. 마치 그녀를 부르는 것처럼, 그녀를 유혹하는 것처럼……. 레니오는 더 이상 저항할 수 없었다.

곧 산의 우묵한 곳에 자리 잡은 거대한 너도밤나무 아래 양 떼가 조금이라도 시원한 느낌을 얻으려고 땅바닥에 엎드려 있는 것이 보였다. 그중 두 마리만 서로 쫓아다니며 머리를 받아 대고 있었다. 그 옆에서 양치기 소년은 웃통을 벗은 채 피리를 입에 물고 두 마리의 양과 함께 장난을 치며 춤을 추고 있었다. 그는 가끔 물고 있던 피리를 떼고 새된 소리를 지르거나, 박수를 치며 매애 소리를 내다가 다시 피리를 입에 물고 불어 댔다.

피리 소리에 홀린 레니오는 망설이면서도 앞으로 더 다가갔다. 양치기 소년은 등을 돌리고 있어서 그녀를 볼 수 없었다. 레니오는 이제 그곳에서 벌어지고 있는 상황을 알 수 있었다. 털이 검고 뿔이 멋지게 말려 올라간 숫양이 하얀 암양을 올라타려고 치근대고, 암양은 필사적으로 도망 다니는 중이었다. 약이 오른 숫양은 앞발로 다시 암양의 엉덩이를 잡고 가냘픈 울음소리를 내며 올라탔다. 마치 한 번만 받아 달라고 애원하고 있는 것 같았다. 양치기 소년은 두 녀석의 사랑싸움을 흉내 내고 있었다. 펄쩍 뛰어오르고, 춤을 추고, 숫양과 똑같이 가냘픈 울음소리를 내며 애원하기도 했다.

「어서 해, 다소스! 다시 올라타란 말이야!」 그렇게 소리친 뒤 그는 다시 피리를 불기 시작했다.

레니오는 숨을 헐떡이며 양치기 소년 바로 뒤까지 다가갔다. 그녀도 암양처럼 혀를 내밀고 헐떡이고 있었다. 가슴이 터질 것만 같았다.

지친 암양은 자신도 이젠 더 이상 욕망을 억누를 수 없었던지 갑자기 그 자리에 멈춰 섰다. 그러자 다소스는 단번에 암양의 엉덩이 위에 올라타고 완벽하게 자세를 잡았다. 다소스는 혀를 내밀고 암양의 목덜미를 핥고 깨물기 시작했다. 숫양의 털이 땀으로 흠뻑 젖었다. 수컷의 냄새로 주위의 공기는 숨이 막힐 듯했다.

니콜리오는 피리를 바닥에 던지고 남은 옷을 훌훌 벗어 던졌다. 그러곤 완전히 벌거벗은 몸으로 땀에 뒤범벅이 되어 숫양처럼 몸을 흔들어 대기 시작했다.

레니오의 목에서 핏줄이 불끈 솟아올랐고, 그녀의 눈빛은 뿌옇게 흐려졌다. 그때 몸을 흔들어 대던 니콜리오가 갑자기 뒤를 돌아보았다. 레니오를 발견한 그는 미친 듯이 달려들어 이미 한 몸이 된 숫양과 암양 앞에서 그녀를 바닥에 넘어뜨렸다.

선장의 죽음

「가엾게도 포르투나스 선장의 상태가 좋질 않아요, 아가. 깨진 머리뼈가 통 아물 생각을 안 해요. 고약이나 향유를 발라도 소용없고, 그리고리스 사제가 직접 기도문을 읽어 주고 집시가 카드 주문을 외도 소용없었어요. 치유자 성 판델레이몬에게 촛불까지 밝혔대요. 심지어는 아홉 생을 누린다는 고양이의 내장까지 먹여 봤지만 차도가 전혀 없어요. 하느님도 악마도 죽어 가는 선장이 일어나길 바라진 않는 것 같아요.」

죽어 간다는 말을 내뱉고 만 만달레니아는 속으로 〈아차!〉 하며 후회했다.

「그의 귀가 잘 안 들리기를.」 그녀는 그렇게 중얼거린 뒤 또다시 신나게 떠들어 댔다. 「오늘 선장은 집정관의 아들 미켈리스를 불렀어요. 유언장을 쓰려고 한다더군요. 그리고 아가, 저는 지금 그에게 성체를 배령하도록 그리고리스 사제를 모시러 가는 길이에요. 그는 닻을 올리고 항해를 떠날 준비를 마쳤어요. 좀 전에 나를 불러서 이런 말을 하더군요. 〈만달레니아, 내 부탁 하나만 들어주시오. 아가한테 가서 이렇게 전해요. 포르투나스 이 얼간이가 작별 인사를 올린다고. 항해 준비가 끝났으니 떠나겠다고요.〉 그래서 제가 온 거예요, 아가. 만달레니아, 그게 나거든요.」

졸린 듯한 눈과 축 늘어진 뺨, 부스스한 머리에 씻지도 않은 아가는 맨발로 소파에 앉아 커피를 마시고 있었다. 그는 만달레니아가 하는 이야기를 떨어지는 빗방울 소리처럼 들었다. 그녀의 말이 끝나자 아가는 하품 섞인 소리로 물었다.

「뇌 상태는 어때?」

「정상이에요. 잘 돌아가고 있어요.」 그는 다시 입을 다물었다. 그러곤 나른한 기분을 느끼며 또 하품을 했다.

「두려워하고 있던가?」 입을 벌린 채 그가 또 물었다.

「전혀 아니에요, 아가. 조금도요. 그에게 하느님 얘기를 하면 웃죠. 마귀 얘기를 해도 웃을 거고요. 하느님 용서하소서. 그는 어느 쪽에도 신경 쓰지 않는 사람이에요.」

「술은 마시나?」

「마시긴 하지만 많이 안 마셔요.」

「좋아. 내가 잠이 완전히 깨면 작별 인사를 하러 가겠다고 전해 주게. 또 내 수행원 후세인을 데려가서 트럼펫을 불어 주고, 유수파키도 데려가서 좋아하는 노래를 불러 주겠다고 말이야. 무슨 노랜지는 그가 잘 알 거야. 커피를 마저 마시고 내 담뱃대와 라키 술을 챙긴 다음 유수파키에게 발 마사지를 받을 생각이야. 그러고 나서 일어나 가도록 하지. 잠깐만, 내가 도착하기 전에 죽게 해서는 안 돼. 그에게 그렇게 말해, 날 기다려야 한다고. 이제 가봐!」

뼈다귀가 검게 그을린 피부를 뚫고 나올 만큼 몸은 비쩍 마르고, 피가 말라붙은 붉은 압박 붕대를 머리에 단단히 처맨 포르투나스 선장의 얼굴은 누르퉁퉁했다. 그는 벽에 등을 기대고 조용히 누워 있었는데, 두려움이나 후회하는 기색 따위는 없어 보였다. 그의 작은 눈은 그가 예전에 오데사에서 보았던 원숭이의 그것처럼 영악하게 반짝였다.

침대 옆 작은 탁자에는 긴 담뱃대와 라키 술이 놓여 있었다. 그리고 그가 옛날 먼 항구에 갔을 때 사온 빅토리아 여왕의 석고상도 놓여 있었다. 「굉장한 여자지.」 그는 혼자 중얼거렸다. 「멋지고 통통하고 가슴도 풍만해. 정말 맘에 들어…….」 그는 그것을 구입한 이후 항상 곁에 두었다. 그는 가끔 〈이 여잔 내 마누라야. 나보다 콧수염이 더 많지만, 그럼 어때? 좋기만 한걸〉 하고는 껄껄 웃었다.

그는 눈을 들어 자신의 허름한 오두막집을 둘러보았다. 더러운 벽, 거미줄로 덮인 대들보, 텅 빈 선반, 낡은 옷가지로 넘치는 긴 장롱, 낡은 슬리퍼, 두꺼운 털 조끼와 삭은 밧줄, 벽에 걸린 주전자, 그리고 한구석에 처박혀 있는 라키 술병. 그는 그것들 하나하나에 다정한 눈길을 보내며 작별 인사를 고했다. 그리고 침대 맞은편 벽에 붙어 있는 옛 사진에 이르자, 그의 눈길은 다른 곳보다 더 오래 머물렀다. 그 사진은 난파되어 없어지기 전의 그의 배를 찍은 것이었다. 돛을 모두 올리고 선미루에 그리스 기를 달고, 뱃머리엔 사이렌을 달고, 서른 살의 선장인 그 자신이 키를 잡고 있었다. 상상 속에서, 그는 항해를 나섰다. 얼룩진 사진 속의 배는 닻을 올리고 바다로 나아갔다. 그러나 곧 짙은 안개가 몰려왔고, 포르투나스 선장은 아주 어렴풋이만 기억할 뿐이었다. 그 많은 섬들과 해안, 페스 모를 쓴 사람들, 아이 머리통만 한 젖가슴을 드러낸 여자들, 궐련과 파이프 담배의 연기와 생선 튀기는 냄새로 질식할 것만 같던 항구의 선술집…….

모든 것이 까마득하게만 느껴졌다. 지금까지 살아오면서 느꼈던 고통과 기쁨들……. 1897년 전쟁 때 자신의 배로 밀수한 군수

품과 식량을 그리스에 공급하다가 부상을 입기도 했고, 한 터키 여자에게 빠져서 정신을 차리지 못했던 적도 있었다. 그 여자 이름이 뭐였더라? 거기가 어디였지? 콘스탄티노플이었나, 스미르나였나? 아이발리? 알렉산드리아? 그 여자 이름은 키우르숨? 파트마? 에미네? 기억이 나지 않았다. 짙은 안개가 이 세상 밑바닥까지 덮였지만, 그의 생애를 통해 단 하나의 사건이 그것을 뚫고 빛을 내며 떠올랐다. 성 게오르기우스의 날 바토움에서, 그는 친구 세 명과 함께 거대한 붉은 꽃들이 가득 핀 정원으로 들어갔다. 그들은 자갈밭에 앉아 먹고 마시며 노래도 불렀다. 머리에는 술 장식이 달린 터번을 두르고 있었다. 햇볕은 따가웠고, 파도는 잔잔한 날이었다. 여자도 없었다. 그들 셋뿐이었다. 그들은 금발이나 검은 머리를 가진 건장한 젊은이들이었다. 그중 한 명의 이름이 게오르게였기 때문에 그날은 그의 날이었다. 그들이 먹고 마시며 노래하는 사이에 약간의 보슬비가 내리기 시작했다. 커다란 이파리를 깨끗이 씻어 주고 정원의 자갈밭을 적셔 주는 상쾌한 보슬비였다. 바다에서처럼 땅에서도 좋은 냄새가 피어올랐다. 세 아르메니아인은 각각 만돌린과 오보에와 탬버린을 가져왔다. 그들은 꽃 아래 웅크리고 앉아 노래를 부르며 악기들을 연주하기 시작했다.

얼마나 유쾌하고 감미로웠던가! 인생이란 사람의 손바닥에서 지저귀는 작고 따뜻한 새 같은 것이다. 포르투나스 선장은 머리를 더 쥐어짜 보았지만 더 이상 기억나는 것이 없었다. 더 이상은 아무것도……. 이제 그의 인생은 연기처럼 흩어졌다. 단지 바토움에서의 그 유쾌한 파티와 가는 빗줄기만 남아 있을 뿐이었다.

「음, 이게 전부란 말인가?」 그는 중얼거렸다. 「내 인생이 고작 이 정도였나? 약간의 보슬비와 몇 송이의 붉은 꽃과 친구 세 명……

이건 정말 참을 수가 없군! 그 외엔 아무 일도 없었단 말인가? 그래, 세계를 통째로 삼켜 버리겠다고 생각했던 이 포르투나스에게 아무 일도 일어나지 않았단 말인가?」

그는 작은 탁자 위에 놓인 라키 술을 한 모금 마시기 위해 손을 뻗었다. 그때 문이 열리고 아가가 들어왔다. 그는 붉은색 반바지에 은색 권총을 차고 멋진 새 행전까지 차고 있었다. 그리고 결혼식장에 가는 사람처럼 주머니에 실크 손수건을 꽂고 있었다. 그의 뒤에는 주인 못지않게 하얗고 산뜻하게 차려입은 유수파키가 반쯤 졸린 눈으로 뭔가를 우적우적 씹으며 들어왔다. 마지막으로는 사납고 찌푸린 표정의 후세인이 트럼펫을 손에 들고 들어왔다.

「잔잔한 파도와 순풍을 기원하네, 포르투나스 선장!」 아가가 활기찬 목소리로 말했다. 「듣자 하니 항해를 떠난다고 하더군. 그래, 잘 가게!」

「순풍에 돛을 올렸습니다, 아가. 잘 계시오!」

「대체 어디로 가려는가, 이 얼간이 같은 친구야?」 아가는 껄껄 웃으며 낡은 궤짝 위에 털썩 주저앉았다. 「무슨 생각으로 이 세상을 떠나려는 건데? 조금만 더 살아 보게. 며칠 전에 누가 또 라키 술을 보내 왔는데, 검은 오디를 넣어 담근 것으로 맛이 아주 죽여주더군! 조금 더 살면서 나랑 그걸 마시고 난 다음에 가란 말일세.」

「난 지금 작별 인사를 올리고 있는 겁니다, 아가. 다 끝났어요. 닻을 올리고, 키를 잡고 지금 떠나는 길이에요. 그 술은 혼자 드십시오.」

「그럼 어디로 가는 건가, 가여운 친구? 정처는 있는가?」

「귀신이나 알겠지요. 난 그냥 바람 부는 대로 물결치는 대로 갈 뿐이오!」

「그게 기독교 신앙인가? 거기선 뭐라고 하나?」

「에이!」 선장은 손사래를 치고 나서 말했다. 「내가 그런 신앙을 갖고 있다면 곧장 지옥행이겠지.」

아가는 껄껄 웃었다.

「내가 그런 신앙을 갖고 있다면 곧장 천국행일 거야. 내 신앙은 필래프 요리와 여자들과 유수파키로 채워져 있거든! 하지만 말해 보게, 선장. 혹시 우리의 종교가 우리를 속이고 있는 것은 아닐까? 이 세상은 한낱 꿈이고, 인생은 라키 술이며, 다들 마시고 취할 뿐이야. 우리의 머리는 바람 부는 대로 향하지. 자넨 기독교인으로 행세하고 나는 터키인 아가로 행세하도록 그냥 내버려 두세. 얼간이 친구, 사실을 말하자면 난 그게 걱정이야!」

그는 미소년에게 말했다.

「일어나거라, 유수파키. 저 구석에 있는 술병이 보이는구나. 우리에게 술을 좀 따라 주렴.」

그때 만달레니아가 들어와서 선장의 귀에 대고 속삭였다.

「선장님, 신부님이 성체를 가지고 곧 도착하실 겁니다. 라키는 들지 마세요.」

「무슨 사제 말이냐, 이 늙은 마녀야? 입 닥치고 술이나 부어!」

만달레니아는 퉁퉁거리며 떨리는 손으로 술잔을 채웠다. 아가는 자리에서 일어나 침대로 다가가서 선장과 잔을 부딪쳤다.

「얼간이의 순조로운 항해를 위해!」

「당신의 순조로운 항해를 위해!」

그들은 서로를 보며 웃었다. 둘 다 기분이 좋았다.

「선장.」 아가가 수염을 쓰다듬으며 말했다. 「만일 우리의 무함마드와 당신의 그리스도가 우리처럼 술잔을 부딪치며 라키를 마셨다면 그들도 친구가 되었을 테고, 그랬다면 서로의 눈을 할퀴진 않았을 텐데 말이야. 술을 안 마신 관계로 세상을 피로 물들였으니……. 생각해 보게, 우리가 어떻게 친구가 되었는지. 정말 좋은 시간을 보내지 않았나? 항상 여유롭지 않았나?」

「나한테 성찬식을 베풀려고 신부님이 오셨소, 아가.」 선장은 이미 머리가 빙빙 돌기 시작했다. 「잘 가시오!」

「기다려, 이 친구야. 그렇게 서둘지 말게. 자네가 출항할 때마다 부르는 가장 좋아하는 노래를 들려주려고 유수파키를 데려왔지 않나. 노래도 안 듣고 떠나진 말게. 자네에게 바치겠네. 유수파키, 이리 와서 그 노랠 불러 드려라!」

유수파키는 입에서 유향 수지를 꺼내어 무릎에 붙여 놓은 다음 오른손을 뺨으로 가져갔다. 그러자 아가가 팔을 뻗었다.

「잠깐만. 먼저 트럼펫 소리가 나야지.」

그는 수행원에게 말했다.

「문을 열고 문간에서 트럼펫을 불어라.」

후세인은 문을 열더니 트럼펫을 입에 물고 불기 시작했다.

「아주 좋아! 자, 네 차례다, 유수파키. 이제 노래를 들려주렴!」

다시 한 번 작지만 맑고 정열적인 목소리가 흘러나왔다. 그 노래에 푹 빠져 든 선장의 가슴속엔 후회와 감미로움이 가득 찼다.

「이 세상은 마치 꿈만 같아라, 세상과 꿈은 결국 하나라네…….」

선장은 이 세상이 한낱 꿈일 뿐이라는 사실을 지금처럼 뼈저리게 느낀 적이 없었다. 그는 잠이 들어 꿈을 꾼 것이 분명했다. 꿈속에서 그는 선장이 되어 흑해와 백해의 항구들을 돌아다녔고, 전쟁에도 참가했으며, 그리스인이자 기독교인이었고, 이젠 죽어 가고 있는 것이다. 아니지, 그는 죽어 가는 것이 아니라 잠에서 깨어나고 있고, 긴 꿈이 끝나고 날이 밝아오고 있는 것이다.

그는 진지하게 손을 내밀었다.

「고맙소, 내 친구 아가. 내 고통을 이해해 준 사람은 당신뿐이었소. 너도 잘 있어라, 유수파키. 너의 그 작은 입은 땅에 묻히더라도 절대 썩지 않고 아름다운 루비로 변할 거야.」

아가는 가슴이 뭉클해졌다. 그는 눈물을 훔쳤다.

「잘 가게, 사랑하는 선장 친구. 내가 자네를 가끔 얼간이라고 놀렸지만 그만큼 좋아했기 때문이었네. 용서하시게. 그리고 순조로운 항해를 하게나!」

그는 고개를 숙여 선장에게 입을 맞추었다. 둘 다 눈에 눈물이 그렁그렁했다.

「나도 당신을 무척 좋아했습니다, 아가. 안녕히 계십시오!」 죽음의 문턱에 선 선장이 슬픔에 잠긴 목소리로 말했다.

그들은 헤어졌다. 문밖으로 나오자 아가는 수행원에게 말했다.

「선장에게 용기를 주는 의미에서 한 번 더 연주해 주렴. 마을 사람들이 모두 그의 장례식에 오도록 알렸으면 좋겠구나. 우리 마을의 기둥 하나가 쓰러지고 있다.」

하늘에 여름철 구름이 얇게 끼더니, 곧 빗방울이 떨어지기 시작했다.

「얘들아, 서두르자. 난 모두 새 옷으로 갈아입었어.」

세 사람은 동시에 뛰기 시작했다.

미켈리스가 그들과 마주쳤다. 그는 종이와 잉크병을 들고 가는 길이었다.

「아가, 선장님은 좀 어떠십니까?」

「글쎄, 젊은이. 살아 있는 우리보다 더 나아. 멀쩡하다네!」

만달레니아가 문을 활짝 열었다. 그녀는 사제가 성체를 들고 도착한 줄 알았다. 그러나 숨을 헐떡이며 나타난 미켈리스를 보자, 그녀는 조용하게 말했다.

「서두르지 않아도 괜찮네, 젊은 양반. 아직은 잘 버티고 계시거든.」

미켈리스가 안으로 들어오자 그녀는 문을 닫았다.

선장은 기진맥진하여 눈을 감고 있었다. 머리에서 다시 피가 흘러내려 뺨을 타고 시트를 적셨다. 만달레니아가 다가가서 피를 닦아 주며 귀에 대고 속삭였다.

「선장님, 미켈리스가 펜과 잉크를 가져왔네요. 힘을 내세요.」

선장은 깨진 머리를 쳐들고 눈을 떴다. 「어서 오시게, 젊은 집정관 나리.」

그는 다시 눈을 감더니 잠에 빠져 들었다. 미켈리스는 궤짝에 앉아 종이와 잉크를 내려놓고 그가 깨어날 때까지 기다렸다.

「좋은 사람이었는데, 가여워요.」 만달레니아가 조그맣게 속삭이며 눈물과 콧물을 훔쳤다. 「행동이 좀 거칠긴 했지만 말이에요. 나의 지난번 남편이었던 사람도…….」 노파는 나지막한 목소리로 신세 한탄을 늘어놓기 시작했다. 그러면 마음이 좀 가라앉는 모양이었다. 미켈리스는 담배를 말아 피우기 시작했다. 그에게도 한탄할 일이 있지만, 어느 누구에게도 털어놓은 적이 없었다. 그는 노파의 이야기에 귀를 기울이면서도 생각은 다른 곳을 헤매고 있었다.

가까이서 개가 애처롭게 짖어 댔다. 만달레니아는 화를 내며 일어났다.

「지겨운 녀석! 카론이라도 나타났나 보군. 저렇게 짖어 대는 걸 보니.」

노파는 문을 열고 돌을 하나 집어 개에게 던지고는 돌아왔다.

선장이 눈을 떴다.

「미켈리스, 어디 있나? 이리 가까이 오게. 이젠 크게 말할 힘도 없네. 종이를 꺼내 받아쓰게!」

「너무 무리하지 마세요. 서두르실 것 없어요.」 미켈리스가 말했다.

「위로는 나중에 하고 어서 쓰라니까. 아홉 생애 중 여덟 개가 벌써 끝났어. 하나 남은 생애가 지금 내 입술 위에서 간당간당하고 있잖나. 내 목숨이 조금이라도 붙어 있을 때 정신 차리고 써주게.」

미켈리스는 머리맡으로 다가가 종이를 펼치고 펜촉에 잉크를 묻혔다.

「말씀하세요, 선장님.」

「우선 나는 지금 제정신이며 그리스 정교회 신자라고 적어 주게. 내 아버지는 테오도레 카판다이스라는 사람이었어. 나에겐 자식도, 조카도, 애완견도 없네. 난 결혼을 안 했어. 운 좋게 모면했으니 하느님께 감사할 일이지! 돈이 조금 있었기에 그걸로 먹고살았네. 땅도 조금 있었는데, 그것도 팔아서 먹고살았지. 정확히 말하면 먹은 게 아니라 마셔 댔지. 배도 한 척 있었어. 저 사진 속에 있는 녀석 말이야. 트레비존드에서 난파되어 바닥에 가라앉았지만. 그리고 이게 나한테 남은 전부야!」 그는 주변에 널린 잔해들을 가리키며 말했다.

「이것들을 가난한 사람과 내 친구들과 나누고 싶네. 그들이 날 기억하도록 말이야. 만달레니아, 내 옆에 앉아서 어떤 것들이 있는지 말해 줘. 내가 잊어버리고 말하지 않은 건 모두 당신 거야. 자, 적게, 미켈리스. 준비됐나?」

「준비됐습니다, 선장님.」

「여기 구석에 있는 라키 술이 든 유리병은 아가에게 남기겠네. 날 위해 이 술을 다 마셔 달라고 하게. 내 금이빨은 뽑아서 과부 카테리나에게 주고 귀고리를 만들라고 하게. 끝을 호박으로 마무리한 내 담뱃대는 코스탄디스의 카페에 기증하겠네. 이방인이 이 마을에 왔을 때 그걸 피우면서 자기 고향을 잊을 수 있게 말이야. 그리고 모아 둔 보리 10킬로그램은 야나코스에게 남기지. 그에게 그리스도와 함께 예루살렘으로 들어가는 날 저녁에 그걸 먹으라고 하게. 지갑에 남아 있는 동전 두세 개는 그리고리스 사제에게 전해 주게. 안 그러면 날 묻어 주지도 않고 썩게 놔둘 테니. 그 정도 동전이면 충분해. 그리고 궤짝 안에 깔개 몇 개랑 방수복 몇 벌, 낡은 모자 몇 개, 선장 부츠, 등, 나침반, 몇 가지 잡동사니가 있을 걸세. 그건 사라키나의 동굴에 사는 불쌍한 사람들에게 주게. 솥이랑 냄비랑 난로랑 그릇이랑 내가 입던 옷가지들도 함께 주게. 그래, 커피, 설탕, 양파, 기름, 치즈, 올리브까지도 전부. 불쌍한 사람들이야! 다 받아 적었나, 미켈리스?」

「잠깐만 기다리세요. 그렇게 서두르지 않으셔도 돼요, 선장님.」

「서둘러야 하네. 시간 내에 못 끝내면 어쩌나……. 빨리빨리 받아 적게. 참, 『아라비안나이트』 책도 있어. 다른 사람들이 교회에 가는 주일이면 꺼내서 읽곤 했지. 그걸 읽고 있으면 시간이 잘 가거든. 코스탄디스의 카페에 가져다 놓게. 마을 사람들이 주일에 예배가 끝나고 카페에 오면 한 명이 큰 소리로 읽어 주라고 해. 불쌍한 영혼들의 눈을 뜨게 해줄 거야. 복음서가 안 좋다고 말한 적은 없네. 하지만 『천일 야화』가 그것보다 배는 더 가치가 있지. 그렇게 적었나, 미켈리스?」

「적었습니다, 선장님. 계속하시죠. 무리하진 마시고요.」

「만달레니아, 집 안을 둘러봐. 값나가는 것 중 빠뜨린 건 없나?」

「선장님 슬리퍼요.」

「그건 뒤축이 다 닳아 쓰레기통에 들어가야 할 물건이지. 잠깐,

그건 불쌍한 라다스 옹에게 줘. 만나러 갈 때마다 언제나 맨발이었거든. 그 구두쇠 영감에게 신으라고 해. 우리 마을의 보석인데 신발을 신으면 그래도 감기에 걸려 죽지는 않겠지. 또 찾아봐, 만달레니아.」

「사진이오.」

「아, 내 사진 말이군. 그건 액자랑 같이 내 무덤에 넣어 주게. 라키 술잔도 가져가야지. 날 그렇게 극진히 모셨는데 두고 갈 순 없지. 아하, 이 석고상도 있군. 이건 석고먹쇠한테 남겨야겠지. 그러면 다른 석고상들을 다 먹고 난 그 친구가 영국 여왕까지 먹어 치울 거야.」

「가장 중요한 게 남았습니다.」 미켈리스가 말했다.

「이 집 말입니다.」

「이 집은 나에게 진짜 누이처럼 친절을 베풀어 준 만달레니아에게 남기겠네. 그동안 고생도 많이 시켰고, 욕도 엄청 퍼부었지. 아마 지팡이로 얻어맞은 적도 있을걸. 날 너무 욕하지 마시게, 만달레니아. 울지도 마, 기뻐서 우는 게 아니라면 말이야.」

선장은 웃으려고 했지만 통증 때문에 웃지 못했다. 상처에서 피가 다시 스며 나오기 시작했다.

「그게 내 전 재산이야. 다 적었으면 밑에다 서명을 해야 하니 종이를 이리 주게.」

미켈리스가 종이를 건네주었고, 만달레니아는 선장을 부축하여 서명을 할 수 있게 도와주었다. 선장은 〈테오도레의 아들, 야코우미스 카판다이스 선장〉이라고 서명했다.

사제가 읊조리는 기도문이 밖에서 들려왔다.

「신부님이 성체를 들고 오셨나 봐요.」 만달레니아가 달려가서 문을 활짝 열었다.

「또 귀찮은 일이 남았군.」 선장이 투덜거렸다. 「들어오시오. 빨리 끝내 버립시다.」

수행원이 불 밝힌 등을 들고 먼저 들어왔고, 그 뒤로 제의를 입고 금자수가 놓인 붉은 벨벳 커버를 덮은 성배를 높이 든 그리고리스 사제가 들어왔다.

「주님께서 오셨습니다! 모두 나가 주시오.」 그가 문지방을 넘으며 엄숙하게 말했다.

미켈리스와 만달레니아는 가슴에 성호를 긋고 사제의 손에 입을 맞춘 뒤 물러났다. 수행원은 밖에서 등불을 들고 기다렸다.

「포르투나스 선장.」 사제는 죽어 가는 선장에게 다가가며 말했다. 「이제 주님 앞으로 나아갈 무서운 순간이 다가왔소. 자신의 죄를 고하고 영혼을 정결하게 하시오. 자, 말하시오!」

「어떻게 내 죄를 말하라는 거요, 사제?」 선장은 버럭 화를 냈다. 「내가 그것들을 기억이나 할 것 같소? 하느님이 그런 걸 장부에다 다 적어 놓는다고 합디다. 그러다가 마음이 내키면 그걸 지우는 것도 그 양반이 하는 일이라고 하더만. 내가 그 양반한테 선물로 갖다 주고 싶은 것이 있다니까. 천국엔 눈 닦고 찾아봐도 그런 게 없을 테니 말이요.」

사제는 그 말을 듣고 당황했다. 선장의 말투가 그를 긴장하게 만들었다.

「정말 하느님께 선물하고 싶은 게 딱 하나 있다니까.」

「그게 뭐요?」 사제가 얼굴을 찡그리며 물었다.

「스펀지요.」

「부끄럽지도 않소? 이런 엄숙한 순간에 두렵지도 않느냐 말이오.」

「우린 개미들이오.」 선장은 태연하게 말을 이었다. 「더 많이 먹었다고 해봐야 옥수수 한 알이나 죽은 파리 한 마리지. 그게 뭐 그리 중요하겠소? 잊어 주시오! 우리 개미들을 비난하는 당신은 부끄럽지도 않소? 이 뚱보 코끼리 양반아!」

「선장, 하느님을 경외하시오. 당신은 지금 하느님의 문 앞에 서 있소. 이제 곧 그 문이 열리고 그분을 뵙게 될 거요. 두렵지도 않소?」 사제는 엄숙한 목소리로 말했다.

「그리고리스 사제, 난 피곤하오.」 선장은 귀를 막으며 말했다. 「좀 전엔 아가가 찾아와서 날 지루하게 만들더니, 다음엔 미켈리스가 와서 내 유언장을 작성했소. 생각난 김에 말하는데, 당신에겐 내가 가진 현금을 주기로 했소. 그래야 다른 사람들처럼 날 썩게 내버려 두지 않고 땅에 묻어 줄 것 아니오. 그런데 당신은 지금 여기에 마귀를 데려온 것 같군. 말했듯이 난 피곤해서 못하겠소. 잘 있으시오.」

그는 벽 쪽으로 돌아누워 눈을 감았다. 그러고는 고통스럽게 숨을 내뱉더니, 갑자기 목에서 가르랑거리는 소리를 냈다.

「잘 가시오.」 그가 간신히 인사를 했다.

사제는 성배를 붉은 벨벳으로 다시 덮었다.

「나도 당신한테 그리스도의 피와 살을 나눠 줄 수 없소. 하느님, 그를 용서하십시오!」

「잘 가시오.」 선장은 그 말과 함께 생의 마지막 숨을 뱉어 냈다. 그리고 두어 차례 경련을 일으키더니 숨이 막히는지 작은 신음을 뱉어 내며 입을 벌렸다. 피가 넘쳐 나와 베개와 시트를 적셨다.

사제는 선장의 몸 위에 성호를 그었다.

「하느님 그를 용서하십시오. 저에겐 그럴 권리가 없습니다.」

그는 매장 절차를 알려 주기 위해 문을 열고 만달레니아를 불렀다.

다음 날 마을 사람들이 포르투나스 선장을 매장할 때는, 성 게오르기우스의 날 바토움 정원 자갈밭에서 그가 친구들과 함께 어울렸을 때처럼 보슬비가 내렸다. 하늘엔 투명한 구름이 흘러가고, 교회당 종이 그의 죽음을 알렸다. 작은 묘지 위로 향긋한 국화 향기가 피어올랐다. 마을 사람들은 모두 장례식에 참석했고, 만달레니아는 맨 앞에서 머리를 쥐어뜯으며 슬퍼했다. 야나코스는 미켈리스에게서 선장이 자기 앞으로 보리를 남겼다는 말을 듣고 장례 행렬에 당나귀까지 데려오고 싶었다. 그러나 그리고리스 사제는 화를 냈다.

「당나귀도 하느님의 피조물이 아닙니까?」 야나코스가 항의했다.

「당나귀에겐 영혼이 없네.」 사제는 화난 소리로 대꾸했다.

「내가 신이라면 당나귀들도 모두 천국에 들어오게 할 겁니다.」

「천국은 마구간이 아니라, 하느님이 사시는 곳일세.」 그는 소리를 지르며 야나코스를 밀쳐 냈다.

「난 그래도 당나귀들을 천국에 들어가게 할 겁니다.」 야나코스도 끝까지 지지 않았다. 「그래서 우리 유수파키도 천국에 데려갈 거예요. 단지 녀석이 아무 데나 똥을 싸서 천국을 더럽히지 않는다는 조건하에 말이죠.」

모든 절차가 끝나고 한 사람씩 흙을 집어 무덤 속에 뿌리고 있을 때, 야나코스가 미켈리스와 코스탄디스를 한쪽으로 불러냈다. 그는 입이 근지러워 더 이상 참을 수가 없었다.

「자네들한테 할 말이 있어. 하지만 비밀은 꼭 지켜야 하네. 아직 아무도 이 사실을 모르거든. 마놀리오스 얼굴에 나쁜 병이 생겼네. 마치 얼굴에 귀신이 달라붙은 것처럼 고름이 흐르고 피딱지가 다닥다닥 앉았어. 혹시 마놀리오스가 성자가 되려는 건가, 그래서 우리가 이제 그걸 보게 된 건가? 내가 들은 바로는 성자나 수도사들만 그런 병에 걸린다고 했거든.」

「틀림없이 성자이기 때문일 거야.」 코스탄디스가 말했다. 「그는 성자야. 그런데 지금까지 우리가 몰랐던 거지.」

「그렇게 성급하게 결론짓지 말아요, 코스탄디스.」 미켈리스가 이 새로운 소식에 놀라며 말했다. 「그보다 우리가 먼저 가서 보고 의사한테 데려가야 합니다.」

야나코스가 다시 받았다.

「그래서 일요일 오후에 우리 세 사람이 올라가서 마놀리오스를 만나 보자는 거지. 게다가 난 그에게 전할 선물도 있거든.」

그는 조끼 주머니에서 가장자리에 금박을 입힌 작은 책을 하나 꺼냈다.

「복음서야. 어제저녁 포티스 신부님이 이걸 보내오셨네. 음식 바구니를 마련한 우리 네 사람이 읽으라고 말이야. 우리에 대한 작은 우정의 표시지. 복음서와 함께 신의 은총도 보내 주셨네.」

그들은 국화로 덮인 조상들의 무덤을 넘어갔다. 보슬비로 부드러워진 땅에서는 좋은 냄새가 났다. 그들은 걸음을 잠시 멈추고 축축하고 따뜻한 향기를 맡았다. 그들의 머릿속은 젖은 국화꽃 향내로 가득했다.

미켈리스는 한숨을 쉬었다. 갑자기 약혼녀 마리오리의 얼굴이 떠올랐던 것이다. 창백하고 가냘픈 얼굴, 푹 꺼진 커다란 눈동자, 그리고 자꾸만 입을 가리던 그녀의 작고 하얀 손수건…….

그는 어린 시절 아버지와 이 묘지에 왔던 일을 기억하고 있었다. 사람들은 그가 예전에 집에서 본 적이 있는 어린 소녀의 시체를 파내고 있었다. 파란 눈에 곱슬머리에, 언제나 미소를 머금고 있던 한창 피어나는 나이의 예쁜 아이였다. 그는 아버지와 함께 파헤쳐진 무덤가에 서 있었다. 커다란 삽으로 무덤 위에 쌓여 있던 흙을 파낸 사람들은 소녀의 유골을 찾았다. 그들은 찾아낸 유골을 소녀의 아버지가 들고 있는 나무 상자 속에 담았다. 한 사람이 갑자기 흙 속으로 두 손을 넣더니 두개골을 들어냈다. 어린 미켈리스는 왈칵 눈물이 쏟아졌다. 곱슬머리 예쁜 소녀의 머리가 저렇게 변했단 말인가? 그녀의 파란 눈은 어떻게 됐을까? 그녀의 입술과, 발그레하던 뺨은 어디로 갔을까?

그날 이후 20년 동안, 미켈리스는 묘지에 올 때마다 그 예쁜 소녀와 그녀의 두개골을 떠올리지 않을 수 없었다.

「웬 한숨인가, 미켈리스?」 야나코스가 물었다.

그는 대답하지 않고 꼭대기에 철 십자가가 달린 문을 밀었다.

「갑시다.」 그가 우울한 목소리로 말했다.

그들은 조용히 마을로 향했다. 그때 뒤에서 들려온 둔탁한 발소리에 그들은 일제히 고개를 돌렸다.

「파나요타로스! 저 곰 같은 녀석도 장례식에 왔군.」 코스탄디스의 말을 야나코스가 냉큼 받았다.

「선장이 자기한테 뭔가 남겼다는 소식을 들은 게지. 선장의 집으로 급히 가고 있잖나. 영국의 여왕을 먹어 치우려고 말이야.」

「잠깐, 저 사람도 데려갑시다. 설득하면 될 겁니다.」 미켈리스가 제안했다.

그들은 걸음을 멈췄다. 파나요타로스는 인사도 안 하고 그들을 지나치려고 했다. 단지 수염이 붉다는 이유 하나로 원로 회의에서 유다로 지목된 이후, 그는 신실하고 성스러운 사도로 지목된 인간들을 눈 뜨고 봐줄 수가 없게 되었다.

「저런 얼굴로 사도 역을 하다니!」 그는 계속 투덜거렸다. 「내가 좀 거칠긴 하지만 저들보다는 훨씬 나아. 왜냐하면 나는 저들보다 훨씬 많은 고통을 겪었기 때문이지. 집 안에서나 집 밖에서나,

혹은 나의 내면으로나. 난 혼자 있을 때만 울지. 하지만 저들은 모든 사람들이 볼 수 있도록 운다고. 난 사랑이 뭔지 알아. 마을 사람들 모두가 날 비웃게 만드는 그런 것이지. 그들에겐 누군가를 사랑한다는 것이 바로 좋아하고 놀려 대는 거야. 정말 역겨운 놈들이야, 염병할! 한 놈은 당나귀를 가졌고, 한 놈은 카페 주인이고, 또 한 놈은 부자 아버지에 약혼한 여자까지 있는데 난 뭐야? 아무것도 가진 게 없잖아. 가끔은 내 가게에다 불을 확 지르고, 마누라와 새끼들을 두들겨 패주고, 내가 사랑하는 계집을 죽여 버리고 싶을 때가 있어. 그래, 우리 중에 누가 유다냐고? 원하는 걸 다 갖고 만족스럽게 사는 저놈들이 유다지, 왜 나야?」

「이봐, 파나요타로스. 너무 우쭐해서 보이는 게 없나?」

「아이고, 사도님들, 문안 올리나이다!」 석고먹쇠가 투덜거렸다. 「우리의 가짜 그리스도께선 어디 가셨나?」

「아직도 거기서 못 헤어났나? 이건 그냥 흉내 내기에 불과한 거라니까.」 코스탄디스의 물음에 마구상은 대꾸했다. 「흉내 내기든 뭐든, 그들은 내 가슴에 칼을 꽂았어. 마누라도 날 유다라고 부르고, 길거리의 아이들도 나만 보면 놀려 댄다고. 마을 여자들은 내가 지나가면 문을 걸어 잠그지. 빌어먹을, 자네들이 날 영원한 유다로 만들어 버렸단 말이야!」

「모두가 당신을 좋아해요, 파나요타로스.」 미켈리스가 달랬다. 「그 일로 화내실 것 없어요. 선장님도 돌아가시는 순간 당신을 기억하고 유산을 남겼지 않습니까.」

「석고 덩어리? 나더러 영국 여왕도 먹어 치우라는 소리지, 그 염병할 놈!」

「그렇게 욕하지 마세요.」 미켈리스가 항의했다. 「고인의 몸이 채 식지도 않았어요. 그 말은 취소하십시오.」

「그 염병할 놈!」 파나요타로스는 다시 소리쳤다. 그의 곰보 얼굴이 벌겋게 달아올랐다. 「자네한테도 내가 지옥에나 가라고 소리치길 바라나?」

그렇게 소리치고 그는 성큼성큼 걸어갔다.

「성게를 잡는 데 손을 안 찔릴 수 있나?」 야나코스가 말했다. 「저 녀석에겐 말을 안 거는 게 좋을 뻔했어.」

「깊은 상처를 입은 것 같습니다.」 미켈리스가 슬픈 목소리로 말했다.

「과부도 있고 술도 있으니까.」 코스탄디스가 너무 걱정 말라는 듯이 말했다. 「그런데 저런 기분으로 가면 또 아내와 딸을 타작하게 생겼잖나. 걸핏하면 쫓아내겠다고 협박한다지.」

「자신에게 유다 역을 맡긴 것이 분해서 잠시도 못 참겠는 모양이야.」 야나코스는 머리를 저었다. 「아무래도 문제가 터질 것 같군. 난 마놀리오스가 걱정이야. 하느님, 제가 잘못 안 거라고 해주십시오!」

「마놀리오스가 왜요?」 미켈리스가 걱정스럽게 물었다.

「과부 카테리나가 마놀리오스한테 눈독을 들인 것 같네. 요전날 둘이 우물가에서 얘기하는 걸 누가 본 모양이야. 파나요타로스는 그 소문을 듣고 불같이 화를 냈지. 술만 취하면 〈개새끼, 죽여 버리겠어!〉라고 소리치며 숫돌에다 칼을 간다더군.」

「오늘 저녁 마놀리오스를 보러 가기로 했죠? 그런데 듣고 보니 걱정이네요.」

「지금 당장 가세!」 야나코스가 서둘렀다. 「파나요타로스가 먼저 갈까 봐 걱정이야. 난 그가 성모 마리아 산으로 가고 있다는 생각이 들었어.」

「저 모퉁이만 돌면 금방 산길이 나와. 서두르는 게 좋겠어.」 코스탄디스도 거들었다.

그들은 모퉁이를 돌아 산길을 오르기 시작했다. 모두 한마디 말도 없이, 엄청난 재앙이라도 일어날 듯 서둘렀다.

그들은 산발치에서 바위에 앉아 두 손으로 턱을 괴고 깊은 생각에 빠져 있는 파나요타로스를 발견했다. 그러나 그는 그들을 보지 못했다. 그래서 그들은 아무 말 없이 그를 지나갔다.

어느새 비가 그치고 구름이 흩어지면서 파란 하늘이 드러났다. 해는 아직도 뜨겁게 타오르고 있었다.

방울 소리가 들려왔다. 즐겁고 활기찬 피리 소리도 울려 퍼졌다. 그들은 양 몇 마리를 지나쳤다. 니콜리오가 입에서 피리를 떼고 그들을 돌아보았다.

「이봐, 니콜리오. 네 주인은 오두막 안에 계시냐?」 미켈리스가 소리쳤다.

「거기 안 계시는데요. 난 못 봤어요. 가서 직접 찾아봐요.」

「주인 얼굴은 좀 어떠냐?」

「불에 익힌 게 같아요!」 양치기 소년이 푸아 웃음을 터뜨렸다. 「요리하면서 노래를 부른다니까요!」

「기분이 좋은가 보군!」 야나코스가 말했다.

그러자 미켈리스가 웃으며 말했다.

「나도 알려 드릴 비밀이 있어요. 어제 저녁 레니오가 저희 아버지를 만나러 왔어요. 마놀리오스가 병에 걸린 것을 소문으로 들은 모양이에요. 그녀는 아버지에게 다가가며 〈마놀리오스는 이제 싫어요〉라고 하더군요. 아버지가 〈왜? 다른 남자를 사랑하니?〉 하고 묻자, 그녀는 〈네〉라고 대답했죠. 그러곤 양치기 니콜리오를 사랑한다고 했어요. 아버지가 그 녀석은 아직 수염도 안 난 풋내기가 아니냐면서, 왜 그런 녀석과 결혼하려는 거냐, 그 녀석이 아이는 만들 수 있겠느냐고 묻자, 레니오는 〈그럼요, 물론 아이를 만들 수 있죠. 니콜리오야말로 정말 제가 원하는 남자예요!〉라고 하면서 노인을 계속 어루만지며 애교를 떨었어요. 마침내 아버지도 〈좋다. 그 녀석을 데려오렴. 그게 너한테 훨씬 낫겠구나!〉라고 말씀하셨어요.」

「레니오도 참, 이런 애송이를 받아들이다니!」 야나코스는 어이없어했다.

「마놀리오스가 그런 여자한테서 빠져나왔으니 정말 다행이야!」 코스탄디스는 자기 마누라를 떠올리며 말했다.

그들은 양 우리에 도착하여 안을 살펴보았지만 아무도 발견할 수 없었다. 구석구석 찾아보고 바위에 올라가서 큰 소리로 불러 보았지만 대답이 없었다.

「하느님 맙소사, 혹시 그가 자살을?」 야나코스가 혼자 중얼거렸다.

「뭐라고 중얼거리는 거요?」 미켈리스가 물었다.

「아무것도 아닐세.」

그들은 고개를 떨군 채 다시 산길로 돌아왔다. 해가 넘어가면서 산 그림자가 점점 어두워져 갔다. 그들은 바위 위에 세워진 작은 예배당으로 다가갔다. 버려진 그 예배당은 1년에 단 하루, 성 미가엘의 날에만 사용되고 있었다. 그날은 그곳에서 성자를 위한 간소한 향연이 벌어졌고, 촛불을 밝히러 온 사람들에 의해 거의 지워진 프레스코화가 모습을 드러냈다. 그러면 붉은색에 검은 테두리가 쳐진 대천사 미가엘의 날개가 다시금 펄럭거렸다. 저녁이 되어 방문자들이 빠져나가고 촛불도 하나 둘 꺼지면 대천사의 날갯짓도 멈추곤 했다. 그리고 다시 촛불이 켜질 다음 해를 기다렸다.

그들은 예배당 안으로 들어갔다. 축축한 흙 냄새가 밀려왔다. 마치 무덤 속 같았다. 닳아서 희미해진 그리스도의 성화 앞에 커다란 양초가 타오르고 있었다. 그들은 깊숙한 곳까지 들어가서 주위를 살펴보았지만 아무도 없었다.

「분명 여기에 있었어.」 야나코스가 말했다. 「촛불을 켠 사람도 마놀리오스가 분명해. 그런데…… 어디로 간 걸까?」

「하느님, 그를 보살펴 주소서.」 미켈리스는 가슴에 성호를 그었다.

마놀리오스는 그들이 도착하기 조금 전에 그 예배당을 나갔다. 그는 촛불을 켜고 어슴푸레한 불빛 속에 꿇어앉아 하루 종일 그리스도를 쳐다보았지만, 끝내 망설이기만 하다가 말을 건네진 못했다. 그는 그분께 할 말을 어떻게 표현해야 할지 알 수 없었다. 그리스도는 그가 두려워하지 않도록 하기 위해 조용히 바라보기만 할 뿐, 끝내 입을 열지 않았다. 그리스도와 그는 서로에 대한 마음은 흘러넘치지만 입은 굳게 다문 절친한 친구처럼 하루 종일 말없이 서로 바라보기만 했다.

저녁이 되자 마놀리오스는 자리에서 일어나 그리스도의 손에 입을 맞추었다. 그들은 서로에게 모든 것을 털어놓은 뒤라 더 이상 할 말이 남아 있지 않았다. 마놀리오스는 작은 문을 열고 나와 마을을 향해 걷기 시작했다.

「해야 할 말은 다 했어.」 그는 마음이 편안해졌다. 「우린 공감했고, 그리스도는 나를 축복했어. 이젠 가기만 하면 돼.」

마놀리오스는 커다란 손수건으로 얼굴을 가리고 두 눈만 드러냈다. 마을로 들어서자 어느새 어둠이 내려 있었다. 그는 사람들이 없는 길로 서둘러 걸어갔다. 그리고 망설임 없이 카테리나의 집 문을 두드렸다.

곧바로 정원을 가로지르는 과부의 발소리가 들려왔다.

「누구세요?」

「문 열어요.」 마놀리오스는 가쁜 숨을 몰아쉬며 말했다.

「누구신데요?」 카테리나가 다시 물었다.

「나예요, 마놀리오스.」

즉시 문이 열리고 과부가 두 팔을 활짝 펼치며 반가운 목소리로 말했다.

「마놀리오스구나. 이 시간에 웬일이야? 들어와.」

마놀리오스가 안으로 들어가자 그녀는 문을 닫았다. 그는 두려웠다.

그는 걸음을 멈추고 희미한 불빛 속에서 두 개의 화분에 심어진 카네이션과 마당에 깔린 하얀 조약돌을 바라보았다. 심장이 두근거렸다.

「얼굴은 왜 가렸지?」 과부가 물었다. 「누가 볼까 봐 겁나서? 부끄러워서? 암튼 안으로 들어와, 마놀리오스. 안 잡아먹을 테니 겁내지 말고.」

마놀리오스는 여전히 정원 가운데 조용히 서 있었다. 그는 과부의 하얀 얼굴과 하얀 팔, 깊이 팬 가슴을 볼 수 있었다.

「밤이고 낮이고 네 생각만 했어, 마놀리오스. 잠도 이룰 수가 없었어. 그리고 잠이라도 들면 네가 꿈속에 나타나. 밤낮으로 너에게 소리쳤어. 〈나에게 와! 제발 나에게 와!〉 그런데 이렇게 정말 오다니! 잘 왔어, 나의 마놀리오스!」

「내가 여기 온 건 당신이 날 아주 잊도록 해주기 위해서예요, 카테리나.」 마놀리오스는 침착하게 말했다. 「더 이상 날 생각하거나 애타게 부르는 일도 없어질 거예요. 나를 보면 당신은 몹시 역겨워질 테니까요, 카테리나 자매.」

「내가 너를 역겨워할 거라고?」 과부는 놀란 표정을 지었다. 「넌 내가 이 세상에서 원하는 유일한 남자야. 네가 원한 것도 내가 원한 것도 아니지만 넌 이미 나의 구원이 되었어. 두려워하지 마, 마놀리오스. 너에게 이렇게 말하고 있는 건 내 육체가 아니라, 내 영혼이야. 나에게도 영혼이 있어, 마놀리오스.」

「불을 켜두었군요. 안으로 들어가요. 내 모습을 봐야만 하니까.」

「그래, 들어가자.」 그녀는 부드럽게 그의 팔을 잡아 방으로 데리고 들어갔다.

넓고 깨끗한 침대가 놓여 있었다. 머리맡에 성모 마리아의 성상이 있고, 옆에는 작은 램프가 켜져 있었다. 오른쪽 구석에 또 하나의 기름 램프가 타오르고 있었다.

「용기가 필요할 거예요, 카테리나.」 마놀리오스는 램프 불 밑으로 갔다. 「더 가까이 와서 나를 보세요.」

그는 얼굴에서 천천히 손수건을 떼어 냈다.

흉하게 부어오른 입술과 부르튼 뺨이 드러났고, 헌 데서 노란 액체가 흘러나오고 있었다. 이마는 고깃덩어리처럼 분홍빛을 띠고 있었다.

과부는 놀라서 눈을 동그랗게 뜨고 마놀리오스를 쳐다보았다. 그녀는 갑자기 눈을 감고 마놀리오스에게 달려들며 울음을 터뜨렸다.

「마놀리오스, 내 사랑, 마놀리오스.」

마놀리오스는 부드럽게 그녀를 밀어냈다.

「눈을 뜨고 나를 보세요! 울지 말고, 날 안지도 말고, 내 얼굴을 들여다보란 말입니다.」

「내 사랑! 내 사랑!」 과부는 그에게서 떨어질 생각도 않고 울부짖었다.

「내가 역겹지도 않아요?」

「어떻게 너를 역겹다고 생각할 수 있겠어?」

「그래야만 해요, 카테리나. 당신이 나로부터 자유로워지려면, 그래서 나도 해방되려면…….」

「그런 말은 하지 마. 널 잃으면 난 길을 잃고 말아.」

마놀리오스는 맥이 풀려 침대 옆 걸상에 주저앉았다.

「날 도와줘요, 카테리나 자매님.」 그는 애원했다. 「내가 구원을 얻을 수 있도록 말이에요. 나도 당신을 생각했어요. 하지만 그러고 싶지 않아요. 내 영혼을 더럽히지 않도록 도와주세요!」

과부는 창백한 얼굴로 벽에 몸을 기댔다. 마놀리오스를 바라보는 그녀의 가슴은 찢어질 듯 아팠다. 마치 죽어 가는 자식이 애처롭게 울부짖는 것을 보는 듯한 심정이었다. 그녀는 나지막한 소리로 물었다.

「어떻게 하면 되지, 내 사랑? 내가 어떻게 해주길 원해?」

마놀리오스는 말이 없었다.

「내가 죽길 바라니? 너의 해방을 위해 내가 자살하길 바라?」

「아니, 아닙니다!」 마놀리오스는 놀라 소리쳤다. 「그러면 당신 영혼은 지옥으로 가게 될 거예요. 난 그걸 원치 않아요!」

두 사람은 다시 침묵했다. 잠시 후 마놀리오스가 말했다.

「난 당신을 구하고 싶어요. 당신을 구함으로써 나 자신을 구하고 싶은 겁니다. 나는 당신의 영혼을 짊어지고 있으니까요.」

「내 영혼을 짊어지고 있다고?」 과부는 떨리는 목소리로 물었다. 「그러면 가져. 네가 원하는 곳으로 데려가. 그건 네 것이야. 그리스도를 생각해 봐. 그분도 막달라 마리아의 영혼을 짊어지셨잖아.」

「내가 생각하는 분도 그분이에요.」 마놀리오스는 갑자기 마음이 차분해지는 느낌이었다. 「밤낮 그분만 생각하고 있어요, 자매님.」

「그리스도의 길을 따라가, 마놀리오스. 그분은 매춘부 막달라 마리아를 어떻게 구원했지? 넌 알고 있니? 난 몰라. 나를 네 마음대로 해.」

마놀리오스는 자리에서 일어났다.

「가겠습니다. 당신의 그 말이 날 자유롭게 해줬어요.」

「너도 마찬가지야. 나도 너의 말을 듣고 자유로워졌어. 너는 날 자매님이라고 불러 줬어.」

마놀리오스는 손수건으로 다시 얼굴을 가렸다.

「잘 있어요, 자매님. 나는 다시 올 겁니다.」

과부는 그의 팔을 잡고 마당으로 나갔다. 어둠 속에서 그녀는 손을 뻗어 카네이션 한 움큼을 집어 들었다.

「이걸 받아. 그리스도가 항상 곁에 계실 거야, 마놀리오스!」

그녀는 그의 손에 카네이션을 쥐여 주곤 문을 열고 밖을 살폈다. 길에는 아무도 없었다.

「이젠 누구에게도 이 문을 열어 주지 않을 거야. 네가 다시 오기만을 기다리겠어.」

마놀리오스는 문턱을 넘어 어둠 속으로 사라졌다.

하느님은 옹기장이, 흙으로 빚으신다

5월 초하루, 여름이 다가오고 있다. 아직 푸른 들녘에서는 옥수수가 벌써 노랗게 여물어 가고, 올리브나무들은 쑥쑥 자라고, 포도나무들은 시디신 작은 송이들을 매달고 있다. 파란 무화과나무에서 흐르는 쓴 유액은 머지않아 꿀로 변할 것이다. 리코브리시 마을 사람들은 건강을 지키려고 마늘을 먹는다. 그래서 온 마을에 마늘 냄새가 진동한다. 파트리아르케아스 집정관은 성찬을 계속 즐기기 위해 다시 마늘을 먹기 시작한다. 그는 배불뚝이가 되었고, 피는 탁해졌다. 요전 날 아침엔 이발사 아도니스가 부항(附缸)을 떠서 그의 발작 증세를 가라앉혔다. 라다스 옹은 여린 마늘 줄기를 우적우적 씹어 먹으며 마음속으로 열심히 대차를 따져 본다. 올해 거둬들일 기름과 포도주와 옥수수는 얼마나 될까? 누가 얼마나 빚을 졌으며 어떻게 돌려받을 것인가? 그는 야나코스에게 준 금화 3파운드도 생각한다. 야나코스의 물건을 경매에 붙이고 그의 당나귀도 빼앗을 심산이다.

약혼자들은 슬픈 표정을 짓고 있다. 5월에는 결혼식을 올리지 않고, 6월에는 들일에 바빠 결혼 잔치를 베풀 시간이 없다. 다시 한 달 후에는 추수가 있고, 그다음 달은 포도 수확이 있다. 그들은 일이 한가해지고 한 해의 수확량이 가늠되는 9월 성십자가 현양축일까지 기다려야만 한다. 그러면 사제가 와서 빵과 기름과 포도주를 많이 갖게 된 새 부부들을 축복할 것이다. 그 음식들은 그들에게 자식을 낳고 키울 정력을 공급할 것이다.

그리고리스 사제는 걱정거리가 많다. 딸 마리오리는 아직 혼례를 치르지 않았는데, 미켈리스는 나쁜 길로 빠져 들었다. 그는 결코 똑똑한 위인이 못 되었는데, 그나마 그 새대가리를 마놀리오스와 그의 친구들에게 이용당하고 있었다. 그들은 잘 익은 배를 발견한 셈이었다. 미켈리스는 이제 자기 아버지 허락도 받지 않고 가난한 사람들에게 밀가루와 기름을 쉴 새 없이 퍼주고 있었다. 야나코스의 그 급살 맞아 뒈질 당나귀가 이따금씩 음식 바구니를 싣고 사라키나에 있는 피란민들에게 가곤 했다. 「저 돌대가리 미켈리스 녀석, 머잖아 재산을 탕진하고 말 거야. 그러면 내 딸은 어떻게 되지?」 그리고리스 사제는 투덜거렸다.

하지만 더 나쁜 일은, 사라키나에 있는 염소수염 사제가 일요일마다 동굴에서 미사를 올리고 설교를 한다는 것이었다. 그리고 이미 리코브리시 마을 주민 몇 명은 그리고리스 사제를 버리고 이 반쯤 미친 듯한 방랑자 사제에게 가서 설교를 듣고 있다고 했다. 「각 마을은 하나의 벌집과도 같아.」 그리고리스 사제는 계속 중얼거렸다. 「한 벌집에 두 여왕벌이 있을 자리는 없는 법이지. 그자를 다른 곳으로 내쫓아야 해. 사라키나는 내 벌집이야!」

사라키나에도 5월이 찾아왔다. 그러나 피란민들은 여전히 배가 고팠고 누더기를 걸치고 있었다. 여기저기 돌 더미 사이로 들장미와 산사나무 같은 들꽃들이 피어났다. 그리고 푸르스름한 도마뱀들이 따스한 햇살을 받기 위해 무수히 기어 나왔다. 이곳엔 올리브나무도 포도나무도 채소밭도 없고, 사람들이 접근하기조차 쉽지 않은 거친 바위뿐이다. 드물게 눈에 띄는 바람에 휘거나 뒤틀린 나무들 — 야생 올리브나무, 쥐엄나무, 야생 배나무 — 은 인간에 대한 증오심을 품고 있는 가시 돋친 쓴 열매들만 맺고 있다.

일요일. 반쯤 지워진 프레스코 벽화가 있는 동굴이 훤해졌다. 그림 속의 고행자들도 잠에서 깨어났다. 세월과 습기로 수염과 턱이 지워진 사람도 있고, 머리나 발 부분이 없어진 사람도 있었다. 커다란 십자가 상은 녹과 곰팡이로 덮인 그리스도 얼굴과 십자가에 못 박혀 피가 뚝뚝 떨어지는 창백한 두 발 부분만 남아 있었다.

아침 내내 남자와 여자들은 찬송을 부르며 이 동굴로 모여들었다. 마침내 그들이 햇빛 아래로 나와서 앉자, 포티스 사제가 그들 앞에 나타났다. 그는 일요일마다 미사를 마친 후 회중에게 용기를 심어 주기 위해 연설을 하였다. 먼저 인사를 건네고 각자에게 좋은 말을 해준 뒤, 하느님의 말씀과 자신의 이야기를 들려주기 시작했다. 시작할 때는 조용한 목소리였지만, 차츰 열기를 더해 가자 그의 말은 아주 높은 곳에서 내려온 것처럼 사람들의 영혼 속으로 깊이 파고들었다.

「우리는 아직 살아 있다. 우리는 포기하지 않았다. 나의 자녀들아, 축복을 받을지어다!」 사제는 이날도 사람들을 위로하기 위해 명랑한 음성으로 말했다.

그는 가끔 우화를 인용하기도 하고, 때로는 자신의 삶과 직접 보고 겪은 일들에 대해서도 이야기했다. 혹은 복음서를 펼쳐 들고 아무 곳이나 몇 구절 읽은 뒤 이야기를 이어 가기도 했다. 그러는 사이에 회중의 눈앞에는 별이 총총한 하늘이 열리고 그들의 누더기는 날개로 변했다. 속이 텅 빈 그들의 배도 허기를 잊곤 했다.

「우리는 진리를 전설이라 부른다.」 그날 포티스 사제는 이렇게 시작했다.「너희에게 전설을 한 가지 들려주마. 나의 자녀들아, 더 가까이 오라. 거기 울고 있는 여인들아, 내가 얘기하고 싶은 사람은 너희다. 이리 가까이 오라!」

여자들은 자녀들과 함께 그의 주위에 둥그렇게 모여 앉았다. 그 뒤로는 남자들이 둘러섰다. 노인들은 지팡이에 몸을 의지하고 열심히 귀를 기울였다.

포티스 사제는 이야기를 시작했다.

「옛날에 두 명의 새잡이가 살았어. 그들은 산에 올라가 그물을 쳐두었지. 다음 날 다시 가보았더니, 그물 안에는 산비둘기가 가득 들어 있었어. 그 가엾은 새들은 도망치려고 필사적으로 퍼덕거렸지만 그물코가 너무 촘촘해서 빠져나갈 수가 없었지. 그래서 겁에 질려 서로 엉킨 채 기다리고만 있었어. 새잡이 하나가 말하길, 〈삭정이 같은 새들이잖아, 뼈와 가죽뿐이네. 이것들을 어떻게 시장에 내다 팔지?〉, 다른 새잡이가 대답하기를, 〈며칠 동안 모이를 먹여 보자고. 그러면 살이 찔 거야〉. 그래서 그들은 산비둘기에게 사료와 물을 충분히 주었지. 산비둘기들은 열심히 먹고 마시기 시작했지만, 한 마리만은 먹지 않고 버텼네. 다른 놈들은 날이 갈수록 더 많이 먹고 살이 통통하게 올랐는데, 오직 그놈만은 점점 여위어 갔어. 그리고 악착스레 그물을 빠져나가려고 퍼덕거렸고, 그런 몸부림은 새잡이들이 산비둘기들을 시장에 내다 팔기 하루 전까지 계속되었지. 먹지 않아 너무 야윈 그 산비둘기는 필사의 노력 끝에 가까스로 그물을 뚫고 나와 멀리 날아갔네. 그 새는 자유를 얻게 되었지. 나의 자녀들아, 이것이 내가 하고 싶었던 이야기야. 내가 왜 너희에게 이런 이야기를 하는지, 그 의미를 아는 사람 있는가? 거기 계신 어르신은 어떻게 생각하십니까? 조금만 머리를 써서 생각해 보세요.」

노인들은 모두 말이 없었다. 그때 갑자기 거인인 기수(旗手)가 일어났다.

「제가 생각하기엔 우리의 굶주림을 말씀하신 것 같은데요, 신부님. 그리고 그 굶주림은 우리가 자유를 찾는 데 도움을 준다는 얘기 같군요. 우리가 모이를 먹지 않은 비둘기 같다는 말씀이신 것 같은데, 더 이상은 모르겠어요. 제 머리가 그 이상은 돌아가지 않아 죄송합니다.」

「제대로 말해 주었다, 루카스. 너를 축복하노라.」 사제가 말했다. 「잘 들어라, 나의 자녀들아. 우리 마을에 있을 때 우리는 너무 호사를 누렸고, 너무 많이 먹었고, 우리 영혼에 너무 과중한 영양을 공급했던 거야. 평화와 안전, 편안한 생활로 육신은 크게 자란 반면 영혼은 노예가 되어 가고 있었어. 우리는 이렇게 말했지. 〈모든 게 다 좋다. 정의가 세상을 다스리고, 굶주리는 사람도 없고, 추위에 떠는 사람도 없다. 이보다 더 좋은 세상은 없다.〉

하느님은 우리를 가엾게 여기셨던 거야. 그래서 우리에게 터키인을 보내어 길거리로 내쫓으셨어. 우리는 박해를 받았고 세상은 불의로 가득 차 있다는 사실을 알았다. 우리는 굶주리고 추위에 떨었다. 그러나 늘 잔치를 열고 난로에 불을 피우는 사람들은 누더기를 입고 굶주린 우리를 비웃고 있지.

불행이 우리의 눈을 열어 주었다는 것을 우리는 이제 깨달았다. 굶주림이 우리의 날개를 펴주었고, 불의와 안일로 가득했던 삶의 그물에서 빠져나오게 했다. 여기서 우리는 자유롭다! 이제 우리는 새로운 삶, 더 고귀한 삶을 시작할 수 있다. 하느님을 찬양하라!」

모두들 한마디도 하지 않았다. 노인들은 고개를 저었고, 여자들은 계속 나직이 흐느꼈다. 남자들만 사제를 똑바로 바라보며 흔들리지 않는 용기와 인내가 자신들 속에 깊숙이 자리 잡고 있음을 느꼈다.

기수 혼자만 다시 목청을 높였다.

「신부님, 좋은 말씀 해주셨습니다. 하느님은 우리를 동정하셔서 불행 속으로 몰아내셨습니다. 말이 숨을 헐떡이며 고통스러워할 때 마부가 채찍질을 하는 것과 같은 거지요. 불행은 우리의 피를 끓게 하고 우리의 마음을 열었습니다. 그래서 우리는 자유로워졌습니다. 하지만 지금 우리는 어떻게 이 불행을 끝내야 합니까? 신부님께서는 그것을 우리에게 말씀해 주셔야 합니다. 우리가 불행을 끝내지 않으면 오히려 불행이 우리를 끝장낼 것입니다. 그것이 우리를 칠 것입니다, 신부님!」 눈물이 그렁그렁한 눈으로 기수는 소리쳤다. 그 순간 그는 피란 오던 도중에 죽은 어린 아들 게오르게를 떠올렸던 것이다.

「두려워 마라, 루카스. 우리는 불행에 멍에를 씌울 거야!」 사제가 대답했다. 「그 불행은 우리에게 약이 될 테니 두고 보렴. 노력과 인내와 사랑이 우리의 무기다. 자신감을 가져라. 눈을 감으면 내 주위에는 석조 주택들과 종탑이 있는 교회, 2층으로 지은 학교 건물과 아이들이 가득 뛰어노는 커다란 운동장이 어른거린다. 그리고 마을 주변의 채소밭과 포도밭, 밀밭들이 떠올라. 우리는 이미 시작했어. 바위들 사이에 있는 조그만 땅들을 찾아 씨앗을 뿌렸다. 수로에서 역류하는 물줄기를 잡았고, 야생 나무들을 접목시켜 놓았다. 우리는 건설을 시작한 것이야. 오만한 늑대의 샘리코브리시 마을에도 우리를 생각하는 마음을 가진 사람들이 몇 명 있어. 어느 날 그들 중 하나가 자신의 전 재산인 3파운드를 내놓았고, 또 다른 날 한 사람이 우리에게 식량 바구니를 보내왔다. 또 어느 죄 많은 여인이 아끼던 암양을 우리에게 선물했지. 그저께 죽은 또 다른 죄인은 우리에게 전 재산을 남길 생각을 했어. 하느님, 그의 죄 많은 영혼을 용서해 주소서! 우리는 뿌리를 내리고 있다, 나의 자녀들이여. 우리는 새로운 싹을 틔우고 줄기와 가지로 성장하고 있다. 자신감을 가져라!」

「신부님, 똑같은 일을 처음부터 다시 시작해야 합니까?」 허리에 넝마를 걸치고 굶주림으로 얼굴이 창백한 젊은이가 소리쳤다. 「언제나 똑같아요, 신부님. 그런데 또 시작해야 합니까? 고향에 있을 때도 우린 모두가 부자는 아니었죠. 거기서도 가난뱅이는 있었습니다. 마을이 기름과 포도주로 넘칠 때, 이웃들이 오븐에 빵을 굽고 있을 때 제 어머니는 굶어 죽었습니다. 바로 그 냄새가 어머니의 숨통을 틀어막았죠. 그런데 지금도 달라진 게 없잖습니까, 신부님. 또다시 부자와 가난뱅이가 생겨나겠죠.」

포티스 사제는 고개를 숙였다. 한참 생각에 잠겨 있던 그가 마침내 말했다.

「페트로스, 자넨 둔하지만 에둘러 말하지 않아서 좋아. 방금 자네가 던진 그 질문을 나는 밤낮으로 하느님께 묻고 있다네. 나에게 깨달음을 달라고 기도하고 있지. 나는 하느님께 〈우리의 새로운 마을을 위해서 새로운 토대를 원합니다. 불의는 더 이상 원치 않습니다. 모든 사람을 굶주리고 춥게 하시든지, 아니면 모든 사람이 다같이 음식과 옷과 따뜻함을 누리게 해주시옵소서. 주여, 우리가 이 땅에 정의를 실현할 수 없나이까?〉 하고 외치고 있어.」

「그런데 하느님은 뭐라고 대답하시던가요?」 페트로스가 냉정하게 물었다.

「그분의 힘에 의해 나의 이 보잘것없는 두뇌는 신성한 빛을 받고 있네. 불행은 우리를 평등하게 만들었어. 우린 이제 모두 가난해져서 아무도 빵을 구울 수가 없고, 또 누구도 배고픈 자에게 베풀기를 거절하는 죄를 범하지 않게 되었지. 그때 하기 어려웠던 일들을 바로 지금은 함께 협력하여 해내고 있지 않은가, 나의 자녀들이여. 우리의 영혼이 탐욕으로부터 자유로워졌으니, 이젠 날아오를 수가 있단다.」

포티스 사제는 한 노인에게 시선을 돌렸다. 양손으로 지팡이를 짚고 있는 노인은 머리를 주억거리고 있었다.

「카릴라오스 옹, 만약 석 달 전에 영감님의 포도나무와 올리브나무들을 가난한 사람들에게 나누어 주라는 요청을 받았다면 그렇게 하셨겠습니까?」

「어림도 없지! 하느님, 절 용서하소서.」 노인은 사제에게 반문했다. 「사제께서는 자신의 팔다리나 폐를 잘라내어 이웃에게 줄 수 있겠소? 나에게 올리브나무와 포도나무는 그것들과 똑같소.」

「그렇다면 당신의 영주였던 파블리스도 결코 돈궤를 열고 황금을 가난한 사람들에게 나누어 주시지 않았을 겁니다.」

사제를 바라보고 있던 한 노인이 얼굴을 찡그렸지만 아무 대꾸도 하지 않았다. 그는 자신의 돈궤를 생각하며 깊은 한숨을 내쉬었을 뿐이었다.

포티스 사제가 갑자기 흥분하며 소리쳤다.

「땅과 나무를 가진 자는 그 자신이 땅과 나무가 되어 그의 영혼은 신성함을 잃게 된다. 돈궤를 가진 자는 돈궤가 된다. 가여운 파블리스여, 당신은 돈궤에 지나지 않았소. 불쌍한 카릴라오스여, 당신은 죽기도 전에 흙이 되고 땅이 되었소. 그러나 하느님이 보살피사, 우리 모두는 구원받았습니다! 많은 재산을 가졌던 부자들아, 당신들은 마침내 헐벗고 굶주린다는 것이 무엇인지, 가난한 자들의 고통이 무엇인지 스스로 알게 되었다.」

「그래, 이제야 알게 되었지.」 파블리스 노인이 한숨지으며 말했다.

「이제 우린 그 모든 것들을 깨끗이 지워 버려야 한다.」 포티스 사제는 말을 이었다. 「더 이상 네 것 내 것이 없고, 울타리나 자물쇠나 궤짝도 필요 없을 것이다. 여기서는 모두 함께 일하고 함께 먹는다. 각자는 자신이 할 수 있는 최대한의 일을 해야 한다. 보이도마타 호수에 고기를 잡으러 가는 사람, 짐승을 사냥할 사람, 밭에서 일할 사람, 하느님께서 우리에게 보내 주신 동물들을 들판에서 키워야 할 사람도 있을 것이다. 우리는 한 형제이고 한 가족이다. 우리에겐 한 분의 아버지 하느님이 계신다.」

사제는 무리를 향해 양팔을 벌리고 소리를 높였다.

「우리 마을에 새로운 토대를 쌓자. 우리의 영혼에 새로운 토대를 놓자. 새로운 토대를 놓는 일은 어렵다. 도와 다오, 나의 형제들이여! 노력과 인내와 사랑, 그리고 하느님에 대한 믿음으로! 최초의 기독교인들이 어떻게 했는가? 그들은 지하 묘지에서 만나 세상에 새로운 토대를 놓았다. 지금 우리가 기거하는 이 동굴들은 그들의 지하 묘지와 다를 바가 없다. 우리도 그리스도를 모시고 있고, 불의가 무엇인지 알고 있다. 우리는 질서를 세울 것이다! 두려워하지 마라, 내 아들 페트로스. 지난날들을 다 떨쳐 버리고 우리 다 함께 새로운 세계를 세워 나가자!」

모두 자리에서 일어나 손에 손을 잡고 사제를 에워쌌다.

사제가 다시 한 번 소리쳤다.

「우리 다 함께! 이것이 우리의 새로운 구호다. 이 말이 우리를 구원할 거야!」

「다 함께!」 모든 남녀가 맹세하듯 손을 쳐들며 외쳤다.

카릴라오스 노인이 성호를 긋고 말했다.

「가난은 내 마음을 넓게 만들었어.」 노인의 두 눈이 어느새 젖어 있었다. 「오 하느님, 저에게 부를 허락하지 마소서. 또다시 사악해질 것입니다!」

「염려하지 마십시오, 카릴라오스 영감님.」 페트로스가 웃으며 말했다. 「영감님이 부자가 되지 않도록 우리가 막아 드리죠!」

사제는 제복을 벗어 성구를 보관하는 여인에게 넘겨주었다.

「나의 자녀들아, 오늘은 주일이니 쉬어라. 내일 다시 일을 시작하겠다. 아이들은 공놀이를 하고, 남자들은 회의를 열어 의논하고, 여자들은 이야기를 나누며 서로를 위로하라. 나는 맞은편 산에 가야 해. 거기서 바구니를 가지고 나를 기다리고 있는 친구들이 있다. 나의 자녀들아, 오늘 저녁에도 하느님은 우리와 함께 계신다!」

말을 마친 사제는 지팡이를 짚고 그곳을 떠났다.

마놀리오스를 둘러싸고 세 사도 베드로, 야곱, 요한이 작은 복음서를 펼쳐 놓고 막 읽으려는 참이었다. 그 복음서는 베드로 역을 맡은 야나코스가 아침에 가져온 것이었다.

그들은 마놀리오스의 흉하게 부어오른 얼굴에 익숙해졌다. 처음엔 다들 깜짝 놀랐지만, 곧 역겨움이나 두려움을 느끼지 않고 그를 똑바로 쳐다볼 수 있었다. 야나코스는 마놀리오스 몰래 포티스 사제에게 친구의 고난을 살펴보고 조언을 해달라고 부탁해 놓았다. 많은 것을 보고 겪은 포티스 사제는 육신과 영혼의 온갖 고통들을 잘 알고 있을 것이고, 적절한 치료법을 찾아낼지도 몰랐다. 마놀리오스에게 필요한 것은 연고나 내복약이 아닐 것이다. 아마도 이런 갑작스러운 고통은 그 뿌리가 딴 곳에 있을 것이다. 어쩌면 사탄의 소행일지 모른다. 그렇다면 사제가 그 부정한 기운을 몰아낼 수도 있으리라.

그래서 그들은 각자 선물을 들고 병든 친구를 찾아 산에 올라온 것이었다. 야나코스는 작은 복음서를, 코스탄디스는 터키산 과자 상자를, 미켈리스는 작은 십자가 상 그림을 가져왔다. 그 그림은 매우 오래된 것으로, 그가 어머니에게서 받은 것이었다. 십자가에 못 박힌 예수 주위에는 수많은 제비들이 그려져 있었다. 천사가 아닌 제비들이 예수의 양팔과 십자가 꼭대기에 앉아 마치 노래를 하듯 부리를 벌리고 있었다. 그리고 십자가 전체가 꽃으로 덮여 있었다. 밑에서 꼭대기까지 작은 분홍색 꽃들에 덮여 있어서 마치 꽃을 활짝 피운 아몬드나무처럼 보였다. 십자가에 못 박힌 그리스도는 꽃과 새들에 파묻혀 미소 짓고 있었다. 십자가 밑에는 매춘부였던 막달라 마리아가 홀로 머리칼을 풀어 헤치고 그리스도의 발에서 흘러내린 피를 닦아 내고 있었다.

마놀리오스는 양 우리 앞에 놓인 돌 의자에 앉아 그들을 맞았다. 그는 머리를 감고 주일용 옷을 입고, 자신이 조각한 그리스도 가면을 들여다보고 있었다. 정면을 바라보다가 오른편으로 돌려서 보더니 다시 왼쪽으로 돌려 그리스도의 눈물 흘리는 눈과 고통스러워하는 입, 슬픈 미소를 응시하며 상념에 젖어들었다.

마놀리오스는 선물들을 받고 복음서에 입을 맞춘 뒤 십자가 상 그림을 한참 동안 바라보았다.

「이건 십자가 상이 아니라 봄을 그린 것이로군요.」 그는 중얼거렸다.

그는 십자가 발치에 앉아 있는 성긴 금발의 여인을 바라보며 한숨을 내쉬었다. 그는 그리스도의 발에 입술을 갖다 대곤 갑자기 움찔했다. 마치 매춘부의 금발과 목에 키스한 것처럼 여겨졌던 것이다.

야나코스가 마놀리오스의 손에서 그림을 빼앗으며 말했다.

「자, 마놀리오스. 복음서를 읽게.」

「어딜 읽을까요, 야나코스?」

「아무렇게나 펼쳐 봐! 읽고 이해가 안 되는 것은 이해될 때까지 토론하는 거야.」

마놀리오스는 복음서를 들고 입을 맞춘 다음 펼쳤다.

「그리스도의 이름으로.」 그는 그렇게 말한 뒤 또박또박 읽기 시작했다. 「예수께서 무리를 보시고 산에 올라가 앉으시자 제자들이 곁으로 다가왔다. 예수께서는 비로소 입을 열어 이렇게 가르치셨다. 〈마음이 가난한 사람은 행복하다. 하늘나라가 그들의 것이다.〉」

「그건 쉬운데. 하느님을 찬양하라. 난 이해했네. 코스탄디스, 자넨 어떤가?」 야나코스가 기쁜 표정으로 말했다.

코스탄디스는 의아한 표정으로 물었다.

「마음이 가난한 사람이라니?」

「못 배운 사람들, 큰 학교에 다녀 본 적이 없는 사람들 말이야.」 야나코스가 설명했다.

「아닙니다, 배우지 못한 사람이란 뜻이 아니에요.」 마놀리오스가 바로잡아 주었다. 「배운 사람이라도 포티스 사제 같은 사람은 천국에 들어갈 수 있고, 못 배운 사람이라도 라다스 옹 같은 사람은 천국에 들어갈 수 없을 테니까요. 어떻게 생각합니까, 미켈리스?」

「사악하지 않은 사람을 의미하는 게 아닐까? 마음이 단순하고 순수하고 꼬치꼬치 따지지 않고 확신을 가지고 믿는 사람들 말이야. 내 생각엔 그런 것 같아. 포티스 사제에게 물어보세.」 미켈리스가 대답했다.

「그다음!」 야나코스가 성급하게 말했다. 「그만하면 되었네. 다음으로 넘어가세!」

마놀리오스는 계속해서 읽어 나갔다.

「온유한 사람은 행복하다. 그들은 땅을 차지할 것이다.」

「그건 이런 뜻이 분명해!」 야나코스가 의기양양하게 소리쳤다. 「온유한 사람이란 친절하고 온화하고 평화로운 사람이지. 그들은 마지막에 승리하여 온 세상을 차지하게 될 거야. 전쟁을 통해서가 아니라 사랑을 통해서 이 세상을 정복할 거라고. 전쟁을 반대한다! 전쟁을 반대해! 우린 모두 형제야!」

「터키인들도?」 코스탄디스가 주저하며 물었다.

「터키인, 아가, 유수파키, 후세인, 모두 마찬가지지!」 야나코스는 자신 있게 대답했다.

「포티스 사제의 마을을 파괴한 자들도?」 코스탄디스는 물고 늘어졌다.

야나코스는 머리를 긁적였다.

「그건 잘 모르겠는걸. 이따 포티스 사제에게 물어보자. 그다음을 읽어 보게!」

「옳은 일에 주리고 목마른 사람은 행복하다. 그들은 만족할 것이다.」

「아! 이것이 하느님 뜻이라면, 우리에겐 옳은 일만 잔뜩 일어날 거야.」 그들은 일제히 소리를 질렀다.

야나코스가 흥분해서 일어나 소리쳤다.

「옳은 일에 주리고 목마른 사람은 행복하다! 바로 우리잖나. 그리스도께서 우리 얘기를 하고 계시는 거야. 우리 네 친구는 옳은 일을 위해 목마르고 배고프니까. 난 가슴에 날개가 돋는 느낌이네. 마치 그리스도께서 나에게 얼굴을 돌리고 말씀하시는 것 같아. 용기를 내게, 친구들! 그다음, 마놀리오스!」

「자비를 베푸는 사람은 행복하다. 그들은 자비를 입을 것이다.」

「이 말씀을 들으시오, 파트리아르케아스 영감님.」 야나코스가 다시 벌떡 일어나며 소리쳤다. 「우리가 불쌍한 사람들에게 음식 네 바구니를 주었다고 거리에서 더 이상 인사도 받지 않는 술꾼 양반. 그리고리스 사제도 이 말씀을 잘 들으시오. 산해진미를 차린 식탁에서 굶주린 자들을 모두 내쫓아 버리는 천한 대식가여! 당신의 올챙이배를 너무 채우다가 터져 버리면 온 마을에 악취가 진동할 것이오! 이 말씀을 들으시오, 라다스 옹. 당신의 수호천사에게도 물 한 잔 주지 않는 지독한 구두쇠 영감! 미켈리스, 자네는 부친을 닮지 않아 다행일세. 자네는 네 바구니와 함께 천국에 들어갈 거야. 그 음식물은 자네 것이지 우리 것이 아니기 때문이지!」

「모든 것을 그렇게 척척 푸는 법을 어디서 배웠나, 야나코스?」 코스탄디스가 몹시 감탄하며 물었다. 「자넨 솔로몬의 두뇌를 가졌군!」

「그건 머리로 푸는 게 아닐세, 친구.」 야나코스가 대답했다. 「가슴으로 느끼는 거지. 솔로몬 왕의 지혜란 그런 거야! 계속하게, 마놀리오스. 그다음!」

「나 때문에 모욕을 당하고 박해를 받으며 터무니없는 말로 갖은 비난을 다 받게 되면 너희는 행복하다. 기뻐하고 즐거워하라. 너희가 받을 큰 상이 하늘에 마련되어 있다. 옛 예언자들도 너희에 앞서 같은 박해를 받았다.」

「그 부분을 다시 한 번 읽어 보게, 마놀리오스.」 야나코스가 말했다. 「천천히 말이야. 그 부분은 나도 좀 어리둥절한걸.」

마놀리오스가 그 구절을 다시 읽고 나서 말했다.

「나는 분명하게 이해할 수 있어요. 마을 유지들과 부자들, 그리고 거짓말쟁이와 정직하지 못한 자들은 언젠가 우리 네 사람을 추방할 것입니다. 우리가 진리를 말하기 때문이죠. 그들은 추종자들을 데려와서 우리에게 불리한 증언을 하게 하고, 우리에게 돌을 던지거나 죽일지도 몰라요. 예언자들에게도 똑같은 짓을 하지 않았던가요? 하지만 우리는 기뻐해야 합니다, 형제들이여. 그리스도의 사랑을 위해 우리의 목숨을 바칠 것이기 때문입니다. 그분도 우리를 사랑하셨기 때문에 자신의 생명을 바치지 않았습니까? 바로 이것이 이 구절의 의미입니다.」

「자네 말이 옳아, 마놀리오스.」 야나코스가 눈을 반짝이며 말했다. 「그리고리스 사제가 가야파처럼 선두에서 행진하는 것을 상상할 수 있네. 그의 뒤를 라다스 옹이 〈저들을 죽여라! 죽여라! 저들은 우리의 돈궤를 열고 금화를 나누어 가졌다!〉라고 소리치면서 따르겠지. 그리고 파트리아르케아스 집정관도 볼 수 있네. 미켈리스, 나에게 감정 갖지 말게나. 빌라도 역을 맡은 그는 이렇게 말하겠지. 〈나는 이 일에서 손을 떼겠다. 난 그들과 아무 상관도 없으니 죽일 테면 죽여!〉라고 말일세. 하지만 속으론 무척 기뻐할 거야. 우리가 그를 방해했기 때문이지. 우리는 그가 평화롭게 새끼 돼지 고기를 포식하도록 두지 않았고, 하녀들을 마음대로 하도록 내버려 두지 않았어. 또 감기에 걸렸다는 핑계로 과부 카테리나에게 안마를 받도록 놔두지도 않았거든. 이건 그가 한 말일세. 신을 경외하지 않는 자, 구두쇠, 그리고 쾌락을 추구하는 자들이여, 때가 오고 있다! 하느님이 심판하실 날이 이미 왔도다!」

야나코스는 자신의 말에 도취했다. 그는 마을을 굽어보면서 두 팔을 앞으로 쭉 뻗었다. 그러곤 주위를 돌아보다가 포티스 사제가 와 있는 것을 보곤 멍한 표정이 되었다.

「용서하세요, 신부님.」 그는 당황해서 말했다. 「복음서를 읽고 있다가 가슴에 불길이 일어서 그만…….」

포티스 사제가 발꿈치를 들고 살금살금 다가왔기 때문에 복음서의 말씀에 빠져 있던 네 친구는 알아차리지 못했던 것이다. 사제는 그 자리에 서서 그들이 이야기하는 것을 들으며 혼자 미소 짓고 있었다.

「너희에게 행운이 있기를, 나의 아들들아. 하느님이 함께하시기를!」

모두는 기쁜 마음에 일제히 일어나서 벤치에 사제가 앉을 공간을 마련해 주었다. 하지만 사제는 앉을 생각도 잊은 채 마놀리오스를 보고 소리쳤다.

「무슨 일이냐, 내 아들아? 무슨 일이 있었는가?」

「하느님께서 저를 벌하셨습니다.」 마놀리오스는 고개를 숙인 채 대답했다. 「신부님, 제 얼굴을 보지 마세요. 복음서만 보시고 설명해 주십시오. 우리는 신부님이 깨우쳐 주시기만을 기다리고 있었습니다. 교육을 받지 못한 저희들이 어떻게 이해할 수 있겠습니까?」

「우리 머리는 비뚤어졌어요, 신부님. 잘 좀 바로잡아 주십시오.」 코스탄디스도 거들었다.

「나더러 도와달라고?」 포티스 사제는 머리를 저었다. 「세상의 모든 현자들은 이곳에 와서 자네들의 말에 귀를 기울여야 할 거야. 그래야만 그리스도의 말씀을 제대로 이해하게 될 걸세. 자네 말이 옳아, 야나코스. 복음서는 머리로 읽는 것이 아니지. 보잘것없는 머리로는 많은 것을 이해하지 못해. 자넨 복음서를 마음으로 읽었네. 마음은 모든 것을 이해하지. 야나코스, 일요일에 우리의 지하 동굴 교회에 와서 하느님의 말씀을 우리에게 설명해 주게. 웃지 말게나, 진담이니까.」

사제는 마놀리오스를 돌아보며 말했다.

「아들아, 모든 고통은 영혼에서 비롯된다. 영혼은 육신을 지배

하지. 마놀리오스, 자네 영혼은 병들었기 때문에 치유가 필요해! 그러면 육신은 싫든 좋든 따라오지. 하지만 먼저 말해 보게. 왜 나를 불렀나? 도움이 필요한가? 자네와 나 둘이서만 얘기할까, 마놀리오스?」

「신부님, 실은 마놀리오스의 병 때문에 오시게 했습니다. 우리는 마놀리오스의 얼굴에 마귀가 달라붙었다고 생각했어요. 그래서 신부님의 신성한 힘으로 마귀를 쫓아 달라고 부탁드리려 한 겁니다.」 미켈리스가 말했다.

「그리고 제가 이해할 수 없는 것들이 너무 많습니다, 신부님. 모든 것이 하느님에게서 오지 않습니까? 왜 아가나 그리고리스 사제나 라다스 옹을 두고 마놀리오스에게 이런 병을 주십니까? 도대체 이건 무슨 경우인지 전 도무지 이해할 수 없습니다.」 야나코스도 거들었다.

그는 마놀리오스를 돌아보며 따지듯이 물었다.

「왜 자넨 항의하지 않나? 큰 소리로 하느님께 항변하란 말일세. 그렇게 팔짱 끼고 고개를 떨구고 〈하느님이 날 벌주고 계시군〉 하고 푸념만 하고 있을 건가? 도대체 자네가 무슨 잘못을 했기에, 왜 그분이 자넬 벌주고 계시는가? 반발하게, 자넨 양이 아니라 사람이야. 사람이라면 하느님한테라도 반발하며 따질 건 따져야지!」

포티스 사제가 일어나서 야나코스의 입을 막았다.

「자네는 너무 많은 질문을 퍼붓고 있네, 야나코스. 하느님더러 당장 내려와서 설명하라는 식으로 목청을 돋우고 있네. 자네가 누구기에 하느님이 지상에 내려오길 바라는가?」

「전 단지 알고 싶어서…….」 야나코스가 겁먹고 중얼거렸다.

「하느님을 말인가, 야나코스?」 포티스 사제는 놀란 표정으로 물었다. 「인간은 하느님의 발밑에 있는 벌레에 지나지 않아. 비할 데 없이 위대한 하느님을 어떻게 이해할 수 있겠는가? 나도 젊었을 땐 자네처럼 반항하고 따지곤 했네. 이해할 수 없었으니까. 어느 날 아토스 산에서 수도원장님이 비유로 가르쳐 주시더군. 그분은 종종 자신의 생각을 비유로 표현하곤 하셨지. 하느님, 그의 영혼을 지켜 주소서! 그분의 얘기는 이런 것이었네. 옛날 사막의 외딴 곳에 작은 마을이 있었는데, 그 마을 사람들은 모두 장님이었다는군. 마침 거대한 코끼리를 탄 위대한 왕이 군사를 이끌고 그곳을 지나갔다네. 코끼리에 관해 얘기로만 들어 온 그 마을 사람들은 이 멋진 동물을 만져 보고 싶어서 안달이 났지. 그래서 마을 유지 열 명 정도가 대표로 나서서 왕에게 코끼리를 만져 보게 해달라고 간청했다네. 왕은 장님들의 간청을 들어주었지. 그들 중 하나는 코끼리의 코를, 다른 사람은 다리를, 또 다른 사람은 옆구리를 만져 보았네. 코끼리의 귀를 만져 보기 위해 위로 번쩍 들려진 사람도 있고, 코끼리 등에 올라탄 사람도 있었어. 유지들은 아주 흡족해하며 마을로 돌아갔지. 마을 사람들이 주위에 몰려들어 그 괴이한 짐승이 어떻게 생겼더냐고 물어보았다네. 첫 번째 유지가 말했지. 〈멋대로 일어서기도 하고 구부러지기도 하고 만지면 우는 소리를 내는 커다란 파이프더군.〉 다른 유지가 말했네. 〈그건 털투성이의 기둥이었네.〉 또 다른 이는 〈그건 성벽처럼 단단하면서도 털이 많더라고〉라고 말했지. 귀를 만졌던 사람은 〈그건 절대 성벽이 아니야. 거칠게 짠 두꺼운 모직 양탄자야. 그리고 만지면 움직인다네〉라고 우겼어. 그러자 마지막 유지가 〈무슨 터무니없는 말들을 하는 거야. 그건 걸어 다니는 거대한 산이야!〉 하고 소리쳤다네.」

네 친구는 웃음을 터뜨렸다.

「우리가 바로 그 장님들이로군요.」 야나코스가 말했다. 「신부님 말씀이 옳아요. 용서하십시오. 우리는 그분의 작은 발톱을 탐사하곤 〈하느님은 돌처럼 딱딱하다〉고 말합니다. 더 이상 나아가지 못했기 때문이죠.」

그러자 미켈리스가 말했다.

「우리에겐 따질 권리가 없어요. 하느님이 마놀리오스를 벌하신 데는 분명 이유가 있을 겁니다. 우리는 장님이라 그걸 보지 못할 뿐이죠.」

「신부님.」 마놀리오스가 고개를 들고 말했다. 「우리 네 사람은 올해 하나가 되었습니다. 그래서 나는 모두 앞에서 고해하고, 다 함께 하느님이 저를 벌하신 이유와 치유법을 알아내야 한다고 생각합니다. 이렇게 얼굴에 마귀가 달라붙어 있는 한 저는 회개하지 않았다는 뜻이고, 하느님이 절 받아들이시지도 않을 거라고 생각합니다.」

「자네 말이 옳다, 마놀리오스.」 포티스 사제가 말했다. 「초기 기독교인들이 했던 일이 그거야. 그들은 형제들 앞에서 자기 죄를 고백하고, 모두 함께 구원의 길을 찾으려고 애썼지. 그리스도의 이름으로 자네 말에 귀를 기울이겠네, 마놀리오스. 우리 모두는 죄인이고, 지금 이 순간도 하느님은 우리 위에 계시며 우리 말을 듣고 계시다는 사실을 잊지 말게.」

마놀리오스는 한참 동안 생각에 빠져 들었다. 그의 전 생애가 눈앞을 스치고 지나갔다. 빈곤한 가정에서 태어나 고아 신세가 되었고, 만달레니아 아주머니가 많은 불평을 하면서도 그를 길렀다. 그 후 수도원에서 행복과 평온을 찾았으며, 마나세라는 수도원장은 진지하고 부드러운 목소리로 테바이드 수도자들의 삶에 대해서, 겐네사렛 호숫가의 사도들에 관해, 그리고 십자가에 못 박힌 그리스도에 관해 이야기해 주었다. 얼마나 즐거웠던가! 그야말로 지상 천국이었다. 그러던 어느 날 아침 집정관 파트리아르케아스가 하인들과 함께 도착했다. 수도원 안마당은 노새들과 붉은 양탄자들, 그리고 환성으로 가득 찼다…….

마놀리오스는 고개를 들고 말했다.

「어디서 시작해야 할지 모르겠습니다, 신부님. 지나온 생애가 저의 머리를 온통 어지럽게 하고 있군요. 도와주세요, 신부님. 저에게 물어봐 주세요. 형제 분들도 저에게 질문해 주십시오.」

「시작을 찾으려고 애쓰지 말게, 마놀리오스.」 포티스 사제가 충고했다. 「시작도 없고 끝도 없어! 마음속에 떠오르는 대로 얘기하게. 눈을 감아 봐. 뭐가 보이나? 생각하지 말고 대답하게, 뭐가 보이나?」

「그리고리스 사제의 집입니다. 유지들이 모두 모여 결정을 내렸습니다. 내년 성주간을 위해 각자의 배역을 선정했어요. 교회당 현관 아래에서 공연할 그 무서운 기적극을 위해서죠. 그리고리스 사제가 손을 내 머리에 얹고 축복합니다. 〈하느님이 뽑으신 자는 자넬세, 마놀리오스. 하느님이 십자가의 짐을 지라고 고르신 사람이 자네라고.〉 저의 심장이 수많은 조각으로 쪼개져 흩어집니다.」

마놀리오스는 눈을 깜박였다. 그의 생각은 현실로 돌아왔다.

「정말입니다. 그 순간 제 심장은 산산조각 나 흩어졌습니다. 창녀 막달라 마리아가 들고 있다가 예수님의 발밑에 깨뜨린 향유 옥합처럼 말이죠…….

저는 어릴 때 공상을 많이 했습니다. 특히 성인들의 생애에 관해 읽을 때마다 제 마음은 열망으로 가득 차 올랐죠. 성인이 되고 싶다는 열망으로 말입니다. 수도원에 들어갔을 때 제 머릿속에는 오직 수도자가 되겠다는 생각뿐이었어요. 저도 테바이드에 가서 먹지도 마시지도 않고 기적을 일으키고 싶었습니다. 형제 분들, 나는 어린 시절부터 나 자신을 저주했어요. 사탄이 불로 내 심장을 찌르고 나를 불태우고 있었죠. 나는 감히 기적을 행하고 싶었습니다. 나도 말입니다! 오 하느님, 저를 용서하소서!

그리고리스 사제의 집에서 나왔을 때 내 머릿속은 혼란스러웠습니다. 마을이 갑자기 너무 작아진 것처럼 보였고, 나는 더 이상 무식하고 미천한 파트리아르케아스 영감의 양치기 마놀리오스가 아닌 것처럼 생각되었어요. 하느님의 택함을 받아 그리스도처럼 되기 위해 그분의 발자취를 따라가는 위대한 사명을 지닌 사람처럼 느껴지더란 말입니다!」

「놀라운 가정이로군!」 코스탄디스는 감탄했다. 「그렇게나 상냥하고 겸손하던 마놀리오스 자네가…….」

포티스 사제가 그의 말을 막았다.

「코스탄디스, 지금 마놀리오스의 가슴은 넘치고 있네. 흘러넘치게 놔두고 심판은 나중에 하게.」

「용서하시오, 형제 분들.」 마놀리오스는 이야기를 계속했다. 「교만한 마귀가 내 안에 있었습니다. 얘기하기 부끄럽지만 모두 고백하겠습니다. 모든 것을 낱낱이 밝히겠습니다. 하느님께서 듣고 계시니까요.」

「어서 말하게, 마놀리오스. 부끄러워하지 말고. 인간의 마음은 뱀과 두꺼비와 돼지들이 우글거리는 구덩이야. 마음을 비우고 환하게 밝혀!」 포티스 사제가 격려했다.

마놀리오스가 다시 용기를 냈다.

「나는 칠면조처럼 부풀었죠. 의기양양해서 나 자신에게 되뇌곤 했습니다. 〈하느님은 널 선택했어, 마놀리오스. 바로 너라고!〉 하면서 말입니다. 그러던 어느 날, 고마워요, 야나코스…….」

마놀리오스는 갑자기 야나코스의 손을 잡고 키스하려고 했다. 당황한 행상은 얼른 손을 빼며 소리쳤다.

「무슨 짓인가, 마놀리오스? 내 손에 입을 맞추려 하다니!」

「그래요, 야나코스.」 마놀리오스가 말했다. 「내 눈을 열어 준 사람이 당신이기 때문입니다. 나는 내가 위선자이자 거짓말쟁이라는 걸 그제야 알았어요. 기억나죠, 야나코스? 선장님 집 앞에서 당신은 나에게 이렇게 말했어요. 〈거짓말쟁이! 거짓말쟁이야! 자네는 그리스도처럼 되고 싶다면서 결혼할 준비를 하고 있네. 십자가에 매달리는 연기를 끝내고 나면, 레니오가 자네를 따뜻한 물로 씻겨 주고 갈아입을 깨끗한 옷을 가져다줄 걸세. 그런 뒤에는 그녀와 함께 잠자리에 들겠지. 십자가에 매달리는 그 일을 할 몸으로 말일세!〉라고 말입니다.」

「용서하게, 마놀리오스!」 야나코스는 그의 가슴에 뛰어들며 소리쳤다. 「그날 내가 어떤 마귀한테 씌었는지 자넨 모를 거야. 언젠가는 나도 고백하겠네. 그러면 자네도 얼마나 가증스러운 일인지 알게 될 거야. 신부님은 알고 계셔.」

「마놀리오스가 모든 것을 고백하고 구원을 받을 수 있도록 하세.」 포티스 사제가 야나코스를 다시 주저앉히며 말했다. 「계속하게, 마놀리오스. 자넨 벌써 좀 밝아진 느낌일 거야.」

「네, 신부님. 말을 하면서 기분이 좋아졌습니다. 기적처럼요. 고해는 굉장한 기적 같은 거군요! 이제 용기를 내어 모든 것을 밝히겠어요!」

포티스 사제는 힘을 북돋워 주고 싶은 듯 한 손을 마놀리오스의 어깨에 얹고 말했다.

「좋아, 계속 말해 보렴, 내 아들아!」

「야나코스가 그렇게 제 속을 열어 놓은 순간 저는 뒷걸음질치기 시작했습니다. 그러다가 벼랑을 보고 멈춰 섰죠. 그리고 나 자신에게 말했어요. 〈부끄럽지도 않아, 마놀리오스? 넌 그걸 연극이라고만 생각하지? 그런 식으로 하느님과 인간들을 속일 수 있다고 생각하니? 넌 레니오를 사랑하고 그녀와 동침하길 원하면서도, 남들이 널 그리스도로 믿어 주길 바라는 거야? 부끄러운 줄 알아, 이 사기꾼아! 정신 차려, 이 위선자야!〉 그 순간부터 나는 결혼하지 않겠다고 결심했습니다. 여자에게 손을 대지 않겠다고, 끝까지 순결을 지키겠다고 결심했죠.」

야나코스는 참을 수 없다는 듯이 소리쳤다.

「마놀리오스, 자넨 역시 성자야!」

「잠깐만 기다려요. 내 얘길 마저 듣고 나면 아마 머리칼이 곤두설걸요. 난 아직 내가 지은 죄를 다 얘기하지 않았어요. 나는 레니오와의 결혼 문제를 매듭지어야 했고, 주인님과 말다툼을 했습니다. 그리고 유혹이 없는 곳에 혼자 있고 싶어서 산으로 올라가려 했지요. 〈공기 맑은 그곳에서 그리스도께 봉헌해야겠어〉라고 생각했습니다. 그런데 길을 정하고 구원을 받으려는 그 순간, 마을 밖 성 바실리우스 우물에서 나를 기다리고 있는 사탄을 만나게 된 겁니다.」

마놀리오스는 한숨을 쉬었다. 그는 얼굴에서 다시 줄줄 흐르기 시작하는 진물을 손수건으로 닦았다. 그러곤 양손을 부들부들 떨며 한참 동안 침묵을 지켰다.

「용기를 내, 마놀리오스.」 포티스 사제가 격려했다. 「난 자네보다 더 큰 죄인이야. 언젠가는 나도 자네들 앞에서 고백하겠네. 그러면 자네들은 아마 두려워서 벌벌 떨게 될 거야. 나는 이 두 손을 한 인간의 피로 적신 사람이야. 어느 날 갑자기 마귀가 씌었던 게지. 아직 젊고 혈기 왕성하던 시절이었어. 목동이었던 나는 친구들과 함께 부활절을 축하하러 마을로 내려갔네. 등에는 쇠꼬챙이에 꿴 양을 한 마리 메고 있었지. 정오 무렵이라 나무마다 꽃이 만개하고 대지는 향기로 가득했어. 마을 사람들과 우리는 풀밭에 앉아 불을 피우고 쇠꼬챙이에 꿴 부활절 양을 굽기 시작했지. 양의 내장은 메제[1]를 만들기 위해 등걸불에 올려놓았어. 술이 들어가자 우리 가슴은 뜨겁게 달아오르기 시작했네. 양이 다 구워지자 우리는 그것을 풀밭에 내려놓았지. 내가 커다란 칼을 들고 고기를 막 자르려는 순간, 사탄이 나에게 큰 소리로 웃으며 이렇게 외치도록 만들었네. 〈이봐, 지금 내 옆에 사제가 있다면 그의 목을 따버리겠어!〉 나에게 그렇게 말하도록 만든 것은 분명 악마였어. 사제의 아들이었던 나는 평소 사제들을 존경했거든. 길을 가다가도 사제를 만나면 달려가서 그의 손에 입을 맞추곤 했지. 그랬던 내가 그런 말을 내뱉었던 거야. 그냥 재미로 말일세. 술을 마셔서 취했던 게지. 그런데 똑같이 취한 내 곁의 한 농부가 껄껄 웃으며 소리치더군. 〈지금 자네 뒤에 사제가 있네. 남자라면 한 말을 지켜야지!〉 나는 돌아서서 사제를 보았고, 아무 생각 없이 달려가서 그의 목을 따버렸다네.」

포티스 사제는 성호를 긋고 침묵했다. 다들 질려서 아무 말도 하지 못했다. 그들은 마음속 깊숙한 곳으로 침잠하여 자신의 영혼을 살펴보곤 치를 떨었다. 우리의 마음 깊은 곳에서는 살인과 악행과 부끄러운 행동들이 부글부글 끓고 있지 않은가! 우리는 두렵기 때문에 선한 쪽에 머물러 있다. 욕망은 늘 우리의 삶을 감춰진 것, 해소되지 않은 것, 광포한 것으로 만들어 우리의 피를

1 지중해 지방 전채 요리.

오염시킨다. 그러나 우리는 자신을 억제하고, 이웃을 속이고, 명예와 덕망을 지키며 죽는다. 남들이 보는 앞에서는 평생 아무런 악도 행하지 않는다. 하지만 하느님을 속일 수는 없다.

마침내 미켈리스가 흐느끼는 소리를 토해 냈다.

「저, 저는 신부님보다 더 나빠요. 아버지가 병에 걸리면 나는 마귀처럼 희열을 느낍니다. 마귀가 내 속에서 벌떡 일어나 춤을 춘다고요. 나는 아버지가 싫고, 장애물 같고, 어서 빨리 죽어 버렸으면 좋겠어요. 나를 세상에 나오게 한 사람, 나를 사랑하는 사람이 하루빨리 죽기만 바라다니! 나는 죄인의 영혼이 어떻게 생겼는지 몰라요. 하지만 정직한 사람, 좋은 사람의 영혼은 지옥입니다! 마귀들이 가득한 지옥 말입니다. 우리는 마귀들을 속에 잘 숨겨 두고 밖으로 새어 나와 악행과 도둑질과 살인을 저지르지 못하도록 하는 사람을 좋은 사람, 성실한 기독교인이라 부릅니다. 그렇지만 가슴 밑바닥에선 우리 모두 범죄자, 살인자, 도둑들입니다!」

야나코스가 울음을 터뜨렸다. 그도 자신의 마음속 깊은 곳을 들여다보자 소름이 끼쳤던 것이다. 포티스 사제가 손을 내밀며 말했다.

「나의 자녀들아, 고백할 기회가 있을 거다. 지금은 마놀리오스 차례니까 마음을 닫고 듣기만 하여라. 그가 마음을 열었으니 얘기를 마저 끝내도록 두자. 자, 마놀리오스. 이젠 알겠는가? 우리는 자네보다 더 나쁘단 말일세. 사제인 나도, 그리고 착하고 자비로운 사람으로 마을의 자랑인 미켈리스도 말이야!」

마놀리오스는 그렁그렁한 눈물을 닦은 뒤 용기를 내어 말을 계속했다.

「형제 분들, 사탄은 우물가에 앉아 나에게 미소를 보내고 있었습니다. 우리 마을의 매춘부 카테리나가 입술을 붉게 칠하고 가슴 부분을 살짝 열고 말이죠. 그녀의 드러난 젖꼭지를 보는 순간 뜨거운 피가 솟구치며 현기증이 나더군요. 그녀는 애원하듯 나에게 말했어요. 난 그 여자를 덮치고 싶은 한 가지 욕망뿐이었죠. 하지만 사람들이 두렵고 하느님이 두려워서 도망쳤어요. 여자를 두고 떠났지만, 그녀는 제 마음속에 제 뜨거운 피 속에 자리 잡고 떠나질 않았습니다. 나는 밤낮없이 그 여자 생각만 했어요. 그리스도를 생각하는 척했지만, 그건 거짓이었죠! 내가 생각한 것은 그 여자였습니다. 어느 날 저녁, 나는 더 이상 참을 수가 없었습니다. 그래서 몸을 씻고 머리도 단정히 빗은 뒤 그 과부를 찾아 나섰죠. 나는 속으로 이렇게 자위했어요. 〈나는 그녀의 영혼을 구원하려는 거야. 그녀와 얘기하여 하느님의 길로 인도하려는 거라고.〉 하지만 거짓말이었죠! 나는 그 여자와 자고 싶어서 달려가고 있었던 겁니다. 그때…….」

마놀리오스는 다시 말을 멈추었다. 숨을 거칠게 몰아쉬고 있었다. 모두는 동정 어린 눈으로 그를 바라보았다. 마놀리오스의 얼굴이 변해 가고 있었다. 흉하게 부은 얼굴에서 질척질척한 액체가 흘러내려 콧수염과 턱수염 위로 방울방울 떨어졌다.

「그때 구원이 찾아왔던 거야.」 포티스 사제가 마놀리오스의 손을 잡고 어루만지며 말했다. 「알겠네, 마놀리오스. 하느님이 자네를 구원하려고 숨겨 놓으신 길을 나도 방금 발견했네. 형제들아, 엄청난 기적이로다! 구원이 우리 영혼에 도달하기 위해 선택하는 그 보이지 않는 신비한 길을 누가 상상할 수 있겠나?

내가 대신 얘길 끝내지, 마놀리오스. 자넨 너무 지쳤어. 그때 갑자기 자넨 얼굴 전체가 부어오르면서 끔찍한 종기 같은 것들이 마구 돋아나는 것을 느꼈지. 마놀리오스, 자네에게 달라붙은 것은 악마가 아니야. 자네를 구원하기 위해 이 가면을 씌운 분은 하느님이시네. 하느님이 자네를 불쌍히 여기신 거야, 마놀리오스.」

「도대체 무슨 소린지 모르겠군.」

코스탄디스가 투덜거리자 다른 두 친구도 맞장구를 쳤다.

「나도 그래. 이해를 못하겠어.」

마놀리오스만 조용히 한숨을 내쉬었다.

포티스 사제는 고통을 나누어 가지려는 듯 마놀리오스의 손을 어루만졌다.

「자넨 악의 구렁텅이로 달려가고 있었네, 마놀리오스. 거기에 빠지지 않게 하기 위해 하느님께서 이 흉한 살을 자네 얼굴에 붙이신 거야. 자넨 과부의 침대로 들어가서 죄를 지으려고 했지만, 그런 얼굴로야 어떻게 그녀를 볼 수 있겠는가? 그녀는 또 어떻게 자네를 보겠는가? 자네는 부끄러워서 가던 길을 되돌아왔고, 그래서 구원을 받았어.」

커다란 손수건에 얼굴을 묻고 마놀리오스는 아무 말이 없었다. 그는 흐느낌 끝에 〈하느님을 찬양할지어다!〉라고 한마디 중얼거리고는 다시 침묵 속에 빠져 들었다.

그의 세 동료도 두려움에 사로잡혀 고개를 떨구었다. 그들은 하느님이 마치 사자처럼 자신들을 몰아대는 듯한 느낌이었다. 가끔 우리는 그분의 숨결을 느끼고, 포효하는 소리를 듣고, 어둠을 꿰뚫어보는 그분의 눈을 본다.

포티스 사제가 그들의 기분을 짐작한 듯 말했다.

「나의 자녀들아, 우리의 내부에는 어떤 눈이 있어 밤낮으로 우리를 지켜보고 있다. 또 우리 마음속에도 귀가 있어 내면의 소리를 듣고 있지. 바로 하느님이시다.」

미켈리스가 소리쳤다.

「하느님은 왜 우리를 지상에서 살게 하셨을까요? 왜 그분은 창조물을 정화하기 위해 우리를 죽이지 않습니까?」

포티스 사제가 대답했다.

「왜냐하면 하느님은 옹기장이이기 때문이지. 그분은 흙으로 빚으신다네.」

야나코스는 조급증을 드러냈다.

「신부님 말씀은 모두 훌륭하십니다. 하지만 우린 여기 한 병자를 데리고 있습니다. 그에게 손을 얹고 기도해 주시지 않겠습니까? 하느님께 자비를 베풀어 달라고 함께 기도하면 어떻겠습니까?」

「마놀리오스는 기도가 필요하지 않네.」 포티스 사제가 대답했다. 「악마를 쫓는 의식이나 수도사의 도움도 필요 없어. 다른 사람의 기도로 그가 더 나아지진 않을 거야. 그의 내부에서 밤낮을 쉬지 않고 천천히 구원이 일어나고 있어. 형제들아, 나비 유충이 겨울철에 단단한 고치 속에 숨어 있는 것을 보지 못했는가? 그때 흉한 꼴로 탈바꿈한 유충은 꼼짝도 않고 기다린다네. 그것의 중심부에서, 그리고 어둠 속에서, 천천히 해방을 준비하는 거지. 그 유충은 모든 추함 뒤에 가벼운 솜털과 빛나는 눈과 날개를 감추고 있지. 그러다가 어느 화창한 봄날 아침, 그 유충은 고치를 뚫고 나비가 되어 나온다네. 이런 일이 우리에게도 일어나지. 구원은 어둠을 뚫고 오는 거야. 마놀리오스, 용기를 내어 가야 할 길을 가게. 그 흉한 얼굴 뒤로 구원이 내리고 있어. 힘을 내게!」

「얼마나 오래 기다려야 하나요, 신부님?」 마놀리오스는 탄원하는 눈빛으로 포티스 사제를 바라보며 물었다.

「마음이 급한가, 마놀리오스?」

「아니, 아닙니다. 하느님의 뜻이라면요.」 마놀리오스가 부끄러워하면서 대답했다.

「하느님은 결코 서두르지 않으신다네.」 포티스 사제가 말했다. 「그분은 고요하고, 미래를 마치 지난 일처럼 보시지. 그분은 영원 속에 역사하시네. 내일 당장 무슨 일이 일어날지도 모르는 하루살이 피조물들이나 두려운 마음에서 서둘지. 고요한 가운데 하느님 마음대로 역사하시도록 하세. 머리를 들지도, 질문도 하지 말게. 모든 질문은 죄야.」

해가 중천에 떴다. 다섯 사람의 머리 위로 햇살이 쏟아져 내렸다. 그들은 말없는 가운데 서로에게 애정을 느꼈다.

맞은편 산비탈에서 니콜리오의 피리 소리가 들려왔다. 흥겹던 그 소리는 갑자기 귀에 거슬릴 정도로 정열적이 되었다.

「니콜리오도 마음의 고통을 달래고 있군요.」 미켈리스가 웃으며 말했다.

그들은 모두 귀를 기울였다. 목동이 부는 피리 선율은 밝게 빛나는 대지 속에서 웃고 춤추는 듯했다. 하얀 바탕에 오렌지색 점이 있는 나비 한 마리가 다섯 사람의 머리 위로 날다가 포티스 사제의 머리 위에 앉았다. 나비는 날개를 퍼덕이며 사제의 회색 머리 속에 주둥이를 박았다. 아마도 사제의 흰 머리카락을 활짝 핀 찔레꽃쯤으로 착각한 듯했다. 이윽고 나비는 날개를 펴고 높이 날아올라 태양 속으로 사라졌다.

잠시 후 마놀리오스가 입을 열었다.

「신부님과 형제 분들, 저를 용서하십시오. 그러면 하느님께서도 여러분을 용서하실 겁니다. 마치 가슴에서 큰 짐을 덜어 낸 듯 위안을 느낍니다. 신부님 덕분에 저는 깨달음을 얻고 이해하고 받아들이고 있습니다! 지금 제가 겪고 있는 이 고통이 십자가처럼 여겨집니다. 나는 그것을 짊어지고 올라가고 있음을 느낍니다. 그 십자가 너머에는 부활이 기다리고 있음을 알고 있습니다. 나는 온 힘을 다해 이 십자가를 지겠습니다. 친구 분들, 내가 쓰러지지 않도록 도와주십시오!」

「모두 함께 가세!」 포티스 사제가 자리에서 일어나며 외쳤다. 「오늘 아침 나는 산에서 마을 사람들에게 말했네. 우리 모두 무거운 십자가를 지고 올라가고 있기 때문에 비틀거리고, 불평하고, 참기가 어려운 것이라고. 그래서 나는 그들에게 〈모두 함께 가자! 우리는 구원을 받을 것이다!〉라고 소리쳤네.」

「하지만 그럴 경우 고통과 질병과 죄악 등…….」

야나코스의 말을 포티스 사제가 잘랐다.

「나비로 변할 수 있는 유충들이 그렇게 많다는 뜻이지.」

사제는 그들이 읽고 있던 복음서 구절을 되살렸다.

「고통 받는 자는 행복하다. 하느님의 자비가 큰 것을 느낄 것이다. 고통 받지 않은 자는 천국의 기쁨을 결코 경험하지 못할 걸세. 고통이 얼마나 신성한 은혜인지 보게. 알겠나, 마놀리오스?」

그러나 마놀리오스는 지쳐서 미켈리스의 어깨에 얼굴을 기대고 평화롭게 잠들어 있었다.

동료들은 마놀리오스를 조심스레 들어 오두막 안 잠자리에 눕혔다. 그러곤 소리 없이 밖으로 나왔다.

「하느님의 은총으로 평안하게 잠들었군.」 포티스 사제가 말했다. 「그를 하느님의 보호에 맡기고 떠나세.」

그들은 한 줄로 산길을 내려갔다. 맨 앞에서 걷는 사제는 모자도 쓰지 않아 회색 머리칼이 어깨 위에서 물결쳤다.

오후 늦게야 잠에서 깨어난 마놀리오스는 어스름한 석양빛 속에 앉아 자신을 지켜보고 있는 파나요타로스를 발견했다. 핏발이 선 그의 눈은 사나웠고, 입에서는 포도주 냄새가 강하게 풍겼다.

「반갑소, 파나요타로스 형제.」 마놀리오스는 미소를 지으며 말했다.

그러나 마구상은 아무 대꾸도 하지 않았다. 그는 붉은 머리칼의 무거운 머리를 앞으로 기울인 채 꼼짝도 않고 마놀리오스를 노려보았다. 윗입술이 튀어나와 뾰족하고 누런 큰 이빨이 드러나 보였다.

「나에게 원하는 것이 있습니까?」 마놀리오스는 속으로 몸서리를 치며 물었다. 악몽을 꾸고 있다는 생각이 들었다.

파나요타로스는 어렵사리 입을 열었다. 도발적인 말투였다.

「이곳에서 한 시간 동안이나 널 지켜보고 있었다.」

「나에게 원하는 게 있습니까? 왜 그런 눈으로 보고 있죠?」 마놀리오스가 다시 물었다.

「널 다른 눈으로는 볼 수가 없기 때문이야!」 파나요타로스가 성난 어조로 말했다.

그러고는 곧이어 말했다.

「넌 날 죽일 거야, 마놀리오스!」

마놀리오스는 자리에서 벌떡 일어났다.

「내가요? 내가 당신에게 무슨 짓을 했습니까?」

「인간이 할 수 있는 최악의 짓을 했지, 저주받을 놈! 이 세상에서 내가 누리는 모든 기쁨을 앗아 갔어! 이젠 더 이상 못 참아! 네놈에게 줄 선물을 가져왔지. 그걸 주려고 네놈이 깰 때까지 기다리고 있었다. 받아!」

마구상은 셔츠 안으로 손을 넣더니 커다란 칼을 꺼내어 마놀리오스의 무릎 위에 놓았다.

「집어. 칼을 집으라니까, 이 저주받을 놈! 나를 죽여서 네가 시작한 일을 끝내라고. 넌 좋은 일을 하는 거야. 날 죽여!」

마놀리오스는 소리쳤다.

「파나요타로스 형제, 내가 당신에게 어찌했기에 그러십니까? 나에게 왜 이러는 거요? 나더러 당신을 죽이라니!」

마놀리오스가 손을 잡으려고 하자 마구상은 세차게 뿌리쳤다.

「나에게 손대지 마! 입에 발린 말 따위는 필요 없어. 역겨우니까. 그냥 날 죽여. 네가 시작한 일을 이젠 끝장내라고. 내가 지금 무엇 때문에 살아야 하나? 날 죽여!」

마놀리오스는 울음을 터뜨렸다.

「도대체 왜 이러는 겁니까, 파나요타로스? 내가 당신에게 뭘 어떻게 했기에!」

그제서야 파나요타로스는 이유를 설명했다.

「나는 그동안 똘마니들에게 카테리나의 뒤를 졸졸 따라다니게 했어. 그녀의 옆집에 사는 할멈에게도 돈을 주어 밤낮 감시하도록 했지. 어느 날 밤 네놈이 얼굴을 감추고 카테리나의 집에 들어가는 것을 그 할멈이 보았지. 넌 한 시간 반이나 그녀와 함께 있었어. 그날 밤 이후 카테리나는 나에게 문을 열어 주지 않을 뿐만 아니라 만나기조차 거부해. 그리고 집 안에 틀어박혀 울며 날을 보낸다고 이웃집 노파가 말해 주었어. 그녀가 누구 때문에 울고 있지? 누구 때문에 식음을 전폐하고 허송세월을 하고 있느냐고? 누구 때문에 그녀는 나에게 문을 열어 주지 않는 건가? 바로 네놈 때문이지. 썩어 문드러져 보기에도 구역질나는 네놈 때문이란 말이야! 사람들한테서 네놈이 이 꼴이 되었다는 소식을 듣고 난 기뻤어. 난 〈이제야 성자 행세를 하는 그 도둑놈에게서 해방이군. 카테리나가 그놈을 보면 질색을 하고 곧 잊어버리겠지. 그렇게 되면 나도 그놈에게서 해방이야〉 하고 생각했어.

그런데 네놈은 카테리나에게 무슨 주문을 건 거야? 그런 역겨운 꼴을 보고도 그녀는 널 혐오하기는커녕 더욱 그리워하고 있어. 자신을 채찍질하며 네 이름을 애타게 부르고 있다고, 이 더러운 문둥이 놈아! 울화통이 터져 매일 마누라를 두들겨 패도 화가 안 풀려. 딸년들을 타작해 봐도 위안이 안 돼! 공방 문을 쳐닫고 술에 취해 거리를 개처럼 쏘다녔지. 그러자 개구쟁이들이 내 꽁무니를 졸졸 따라다니며 비수처럼 내 가슴을 찌르는 말로 놀려 대더군. 무슨 말인지 네놈도 알지? 염소수염의 그 사제 놈이 나를 자기 집으로 불렀던 그 시간을 저주해. 그때부터 난 끝났어!

난 끝장났다고, 더 이상 참을 수가 없어! 그래서 오늘 밤 칼을 가져온 거야. 일어서, 마놀리오스. 네가 남자라면 날 죽이라고! 네 손에 입 맞출 테니 나를 죽여 쉬게 해줘.」

마놀리오스는 무릎으로 턱을 괴고 흐느끼고 있었다.

〈내가 무얼 할 수 있지?〉 하고 그는 자문했다. 〈어떻게 해야 사랑으로 번민하는 이 사나운 영혼을 구할 수 있지?〉

「값싼 눈물 따위는 집어치워, 이 애송이야!」 파나요타로스는 화를 내며 소리쳤다. 그는 마놀리오스를 향해 목을 길게 뽑았다. 「겁내지 말고 그 칼을 잡아. 잘 들게 갈았으니 한 칼에 내 목을 잘라 버려.」

「왜 당신이 나를 죽이지 않는 겁니까?」 마놀리오스가 그에게 물었다.

「그래서 나에게 무슨 득이 있겠어?」 파나요타로스는 포기한 듯 대답했다. 「내 불행만 더할 뿐이지. 그러면 카테리나를 영원히 잃게 돼. 네놈이 날 죽여야 난 구원받을 수 있어. 그리고 네놈도 함께 지옥으로 데려가겠어.」

파나요타로스는 그렇게 말한 뒤 울음을 터뜨렸다.

그는 목을 여전히 길게 내민 채 송아지처럼 소리 내어 울었다.

마놀리오스는 눈물을 흘리며 두 팔로 그를 끌어안았다.

「용서하세요, 파나요타로스 형제. 다시는 그 여자를 만나지 않겠습니다. 그녀의 집에 얼씬도 하지 않겠어요. 죽어야 할 사람은 나니, 당신이 날 죽이세요. 맹세코 죽어야 할 사람은 나예요. 지금 내 꼴을 보세요. 썩어 가고 있습니다. 죽어야 할 사람은 나예요. 울지 마세요, 형제님.」

그래도 파나요타로스는 계속 울었다. 그는 마놀리오스의 팔을 거칠게 뿌리치고는 휘청거리며 문 쪽으로 두어 발자국 걸어갔다. 그러곤 문지방을 넘으려다가 비틀거리며 나동그라졌다.

마놀리오스가 급히 달려가 그를 일으켜 세우려고 했지만 그는 벌써 일어났다. 그는 몹시 취해서 비틀거리며 산길에 다다랐다.

바로 그때 니콜리오가 양 떼를 몰고 나타났다. 파나요타로스는 돌멩이를 집어 던지며 양 떼에게 달려들었다. 양들은 놀라 우르르 달아났다.

「이봐요! 이봐요!」 니콜리오가 미친 듯이 소리쳤다. 「내 양들을 가만히 놔둬요!」

그러나 파나요타로스는 계속 양들에게 돌멩이를 던지며 욕을 퍼부었다.

「물어라, 물어!」 목동은 혀를 길게 늘어뜨리고 따라오던 두 마리의 개에게 소리쳤다.

개들은 파나요타로스에게 덤벼들었다. 그는 바위에 기대서서 커다란 돌을 집어 개들에게 던지려고 했다. 개들이 짖으며 달려들자 그도 개들을 향해 짖기 시작했다. 그리고 개들을 향해 달려들다가 넘어졌다. 그는 몸을 일으켰다가 또 넘어졌다. 개들이 사납게 날뛰며 그에게 돌진했다. 한 놈은 그의 허벅지를 물고 늘어졌고, 다른 놈은 그의 앞으로 뛰어올라 턱을 깨물었다. 파나요타로스의 수염이 피로 붉게 물들었다.

「물어뜯어, 물어뜯어라!」 니콜리오가 흥분하여 소리쳤다.

마놀리오스가 고함 소리와 개 짖는 소리에 달려 나왔다. 니콜리오는 깔깔 웃으며 소리쳤다.

「내버려 두세요. 물어뜯도록 놔두세요!」

마놀리오스는 지팡이로 개들을 때려서 쫓은 다음 파나요타로스를 돕기 위해 몸을 돌렸다. 하지만 그는 이미 비명을 지르며 비탈길 아래로 도망치고 있었다.

니콜리오가 바위 위에 올라가서 두 손을 입에 대고 소리쳤다.

「유다야! 유다!」

그 소리가 온 산에 메아리쳤다.

「닥쳐라!」 마놀리오스가 고함을 질렀다. 「그에게 미안하지도 않니?」

「유다!」 니콜리오는 커다란 돌을 힘껏 던지며 다시 소리쳤다.

밤이 다가오고 있었다. 벌써 어둠은 산기슭까지 몰려왔고 산꼭대기로 치닫고 있었다. 세상은 캄캄해지고 있었다. 개들은 숨을 헐떡이며 니콜리오의 발치에 드러누워 서로의 상처를 핥아 주고 있었다. 커다란 숫양 다소스는 대장답게 방울을 크게 울리며 우리로 돌아가기 위해 니콜리오 주위로 모여드는 양들을 기다렸다.

마놀리오스는 오두막으로 돌아갔다. 그는 마구상의 날 선 칼을 베개 밑에 감추고 십자가 상을 침상 위 벽에 걸었다.

「오 하느님.」 그는 중얼거렸다. 「당신의 손을 파나요타로스의 가슴에 얹고 그를 치유하소서! 그도 병들어 있습니다. 당신의 전능함으로 그의 고통을 덜어 주시고, 그를 위로하소서!」

마을에서의 살인

마놀리오스가 동료들 앞에서 마음을 열고 구원을 받은 지 며칠이 지났다. 훗날 사람들은 그날을 고백의 일요일이라 불렀다.

그동안에도 태양과 대지는 곡식을 여물게 하기 위해 쉼 없이 함께 일했다. 물오른 이삭들은 차츰 단단해져 갔고, 들판은 양귀비꽃으로 붉었다. 새들은 지저귀며 지푸라기와 깃털과 진흙을 모아 둥지를 틀었다. 암컷은 벌써 깃을 펼쳐 알을 품고 있었고, 수컷은 둥지 앞 나뭇가지에 앉아 암컷의 기운을 북돋워 주려는 듯 노래를 했다. 이따금 애타게 기다리던 소나기가 약간의 서늘함을 몰고 왔지만, 이내 다시 해가 나와 구름을 몰아내고 사람과 새들의 일을 도왔다.

집정관 파트리아르케아스는 먹고 마시고 다투는 것이 일이었다. 집안일을 소홀히 하면서 산에서 빈둥거리며 빨리 시집을 못가 안달하는 레니오와 다투기도 하고, 늙은 신사나 천한 수도승처럼 독서에만 열중하는 아들을 꾸짖기도 했다.

「독서란 평민이나 학교 훈장들이나 하는 짓이야. 집정관의 아들에겐 안락한 생활과 오래 묵은 포도주, 유부녀들이 얼마든지 보장되어 있다. 미켈리스, 너는 우리 집안의 수치야.」

파트리아르케아스는 아들이 약혼녀 마리오리를 만나러 나갔다가 슬프고 침울한 표정으로 돌아올 때가 점점 많아지는 것을 보았다. 노인은 경멸하듯 고개를 내저으며 생각했다. 〈나의 아버지는 암말을 타고 정부들이 있는 마을들을 돌아보곤 했어. 정부의 집 문고리에다 보란 듯이 말을 묶어 놓았지. 그걸 본 정부의 남편은 집으로 들어가지 못하고 아버지가 떠날 때까지 기다렸어. 나에게도 정부들이 있었어. 나는 도둑처럼 밤중에 살금살금 기어들어 재미를 보곤 했지. 그런데 저 녀석은 — 주여, 절 용서하소서! — 약혼녀가 있는데도 그녀의 손가락 끝도 못 만져 봤을 거라고. 그러니 여자가 시들지 않고 배겨? 그 불쌍한 게 가슴을 앓는 것도 당연하지. 여자란 나륵풀과도 같아서 남자가 물을 주지 않으면 시들어 버리지. 파트리아르케아스 집안은 분명 잘못되어 가고 있어. 다 끝장났다고!〉

라다스 옹은 야나코스를 불러 놓고 말했다.

「야나코스, 나에게 빌려 간 3파운드를 갚게. 이자도 함께 가져와. 빌어먹을, 가져오지 않으면 어떻게 되는지 자네가 더 잘 알지? 자네 당나귀를 처분할 수밖에 없어. 난 가난한 사람이야. 날 망하게 하지 말게.」

그리고리스 사제의 집안은 사정이 나빠지고 있었다. 몇 달 동안 마을에서 결혼식이나 세례식이 없었고, 주민들 중 아무도 죽지 않았다. 장의사는 손으로 햇빛을 가리고 마을 쪽을 바라보았다. 아무도 보이지 않았다. 귀를 기울였다. 곡소리도 들리지 않자 그는 투덜거렸다.

「마귀가 한두 놈쯤 잡아가지 않나. 젠장, 이러다간 애새끼들 다 굶겨 죽이겠다!」

과부 카테리나는 빗장을 굳게 걸어 잠그고 집 안에 틀어박혀 누구에게도 문을 열어 주지 않았다. 파나요타로스는 곤드레만드레 취해서 사람들에게 겁을 주며 돌아다녔다. 마을 청년들은 끓어오르는 욕망을 주체하지 못해 정숙한 여자들의 집 주위를 어슬렁거리기 시작했다.

「저 과부 년에게 저주나 내려라!」 예쁜 부인을 둔 사내들은 한결같이 투덜거렸다. 「저년이 갑자기 정숙한 부인처럼 구니까 젊은 놈들이 우리 집 주위를 어슬렁거린다니까. 창문 아래서 세레나데가 그치질 않아. 이 마을 미풍양속이 무너지게 생겼어!」

날마다 늦은 오후가 되면 마을 사람들은 코스탄디스의 카페에 모여들었다. 그들은 온종일 땅과 씨름하고 채소밭과 과수원에 물 대기를 하느라 지쳐 있었다. 그래서 수연통을 물고 두어 마디 담소를 나눈 뒤에는 이내 무거운 침묵 속으로 빠져 들었다. 무엇 하나 신나는 일이 없었다. 마을에 미치광이라도 있다면 그들은 재미삼아 그를 괴롭혔을 것이다. 시간을 때우기 좋은 화재 사건이나 아구창 같은 돌림병 소식도 없었다.

가끔 파나요타로스가 술에 곤죽이 되어 지나가곤 했다. 그러나 성질이 더러운 그를 건드렸다간 불같이 화를 내며 얼굴을 향해 돌을 집어 던지기 일쑤였다. 어제만 해도 그는 교장 선생의 안경을 깨뜨리지 않았던가? 교장 선생은 우연히 카페에 앉았다가 이마에 돌을 정통으로 맞았다.

이따금 아가는 마음이 우울하거나 막연한 열망을 느낄 때면 마을 사람들을 플라타너스 아래 불러 모아 춤을 추게 했다. 하지만 그것도 별로 활기차지 못했다. 마을 사람들은 이내 질렸고, 춤이 끝나면 수연통으로 모여들었다. 그럴 때면 카페는 시시껄렁한 잡담으로 요란했다. 누군가가 술에 취하거나, 다리가 부러지거나, 채소밭에서 도둑을 발견하면 잠시 소동이 일었다. 하지만 그런 소동은 곧 가라앉았고, 마을은 다시 무거운 침묵 속으로 빠져 들었다.

하지만 어느 날 아침, 마을에 끔찍한 소식이 입에서 입으로 전해졌다. 그날 새벽 유수파키가 침대에서 살해된 채 발견되었다는 것이다!

아가의 늙은 종인 마르타가 날이 밝을 무렵 벌벌 떨면서 집을 몰래 빠져나와 평생 친구인 만달레니아에게 달려갔다.

「마을이 절단 나게 생겼어!」 문을 잠그자마자 마르타가 소리쳤다. 「큰일 났어, 만달레니아! 유수파키가 살해됐어!」

「누가 그런 짓을 했지? 이건 정말 재앙이야. 우리 모두를 태워 버릴 거야, 마르타! 누가 그를 죽였을꼬?」

「어제 저녁 집에는 아가와 유수파키, 후세인, 나밖에 없었어! 어서 가서 기독교인들에게 조심하라고 일러. 도망칠 수 있는 사람은 모두 도망치라고 해! 의심이 가는 사람이 있지만 확실치가 않아. 그러니까 말조심해!」

마르타는 살그머니 아가의 집으로 다시 돌아와 문을 걸었다.

만달레니아는 검은 스카프를 두르고 집집마다 다니며 은밀한 희열 속에 공포의 씨앗을 뿌렸다. 사람들은 일손을 놓고 카페로 몰려들었고, 일이 어떻게 돌아가는지 알아보려고 아가의 저택 발코니를 기웃거리기도 했다. 아가의 저택 대문과 창문은 모두 닫혀 있었다. 이따금씩 안에서 사나운 고함 소리가 들려왔다. 총소리 같기도 하고 뭔가 깨지는 소리 같기도 한 것이 들렸다가 다시 잠잠해졌다.

유지와 원로들이 대경실색하여 그리고리스 사제 집으로 모였다. 파트리아르케아스 집정관의 심장은 공포로 거의 터질 지경이었다.

「사, 살인자가 자, 잡히지 않는다면…….」 그는 평소보다 더 심하게 더듬거리며 말했다. 「우, 우리는 끝장이오. 아가가 우리를 모두 감옥에 처넣을 거요. 게다가 술에 취하기라도 하면 우리를 교수대로 보낼지도 몰라!」

그러자 라다스 옹이 탄식했다.

「그는 그 범죄에 대해 우리 모두에게 몸값을 요구할 거요.」

「학교와 교회를 폐쇄하고 우리 민족을 박해할 겁니다.」 교장 선생도 걱정했다.

그리고리스 사제는 신경질적으로 기도문을 외우며 뜰을 오르락내리락했다. 마을 전체가 자신의 목에 매달리고 있는 듯한 느낌이었다.

〈나에게 책임이 있어〉 하고 그는 생각했다. 〈하느님은 이 마을 영혼들을 나에게 맡기셨어. 이 양들을 보호하라고 나에게 명령하셨어. 우리는 꼭 살인자를 찾아야 해.〉

사제는 그 저주받은 소년을 죽인 자를 밝히기 위해 마을 사람들을 하나하나 조사했지만 찾아내지 못했다. 그러나 살인자는 기독교인일 수밖에 없었다. 이 마을에서 아가와 그의 경호원 후세인, 유수파키만 터키인이고, 나머지는 모두 기독교인이기 때문이다. 〈범인이 기독교인이라면, 이 마을은 불타고 주민들은 모두 살육될 거야!〉

코스탄디스가 헐레벌떡 뛰어와서 소식을 전했다.

「아가가 권총을 쏘아 대고 있어요. 걸상이며 술병, 항아리 등 집 안에 있는 물건들을 닥치는 대로 부순 다음 유수파키의 시체를 끌어안고 울부짖기 시작했대요. 마르타 할멈이 전한 말이에요.」

문이 다시 열리더니 이번엔 야나코스가 말했다.

「후세인이 발코니에서 나팔을 불고 있습니다!」
또 다른 사람이 나타났다.
「광장에서 누가 뭐라고 외치고 있습니다.」
「뭐라 외치고 있는가?」
「끝까지 듣진 못했습니다, 신부님. 몇 사람의 이름을 불렀는데, 기억나지 않습니다!」
「지옥 불에 떨어질 놈!」 파트리아르케아스는 화를 냈다. 목의 핏대가 금방이라도 터질 듯이 불거져 있었다.
「자네가 가서 무슨 일인지 알아보게.」 그리고리스 사제가 야나코스에게 명령했다.
그 순간 외치는 소리가 가까이 들려왔다. 모두들 현관 쪽으로 뛰어가 문을 열었다. 전령은 교차로에서 헛기침을 한 뒤 지팡이로 땅을 탕탕 치며 목청을 길게 뽑았다. 찬송가처럼 단조롭게 그의 목소리가 울려 나왔다. 근처의 모든 문들이 약간씩 열렸다.
「마을 사람들은 들으라! 그리스인들아, 귀담아 들을지어다! 아가의 명령이다! 그리고리스 사제, 파트리아르케아스 집정관, 라다스 옹, 하지 니콜리스 교장, 그리고 석고먹쇠 또는 유다로 알려진 파나요타로스는 즉시 아가의 저택으로 출두하라! 나머지 그리스인들은 모두 귀가하라. 카페에 모여 있어도 안 되고, 거리나 들판에 있어도 안 된다. 모두 집에 가서 대기하라! 모든 그리스인은 들으라. 마을 사람들아, 나는 분명히 전달했다. 명심하라!」
코스탄디스는 쓰러지려는 파트리아르케아스를 부축하여 돌 의자에 앉혔다. 마리오리가 달려와서 그에게 부채질을 해주었다. 라다스 영감도 몸을 벽에 기댔다. 그의 안색은 레몬처럼 노랬고 입은 쩍 벌어져 있었다. 야나코스는 그가 불쌍해서 가까이 다가갔다.

「용기를 내세요, 어르신. 뭐 도와드릴 일 없습니까?」

「야나코스, 자넨가?」 라다스는 침을 질질 흘리며 물었다.

「네, 어르신. 행상 야나코스입니다. 저에게 시키실 일이 없는지 여쭈었습니다.」

라다스 영감의 눈에 생기가 돌아왔다.

「이 몹쓸 놈, 3파운드를 가져와. 그렇지 않으면 널 쫓아갈 테니까!」

그사이에 사제가 안으로 들어왔다. 그는 목에 은 십자가를 두르고 있었다. 그 십자가의 한편에는 그리스도가 못 박힌 장면이 다른 편에는 부활하는 장면이 새겨져 있었다. 그는 은제 손잡이가 달린 커다란 지팡이를 쥐고 그리스도 성상 앞에서 성호를 그은 뒤 나직하게 중얼거렸다.

「주여, 지금은 어려운 때이니 저를 도와주소서. 기독교인들을 도와주소서! 당신의 손을 우리 마을에 뻗으시어 제가 굴복하지 않게 하소서.」

그는 성상 앞에 꿇어 엎드려 그리스도의 고요하고 자애로운 얼굴을 뚫어지게 바라보았다.

「주여, 제가 비굴해지지 않도록 도와주소서!」

그는 다시 성호를 그은 다음 정원으로 나왔다. 그리고 평온하고 엄숙한 어조로 말했다.

「형제들이여, 갑시다. 앞장서시오, 파트리아르케아스. 당신이 집정관임을 잊지 마십시오. 집정관은 다른 사람들보다 더 많이 먹고 마시는 사람이 아니라, 위험에 직면했을 때 마을 사람들을 보호하기 위해 앞장서는 사람입니다. 지금이야말로 당신이 집정관임을 보여 줄 때요. 길을 인도하시오! 라다스 옹, 우리 마을을 불명예스럽게 하지 말고 용기를 내십시오! 아가의 면전에서 질질 짜지 말고 용감히 앞자리를 지키시오. 우리는 죄가 없습니다. 우리가 마을을 구하기 위해 죽어야 한다면 유종의 미를 거둡시다! 나 역시 이승에서의 삶이 좋소. 하지만 천국의 삶을 더욱 바라고 있습니다. 우리는 지금 그 문턱에 서 있습니다. 우리 뒤에는 지상이, 앞에는 천국이 있소. 전능하신 하느님이 결정하신 대로 따릅시다! 하지 니콜리스, 아무 말도 하지 않겠다. 자넨 오랫동안 고대 그리스의 영웅들과 기독교의 순교자들에 관해 아이들에게 가르쳐 왔네. 이제는 그것을 기억하여 실행에 옮길 때야. 하얗게 질린 꼴을 학생들에게 보이지 말게. 영웅과 순교자들이 그랬듯이 죽음 앞에 당당히 서게! 준비됐습니까, 형제님들?」

「준비됐소!」 파트리아르케아스가 고통스럽게 일어서며 대답했다. 「서두르지 마시오, 사제. 육신은 두려워하나 영혼은 그렇지 않소. 내 이름을 더럽히지 않겠소.」

그리고리스 사제는 동료들을 면밀하게 살폈다.

「라다스 옹은 허리띠가 풀려 바지가 흘러내릴 것 같군. 야나코스, 영감님의 허리띠를 꽉 매주게. 우리 체면에 먹칠을 하지 않게 말이야.」

야나코스가 다가가서 라다스의 허리띠를 단단히 죄어 주었다. 라다스는 옷 입혀 주길 기다리는 어린애처럼 팔을 올리고 있었다.

「그 입도 좀 닦아 주게, 야나코스. 침을 흘리고 있군.」 사제가 다시 명령했다. 「건강해라, 마리오리!」

「가시지요!」 하지 니콜리스 교장이 말했다. 「우리는 마을의 유지들입니다. 마을 사람들이 모두 우리를 지켜보고 있습니다. 그리스도와 알렉산드로스 대왕의 이름으로!」

그들은 성호를 그은 다음 문지방을 넘어섰다. 사제를 선두로 세 유지가 뒤따랐고, 야나코스와 코스탄디스가 그 뒤를 따랐다.

「이봐, 코스탄디스, 아가는 왜 파나요타로스까지 오라고 했을까? 마구상이 유지들과 무슨 상관이 있다고?」

「사람들 말로는 그가 어젯밤 고함을 질러 대며 아가의 집 주변을 어슬렁거렸다는군.」

「그게 유수파키와 무슨 상관이람? 그 친구가 쫓아다니는 건 과부 카테리나 아닌가?」

「내가 어떻게 알아. 아무튼 아가를 진정시켜야 해. 그는 완전히 돌아서 자기가 무슨 짓을 하고 있는지도 몰라. 마르타의 말에 의하면 아가가 말을 타고 나가서 마주치는 이단자들의 대가리를 모조리 날려 버리겠다고 설친다는군.」

집집마다 문이 살그머니 열리고, 사람들이 천천히 행진하고 있는 원로들을 내다보았다. 그들은 마치 장례 행렬을 지켜보는 것처럼 성호를 그었다.

「나는 저 유지들이 평생 동안 먹고 마시며 저지른 모든 잘못을 용서하겠어.」 한 노인이 말했다. 「이제 저들은 한꺼번에 그 대가를 치르고 있군. 빚을 갚는 거야.」

그들은 작별 인사라도 하듯 천천히 엄숙하게 걸어갔다. 때때로 그리고리스 사제는 반쯤 열린 문을 향해 고개를 돌리곤 했다. 그가 마을 사람들에게 말했다.

「두려워 마시오, 기독교인들이여. 하느님은 위대하십니다.」

라다스 옹은 파트리아르케아스의 팔에 꼭 매달리며 우는소리를 했다.

「집정관, 내 곁에서 날 좀 붙잡아 주시오.」

집정관은 가엾다고 생각하며 그에게 물었다.

「두렵소?」

「그렇소, 두렵소.」 라다스는 기운 없는 목소리로 대답했다.

「나도 두렵소. 하지만 안 그런 척하고 있는 거요. 그게 내가 취해야 할 태도니까.」

구두쇠 영감은 고개를 끄덕이곤 더 이상 말이 없었다.

그들은 이제 과부 집 앞을 지나가고 있었다. 카테리나는 문을 열고 그들에게 〈용기를 내세요, 어르신네들, 용기를 내세요!〉 하고 소리치려고 했지만, 입이 떨어지지 않았다.

아무도 고개를 돌리지 않았다. 오히려 더러운 골목길을 지나갈 때처럼 걸음을 더욱 빨리했다.

야나코스와 코스탄디스만이 멈춰 섰다.

「안녕, 카테리나. 전령이 외치는 소리 들었지? 안으로 들어가시게.」 코스탄디스가 그녀에게 말했다.

「파나요타로스를 보지 못했나?」 야나코스도 낮은 목소리로 물었다. 「아가가 그 친구도 불렀다네.」

「그를 본 지 오래되었어요.」 과부가 대답했다. 「하지만 분명 저 아래 어디에 있을 거예요. 방금 그의 고함 소리를 들었어요. 자기를 붙잡으려는 후세인과 다투고 있었죠.」

「집 안으로 들어가게. 그리고 문을 꼭 잠가.」 코스탄디스가 다시 말했다.

그들은 계속 걸어갔다. 광장에 이르자 미켈리스가 달려와서 아버지 앞에 섰다.

「미켈리스, 잘 있거라!」 노인은 아들에게 말했다.

「용기를 내세요, 아버지!」 아들은 그렇게 말한 뒤 아버지의 손에 입을 맞추었다.

그리고리스 사제가 돌아보았다.

「미켈리스, 그리고 야나코스와 코스탄디스는 집으로 돌아가게. 우리는 지금 사자 우리 속으로 가고 있지만, 하느님이 함께하시니까 두렵지 않아.」

아가의 집 대문은 활짝 열려 있었다.

「그리스도의 이름으로!」 사제가 오른발을 문지방 너머로 옮겨 놓으며 말했다. 다른 사람들이 뒤따라 들어갔다. 라다스 옹이 비틀거렸지만 집정관이 그를 부축했다.

안마당은 판석들 틈새로 자란 잡초들로 을씨년스러웠다. 왼쪽에 아가의 암말이 머리를 마구간 문 사이로 내밀며 히힝 울었다. 털북숭이 개가 거름 더미에서 뒹굴고 있다가 목을 쭉 빼며 으르렁거렸지만 일어설 기세는 아니었다.

경호원 후세인이 현관에 나타났다. 사팔뜨기에 누런 피부의 그는 턱을 떨었다. 턱수염을 검게 염색할 틈이 없었던지 하얀 수염이 듬성듬성 보였다. 그는 마치 축제일처럼 붉은색 넓은 허리띠에 긴 칼을 늘어뜨린 민속 의상을 입고 있었다.

후세인은 그들을 보자 얼굴을 찡그렸다.

「신발을 벗으시오, 이단자들. 아가께서 기다리고 계시오.」

꼽추 마르타가 나왔다. 그녀는 유지들이 신발을 벗는 것을 도왔다. 그리고 현관 층계 앞에 있는 공간에 그들의 신발을 가지런히 놓았다.

그들은 서로를 부축하며 좁은 나무 층계를 올라 어느 방으로 들어갔다. 창문은 모두 완전히 닫혀 있었고, 거기가 어딘지 확인할 수 없었다. 하지만 그들은 깊숙한 어딘가에서 아주 끔찍한 짐승이 당장이라도 달려들 자세로 자신들을 노려보고 있는 듯한 느낌이었다.

라다스 옹은 덜덜 떨며 집정관의 팔을 꽉 붙잡았다. 그리고리스 사제는 조심스레 앞으로 나아가며 아가가 몸을 감추고 있을 만한 장소를 찾고 있었다. 방 안은 라키 술과 담배, 살이 썩는 악취가 진동했다.

오른쪽 구석에서 갑자기 무서운 고함 소리가 들려왔다.

「이단자들!」

그들은 일제히 소리 나는 곳을 돌아보았다. 커다란 방석 위에 아가가 앉아 있었다. 그의 허리에는 커다란 은색 권총이 반짝였고, 앞에는 커다란 라키 술병이 놓여 있었다.

「명령을 받고 왔습니다, 아가.」 사제는 차분하게 말했다.

「이단자들!」 고함 소리가 다시 들렸다. 「이리 와, 후세인!」

경호원은 대기하고 있던 문간에서 아가 앞으로 달려가 부동자세를 취했다.

「검을 준비하고 기다려!」

「아가…….」 사제가 다시 입을 열었지만 아가는 내버려 두지 않았다.

「이단자들아, 너희 중 한 놈이 내 가슴에 비수를 꽂았다. 나의 유수파키를…….」

아가는 슬픔으로 목이 메어 더 이상 말을 잇지 못했다.

그는 거칠게 눈물을 훔친 뒤 라키를 잔에 가득 따라 단숨에 마셨다. 그러곤 한숨을 내쉬더니 술잔을 벽에 힘껏 내던졌다. 술잔이 산산조각 났다.

「누가 그 아이를 죽였나?」 그가 소리쳤다. 「이곳엔 이단자들만 살아. 따라서 그를 죽인 놈도 이단자 중 한 놈이야! 주정뱅이 파나요타로스, 너냐?」

그들의 등 뒤에서 신음 소리가 들려왔다. 그들은 돌아서서 어두운 구석에 쇠사슬로 묶여 있는 파나요타로스를 보았다. 그는 머리를 다친 듯했다. 다른 사람들 뒤에 서 있던 교장 선생은 그의 이마와 목에서 피가 뚝뚝 떨어지는 것을 보았다.

아가는 유지들에게 고함을 질렀다.

「너희를 감옥에 처넣을 테다. 그리고 매일 아침마다 한 명씩 플라타너스에 목을 매달겠어. 너희가 살인자를 찾아낼 때까지. 먼저 지도자들의 목을 매달고, 그다음엔 다른 놈들의 목을 매달겠다. 그리고 여자들까지 목을 매달아서, 이 마을 인간들을 몰살시킬 거야. 살인자를 찾아낼 때까지 말이야! 듣고 있나, 흰 수염쟁이? 듣고 있나, 이 그리스 놈들아? 나의 유수파키가 너희에게 무슨 짓을 했지? 그가 누굴 화나게 한 적이 있나? 너희의 귀에 거슬리는 말을 한마디라도 한 적 있나? 그는 발코니에 앉아 유향 수지를 씹으며 노래만 불렀어. 유수파키가 무슨 해라도 끼쳤나, 이 단자들아? 왜 그를 죽였지?」

「아가, 하느님께 맹세코…….」 그리고리스 사제가 다시 항의했다.

「닥쳐라! 네놈의 수염을 한 올씩 뽑아 줄 테다. 넌 목을 매달지 않겠어. 그 비대한 몸뚱이에 말뚝을 박아 줄 거야! 유수파키가 너한테 무슨 짓을 했느냐?」

아가는 흐느끼기 시작했다.

「아가…….」 이번엔 파트리아르케아스가 나섰다. 발악하는 아가에게 사제 혼자 맞서도록 내버려 두기가 부끄러웠던 것이다. 「제가 평소 충성을 바쳐 온 사실을 잘 아시고 계시잖습니까.」

「닥쳐라, 이 돼지야!」 아가는 소리쳤다. 「너는 밧줄에 매달기가 너무 무거워. 배불뚝이 같으니. 그래서 녹슨 칼로 너를 난도질할 테다. 일주일 내내 말이다. 아마 내 손이 즐거워할 거야! 이단자들아, 그를 죽인 놈이 너희가 아니란 걸 알고 있어. 하지만 나의 유수파키가 죽어서 누워 있는데 너희가 살아 있는 것을 보니 미치겠단 말이다. 마을 구석구석에 불을 놓겠어. 너희를 모조리 태워 버릴 거야. 저주받을 것들!」
아가는 격노하여 벌떡 일어섰다.
「그 뒤에 누구야? 얼굴을 드러내.」
「저올시다, 아가.」 라다스 옹이 무릎을 꿇으며 더듬거렸다.
「아하!」 아가는 큰 소리로 말했다. 「유수파키의 장례를 왕족처럼 치러 줄 거야. 그를 위해 노래할 이맘들을 콘스탄티노플에서 불러오고, 양초는 스미르나에 주문하고, 그가 향긋한 냄새를 맡도록 사이프러스 관도 사올 거야. 그러자면 많은 돈이 필요해. 그래서 금궤를 열어야겠다. 네 금붙이를 다 써야겠어. 그동안 누구를 위해 그것을 모았다고 생각하나? 나의 유수파키를 위해서지!」
라다스 옹은 큰 충격을 받았다.
「자비를 베푸십시오, 아가.」 그는 애처롭게 말했다. 「그런 끔찍한 일을 당해야 한다면 그전에 절 죽여 주십시오.」
그러나 아가는 이제 하지 니콜리스에게 화살을 돌리고 있었다.
「그리고 너, 교장 선생, 넌 그리스의 애새끼들을 모아 놓고 눈을 뜨게 해준다지? 네놈의 혀를 잘라 내 개한테 던져 주겠다. 나의 유수파키는 죽었는데 네놈들은 왜 살아 있지? 왜? 난 참을 수가 없어! 그 때문에 난 죽을 거야! 후세인, 채찍을 가져와!」
경호원은 달려가서 고리에서 채찍을 벗겨 아가에게 건넸다.
「저것들의 상판대기를 보게 창문을 열어라!」
아가는 채찍을 쳐들었다. 그의 납빛 얼굴에 팬 깊은 주름살이 햇빛 아래 드러났다. 유수파키의 죽음이 가져다준 고통이 그 주름을 더욱 깊게 했다. 하얗게 센 콧수염이 축 늘어져 그의 입을 가렸다. 그는 그 수염을 잘근잘근 씹으며 소리쳤다.
그리스인들의 얼굴과 몸에 채찍이 날아들기 시작했다. 라다스 옹은 단번에 바닥에 나동그라졌다. 아가는 노인을 깔아뭉개고 그의 몸뚱이 위에 올라서서 울다가 웃다가 하였다. 그러곤 괴성을 내지르며 채찍을 사방으로 사정없이 휘둘렀다.

늙은 집정관은 눈물을 쏟았지만 입술을 깨물고 소리 내어 울진 않았다. 교장 선생은 벽에 몸을 기대고 고개를 높이 쳐들었다. 그의 관자놀이와 턱에서 피가 흘러내렸다. 한가운데에서 사제는 팔짱을 낀 채 채찍을 맞았다. 그는 연신 〈주여, 저를 약하게 하지 마소서!〉 하고 중얼거렸다.

아가는 입에 거품을 물고 미친 듯이 그들에게 채찍질을 했다. 마침내 팔이 저려 오자 그는 채찍을 내던지고 고함을 질렀다.

「감옥으로 끌고 가! 교수형은 내일부터 시작하겠다.」 그는 파나요타로스에게 다가가서 얼굴에 침을 뱉었다. 「너부터 죽여 주겠다, 석고먹쇠!」

그러고는 후세인에게 목멘 소리로 말했다.

「유수파키를 데려오너라…….」

경호원은 문을 열고 작은 철제 침대를 끌어냈다. 그 위엔 새벽녘에 피투성이로 발견된 소년의 시신이 누워 있었다.

아가는 유수파키 시체 위로 몸을 던지고 울부짖으며 입을 맞추었다.

후세인은 파나요타로스를 쇠사슬에서 풀어낸 다음 채찍을 내리치며 소리쳤다. 「감옥으로 가자, 이단자들아!」

그는 다섯 명의 죄수를 지하실 계단으로 내몰았다.

마을 전체가 공포에 휩싸였다. 거리는 텅 비었고 상점들은 모두 문을 닫았다. 사람들은 서로 수군거릴 경황도 없이 집 안으로 숨어들었다. 그들은 정적 속에 귀를 기울이며 떨고 있었다. 이따금 그림자 하나가 문에서 문으로 빠져나가며 유지들이 아직 돌아오지 못했다는 소식을 퍼뜨렸다. 잠시 후 또 다른 소문이 나돌았다. 「유지들이 감옥에 갇혔대. 후세인이 광장에 나와 플라타너스 아래에 밧줄과 비누를 놓아 두었다는구먼.」 얼마 후 다시 소문이 나돌았다. 「살인자가 나타나지 않으면 아가가 온 마을에 불을 지르겠다고 협박했대. 그러면 우리는 모두 타 죽고 말 거야!」

「아이고, 우린 이제 다 죽었구나! 다 죽었어!」 여자들은 아이들을 품에 안고 울부짖었다.

남자들은 이를 갈며 그리스인으로 태어난 것을 저주했다.

페넬로페 혼자만 마당의 정자 아래 앉아 평온하고 담담한 표정으로 양말을 짜고 있었다. 그녀는 남편인 라다스 영감을 아가가 잡아갔고, 플라타너스에 목을 매달려 한다는 소식을 들었다. 그리고 마을 사람들을 몰살시키려 한다는 소식도 들었다. 그녀는 가볍게 고개를 내저으며 〈그것도 끝났군……〉 하고 중얼거렸다. 그러곤 다시 뜨개질을 계속했다.

야나코스는 마구간에 앉아 당나귀와 의논하고 있었다.

「넌 이 모든 일에 대해 어떻게 생각하니, 유수파키? 우린 궁지에 빠져 있고 일이 고약하게 돌아갈 것 같아. 아가가 마을에 불을 지르겠다고 했다는데, 우리 둘이 밤중에 살짝 도망가면 어떨까? 우리야 뭐 처자식이 있나, 개새끼 한 마리 걸리는 게 없는데 망설일 이유가 없잖아? 하지만 위험에 처한 마을 사람들을 두고 도망친다는 건 불명예스러운 일이 아닐까? 어떻게 생각해, 유수파키? 너밖에 의논할 상대가 없어서 내 생각을 얘기한 거야. 어떻게 생각하니?」

당나귀는 여물통에 머리를 박고 게걸스럽게 먹어 대고 있었다. 주인의 목소리는 샘물의 속살거림 정도로만 들렸다. 주인이 자신에게 친절한 말을 해주고 있다고 생각한 당나귀는 기뻐서 꼬리를 흔들었다.

저녁이 되자 문들이 조심스레 열리고 사람들의 머리가 하나 둘 나타나기 시작했다. 미켈리스가 맨 처음 문을 열고 나왔다. 그는 약혼자를 위로하기 위해 사제의 집으로 향했다. 코스탄디스도 카페 문을 열기 위해 나왔다. 그는 자물쇠에 열쇠를 넣다가 플라타너스 밑에 걸상과, 멀어서 무엇인지 알 수 없는 물건들이 놓여 있는 것을 보았다. 그는 그곳으로 가까이 갔다가 공포에 질려 흠칫 물러섰다. 밧줄과 비누 한 조각이었다! 코스탄디스는 열쇠를 허리춤에 다시 쑤셔 넣고 몸을 벽에 바짝 붙이며 집으로 돌아왔다.

여느 때 하루가 끝나가는 이런 느긋한 시간이면 아가는 발코니에 다리를 포개고 앉는 습관이 있었다. 그의 옆에서 유수파키가 마실 것을 따라 주거나 파이프 담배에 불을 붙여 주곤 했다. 이날 저녁에는 저택의 문과 창문은 꼭 닫혀 있었고 발코니는 을씨년스러웠다. 아가는 신음하고 있었다. 그가 좋아했던 노래 〈이 세상은 마치 꿈만 같아라……〉는 얼마나 쓰라리고 진실되지 못한 것인가. 그는 이미 죽어 버린 작은 몸뚱이를 끌어안고 〈이건 꿈이 아니야, 꿈이 아니라고!〉 하고 중얼거린 뒤 다시 울음을 터뜨렸다.

후세인도 날카로운 사팔뜨기 눈을 훔치며 왔다 갔다 했다. 그는 나지막한 소리로 〈나의 유수파키〉 하고 속삭이고는, 주인이 들었을까 봐 몸을 부르르 떨었다. 그는 몇 차례나 화를 내며 채찍을 들고 지하실로 내려갔고, 아가처럼 울부짖으면서 미친 듯이 채찍을 휘둘렀다.

어느 정도 화가 풀리면 후세인은 다시 올라와 작은 철제 침대 주위를 맴돌았다. 어린 소년의 차가운 시신 위에 쓰러져 슬픔과 취기로 잠이 든 아가가 이따금 몸을 뒤척였다. 후세인은 몸을 숙여 유수파키의 입술에 타는 듯한 키스를 했다. 그는 아직 유향 향기가 남은 창백한 입술을 분노에 차 깨물었다. 그러고는 그도 바닥에 드러누웠다.

그리고리스 사제는 지하실 방에서 일어나 파나요타로스를 흔들었다.

「망할 놈의 유다, 네가 유수파키를 죽였지? 고백해. 그러면 우리는 살 수 있고 마을도 화를 면할 수 있다. 어서 고백하라. 네 죄가 모두 사함을 받도록 축복해 줄 테니.」

「모두 교수형이나 당해라!」 석고먹쇠는 깨진 머리에서 흘러내리는 피를 닦아 내며 악을 썼다. 「마을이 통째로 지옥에 떨어져 버리길. 나도 포함해서! 그게 차라리 축복일 거야!」

「네놈이 그를 죽였구나, 이 저주받을 유다 놈!」 파트리아르케아스가 벽에 등을 기대고 일어나며 말했다

「돼지 같은 놈!」 마구상이 다시 고함쳤다. 「내가 그 녀석과 무슨 상관이 있나?」

그는 잠시 누그러졌다가 또다시 울화통이 치솟는지 고함을 질렀다.

「모두 당신들 잘못이야, 저주받을 인간들! 염소수염의 사제와 유지라는 인간들, 교장 선생이라는 작자, 그리고 나를 들여보내지 않은 그 과부 년까지! 당신들 모두의 잘못이라고!」

잠시 후 그는 다시 발악을 했다.

「당신들은 내가 유다가 되길 원했지? 그래서 난 유다가 됐어!」

「자네가 죽였다고 고백하면 주님이 용서해 주실 걸세, 파나요타로스.」 사제가 목소리를 상냥하게 바꾸어 말했다. 「지금까지 나는 이 마을의 모든 영혼들을 책임져 왔어. 지금은 자네에게 그 책임이 있네, 파나요타로스. 그러니 일어나 그들을 구하게!」

그 말에 석고먹쇠는 미친 듯이 껄껄 웃었다.

「멋지군, 그런 멋진 생각이 들게 해주다니! 젠장, 그 애새끼를 죽인 놈이 정말 나라면 좋겠어. 당신들을 모조리 지옥으로 끌고 갈 수 있게 말이야. 하지만 내가 아닌 다른 누군가가 — 그의 손을 성스럽게 하소서! — 먼저 해치웠어. 암튼 그렇다니까! 집정관 나리, 신부님, 교장 선생, 모두 나와 함께 지옥에나 가시지!」

라다스 영감이 채찍에 맞아 피투성이가 된 머리를 들었다.

「고백하게, 파나요타로스.」 노인은 색색거리며 말했다. 「그러면 금화 3파운드를 주지. 야나코스의 당나귀를 팔아 그 돈을 자네에게 주겠네. 그는 나에게 빚을 졌거든. 내 말 듣고 있는가?」

파나요타로스는 그에게 경멸스러운 눈초리를 던지며 말했다.

「이봐요, 구두쇠 영감. 이 5파운드 당신한테 주지!」

그 순간 문이 열리더니 아가가 나타났다.

「이단자들아, 교수형은 내일부터 시작할 것이다. 밧줄과 비누, 걸상을 플라타너스 밑에 준비해 두었다. 내일은 수요일이야. 너희 중 가장 쓸모없는 놈부터 처치하겠다. 먼저 석고먹쇠 파나요타로스부터 목을 매달겠어. 목요일엔 더러운 구두쇠 영감 차례야. 금요일엔 학자 중 학자라는 교장 선생 차례고, 토요일엔 지체 높으신 멍청이 집정관 파트리아르케아스를 매달겠다. 일요일엔 너희의 미사 시간에 염소수염을 처단하겠어! 모가지가 다섯 개라, 플라타너스 아래 올가미도 다섯 개를 준비했다. 이건 첫 타작이야. 다음에 또 다섯 명을 뽑아 처단하겠어. 그리고 다음에 또 다섯 명, 그다음에 또! 살인자가 나타날 때까지 계속하겠다. 나의 유수파키를 플라타너스 아래에 놓아둘 테다. 그를 땅에 묻지 않겠다. 그의 눈도 감겨 주지 않겠어. 그의 영혼이나마 너희의 목이 매달리는 꼴을 지켜보며 기뻐하도록 하겠다!」

이렇게 말하고 아가는 문을 거칠게 닫았다. 그는 채찍을 들고 기다리고 있는 후세인을 돌아보며 말했다.

「후세인, 너도 울고 있구나. 가련한 친구…… 눈물을 닦아. 이 단자들에게 우리의 우는 모습을 보이는 건 좋지 않아. 행상 아나코스에게 큰 마을로 나가 안식향을 구해 오라고 해라. 최고 품질로 말이야. 그리고 양초와 검은 벨벳, 달콤한 케이크도 내일 아침까지 가져오라고 해. 아, 굵은 동아줄도 필요해. 수염 달린 사제와 늙은 염소 같은 파트리아르케아스는 훨씬 더 무거우니까. 어서 가봐!」

하지만 야나코스는 벌써 도망친 뒤였다. 후세인이 그의 집 문을 두드렸으나 헛수고였다. 야나코스는 마놀리오스에게 마을에 내려왔다가 괜히 붙잡히는 일이 없도록 하라고 알리려고 산으로 갔다.

마놀리오스는 양의 젖을 담은 냄비를 불 위에 올려놓고 있었다. 그 옆에서 니콜리오가 커다란 나무 주걱을 들고 흥얼거리며 양젖을 젓고 있었다.

「넌 뭐가 좋아 항상 노래를 부르느냐, 니콜리오? 산이 비좁다는 듯이 염소처럼 뛰어다니며 말이야.」 마놀리오스는 성격이 즐겁고 쾌활한 그가 신기해서 가끔 그렇게 물었다.

「마놀리오스, 내가 열다섯 살이란 사실을 잊었군요. 세상이 어찌 좁게 느껴지지 않겠어요?」 어린 양치기가 대답했다.

하지만 그런 그에게도 레니오만은 그리 작아 보이지 않았다. 그녀가 몰래 그를 만나기 위해 산으로 오면, 니콜리오는 그녀의 품 안에서 도무지 벗어나고 싶지가 않았다.

양젖이 끓자 마놀리오스는 화덕 옆에 앉았다. 화덕의 희미한 불빛 아래서 그는 작은 복음서의 책장을 넘기며 열심히 들여다보았다. 그에게 다른 즐거움은 없었다. 가끔 의미를 알 수 없는 단어들이 나타났지만, 그의 마음이 모든 것을 설명해 주었다. 전체적인 깨달음이 분명하고 확실하게 솟아나왔고, 안에서 가지를 쳤으며, 샘솟는 물처럼 그를 새롭게 했다.

그의 영혼은 영감을 받아 다시 젊어졌다! 마치 생전 처음 그리스도를 만난 것 같았고, 처음으로 그분의 목소리를 듣는 것 같았다. 실제로 그는 그리스도가 눈길을 들어 자신을 바라보며 고요하고 매혹적인 목소리로 〈나를 따르라!〉라고 말하는 것을 들었다. 그 후 마놀리오스는 행복에 충만하여 말없이 그리스도의 발자취를 따랐다. 때로는 갈릴래아의 신선한 초원 위를, 때로는 겐네사렛의 모래 기슭을, 때로는 유대 땅의 척박한 돌밭 길을 거닐곤 하였다. 저녁이면 그는 올리브나무 아래 그리스도의 발치에 누워, 그 은빛 잎사귀 사이로 나무들이 움직이는 것을 바라보았다. 그리스도와 함께라면 하늘은 얼마나 푸르고 깊은지, 공기는 마치 순수한 영혼처럼 얼마나 가벼운지, 대지의 냄새는 또 얼마나 향긋한지!

어느 날 그들은 함께 가나라는 작은 마을의 혼인 잔칫집에 갔다. 그리스도는 새신랑처럼 그 집에 들어갔는데, 거기 있던 모든 사람들이 그분을 보자 기뻐했다. 그들은 정혼한 처녀처럼 얼굴을 붉혔다. 신랑과 신부가 일어서서 서약을 했다. 그리고 하객들은 긴 의자에 앉아 먹고 마시기 시작했다. 그리스도는 잔을 들어 신랑 신부에게 축배를 들고 몇 마디 축복의 말씀을 해주었다. 매우 간단명료했지만 젊은 부부는 갑자기 이 결혼이 놀라운 신비임을 느꼈고, 남편과 아내란 세상을 떠받치며 붕괴되지 않도록 하는 두 기둥임을 알았다. 잔치는 흥겨웠다. 포도주가 동나자 그리스도의 어머니가 아들에게 말했다. 「아들아, 포도주가 떨어졌구나…….」 처음으로 그리스도는 손을 뻗어 자연의 흐름을 바꾸는 명령을 내렸다. 첫 번째 비상에서 가냘픈 날개를 파닥이며 두려워하는 새끼 독수리처럼, 그리스도는 천천히 일어나서 안마당으로 나갔다. 그리고 물 여섯 항아리에 자신의 얼굴을 비추었다. 그러자 항아리의 물이 포도주로 변했다. 그리스도는 자신을 따라 마당으로 내려온 마놀리오스를 돌아보며 미소 지었다.

또 언젠가는 — 아주 무더웠던 날로 마놀리오스는 기억하고 있었다 — 수많은 사람들이 호숫가에 모여 있었다. 그리스도가 배 위에 올랐다. 마놀리오스도 그리스도를 따라 배에 올랐다. 마놀리오스는 곡식 낟알을 모으듯 좋은 말씀을 가슴속에 긁어모았다. 그는 자기 가슴이 비옥한 토양으로 변하고, 거기서 씨앗이 자라 잎사귀가 되고, 이삭이 되고, 껍질에 십자가가 깊게 팬 빵으로 변하는 것을 느낄 수 있었다.

또 어떤 때에는 함께 밀밭을 걷고 있었다. 정오 무렵이라 그들은 배가 고팠다. 그리스도가 손을 뻗어 이삭을 하나 땄다. 사도들도 밀 이삭을 하나씩 땄고, 마놀리오스도 그들처럼 했다. 그들은 밀알을 하나씩 먹기 시작했다. 유액으로 가득 찬 파란 밀알이 얼마나 맛있었던지, 그것이 얼마나 몸과 마음을 흡족하게 했던지! 머리 위에는 제비들이 지저귀며 사도들처럼 그리스도를 따르고 있었고, 발아래에는 들판에서 가장 하찮은 들꽃까지도 영광의 절정에 달한 솔로몬보다 더 화려하게 자신을 치장하고 있었다.

바리사이파 사람이 그들을 집으로 초대했다. 마놀리오스는 문간에 서서 지켜보았다. 바리사이파 사람은 생색을 내며 경멸 어린 태도로 그리스도를 집 안으로 맞아들였다! 그리스도의 발을 씻어 드리지도 않았고, 그분의 손에 향유를 부어 드리지도 않았고, 평화를 기원하는 키스도 하지 않았다. 그들이 말없이 식사를 하고 있을 때 갑자기 향기로운 냄새를 풍기며 가슴을 드러낸 여인이 들어왔다. 금발 여인은 향유가 가득 든 옥합을 들고 있었다. 마놀리오스는 깜짝 놀랐다. 그는 이 여인을 어디선가 본 적이 있지만 장소는 기억할 수 없었다! 여인은 그리스도의 발아래에 무릎을 꿇고 옥합을 깨뜨려 향유를 성스러운 발 위에 부었다. 그리고 흐느끼면서 머리칼을 풀어 향유를 닦아 냈다. 그리스도는 몸을 숙여 여인의 금발에 손을 얹었다. 그분의 목소리가 아름다운 선율로 울려 퍼졌다. 「그대의 죄를 사하노라, 누이여. 그대가 많이 사랑했기 때문이라.」

마놀리오스는 작은 복음서를 덮었다. 그의 가슴은 충만했다. 주위를 돌아보았다. 불은 아직도 밝게 타올랐고, 오두막은 푸른 그림자를 드리우고 있었다. 니콜리오는 콧노래를 흥얼거리며 분주하게 저녁을 준비하고 있었다.

마놀리오스의 가슴은 사랑과 온유함과 행복으로 넘쳤다. 그는 그것을 주체할 수 없었고 다른 사람들과 나누어야 했다. 당장 밖으로 뛰어나가 바위에게, 양들에게, 사람들에게 복된 말씀을 전해 주고 싶은 열망이 솟구쳐 올랐다.

「이봐, 니콜리오.」 그는 양치기 소년을 불렀다. 「저녁 준비는 그만 하고 이리 와서 하느님 말씀을 들어 봐라. 너도 인간이 되려면 말이다. 넌 아직 야만인일 뿐이야.」

양치기 소년은 마놀리오스를 돌아보며 까르르 웃었다.

「싫어요, 마놀리오스. 난 이대로가 좋으니 냅둬요. 내 좋은 성질 버려 놓고 싶으세요?」

「복음서를 한 구절 읽어 줄게. 얼마나 좋은지 알게 될 거야.」

「나중에 내가 아플 때 읽어 주세요. 지금은 괜찮으니까. 그보다 식사 준비 다 되었으니 먹기나 해요.」

「난 배고프지 않아. 너나 먹으렴.」

마놀리오스는 다시 복음서를 들고 불빛을 향해 몸을 구부린 채 읽기 시작했다.

〈누구든지 자기 십자가를 지고 나를 따라오지 않으면 내 제자가 될 수 없다.〉

〈제 목숨을 살리려고 하는 사람은 잃을 것이며 나를 위하여 제 목숨을 잃는 사람은 살릴 것이다.〉

〈사람이 온 세상을 얻는다 해도 제 목숨을 잃으면 무슨 이익이 있겠느냐? 사람의 목숨을 무엇과 바꿀 수 있겠느냐?〉

마놀리오스는 그 말의 의미를 완전히 이해했다. 그는 복음서를 덮고 눈을 감았다. 왜 죽음이 두려운가? 왜 세상의 권세 앞에 굴복하는가? 왜 이승의 목숨을 잃을까 두려워하여 몸을 떠는가? 우리에게 불멸의 영혼이 있다면 두려워해야 할 것이 무엇인가?

야나코스는 한참 동안 문간에 서서 지켜보고 있었다. 아무도 그를 보지 못했다. 니콜리오는 돌아앉아 식사를 하느라 정신이 없었다. 그는 정력을 키우기 위해 실컷 먹었다. 오늘 밤 레니오가 찾아올지도 모르기 때문이었다. 그녀에게 힘을 쓰려면 아주 강해져야 했다. 마놀리오스는 눈을 감고 형언할 수 없는 축복에 잠겨 있었다.

〈천국에 빠져 있군〉 하고 야나코스는 생각했다. 〈내가 아무 말도 하지 않으면 그곳에서 나오지 않겠지. 그에게 말해야 해!〉

「이봐, 마놀리오스, 만나서 반갑네!」 그는 문지방을 넘으며 소리쳤다.

마놀리오스는 사람 소리에 깜짝 놀랐다.

「누구요?」 그는 눈을 동그랗게 뜨고 물었다.

「벌써 내 목소리를 잊었나, 마놀리오스? 야나코스야.」

「용서하세요, 야나코스. 내 마음이 멀리 딴 곳에 가 있었습니다. 그런데 이 시간에 무슨 일로 산에 올라오셨나요?」

「나쁜 소식일세, 마놀리오스. 천국에 있는 자네한테 지옥 소식을 가져왔네.」

「마을에서요?」

「응, 오늘 아침 유수파키가 살해된 채 발견되었어. 아가는 분노로 미쳐 버렸지. 그래서 그리고리스 사제와 유지들과 파나요타로스를 감옥에 처넣고 내일부터 한 사람씩 목을 매달겠다고 했다네. 밧줄이 벌써 플라타너스에 걸려 있고, 불쌍한 파나요타로스부터 시작할 거라는군. 유수파키를 살해한 범인을 찾을 때까지 그는 죽음의 씨를 뿌릴 거라고 했네. 집집마다 빗장을 채워 놓았고, 마을 전체가 싸늘하게 얼어붙었어. 우린 끝장이야, 마놀리오스! 내가 여기 온 것은 붙잡힐지 모르니까 마을로 내려오지 말라고 자네한테 알려 주기 위해서야. 여기 있으면 안전해.」

마놀리오스의 눈이 빛났다. 〈때가 왔다〉 하고 그는 속으로 말했다. 〈네가 불멸의 영혼을 지녔음을 보여 줄 때야!〉 하지만 마놀리오스는 기쁨을 드러내지 않으려고 주의했다. 그는 친구가 하는 말에 귀를 기울이며 마음속으로는 그 말을 반복했다. 〈지금이 바로 그때야. 이때를 놓치면 넌 끝장이다!〉

「식사는 했습니까, 야나코스?」 마놀리오스가 물었다.

「아니, 시장하지 않네.」

「나도 배고프지 않습니다. 하지만 먹으면 식욕이 생기는 법이죠. 우리 식사나 하며 얘기 나눕시다. 그리고 오늘 밤은 여기서 주무세요. 내일도 하느님이 우리에게 새 날을 허락하신다면 그때 보십시다.」

야나코스는 놀란 표정으로 바라보았다.

「어쩌면 그렇게 태연할 수가 있나, 마놀리오스? 우리 마을이 위험에 빠졌어.」

「나는 살인자를 알고 있어요.」 마놀리오스가 대답했다. 「마을이 불타진 않을 테니 두려워하지 마세요.」

「살인자를 알고 있다고? 그게 정말인가? 누구야? 누구냐고?」 야나코스는 대경실색했다.

「너무 서두르지 마세요.」 마놀리오스는 미소를 지으며 말했다. 「왜 그렇게 서둘러요? 내일이면 모든 것을 알게 될 테니, 조금만 참아요. 지금은 식사하고, 얘기하고, 잠이나 잡시다. 모든 것이 잘될 거예요. 하느님의 권능으로!」

그는 니콜리오를 불렀다.

「니콜리오, 음식을 준비해라. 우리도 배가 고파!」

그들은 다리를 포개고 앉아 성호를 그은 다음 식사를 시작했다. 이따금 야나코스는 눈을 들어 마놀리오스를 바라보았다. 부어오른 피부에 파묻힌 그의 눈동자가 조용하고 행복하게 빛나는 것을 볼 수 있었다. 〈도대체 이해를 못하겠어〉 하고 그는 생각했다. 〈이해할 수가 없다고…….〉

침묵을 더 이상 참을 수 없게 된 야나코스가 물었다.

「혼자서 뭘 하며 시간을 보내나, 마놀리오스?」

「나는 혼자가 아니에요. 그리스도가 나와 함께 계십니다.」 마놀리오스는 복음서를 가리키며 대답했다.

「병세는?」

마놀리오스는 놀란 표정을 지은 뒤 곧 진저리를 쳤다. 깜박 잊고 있었던 것이다.

「어떤 병 말인가요? 아, 그렇지, 난 아직 죄인이에요, 야나코스. 병은 낫지 않았어요. 아직도 내 생각 속에 사악한 것이 남아 있다는 증거죠. 자비로우신 하느님, 저를 불쌍히 여기소서!」

「전 나가 있을게요. 초승달 아래 산책이나 하겠어요.」 니콜리오가 입을 닦으며 말했다.

양치기 소년은 지팡이를 들고 휘파람을 불며 나갔다.

「야나코스, 자러 갑시다.」 마놀리오스가 말했다. 「내일 우린 일찍 일어나야 해요. 밤은 우리에게 조언을 해주죠. 난 이 산에서 혼자 지내면서 그걸 배웠어요. 하느님은 깨어 있는 사람보다 잠든 사람에게 더 자주 얘기하신답니다.」

두 사람은 마당에 커다란 깔개를 펴고 드러누웠다. 마당이 시원하기 때문이었다. 백리향 냄새가 바람에 실려 왔다. 정적이 깊어지면서 밤의 소리들이 점점 커져 왔다. 초승달이 막 하늘 위로 떠오르고 있었다.

「불쌍한 파나요타로스 생각이 떠나질 않는군.」 잠이 오지 않는지 야나코스가 말했다.

「나도 그래요.」 마놀리오스가 조용히 받았다. 「다른 분들보다 그 사람이 더 가엾습니다.」

「그러게 말이야. 왜 다른 사람들보다 그 친구가 더 불쌍하지?」

「너무 많은 사랑이 그를 망쳤기 때문이죠, 야나코스. 그는 자존심이 강하지만 저주받은 인간이에요. 열정에 빠져 스스로를 속박했고, 그래서 분노하게 되었죠. 그는 거기서 빠져나가려고 몸부림치지만 불운하게도 더욱 단단히 얽혀 들고 있어요. 자신을 파괴하고, 술을 마시고, 놓아 달라고 욕설을 퍼부을수록 점점 더 깊은 수렁으로 빠져 들 뿐이죠. 그가 조금만 덜 사랑했더라면…….」 마놀리오스는 그 말을 정정했다. 「아니, 덜 사랑하는 것이 아니라 더 많이 사랑했다면, 그는 아마 구원을 받았을 겁니다.」

「난 그자가 유수파키를 죽였다고 확신해.」 야나코스는 대화를 좀 더 이어 가고 싶어서 말했다. 「제발 속 시원하게 말해 주게, 마놀리오스. 파나요타로스가 죽였지?」

「야나코스, 이제 잡시다. 그는 아니에요.」

「하느님을 찬양할지어다!」 야나코스는 그렇게 말하고 눈을 감았다. 다시 정적이 찾아왔다.

마놀리오스도 혼자 생각하고 싶어서 눈을 감았다. 최근 며칠 동안은 낮에도 눈을 감고 있는 것이 좋았다. 그러면 자신의 영혼이 더욱 뚜렷하게 보이는 듯했다.

한동안은 마나세 신부의 말씀이 명료하게 되살아났다. 어느 날 한 고행자가 마나세를 찾아와서 함께 하루를 보냈다. 고행자는 잠시 눈을 떴다가 다시 감았다. 「눈을 뜨시오, 신부.」 마나세가 그에게 말했다. 「눈을 뜨고 하느님의 놀라운 작품들을 보시오.」 그러자 고행자가 대답했다. 「나는 보기 위해 눈을 감은 거요. 그리고 나는 그것들을 지으신 분을 보고 있소.」

마놀리오스도 그리스도를 보고 그분의 음성을 듣기 위해 눈을 감았다. 복음서의 한 구절을 읽다가 슬며시 잠이 들기도 했다. 그때 그는 차가운 어둠 속에서 사도들 앞을 걸어가는 하얀 옷의 그리스도를 분명히 보았다. 그는 몰래 행렬의 끝에 끼어들어 말없이 그분을 보위했다.

「내일 우리는 할 일이 많습니다.」 마놀리오스는 눈을 감고 중얼거렸다. 「어려운 일입니다. 주여, 우릴 도와주소서!」

그는 마치 그리스도를 자신에게 끌어당기고 싶은 듯 다시 애원했다.

「주님, 우리를 도우소서.」

그리스도가 오셨다. 날이 밝을 무렵 마놀리오스가 잠에서 깨어나 성호를 그었을 때, 그 꿈은 그의 마음속에서 샛별처럼 찬란하게 빛났다. 꿈속에서 그는 파란 하늘빛 호수 자락을 걷고 있었다.

그는 다급하게 갈대와 버드나무 잎을 헤치며 앞으로 나아갔다. 그가 앞으로 나아감에 따라 갈대와 버드나무는 수천의 남자와 여자들로 변해 그를 따라왔다. 바람이 불자 그들은 모두 소리치기 시작했다. 「그를 죽여라! 그를 죽여라!」

그는 도망치려고 했다. 어떤 손이 그의 어깨를 잡았고, 목소리가 들려왔다. 「너는 믿느냐?」 마놀리오스는 대답했다. 「믿습니다. 주님!」 즉시 바람이 잠잠해지고 남자와 여자들은 다시 갈대와 버드나무로 변했다. 제비들이 잔뜩 앉은 플라타너스가 음악 소리와 함께 그의 앞에 나타났다. 나뭇가지에 목이 매달려 죽은 몸뚱이 하나가 흔들렸다. 마놀리오스는 섬뜩해서 멈춰 섰다. 목소리가 다시 울려 나왔다. 「멈추지 마라, 앞으로 나아가!」

마놀리오스는 비명을 지르며 깨어났다. 「멈추지 마라. 앞으로 나아가! 이것은 하느님의 음성이야. 가자!」

그는 벌떡 일어나 세수를 하고 머리를 단정히 빗고 축제용 옷을 꺼내 입었다. 그리고 복음서를 조끼 주머니에 넣고 야나코스를 흔들어 깨웠다.

「이봐요, 야나코스.」 마놀리오스는 밝은 목소리로 말했다. 「일어나세요, 잠꾸러기 같으니!」

야나코스는 눈을 뜨고 부러운 얼굴로 그를 쳐다보았다.

「새신랑같이 차려입었구먼, 마놀리오스. 두 눈도 반짝거리고. 좋은 꿈이라도 꾸었나?」

「내려가요.」 마놀리오스가 말했다. 「시간을 지체하지 말고. 파나요타로스가 당할 고통과 마을 사람들의 두려움을 생각해야죠. 자, 어서 내려가요!」

희생

중대한 결정을 내린 후 다음 날 아침에 일어났을 때의 기쁨. 마놀리오스는 천사처럼 가볍게 산을 내려왔다. 두 발이 땅을 밟지 않는 것처럼 느껴졌으며, 갑자기 대천사들이 그를 붙잡고 바위에서 바위로 날아가는 것만 같았다. 그는 구름이 되었고, 산들바람이 그를 이끌었다.

야나코스는 그의 뒤를 쫓아오며 숨을 헐떡거렸다.

「마놀리오스, 갑자기 날개가 돋쳤나? 좀 천천히 가게. 따라갈 수가 없어!」

그러나 마놀리오스는 발에 날개를 단 느낌이었다. 도무지 멈출 수가 없었다. 날개한테 무슨 말을 할 수 있단 말인가. 멈춰, 야나코스를 기다리자?

「야나코스, 나도 그러고 싶지만 발걸음이 멈춰지지 않아요. 빨리 쫓아오세요!」

이 날개는 그가 명상 속에서 그리스도를 따라 여행하며 비옥한 땅이나 바위들 사이에 의로운 말씀을 심고 다닐 때 생겼던 날개와 똑같은 것이었다. 그때 그는 그리스도를 따라 겐네사렛에서 유대까지 단숨에 날아가지 않았던가! 충실한 친구들로 이루어진 그분의 무리와 함께 가파르나움, 가나, 막달라, 나자렛 등 작고 친근한 마을들 위로 즐겁게 날아갔다. 그는 또 단숨에 사마리아를 가로질러 베다니아와 베짜타, 예리고와 엠마오가 있는, 사랑하는 땅 예루살렘 인근에 도착했다. 오늘도 마놀리오스는 그때처럼 그리스도의 발자취를 따라 날아가고 있었고, 이번 목적지는 리코브리시 마을이었다. 그는 몸이 점점 가벼워지면서 얼굴이 따끔거리는 것을 느꼈다. 두 볼과 입에서 딱지들이 하나씩 떨어져 나가기 시작했다. 마치 허물을 벗는 듯했고, 새로 드러난 피부는 대나무 속살처럼 부드러웠다.

깜짝 놀란 마놀리오스는 그 자리에 멈춰 섰다. 심장이 터질 듯이 고동쳤다. 그는 자기 얼굴 위로 손이 지나가는 것을 보았다. 그 손은 이른 아침 산들바람처럼 시원하게 그의 얼굴을 천천히 어루만졌다.

그는 확신하면서도 감히 얼굴로 손을 가져가지 못했다. 〈기적이야! 기적이라고!〉 그는 부들부들 떨며 생각했다.

잠시 후 야나코스가 가쁜 숨을 몰아쉬며 도착했다. 마놀리오스의 얼굴을 쳐다본 야나코스는 탄성을 내질렀다.

「마놀리오스! 마놀리오스!」

그는 달려들어 마놀리오스를 덥석 끌어안았다.

문드러졌던 살은 밀랍처럼 녹아내렸다. 터진 살갗은 아물어서 매끈해졌다.

「하느님을 찬양하라!」 마놀리오스가 성호를 그리며 중얼거렸다. 「하느님을 찬양하라. 내 죄를 사해 주셨도다!」

「세상에, 마놀리오스!」 야나코스가 눈물을 글썽이며 소리쳤다. 「그 손에 입 맞추도록 해주게. 자넨 휴혹을 물리쳤어. 자네의 영혼은 정화되었고, 그 얼굴에서 사탄이 사라졌네!」

그는 꺼칠한 손으로 마놀리오스의 얼굴을 한참 동안이나 어루만졌다.

「어서 갑시다! 지체할 시간이 없어요!」 마놀리오스가 말했다.

해가 솟아올랐고, 들판 너머 마을 쪽에서 닭 우는 소리와 개들이 짖는 소리가 들려왔다. 마침내 희뿌연 안개 사이로 조그맣지만 부유한 마을이 눈에 들어오자, 마놀리오스는 동료를 돌아보며 말했다.

「야나코스, 우리가 마을에 도착하면 내가 하는 말에 불평하지 말고 따라 주어야 합니다. 그건 내가 하는 말이 아니라 그리스도께서 내 입을 빌려 하시는 말씀이니까요. 나는 그분의 명령을 전달할 뿐입니다. 아시겠죠?」

「뭘 하려고? 도대체 무슨 말을 하려는 건가?」 야나코스는 걱정스러운 얼굴로 물었다. 그는 갑자기 마놀리오스가 작별 인사를 하고 있는 듯한 느낌이 들었다.

「그리스도의 명령이라고 했잖아요. 그 이상은 나도 잘 모릅니다. 하지만 난 확신해요, 야나코스. 당신도 믿어야 합니다. 그리고 미켈리스와 코스탄디스에게도 말해 주십시오. 그들이 아우성치지 않도록 말이죠.」

「도대체 무슨 짓을 하려는 건가? 무슨 말을 하려고?」 야나코스가 걸음을 멈추고 다시 물었다.

「멈추지 말고 계속 걸어요! 어젯밤 내가 자는 동안 그리스도께서 찾아오셨어요. 계속 걸어요, 야나코스. 당신도 방금 내 얼굴에서 사탄의 봉인이 사라지는 것을 보셨잖아요? 왜 그런 줄 아십니까? 내가 새벽에 그리스도의 부름을 받고 길을 나섰기 때문입니다. 기꺼이 말이죠. 당신은 나더러 자꾸 멈추라고 하지만, 어떻게 멈출 수 있겠습니까? 그리스도께서 내 앞에 큰 걸음으로 가고 계시는데.」

야나코스는 고개를 저었다.

「난 자네를 믿네, 마놀리오스. 내 손으로 자네에게 일어난 기적을 직접 확인하지 않았나. 하지만 나는 나 자신을 믿을 수가 없어. 만약 자네가 인간의 힘을 초월한 일을 행한다면 나는 비명을 지를 걸세! 난 평범한 인간이야. 만약 자네에게 무슨 일이 생기면 난 가만히 있지 않고 저항할 거야!」

「그게 하느님의 명령이라면요?」

「그래도 저항할 거야. 하느님, 저를 용서하소서!」

「부끄럽지도 않아요? 두렵지도 않아요? 입 다물어요!」 마놀리오스가 소리쳤다.

그들은 서둘렀다. 마을에 가까워졌을 때, 코스탄디스가 그들을 향해 달려왔다.

「형제들, 어디를 가는가? 어서 돌아가게. 난 지금 산으로 올라가 자네들에게 내려오지 말라고 할 참이었어.」

「파나요타로스는 어떻게 되었습니까?」 마놀리오스가 물었다.

「그를 매달 올가미가 플라타너스에 걸렸네. 새벽에 경비병이 나팔을 불었어. 그는 마을 사람들 모두에게 광장의 플라타너스 주위에 모이라고 명령했어. 그 광경을 보고 공포에 떨게 하려고 말이야.」

「돌아가세!」 야나코스가 소리쳤다. 겁에 질린 그는 몸을 돌려 산으로 향했다. 「자네도 함께 가세, 코스탄디스!」

「나에겐 아내와 아이들이 있네. 처자식을 두고 떠날 순 없어. 그러니 자네들이나 떠나!」

「아닙니다.」 마놀리오스가 다시 발길을 서두르며 말했다. 「그리스도의 이름으로 우린 그들에게 가야 합니다. 갑시다, 야나코스. 겁내지 마세요. 지금 우리 앞에는 그리스도가 계십니다. 그분이 안 보이십니까? 그분을 따릅시다!」

그제야 코스탄디스는 정결해진 마놀리오스의 얼굴을 보고 깜짝 놀라 물었다.

「마놀리오스, 어떻게 이런 기적이 일어났나?」

「기적이란 원래 그렇습니다.」 마놀리오스는 미소를 지었다. 「예기치 않은 순간 갑자기 자연스럽게 일어나죠. 형제님들, 이제 그만 꾸물대고 빨리 갑시다!」

마놀리오스는 코스탄디스의 팔을 잡아끌었다. 그들은 마을을 향해 걸어갔다. 야나코스는 뒤에서 따라오며 투덜거렸다.

「코스탄디스, 두려워하지 말아요.」 마놀리오스가 말했다. 「마을이 불타는 일은 없을 겁니다. 나는 그 살인자를 알고 있어요. 그래서 이렇게 서두르는 겁니다.」

「그게 누군가?」 코스탄디스가 걸음을 멈추고 물었다. 「꿈속에서 하느님이 보여 주시던가? 그게 대체 누구야?」

「묻지 말고, 멈춰 서지 말고, 계속 걸어요!」 마놀리오스는 권위와 사랑이 담긴 목소리로 말했다.

그들은 기운찬 말처럼 달려 이내 마을에 도착했다.

후세인의 나팔 소리가 성난 듯 다급하게 울려 퍼졌다. 집집마다 문이 열리고 사람들이 밖으로 나오기 시작했다. 그들은 성호를 그린 후 겁에 질린 표정으로 광장을 향해 줄달음쳤다.

「용기를 내시오, 형제님들! 신은 위대하십니다.」 야나코스가 그들을 향해 큰 소리로 외쳤다.

「악마한테나 물러 가라, 이 얼빠진 놈!」 한 노인이 손자 손을 붙잡고 달려가며 꾸짖었다. 「신이 위대하다면 지금 그 능력을 보이라고 해라. 그에게 살인자를 가려내라고 해!」

그 옆을 지나가던 노새몰이꾼 크리스토피스가 소리쳤다.

「저기 유수파키와 양초와 안식향과 케이크 따위를 싣고 플라타너스 아래로 오고 있다! 유수파키를 잃은 아가는 완전히 미쳐 버렸어!」

무리를 지은 기독교인들은 서둘렀다.

미켈리스가 멀리서 친구들을 발견하고는 다가왔다. 창백한 얼굴에 절망스러운 표정을 짓고 있던 그는 마놀리오스를 보자 환성을 지르며 껴안았다.

「다 나았구나, 마놀리오스! 다 나았어! 하느님, 감사합니다!」

「파나요타로스는 어디 있죠?」 마놀리오스는 집정관 아들에게 물었다.

「이제 곧 끌려 나올 거야. 놈들에게 흠씬 두들겨 맞고 기절했어, 가엾은 친구!」

그들은 광장 근처에 도달했다. 해가 한 뼘가량 하늘 위로 솟았고, 싱그러운 산들바람이 솔솔 불어왔다. 마을은 신선한 햇살 아래 빛났다. 플라타너스의 부드러운 잎사귀들이 산들바람에 흔들리며 유쾌한 소리를 냈다. 노인들은 고개를 들어 두려운 마음으로 나무를 바라보았다. 아침에 일어났을 때, 감히 머리를 쳐들고 자유를 외치다 교수형을 당한 기독교인의 몸뚱이가 나뭇가지에 매달려 흔들리고 있는 것을 본 지가 얼마나 되었던가?

경비병의 거친 목소리가 들렸다.

「길을 비켜! 비키란 말이다, 이 이단자들아!」

그는 앞에서 성큼성큼 걸어가며 길을 내었다. 그 뒤로 살해당한 소년의 시신을 누인 철제 침대를 든 짐꾼 두 명이 따라갔다. 아가는 유수파키의 시신을 머리부터 발끝까지 온통 장미와 재스민으로 덮어 놓았다. 눈에 보이는 부분이라곤 핏기 없는 얼굴과 곱슬

머리, 깨물린 자국들이 있는 입술뿐이었다. 또한 저승에 가는 동안 씹으라고 유수파키 곁에 한 줌의 유향 수지를 놓아 주었다.

이윽고 채찍에 맞아 얼굴이 찢어지고 멍투성이가 된 파나요타로스가 양손을 등 뒤로 묶인 채 질질 끌려 나왔다. 하지만 눈빛만은 여전히 살아 있었다. 그는 증오심에 가득 찬 눈으로 좌우에 서 있는 마을 사람들을 쏘아보았다.

「넌 이 여자들과 아이들이 불쌍하지도 않냐? 어서 자백해!」 누군가 소리쳤다.

파나요타로스가 걸음을 멈추고 소리를 버럭 질렀다.

「여기서 날 불쌍하게 여기는 놈이 하나라도 있나?」

플라타너스에 도착하자 그는 기진맥진하여 밑둥치에 등을 기댔다. 그리고 이마에서 떨어지는 땀을 닦으려고 어깨를 움직였다.

두 짐꾼은 유수파키를 플라타너스 그늘 아래 내려놓았다. 그들은 시신의 발아래에 놓인 커다란 촛대에 불을 붙이고 시뻘건 석탄불 위로 안식향을 던졌다.

마놀리오스와 그의 동료들은 사람들을 헤치고 유수파키의 시신에서 가까운 앞쪽에 자리를 잡았다. 파나요타로스가 그들을 힐끗 돌아보았다. 눈에는 핏발이 서 있었다. 그는 묶인 밧줄을 풀려는 듯 손을 뒤틀더니 한 걸음 앞으로 나오며 소리쳤다.

「뒈져라, 마놀리오스!」 그는 다시 플라타너스에 힘없이 기댔다.

「용기를 내세요, 형제님! 하느님을 믿으십시오!」 마놀리오스가 대답했다.

파나요타로스가 다시 입을 열려는 순간, 아가의 저택 문에서 웅성대는 소리가 들려왔다. 겁에 질린 그 소리는 사람들의 입을 타고 삽시간에 전체로 퍼졌다.

「아가다!」

아가는 은실로 수놓은 바지 위에 붉은 장식띠를 두르고, 허리에 은제 권총과 손잡이가 검은 장검을 차고 있었다. 그는 모자도 쓰지 않고 울어서 퉁퉁 부은 눈으로 자기 발끝을 내려다보며 무거운 발걸음을 옮겼다. 혹시 비틀거리다 자빠져서 사람들에게 창피라도 당할까 봐 몹시 조심하고 있었다. 모든 기독교인이 그를 주시하고 있었다. 지금 그가 술에 취했거나 몸이 불편해서 걷지도 못하는 꼴을 보인다는 것은 불명예스러운 일이었다. 그는 콧수염과 눈썹을 새까맣게 염색하고 있었다. 이따금 그는 손가락으로 그 콧수염을 잡아 뽑아 내던지기도 했다. 그러곤 핏발 선 눈에 눈썹까지 치켜올리고 인상을 잔뜩 찌푸린 채 당장 달려들려는 성난 황소처럼 주위를 노려보았다. 그가 지나간 자리는 머리와 겨드랑이에 뿌린 사향 냄새로 마치 발정 난 야수가 악취를 풍기며 지나간 것 같았다.

그는 솟구치는 눈물을 참지 못할 것 같아서 유수파키를 돌아보지 않았다. 그래서 곧장 발걸음을 플라타너스 아래로 옮겨서 자리를 잡았다. 이윽고 경비병이 파나요타로스를 끌고 와 아가의 발아래 사정없이 내던진 뒤 발로 밟아 꼼짝도 못하게 했다.

아가가 한 손을 들고 쉰 듯한 목소리로 말했다.

「이단자들아! 나는 너희를 매일 한 명씩 목매달겠다. 너희가 살인자를 고발할 때까지. 이 마을 사람들 모두가 이 플라타너스에 매달릴 수도 있겠지! 나에게 유수파키는 세상 전부나 다름없다. 그러니 세상 사람들의 목을 모두 매달 테다, 이 이단자들아!」

아가는 말을 하면서 점점 더 분노했고, 말처럼 발로 땅을 세게 걷어찼다. 그리고 시선을 마을 사람들에게 고정한 채 증오에 찬 말을 거침없이 내뱉었다. 그의 입과 머리와 겨드랑이에서 열기가 뿜어져 나왔다. 그는 잠시 말을 멈추더니 파나요타로스를 발로 마구 걷어차고 짓밟기 시작했다. 파나요타로스의 입에서 누런 거품이 흘러나왔다.

「더러운 이단자야, 네놈이 유수파키를 죽였냐? 너냐? 어서 자백해!」

파나요타로스는 신음 소리만 낼 뿐, 아무 말도 하지 않았다.

땀에 흠뻑 젖은 아가는 자제력을 잃고 후세인에게 소리쳤다.

「목을 매달아라!」

「잠깐! 멈추시오! 내가 살인범을 알고 있소.」

경비병은 파나요타로스의 목에서 손을 놓았다. 마을 사람들이 술렁거리며 환호성을 내질렀다. 아가가 주위를 돌아보며 말했다.

「누구냐? 앞으로 나와!」

마놀리오스가 조용히 앞으로 걸어 나와 아가 앞에 섰다. 후세인이 한 걸음 앞으로 나와 귀를 기울였다. 그는 턱을 달달 떨고 있었고, 얼굴이 온통 붉그락푸르락했다.

「네가 살인범을 알고 있다고 했느냐?」 아가는 마놀리오스의 팔을 붙잡고 부들부들 떨며 물었다.

「그렇소, 내가 알고 있소.」

「그래, 누구냐?」

「나요.」

사람들은 일제히 안도의 숨을 내쉬었다. 여자들은 성호를 그으며 안심하는 표정들을 지었다. 마을은 구원을 받아 다시 숨을 쉬기 시작했다.

「조용히 해라, 이단자들아!」 아가는 채찍을 휘두르며 고함쳤다.

야나코스가 손을 내저으며 소리쳤다. 「그건 사실이 아니오! 사실이 아니란 말이오!」 코스탄디스와 미켈리스도 아가를 향해 소리쳤지만, 마을 사람들이 일제히 내지르는 함성에 묻혀 버리고 말았다.

「조용히 해! 조용히 하라고!」

「저자야, 저자란 말이야!」

「잠자코 있으면 우린 살 수 있어!」

깜짝 놀란 후세인은 웃음을 터뜨렸다. 그는 곧장 마놀리오스에게 달려가 목에 올가미를 씌웠다. 그러나 아가는 경비병을 물리치고 마놀리오스에게 다가가 그의 눈을 빤히 들여다보며 물었다.

「네놈이라고?」

「그렇소.」

「네놈이 유수파키를 죽였단 말이지?」

「그렇다고 하잖소. 나를 목매달고 파나요타로스는 풀어 주시오. 그는 죄가 없소.」

파나요타로스는 휘둥그레진 눈으로 마놀리오스를 쳐다보았다. 그는 입을 열었지만 아무 말도 하지 못했다. 이게 도대체 어떻게 된 영문인지 알 수가 없었다. 마놀리오스가 정말 살인범이란 말인가? 〈아냐! 아냐!〉 그의 가슴 깊은 곳에서 부정하는 목소리가 들려왔다. 〈절대 그럴 리 없어! 만약 나를 구하기 위해 이러는 거라면 마놀리오스는 끔직한 일을 당하게 될 거야! 그런 일이 벌어져선 안 돼.〉 그는 고함을 지르며 날뛰기 시작했다.

경비병이 채찍을 손에 쥐며 소리쳤다.

「그만 해, 이단자야!」

아가는 마놀리오스를 바라보며 그의 진의를 파악하려고 애썼다.

「하지만 왜? 유수파키가 너에게 무슨 짓이라도 했나?」

「그는 아무 짓도 하지 않았소, 아가. 악마가 나에게 그를 죽이라고 시켰소. 밤에 잠을 자고 있는데 〈그를 죽여라!〉 하는 목소리가 들려왔소. 그래서 내가 새벽이 되기 전에 그를 죽였소. 더 이상 캐묻지 말고 어서 내 목을 매다시오!」

후세인이 밧줄을 쥐고 달려가서 마놀리오스를 붙잡았다. 그 순간 여자들 가운데서 날카로운 소리가 들려왔다.

「그는 결백해요, 아가! 그의 말을 듣지 말아요. 그는 아무 죄도 없어요!」

「닥쳐라, 이 더러운 창녀야!」 카테리나의 주위에 있는 여자들이 일제히 소리치며 그녀를 윽박질렀다.

「그는 우리 마을을 구하려고 그러는 거예요!」 과부는 필사적으로 소리쳤다. 「당신들은 그가 가엾지도 않나요?」

그러나 여자들은 이미 과부를 땅바닥에 쓰러뜨리고 마구 짓밟고 있었다.

「마놀리오스! 나의 마놀리오스!」 카테리나는 여자들로부터 빠져나오려고 몸부림치며 고함을 질러 댔다.

그러자 마놀리오스의 세 동료도 소리치기 시작했다.

「그는 결백하오! 그는 결백합니다!」

그들은 사람들을 헤치고 아가 앞으로 걸어 나갔다. 미켈리스가 먼저 말했다.

「만약 이 사람이 살인범이라면 당장 내 목을 베어도 좋소. 그는 우리의 목자이자 진정한 성자요. 그를 건드리지 마시오!」

아가는 울화통이 치밀었다. 그는 마놀리오스를 노려보다가, 마을 사람들의 고함에 귀를 기울이다가, 고개를 돌려 유수파키를 보자 다시 뜨거운 분노가 치솟았다. 모든 것이 혼란스럽고, 머리가 어질어질했다. 〈이자가 정말 살인범일까?〉 그는 마놀리오스를 응시하며 생각했다. 〈아니면 미친놈일까? 그것도 아니면 성자일까? 빌어먹을, 도무지 알 수가 없군!〉

아가는 좀 더 생각하려고 애썼지만 더 이상 참을 수가 없었다. 그는 마놀리오스를 가리키며 후세인에게 명령했다.

「이자를 감옥에 가둬라! 내일 결정을 내리겠다.」

그러곤 마을 사람들에게 소리쳤다.

「마귀나 물어 가거라, 이단자들아! 당장 내 눈앞에서 사라져!」

마을 사람들은 두려워하면서도 한편으론 안도하며 돌아섰다. 그들은 무리 지어 가면서 살인범을 찾아 주신 하느님을 찬양했다.

「마놀리오스가 살인범이라고 생각해요?」 그들은 서로에게 물었다. 「하지만 그는 진정한 성자인데…….」

「이보게들, 쓸데없이 이러쿵저러쿵하지 말게. 그가 살인범이든 아니든 그게 무슨 상관인가? 자기 입으로 자백했으니 그는 교수형을 당할 것이고, 우린 모두 살아난 거라고. 그럼 된 거야. 하느님께서 그의 영혼을 지켜 주시겠지.」

「하지만 어째서 그런 행동을 한 걸까? 난 이해할 수가 없어. 그가 살인범이 아니란 건 확실해. 그가 그렇게 말했더라도 말이야.」

「마놀리오스를 몰라서 그러나? 그 가여운 친구는 가끔 꿈을 꾼다네. 마을을 구하기 위해서라고 하잖나? 다른 사람들을 구원하기 위해 자신을 바치겠다는 거지. 머리가 제대로 여문 놈이라면 그런 짓을 하겠어? 어림도 없지! 자기가 좋아 하는 짓이니 말리지 말게.」

마놀리오스의 동료들은 미켈리스의 집으로 모였다. 야나코스는 주먹으로 자기 머리를 연신 쥐어박으며 후회했다.

「내 잘못이야, 내 잘못! 난 정말 바보야! 그가 산에서 내려오지 못하도록 말렸어야 했는데. 마놀리오스의 입이라도 틀어막았어야 했어. 하지만 일이 이렇게 될 줄 내가 어떻게 알았겠어?」

「그는 성자예요.」 미켈리스가 조용히 말했다. 「그는 마을을 구하기 위해 자기 목숨을 버리려는 겁니다.」

「우리가 구해 내야 해! 무슨 일이 있어도!」 코스탄디스도 소리쳤다.

그러자 미켈리스가 다시 말했다.

「만약 나에게 마놀리오스가 한 것과 같은 행동을 할 힘이 있었다면, 나는 내 목숨이 구해지는 걸 원치 않았을 겁니다. 그의 빛나는 눈을 봤습니까? 그의 얼굴 전체가 환하게 빛나지 않던가요? 그는 이미 천국에 있는 사람입니다. 왜 그를 다시 지상으로 끌어내립니까? 오히려 우리가 그를 좇아가야죠!」

「좇아갈 수 있네!」 야나코스가 열정에 넘친 목소리로 말했다. 「우리 세 사람이 함께 아가에게 찾아가서 그날 밤 우리가 유수파키를 죽였다고 말하는 거야. 그에게 우리 모두를 목매달라고 하자고! 그러면 함께 천국으로 가는 거야!」

미켈리스가 고개를 저었다.

「나에겐 그런 용기가 없어요, 야나코스. 마리오리를 두고 어떻게 떠날 수 있겠어요?」

「마누라와 새끼들 때문에 나도 안 돼.」 코스탄디스도 고개를 저었다.

〈그거야 나도 마찬가지지. 나도 내 당나귀를 두곤 떠날 수가 없어〉 하고 야나코스는 생각했다. 하지만 아무 말도 하지 않았다.

감옥에 갇힌 네 명의 원로는 벽에 기대앉은 채 조용히 기다릴 뿐이었다. 그들이 갇혀 있는 지하 감방에서는 위에서 일어나는 소리가 전혀 들리지 않았다. 둥근 채광창을 통해 실오라기 같은 빛줄기만 쓸쓸히 들어올 뿐이었다.

「배가 고프군.」 파트리아르케아스가 한숨을 섞어 말했다.

「우리 모두가 배고프고 목도 마릅니다.」 그리고리스 사제가 받았다. 「하지만 우리는 이 시련을 참고 견뎌야 합니다. 이 사자 우리 안에서도 하느님은 우리와 함께 계십니다.」

「지금쯤 그들은 가엾은 파나요타로스의 목을 매달고 있을 겁니다.」 교장 선생이 말했다. 「내일은 우리 차례예요. 배고픔과 목마름과 두려움 따위는 남자답게 이겨 냅시다.」

그는 옆에 있는 구두쇠 노인에게 말했다.

「용기를 내세요, 라다스 옹. 이젠 제 말이 옳다는 걸 아시겠습니까? 돈만 너무 밝히지 말라고 몇 번이나 말했잖습니까? 돈 궤짝을 무덤까지 가져갈 순 없다고요. 선행을 베풀어야 하느님의 심판에서 구원을 받을 수 있습니다. 이제 조금 후회되시죠?」

라다스 영감은 한숨을 내쉬었다. 그러곤 머리숱이 하나도 없는 길쭉한 머리를 돌려 증오에 찬 시선으로 교장 선생을 노려보았지만 아무 말도 하지 않았다.

「내일은 당신 차례요, 라다스 옹.」 이번엔 그리고리스 사제가 나섰다. 「하느님 앞에 가려면 회개를 하셔야지. 당신이 저지른 악행을 모두 고백하고 하느님께 머리 숙여 용서를 비시오. 아직 시간은 있으니까.」

「난 아무한테도 악행을 저지르지 않았소.」 라다스 영감은 마지못해 대꾸했다. 「선행을 베푼 적도 없지만, 누굴 죽인 적도 없소. 난 죄가 없다고.」

「아무한테도 악행을 저지르지 않았다고 했소, 라다스 옹?」 파트리아르케아스가 소리쳤다. 「이 구두쇠 영감아, 이제 곧 무덤에 들어갈 테니 내가 몇 가지 사실을 말해 주지. 더 이상 나 혼자만 간직할 순 없으니까. 아무한테도 악행을 저지른 적이 없다고? 그러면 과부 아네지나의 집을 팔아먹은 자가 누군가? 그리고 아네

스티 할멈의 포도밭을 경매를 통해 꿀꺽 삼킨 자가 누구지? 고아가 된 아이들을 길거리로 내쫓아 거지로 만든 사람이 누구냐고? 당신, 탐욕스러운 당신이야! 오늘이라도 하느님께 그 죄를 회개하시오.」

라다스 영감은 화가 나자 생기를 되찾았다. 그는 갑자기 벽을 밀치고 일어났다.

「똥 묻은 개가 겨 묻은 개를 나무라는 격이군! 남을 욕하는 것이 당신들 귀족한테는 딱 어울리는 짓이지! 하지만 내가 당신의 구린 데를 세상에 까발리기 시작하면 아주 험한 꼴을 보게 될걸! 당신은 도대체 어떤 짓을 하고 다녔나, 이 고귀하신 돼지야? 허구한 날 돼지처럼 게걸스럽게 먹어 대고, 술고래처럼 퍼마시고, 여자들을 강간하고, 마을을 사생아들 천지로 만들고, 이웃 사람들에게도 못된 짓을 일삼았지. 당신은 평생 어슬렁거리며 터키인들에게 아양이나 떨고, 이쪽엔 맛없는 파이나 던져 주고, 유지나 사제들, 주교들에게까지 선물을 갖다 바치고, 항상 터키인들 꽁무니만 졸졸 쫓아다니지 않았나? 하지만 당신 아내는 정말 성자였지. 그녀를 죽인 것도 당신이잖아? 그녀는 당신이 여자만 밝히는 걸 더 이상 참을 수 없었던 거야. 당신이 그녀를 죽음으로 몰아세웠어, 가여운 여자 같으니!」

파트리아르케아스가 벌떡 일어나 라다스에게 달려들었지만 다른 두 사람이 떼어 놓았다.

라다스 영감도 제정신이 아니었다. 평생 동안 그는 다른 사람들이 제멋대로 말하게 놔두고 모르는 척하며 입 다물고 살아왔다. 그 역시 권력자들과 좋은 관계를 유지하기 위해 맛없는 파이를 먹고 거짓말을 했다. 하지만 오늘 죽음을 앞두고 그는 폭발하고 있었다. 그는 모든 것을 말하고 싶었고, 지금까지 참고 삼켜

온 모든 분노를 내뱉고 싶었고, 그들이 자신보다 낫다는 생각을 더 이상 못하도록 만들고 싶었다. 그래서 그는 마음먹은 대로 밀어붙였다. 죽음을 앞둔 마당에 그들이 무슨 소용이란 말인가?

내친김에 그는 사제를 노려보며 비아냥거렸다.

「그리고 당신, 우리한테 고백을 하게 만드는 사기꾼 양반! 나는 당신이 하느님 앞에서 어떤 가면을 쓸 것인지 매우 궁금한걸? 당신은 수탉처럼 마을을 이리저리 돌아다니며 자기 배만 채웠지. 그 창자를 채우기 위해 앉았을 때 가난한 사람이 찾아와 문을 두드리면, 당신은 달콤하고 온유한 목소리로 이렇게 말하지. 〈나의 형제여, 하느님이 당신을 구해 주실 겁니다. 나도 배가 고프답니다!〉 그러는 동안 당신의 수염에는 기름기가 줄줄 흐르고 있어! 가난한 사람이 죽어서 슬프게도 매장할 돈이 없을 때, 당신은 시신이 썩도록 내버려 뒀어! 당신은 그리스도에 대해 지껄일 때마다 그 대가를 챙기려고 손을 내밀었지. 축복을 해주고, 세례를 해주고, 결혼식을 주례하고, 성찬을 베푸는 대가로 너무나 많은 걸 요구했어. 심지어 천국에 입장하는 요금까지 매겨서 공고했잖아, 이 흡혈귀야! 돈을 내지 않으면 천국에 입장할 수 없다고?」

구두쇠 노인은 사제에게 삿대질을 하며 소리쳤다.

「뻔뻔하게도 이 라다스에게 회개를 하라고? 평생을 굶주리며, 포도주 한 잔 마시고 싶을 때도 참고, 허름한 누더기를 걸치고 맨발로 다닌 진정한 사도 같은 나라고, 알겠나? 그게 바로 나야, 이 배불뚝이야!」

그리고리스 사제는 예식을 올릴 때처럼 고개 숙인 채 듣고 있었지만, 마음속으로는 분노를 끓이고 있었다. 그는 이 늙은이의 말라빠진 모가지를 확 비틀어 주고 싶었다. 도대체 이 많은 묵은 원한들을 어디에다 품고 있었을까? 그토록 오랜 세월 동안 마음속으로만 품고 있다가, 이제 죽을 때가 되니 사람들 앞에 모조리 토해 내고 있구나!

「계속하시오, 계속해요, 친애하는 라다스 옹.」 사제는 한숨을 쉬는 척하며 말했다. 「그리스도는 죄인인 나보다 더 많은 고통을 받으셨소. 조롱과 비방을 당하고, 채찍을 맞고, 십자가에 매달리면서도 단 한 번도 입을 열지 않으셨소. 그런데 내가 무슨 말을 하리까? 계속하시오. 계속해요, 친애하는 라다스 옹!」

라다스 영감이 재차 몰아붙이려는 순간 교장 선생이 재빨리 끼어들었다.

「부끄러운 줄 아십시오, 형제 분들. 살 시간도 얼마 남지 않았는데, 하느님께 영혼을 맡기기는커녕 세속적인 일로 서로 험담이나 해대고 있으니……. 조용히 하세요, 라다스 옹. 그만하면 충분하지 않습니까. 마음속에 든 것을 모두 비워 냈으니. 형제 분들, 모두 조용히 합시다. 인간의 죄는 끝이 없습니다.」

라다스 영감은 코웃음을 쳤다.

「한심한 교장 선생, 당신은 어떤 인간인지 알아? 당신에겐 깨끗한 거나 더러운 거나 다 똑같아. 당신의 뇌는 별로 크지 않아서 기껏해야 자질구레한 선행과 악행밖에 하지 못했어. 좋은 일을 많이 하고 싶어도 할 수가 없었고, 악한 짓을 많이 하고 싶어도 할 수가 없었지. 그저 시답잖은 일밖에 할 게 없었다고. 당신 깜냥으론 작은 구멍가게나 하면 딱 맞아. 석판이나 분필, 지우개, 공책 따위를 파는 가게 말이야. 당신은 또한 분필을 치즈처럼 팔아먹었어. 허풍을 치고는 그대로 믿곤 했지. 이젠 그쯤 해두라고.」

라다스 영감은 모든 것을 후련하게 다 털어놓으려고 아주 급하게 말했다. 그는 성난 눈으로 다른 원로들을 돌아보며 소리쳤다.

「왜 그런 못마땅한 표정으로 쳐다보시나? 지렁이도 밟으면 꿈틀하는 법이지. 당신들은 너무 지나쳤고, 그래서 자신들도 상처를 입게 된 거야. 그게 약이 될지도 모르지!」

그리고리스 사제는 눈길을 들어 파트리아르케아스에게 〈아무 말도 하지 마십시오!〉라는 신호를 보냈다. 늙은 집정관은 분노를 삼키고 입을 다물었다.

발소리가 들려오자 교장 선생은 깜짝 놀라며 숨죽여 말했다.

「저들이 오고 있습니다.」 그리고리스 사제는 라다스 옹에게 손을 내밀며 근엄한 목소리로 말했다.

「죄 사함을 받을지어다, 형제여. 그대가 말한 모든 것에 대해 용서받았으니, 당신의 영혼은 이제 어리석음을 모두 벗어던졌도다. 불행한 그대는 무의식중에 모든 것을 고백했으니, 하느님께서도 당신이 평생 동안 저지른 악행을 용서해 주실 것이오. 일어나시오, 라다스 옹. 당신 차례가 왔소!」

그러자 라다스 영감은 온몸에 경련을 일으키며 바닥에 쓰러졌다.

쿵쿵대는 발소리와 함께 욕설과 고함 소리가 들려왔다. 경비병이 어깨로 거칠게 문을 열고 파나요타로스와 마놀리오스를 벽 쪽으로 밀어붙였다. 문이 닫혔다.

「마놀리오스!」 파트리아르케아스가 소리쳤다. 「네가 여긴 웬일이냐? 도대체 무슨 일로 끌려왔지?」

「파나요타로스!」 교장 선생은 마구상을 붙잡고 물었다. 「아직 살아 있었구나! 그들이 목을 매달지 않았어? 하느님을 찬양할지어다!」

「나는 살아 있소. 어떤 빌어먹을 놈 때문인지는 몰라도!」 파나요타로스는 고함을 지르며 구석으로 걸어갔다.

라다스 영감이 머리를 들고 파나요타로스를 뚫어지게 바라보았다. 그는 마구상을 만져 보려고 손을 내밀며 물었다.

「네가 정말 아직도 살아 있느냐? 왜 그들이 널 죽이지 않았지? 아가가 잘못을 깨닫고 마음을 바꾼 것인가?」 노인은 터질 듯한 심장을 누르고 질문을 퍼부었지만 아무도 대답해 주지 않았다.

「일단 앉아서 숨을 돌리거라, 마놀리오스.」 그리고리스 사제가 말했다.

그러자 집정관이 다그쳤다.

「말해 보렴, 마놀리오스. 몹시 궁금하구나. 저들이 살인범을 찾았느냐?」

「네, 찾았습니다.」 마놀리오스가 대답했다.

「그래? 누구냐? 대체 누구야?」 네 사람이 일제히 소리치며 다가왔다.

「접니다.」 마놀리오스가 대답했다.

「너라고?」

원로들은 얼빠진 표정으로 젊은이를 바라보며 입을 딱 벌린 채 물러섰다. 그들은 한참 동안 아무 말도 하지 않았다.

「그건 말도 안 돼!」 마음속으로 마놀리오스의 생애를 처음부터 끝까지 되돌아본 후에 늙은 집정관이 내린 결론이었다. 「그건 있을 수 없는 일이야! 세상이 끝장난다면 몰라도!」

「나도 납득할 수가 없네.」 교장 선생도 머리를 저으며 말했다. 「자네가 왜 그 아이를 죽여야 해? 자네가 살인을 할 수 있어? 어림없지, 마놀리오스.」

그리고리스 사제 혼자만 말없이 마놀리오스를 바라보고 있었다.

「어째서 대답하지 않느냐, 마놀리오스?」 파트리아르케아스가 물었다.

「무슨 대답 말씀입니까, 집정관 나리?」 마놀리오스는 얼굴에 흐르는 땀을 닦은 뒤 말했다. 「제가 살인범입니다. 더 드릴 말씀이 없어요. 그거면 충분하지 않습니까?」

「그래, 그거면 충분해!」 라다스 영감이 소리쳤다. 「그들은 살인범을 찾았고, 우린 살았어. 하느님은 역시 살아 계셨어!」

마놀리오스는 햇살이 비치는 곳으로 걸어갔다. 그는 허리춤에서 조그만 복음서를 꺼내어 아무 데나 펼치고 읽기 시작했다. 주위에 있는 사람들은 곧 그의 의식에서 멀어졌다. 그는 그리스도가 이끄는 사도들과 함께 배에 올랐다. 그들은 겐네사렛 호수를 건너고 있었다. 저녁이 되면서 세찬 바람이 불어왔다. 온종일 사람들에게 설교하느라 지친 그리스도는 선미에 놓인 그물 위에 누워 잠들었다. 북풍이 점점 더 세차게 불기 시작했다. 바람은 길레아드 산맥에서 불어와 호수 위로 휘몰아쳤고 거센 물결이 작은 고깃배를 사정없이 때렸다. 사도들은 두려움으로 얼굴이 하얗게 질려서 발을 동동 굴렀다.

「우린 죽었어! 이젠 죽었다고! 스승님께서 일어나시면 좋으련만!」

하지만 누구도 감히 신성한 잠을 방해할 엄두를 내지 못했다. 베드로는 가까이 다가가서 허리를 숙인 순간, 그리스도가 얼핏 미소를 짓는 것을 보았다.

「깨우세요! 어서 깨워요!」 사도들이 베드로의 등 뒤로 몰려오며 소리쳤다.

베드로는 용기를 내어 그리스도의 어깨를 살짝 건드리며 말했다.

「스승님, 일어나십시오. 우리가 모두 죽게 생겼습니다!」

눈을 뜬 그리스도는 두려움에 떨고 있는 제자들을 바라보았다. 그는 고개를 저으며 침통한 목소리로 말했다.

「내가 오랜 세월 너희와 함께했건만, 너희는 아직도 나를 믿지 못하는구나!」

그는 한숨을 쉬고 자리에서 일어나더니, 고개를 들고 바람에게 명령했다.

「평온해져라!」

그는 성난 호수를 향해 손을 내리며 다시 말했다.

「잠잠해져라!」

즉시 바람이 멎었고, 물결은 잠잠해졌으며, 별들은 다시 빛났고, 세상은 다시금 환하게 미소 지었다.

마놀리오스는 고개를 저으며 함께 있는 다섯 사람을 돌아보았다. 그의 푸른 눈은 겐네사렛 호수의 물처럼 행복하고 고요하게 빛나고 있었다.

반면 라다스 영감은 생기를 되찾고 있었다. 그는 이리저리 서성거리며 양손을 비비댔다. 〈그들이 살인범을 찾았어. 하느님을 찬양할지어다! 우린 이제 살았어. 가엾은 마놀리오스, 안됐긴 하지만 그렇게 나쁜 것은 아니지. 넌 가난했고, 하인이었고, 아직도 젊어. 인생의 달콤함을 아직 맛보지 않았지. 네가 죽는 건 중요하지 않다고. 정말 다행인 것은 넌 고백을 했고, 난 살아났다는 거야.〉

노인은 걸음을 멈추고 다른 사람들을 둘러보았다. 그는 입술을 꾹 깨물었다. 〈제기랄! 이 상황을 어떻게 수습해야 하지?〉 하고 그는 생각했다. 〈이제 살아났는데, 저 빌어먹을 염소수염한테 막 말하고 파트리아르케아스에게 고상한 돼지라고 실컷 욕한 것을 어떻게 수습해야 하나? 교장 선생이야 신경 쓸 것 없지만, 다른 사람들한테는 내가 너무 성급했어. 이미 내뱉은 말을 주워 담을 수도 없고. 하지만 목숨을 건지게 된 건 정말 다행이야!〉

파트리아르케아스는 복음서에 열중하고 있는 마놀리오스를 응시하고 있었다. 몹시 감동한 그는 사제 쪽으로 몸을 숙이며 조그맣게 말했다.

「아무래도 이상한 생각이 드는군요, 사제.」

그리고리스 사제는 눈치를 채고 헛기침을 했다.

「묻지 마십시오, 집정관. 하느님의 뜻인지도 모르니 그냥 둡시다.」

「하지만 마놀리오스가 결백하다면 어쩌겠소? 만약 마을을 구하기 위해서 그랬다면, 그런 그를 모른 체하는 건 죄가 아닌가요? 당신이 책임지겠소?」

「하느님께서는 자비로우십니다.」 사제가 말했다. 「나를 용서하실 겁니다.」

「하느님은 당신을 용서하실지 모르오. 하지만 인간들도 그럴까?」

「하느님만 용서하신다면, 인간들은 두렵지 않소.」 그리고리스 사제는 한숨을 토해 냈다.

옆에 다가와서 듣고 있던 교장 선생이 한마디 거들었다.

「그렇다면 너무 심각하게 생각하지 말고 하느님 뜻에 맡겨 둡시다. 알아서 하시겠죠. 또 마놀리오스가 자기 영혼을 구하고 있다는 사실도 잊지 말아야 합니다. 그건 대단한 일이에요.」

「엄청난 일이지!」 사제도 맞장구를 쳤다. 「그는 일시적 삶을 잃는 대신 영생을 얻는 겁니다. 동전 한 닢을 주고 백만금을 얻는 격이죠. 걱정 마십시오. 마놀리오스도 그 정도는 알고 있을 테니.」

「정말 영리한 친구지 뭡니까.」 교장 선생이 미소를 지으며 말했다. 그는 눈과 얼굴이 환하게 빛나는 마놀리오스를 돌아보았다.

후세인이 불쑥 들어오더니 마놀리오스의 멱살을 잡으며 소리쳤다.

「따라와, 이단자 놈아! 아가가 기다리고 계신다.」

「그리스도의 이름으로.」 마놀리오스는 기도를 올렸다.

아가는 방 안에서 다리를 접고 앉아 긴 담뱃대로 담배를 피우고 있었다. 그의 곁에는 유수파키의 시신이 누워 있었다. 정오가 다 된 시간이라 방 안은 뜨거운 열기로 후끈거렸고, 유수파키의 시신에서는 악취가 풍겨났다. 잠시 후, 곱사등이 종 마르타가 두 손에 신선한 장미와 재스민과 인동덩굴을 잔뜩 들고 조용히 들어왔다. 그녀는 반쯤 썩은 시체 위에 꽃다발을 내려놓고는 황급히 발걸음을 돌렸다. 시체 썩는 냄새를 맡기가 싫었기 때문이다.

슬픔에 잠긴 아가는 아무 냄새도 맡지 못했다. 그는 담배를 피우며 비탄에 잠겨 있었다. 얼굴은 비록 피곤해 보였지만 차분해진 느낌을 주었다. 〈이건 예비되어 있었던 일이야, 처음부터 예비되어 있었어……〉 하고 그날 아침 그는 혼자 중얼거렸던 것이다. 그 순간부터 그의 마음은 편안해졌다. 그는 인간의 죄를 신에게 던져 버리고 마음의 평온을 찾았다. 누가 신을 비난할 수 있겠는가? 그분이 그리하셨고, 그렇게 예비하셨던 거야. 모든 일은 그분의 뜻에 따라 일어난다. 머리를 숙이고 침묵하라. 리코브리시의 아가가 스미르나에서 유수파키를 만나도록 예비하신 분도 신이고, 유수파키의 죽음을 예비하신 분도 신이 아닌가? 살인범을 찾도록 예비하신 분 역시 신이다. 모든 것이 예비되어 있었다…….

아가는 마놀리오스가 들어오는 것을 보았다. 그는 담뱃대를 바닥에 내려놓고 팔짱을 끼고 앉았다.

「내 말을 잘 들어라, 마놀리오스.」 그는 차분한 목소리로 말한 뒤 경비병을 돌아보았다.

「넌 더 이상 필요 없으니 문밖에 나가 있도록 해라.」

후세인이 나가자 아가는 다시 마놀리오스를 쳐다보았다.

「나는 꿈을 꾸었다. 꿈에서 넌 유수파키를 죽이지 않았어……. 조용히 해라, 이단자야. 말은 내가 한다! 너는 마을을 구하기 위해 이런 행동을 하고 있어. 넌 미친놈이거나 성자겠지만 그거야 네 일이고, 걱정하지 마라, 네가 원하는 대로 될 테니까. 나는 너를 목매달아 죽일 것이다. 하지만 내가 꼭 알고 싶은 것이 하나 있다, 마놀리오스. 네가 유수파키를 죽였다는 말이 정말이냐?」

마놀리오스는 아가가 가여웠다. 그는 지금까지 이처럼 슬퍼하는 사람을 본 적이 없었다. 그것은 멋대로 날뛰는 야수의 모습이 아니었다. 고통이 그를 인간으로 만들었다. 마놀리오스는 잠시 주저했지만 곧 고개를 들고 침착하게 말했다.

「아가, 그건 악마가 나에게 시킨 일이고 이미 예비되어 있었소. 유수파키를 죽인 자는 바로 나요.」

아가는 벽에 기대며 눈을 감았다.

「알라, 알라, 이 세상은 한낱 꿈이려니…….」

그가 눈을 뜨고 손뼉을 치자, 후세인이 들어왔다.

「저놈을 데려가라!」 그가 소리쳤다. 「해 질 녘에 저놈의 목을 플라타너스에 매달아!」

그사이에 마놀리오스의 세 동료는 집집마다 돌아다니며 죄 없는 젊은이를 죽도록 내버려 두지 말자고 간청했다.

「마놀리오스는 결백합니다, 결백해요! 그는 우리 마을을 구하려고 그러는 겁니다.」 야나코스는 계속 소리쳤다.

「그래서 어쩌자는 겐가?」 한 노인이 물었다. 「아가에게 가서 마놀리오스가 살인범이 아니라고 말하라는 건가? 그런 다음에는? 아가는 마을 사람 모두를 한 사람씩 목매달아 죽이겠지. 한 명의 결백한 사람 대신 수천 명의 결백한 사람들이 죽는 것이 옳다는 것이냐? 수천 명보다는 단 한 명이 죽는 게 낫지 않나? 게다가 마놀리오스 자신이 그걸 원하고 있어. 그가 우리를 구하도록 내버려 두세나. 우린 그 후에 그의 동상을 세우고, 그를 성자로 추대하여 촛불을 밝혀 주면 되지 않겠나? 그때를 위해 그가 죽도록 내버려 두세.」

대가족의 가장인 한 사내는 미켈리스에게 노골적으로 물었다.

「당신에겐 딸린 아이들이 없지 않소, 젊은 귀족 양반?」

「그렇습니다.」

「그러면 잠자코 계셔야지. 우릴 가만히 놔두시오.」

손자를 무릎 위에 올려 놓고 데리고 놀던 한 할머니가 야나코스에게 말했다.

「야나코스, 자넨 왜 거기서 징징거리고 있나? 천 명의 마놀리오스가 죽더라도 내 손자는 살아야 하네.」

「그들은 모두 짐승들이야. 늑대나 여우와 다를 바 없어.」 야나코스는 눈물을 닦으며 탄식했다.

「그렇지 않아요, 야나코스.」 미켈리스가 말했다. 「그들도 그냥 평범한 인간일 뿐입니다. 우리 시간 낭비하지 맙시다. 하느님의 뜻에 따르자고요.」

「자넨 자네 아버지를 생각하고 그런 말을 하는 거야.」 야나코스는 화를 내며 말했다. 「그러면 그 노인은 죽음을 모면할 수 있으니까.」

미켈리스는 눈물이 그렁그렁한 채로 야나코스를 바라보았다.

「미안하네, 미켈리스.」 야나코스가 말했다. 「이젠 내가 무슨 말을 지껄이고 있는지도 모르겠어.」

광장에 도착한 그들은 새로 머리를 감고 가장 좋은 옷으로 갈아입은 카테리나를 보았다. 그녀는 돛을 세우고 항해하는 왕실의

프리깃함처럼 그들을 향해 곧장 걸어왔다.

「어디 가는 길인가, 카테리나?」 야나코스가 물었다.

「이 겁쟁이들, 당신들은 마놀리오스가 죽게 내버려 둘 거예요?」 과부는 눈물이 가득 고인 커다란 눈으로 그들을 노려보며 소리쳤다. 「난 그럴 수 없어. 그래서 지금 아가를 만나러 가는 길이에요!」

「슬픔 때문에 당신도 미쳤군, 카테리나.」 야나코스는 슬픈 표정으로 말했다.

「가여운 카테리나, 악에 바친 아가는 당신을 죽일 거요. 돌아와요.」 미켈리스가 걱정스러운 투로 말했다.

「이제 내가 살아서 뭐 하겠어요?」 과부는 그렇게 대꾸한 뒤 턱을 높이 쳐들고 아가의 저택 안으로 사라졌다.

장미 향내와 시체 썩는 냄새가 섞인 악취로 집 안은 숨이 막힐 지경이었다. 아가는 조그마한 철제 침대에 머리를 기댄 채 잠들어 있었다. 그는 자신의 불행이 단지 꿈일 뿐이며, 잠에서 깨어나면 다시 발코니에서 유수파키가 따라 주는 라키를 마시고 있을 거라고 생각하고 싶을 것이다.

발코니를 들락거리는 비둘기 두 마리가 서로 쪼아 대며 구구 울었다. 그 아래 정원에서는 샘물이 흘러나오고 있었다. 개 한 마리가 돌 위에 엎드려 혓바닥을 길게 내밀고 헐떡거리고 있었다. 크고 살찐 검은 고양이가 따가운 햇살을 피해 그늘에서 쉬고 있었다. 고양이의 초록색 눈동자가 불안과 호기심으로 빛났다.

카테리나는 경비병에게 들키거나 개가 짖어 댈까 봐 정원을 재빨리 가로질렀다. 후세인은 나타나지 않았고, 냄새를 맡고 그녀를 알아본 개도 꼬리만 흔들어 댔다. 카테리나는 이 저택의 출입구를 훤히 알고 있었다. 이따금 밤에 아가가 혼자 있을 때, 마르타가 은밀히 문을 열어 주곤 했기 때문이다. 그것은 아가가 스미르나로 여행을 떠나 그곳에서 유수파키를 만나기 전의 일이었다. 그 후 경비병은 아가에게 한두 차례 이 과부 이야기를 슬쩍 흘렸지만, 아가는 껄껄 웃으며 말했다. 「이런 얘기가 있지. 어느 사령관이 라키 술을 마시려고 절친한 친구를 불렀지. 안주로 올리브와 캐비아가 나왔어. 그런데 그 친구는 오직 캐비아만 먹었다네. 사령관이 친구에게 〈올리브도 좀 들게〉라고 하자, 그 친구는 이렇게 대답했지. 〈나도 캐비아를 좋아한다네.〉 이해하겠나, 후세인? 유수파키는 캐비아야.」 경비병은 입을 다물었고, 그날 이후로는 과부에 대한 이야기를 입에 올리지 않았다.

정원을 지나 저택 안으로 숨어든 카테리나는 겁에 질렸다. 거대한 거울과 침상, 걸상, 무거운 청동 화로, 소파 등이 모두 아가의 화풀이 대상이 되었던 듯했다. 그것들은 모조리 박살나거나 뒤집어져 있었다. 「파나요타로스도 나한테 이렇게 했을 거야.」 과부는 그렇게 중얼거리곤 몸서리를 쳤다.

발소리를 듣자 카테리나는 부서진 침상 뒤로 재빨리 몸을 숨겼다. 문간에 경비병이 나타났다. 깊이 팬 볼에 눈까지 쑥 꺼진 그는 흡사 유령 같았다. 입에서는 침이 질질 흘러내렸다. 걸음을 멈춘 그는 주위를 둘러보고 한숨을 내쉬더니 비틀거리며 정원으로 나갔다. 그러곤 개 옆에 주저앉아 울기 시작했다.

카테리나는 성호를 그으며 기도했다. 〈예수님, 오직 당신만이 여자를 이해하시고 여자가 무슨 짓을 하든 용서하십니다. 저는 당신 앞에 설 준비가 되었나이다.〉 그녀는 머리를 감고 깨끗한 속옷과 화려한 드레스로 갈아입은 후 머리에 오렌지 향수까지 뿌리고 나온 터였다. 〈주님, 저는 준비가 되었나이다.〉

「카테리나, 내 친구, 여기서 뭐 하고 있는 거야? 얼른 집으로 돌아가. 무슨 생각을 하고 있는 거지?」

갑자기 뒤에서 노파의 목소리가 들려왔다. 과부가 돌아보니 꽃다발을 손에 든 꼽추 마르타가 서 있었다. 노파는 얼굴이 창백하고 머리카락도 부스스했다.

「마르타, 아가를 만나려고 왔어요.」 카테리나는 꼽추에게 말했다.

「유수파키의 시신이 아직 저 안에 있는데 뻔뻔하게……. 아가는 널 갈기갈기 찢으려고 할 거야, 이 가엾은 것아!」

「마르타, 난 아가를 만나야 해요.」 카테리나가 다시 말했다. 「그에게 전할 아주 중요한 비밀이 있어요. 나는 살인범을 알고 있어요!」

늙은 종은 코웃음을 쳤다.

「마놀리오스 말이야?」

「아뇨, 다른 사람이에요. 당신도 곧 알게 될 거예요.」

곱사등이 종은 계단에 꽃다발을 내려놓고 카테리나에게 바짝 다가와 까치발로 섰다.

「그게 누구야? 누구냐고?」 노파는 두 눈을 반짝이며 속삭였다. 「너도 그놈이라고 생각했니? 나도야! 나도 그래!」

「누구요?」 카테리나가 깜짝 놀라 물었다.

마르타는 조심스럽게 카테리나를 살펴보더니 고개를 내저으며 꽃다발을 집어 들었다.

「아니야, 난 아무 말도 하지 않았어. 난 얼른 가서 이 꽃다발을 그 빌어먹을 애새끼 위에 놓아 주어야 해. 벌써 악취를 풍기기 시작했거든. 악마가 물어갈 놈!」

그녀는 역겨워서 바닥에 침을 뱉었다. 그러자 참고 있었던 울화통이 갑자기 폭발했다.

「너희는 모조리 버러지나 다름없어! 얼굴만 곱상한 네년도 그렇고, 나도 마찬가지지. 다들 잘난 체 건방을 떨어 대지만, 우린 다 똑같은 버러지들이야!」

방 안에서 무언가 후려치는 소리와 함께 아가의 성난 목소리가 들려왔다.

「거기 누구냐? 이 늙어빠진 꼽추야, 누구하고 얘기하고 있냐? 입 닥쳐라!」

마르타는 바짝 긴장했지만 카테리나는 대담하게 계단 쪽으로 걸어갔다.

「아가, 저예요. 카테리나.」

「더러운 년, 썩 꺼져라!」 아가는 고함을 질렀다.

카테리나는 어깨를 한 번 으쓱하곤 계속 앞으로 걸어갔다. 아가는 갑자기 자기 앞에 나타난 그녀를 바라보았다.

「아가, 저를 용서하세요, 용서해 주세요!」 과부는 흐느끼며 아가의 발아래로 몸을 던졌다.

성난 아가는 그녀를 발로 걷어차며 돌려 세웠다. 그리고 계단 아래로 던져 버리려고 질질 끌고 갔다. 그러나 과부는 난간을 붙잡고 바닥에 드러누우며 애처롭게 소리쳤다.

「아가, 제 말을 들어 주세요! 이젠 더 이상 숨길 수가 없어요. 그래서 벌을 받기 위해 당신을 찾아온 거예요. 아가, 유수파키를 죽인 범인은 바로 나예요!」

「뭐라고? 이 매춘부 년이!」 아가는 고함을 지르곤 칼을 찾기 위해 벽을 둘러보았다.

「그래요, 아가! 저예요. 제가 유수파키를 죽였어요. 사랑에 눈이 멀어…… 질투심 때문에…… 그래요, 전 질투가 났어요. 그 아이가 여기 온 이후 당신은 저에게 눈길조차 주지 않았어요. 저를 데려오라고 마르타를 보내지도 않았고요. 저 많이 울었어요. 슬픔으로 수척해지기도 했죠. 집 안에 틀어박혀 밤낮으로 기다렸지만 아무 소식도 없었어요. 아무 소식도요. 당신에겐 유수파키가 있었고, 그래서 절 까맣게 잊어버린 거예요. 저는 온갖 주술사들을 찾아다녔고, 어느 날 밤엔 당신의 문에 부적을 붙여 놓고 기다렸어요. 하지만 당신에겐 유수파키가 있었고, 전 잊혀진 존재였죠. 저는 당신을 너무 사랑한 나머지 질투로 미쳐 버릴 것만 같았어요. 그래서 그날 밤 자정에 단검을 들고…….」

카테리나는 아가 앞으로 기어가서 그의 두 발을 붙잡았다.

「죽여 주세요, 아가! 저 같은 년은 더 살아야 할 이유가 없어요. 저를 죽이세요!」

아가는 여전히 칼을 찾기 위해 벽을 두리번거렸다. 벽이 흔들리고 있었다. 동시에 눈앞이 뿌예지며 더 이상 아무것도 보이지 않았다. 카테리나는 보디스에서 단검을 꺼내어 아가에게 건네주며 말했다.

「이게 바로 제가 유수파키를 죽일 때 사용한 칼이에요.」 그녀는 무릎을 세우고 자기 목을 드러냈다. 「자, 이 칼로…….」

아가의 눈이 시뻘겋게 충혈되었다. 그는 고개를 돌려 눈을 커다랗게 뜨고 입을 벌린 채 누워 있는 유수파키를 보았다. 커다란 파리들이 유수파키의 입과 콧구멍을 들락거리고 있었다.

아가는 다시 고개를 돌려 카테리나를 보았다. 그는 과부에게 달려들어 단검을 빼앗아 들고 단숨에 푹 찔렀다. 단검은 손잡이 아래까지 그녀의 가슴에 깊숙이 박혔다. 아가는 과부를 발로 차서 계단 아래로 떨어뜨렸다.

〈2권에 계속〉

옮긴이 **이창식** 1949년 경북 경산에서 태어나 고려대학교 경영학과를 졸업했다. 대우 전자 광고과장, 성균관 대학교 전문 번역가 양성 과정 겸임 교수를 역임했으며 현재 전문 번역가로 일하고 있다. 옮긴 책으로 조지프 파인더의 『하이 크라임스』, 톰 클렌시의 『공포의 총합』, 토머스 해리스의 『레드 드래곤』, 필립 풀먼의 『황금 나침반』, 제임스 패터슨의 『비치하우스』, 할런 코벤의 『마지막 기회』, 로스 레키의 『한니발』, 프레데릭 포사이드의 『어벤저』, 댄 브라운의 『디셉션 포인트』, 『디지털 포트리스』, 케이트 모스의 『라비린토스』, 앨런 폴섬의 『추방』 등이 있다.

수난 ❶

발행일 **2008년 3월 30일 초판 1쇄**
2011년 9월 25일 초판 3쇄

지은이 **니코스 카잔차키스**
옮긴이 **이창식**
발행인 **홍지웅**
발행처 **주식회사 열린책들**

경기도 파주시 교하읍 문발리 499-3 파주출판도시
전화 **031-955-4000** 팩스 **031-955-4004**
www.openbooks.co.kr

ISBN 978-89-329-0807-6 04890
ISBN 978-89-329-0792-5 (세트)

이 도서의 국립중앙도서관 출판시도서목록(CIP)은 e-CIP 홈페이지(http://www.nl.go.kr/ecip)와 국가자료공동목록시스템(http://www.nl.go.kr/kolisnet)에서 이용하실 수 있습니다.(CIP제어번호 : CIP2008000639)